Fred Vargas emprunte son nom de plume au personnage d'Ava Gardner dans *La Comtesse aux pieds nus*, de Joseph L. Mankiewicz.

Née à Paris en 1957, elle devient une éminente archéologue médiéviste travaillant pour le CNRS, avant d'entamer une carrière d'écrivain. Auteur d'une dizaine de « rompols », Fred Vargas dépeint, au-delà d'une intrigue policière captivante, un univers poétique où ses personnages n'ont de cesse de gratter la surface des choses, afin d'en dégager la véritable essence. Traduits dans plus de trente pays, ses romans ont été distingués par de nombreuses récompenses en France et à l'étranger, dont le Grand Prix du roman noir de Cognac pour *Pars vite et reviens tard* et pour *L'homme à l'envers* ; le prix des Libraires, le Grand Prix des lectrices de ELLE et le Duncan Lawrie International Dagger pour *Debout les morts* et *Sous les vents de Neptune*. Plusieurs enquêtes du commissaire Adamsberg ont fait l'objet d'adaptations cinématographiques et télévisuelles par Régis Wargnier et Josée Dayan.

Nous pensons bien à toi,

Hubert   Denise

Un lieu incertain

FRED VARGAS

Un lieu incertain

© FLAMMARION, 2015.

I

52

Le commissaire Adamsberg savait repasser les chemises, sa mère lui avait appris à aplatir l'empiècement d'épaule et à lisser le tissu autour des boutons. Il débrancha le fer, rangea les vêtements dans la valise. Rasé, coiffé, il partait pour Londres, il n'y avait pas moyen de s'y soustraire.

Il déplaça sa chaise pour l'installer dans le carré de soleil de la cuisine. La pièce ouvrait sur trois côtés, il passait donc son temps à décaler son siège autour de la table ronde, suivant la lumière comme le lézard fait le tour du rocher. Adamsberg posa son bol de café côté est et s'assit dos à la chaleur.

Il était d'accord pour aller voir Londres, sentir si la Tamise avait la même odeur de linge moisi que la Seine, écouter comment piaillaient les mouettes. Il était possible que les mouettes piaillent différemment en anglais qu'en français. Mais ils ne lui en laisseraient pas le temps. Trois jours de colloque, dix conférences par session, six débats, une réception au ministère de l'Intérieur. Il y aurait plus d'une centaine de flics haut de gamme tassés dans ce grand *hall*, des flics et rien d'autre venus de vingt-trois pays pour optimiser la grande Europe policière et plus précisément pour « harmoniser la gestion des flux migratoires ». C'était le thème du colloque.

Directeur de la Brigade criminelle parisienne, Adamsberg devrait faire acte de présence mais il ne se faisait pas de souci. Sa participation serait légère, quasi aérienne, d'une part en raison de son hostilité à la « gestion des flux », d'autre part parce qu'il n'avait jamais pu mémoriser un seul mot d'anglais. Il termina son café paisiblement, lisant le message que lui envoyait le commandant Danglard. *Rdv dans 1 h 20 à l'enregistrement. Foutu tunnel. Ai pris veste convenable pour vous, avec crav.*

Adamsberg passa le pouce sur l'écran de son téléphone, effaçant ainsi l'anxiété de son adjoint comme on ôte la poussière d'un meuble. Danglard était mal adapté à la marche, à la course, pire encore aux voyages. Franchir la Manche par le tunnel le tourmentait autant que passer par-dessus en avion. Il n'aurait cependant laissé sa place à personne. Depuis trente ans, le commandant était rivé à l'élégance du vêtement britannique, sur laquelle il misait pour compenser son manque naturel d'allure. À partir de cette option vitale, il avait étendu sa gratitude au reste du Royaume-Uni, faisant de lui le type même du Français anglophile, adepte de la grâce des manières, de la délicatesse, de l'humour discret. Sauf quand il laissait choir toute retenue, ce qui fait la différence entre le Français anglophile et l'Anglais véritable. De sorte, la perspective de séjourner à Londres le réjouissait, flux migratoire ou pas. Restait à franchir l'obstacle de ce *foutu tunnel* qu'il empruntait pour la première fois.

Adamsberg rinça son bol, attrapa sa valise, se demandant quelle sorte de veste et de *crav* avait choisies pour lui le commandant Danglard. Son voisin, le vieux Lucio, frappait lourdement à la porte vitrée, l'ébranlant de son poing considérable. La guerre d'Espagne avait emporté son bras gauche quand il avait neuf ans, et il semblait que le membre droit avait grossi en conséquence pour concentrer en lui seul la dimension et la force de deux mains. Le visage collé aux carreaux, il appelait Adamsberg du regard, impérieux.

— Amène-toi, marmonna-t-il sur un ton de commandement. Pas moyen qu'elle les sorte, j'ai besoin de ton aide.

Adamsberg posa sa valise au-dehors, dans le petit jardin désordonné qu'il partageait avec le vieil Espagnol.

— Je pars trois jours pour Londres, Lucio. Je t'aiderai à mon retour.

— Trop tard, gronda le vieux.

Et quand Lucio grondait ainsi, sa voix roulant sur les « r », il produisait un bruit si sourd qu'Adamsberg avait l'impression que le son sortait directement de la terre. Adamsberg souleva sa valise, l'esprit déjà projeté vers la gare du Nord.

— Qu'est-ce que tu ne peux pas sortir ? dit-il d'une voix lointaine en verrouillant sa porte.

— La chatte qui vit sous l'appentis. Tu savais qu'elle allait faire ses petits, non ?

— Je ne savais pas qu'il y avait une chatte sous l'appentis, et je m'en fous.

— Alors tu le sais maintenant. Et tu ne vas pas t'en foutre, *hombre*. Elle n'en a sorti que trois. Un est mort, et deux autres sont encore coincés, j'ai senti les têtes. Moi je pousse en massant et toi, tu extirpes. Gaffe, ne va pas serrer comme une brute quand tu les sors. Un chaton, ça te craque entre les doigts comme un biscuit sec.

Sombre et pressant, Lucio grattait son bras manquant en agitant ses doigts dans le vide. Il avait souvent expliqué que, quand il avait perdu son bras, à l'âge de neuf ans, il y avait dessus une piqûre d'araignée qu'il n'avait pas fini de gratter. Que pour cette raison la piqûre le démangeait encore soixante-neuf ans plus tard, parce qu'il n'avait pas pu terminer ce grattage, s'en occuper à fond, achever l'épisode.

Explication neurologique fournie par sa mère, et qui avait fini par tenir lieu pour Lucio de philosophie totale, qu'il adaptait à toute situation et à tout sentiment. Il faut finir, ou ne pas commencer. Aller jusqu'à la lie, y compris en amour. Quand un acte de vie l'occupait intensément, Lucio grattait sa piqûre interrompue.

— Lucio, dit Adamsberg plus nettement en traversant le petit jardin, mon train part dans une heure un quart, mon adjoint se ronge d'inquiétude à la gare du Nord, et je ne vais pas accoucher ta bestiole pendant que cent chefs flics m'attendent à Londres. Débrouille-toi, tu me raconteras l'histoire dimanche.

— Et comment veux-tu que je me débrouille avec ça ? cria le vieux en levant son bras coupé.

Lucio retint Adamsberg de sa main puissante, projetant en avant son menton prognathe et digne d'un Vélasquez, selon le commandant Danglard. Le vieux n'y voyait plus assez bien pour se raser correctement et des poils échappaient à sa lame. Blancs et durs, piqués çà et là, ils faisaient comme une décoration d'épines argentées, brillant un peu sous le soleil. Parfois, Lucio attrapait un poil sous ses doigts, le coinçait résolument entre ses ongles et tirait dessus, comme il aurait arraché une tique. Il ne le lâchait pas avant de l'avoir eu, selon la philosophie de la piqûre d'araignée.

— Tu viens avec moi.

— Fous-moi la paix, Lucio.

— T'as pas le choix, hombre, dit Lucio sombrement. Ça croise ton chemin, tu dois le prendre. Ou bien ça te grattera toute ta vie. T'en as pour dix minutes.

— Mon train croise aussi mon chemin.

— Il croise après.

Adamsberg lâcha sa valise, râla d'impuissance en suivant Lucio vers l'appentis. Une petite tête gluante et trempée de sang émergeait entre les pattes de l'animal. Sous les directives du vieil Espagnol, il l'attrapa doucement pendant que Lucio poussait sur le ventre d'un geste professionnel. La chatte miaulait terriblement.

— Tire mieux que ça, hombre, prends-le sous les pattes et tire ! Vas-y ferme et doux, serre pas le crâne. Avec ta deuxième main, gratte le front de la mère, elle panique.

— Lucio, quand je gratte le front de quelqu'un, il s'endort.

— *Joder !* Vas-y, tire !

Six minutes plus tard, Adamsberg posait deux petits rats rouges et piaillants aux côtés de deux autres sur une vieille couverture. Lucio coupa les cordons et les porta un à un aux mamelles. Il fixait sur la mère gémissante un œil inquiet.

— C'est quoi ton histoire de main ? Avec quoi tu endors les gens ?

Adamsberg secoua la tête, ignorant.

— Je ne sais pas. Quand je pose la main sur la tête des gens, ils s'endorment. C'est tout.

— C'est ce que tu fais avec ton gosse ?

— Oui. Il arrive aussi que les gens s'endorment pendant que je leur parle. J'ai même endormi des suspects pendant des interrogatoires.

— Alors fais-le à la mère. *Apúrate !* Endors-la.

— Bon sang, Lucio, tu ne veux pas te coller dans le crâne que j'ai un train à prendre ?

— Faut calmer la mère.

Adamsberg se foutait de la chatte mais pas du regard noir que le vieux posait sur lui. Il caressa le crâne – incroyablement doux – de la chatte car, c'était vrai, il n'avait pas le choix. Les halètements de l'animal s'apaisèrent tandis que les doigts d'Adamsberg roulaient comme des billes de son museau à ses oreilles. Lucio hochait la tête, appréciateur.

— Elle dort, hombre.

Adamsberg détacha lentement sa main, la nettoya dans l'herbe humide et s'éloigna à reculons.

En avançant sur le quai de la gare du Nord, il sentait les substances séchées durcir entre ses doigts et sous ses ongles. Il avait vingt minutes de retard, Danglard venait vers lui en hâtant le rythme. On avait toujours l'impression que les jambes de Danglard, mal bâties, allaient se désarticuler à partir des genoux quand il tentait de courir. Adamsberg leva une main pour couper court à sa course et à ses reproches.

— Je sais, dit-il. Un truc est passé sur mon chemin et j'ai dû le prendre, sous peine de me gratter toute ma vie.

Danglard avait une si grande habitude des phrases incompréhensibles d'Adamsberg qu'il se donnait rarement la peine de poser des questions. Comme beaucoup d'autres à la Brigade, il laissait tomber, sachant séparer l'intéressant de l'inutile. Essoufflé, il désigna le bureau d'enregistrement et repartit dans l'autre sens. En le suivant sans accélérer, Adamsberg cherchait à se souvenir de la couleur de la chatte. Blanche avec des points gris ? Avec des points roux ?

II

— Chez vous aussi, il y a des bizarreries, dit en anglais le surintendant Radstock à ses collègues de Paris.

— Qu'est-ce qu'il dit ? demanda Adamsberg.

— Que chez nous aussi, il y a des bizarreries, traduisit Danglard.

— C'est vrai, dit Adamsberg sans s'intéresser à la conversation.

Ce qui lui importait pour le moment, c'était de marcher. C'était Londres en juin et c'était la nuit, il voulait marcher. Ces deux jours de colloque commençaient à éreinter ses nerfs. Rester assis durant des heures était une des rares épreuves capables de briser son flegme, de lui faire ressentir l'étrange état que les autres nommaient « impatience » ou « fébrilité », et qui lui était d'ordinaire inaccessible. Il était parvenu la veille à s'échapper trois fois, il avait fait un tour bâclé du quartier, mémorisé les alignements des façades en brique, les perspectives des colonnes blanches, les lampadaires noir et or, il avait fait quelques pas dans une ruelle qui s'appelait St Johns Mews, et Dieu sait comment on pouvait prononcer quelque chose comme « Mews ». Là, un groupe de mouettes s'était échappé en criant en anglais. Mais ses absences avaient été remarquées. Aujourd'hui, il avait dû tenir bon dans son fauteuil, rétif aux discours de ses collègues, incapable de suivre le rythme rapide de l'interprète. Le *hall* était saturé de policiers, de flics qui déployaient beaucoup d'ingéniosité pour serrer le filet destiné à « harmoniser le flux migratoire », à ceinturer l'Europe d'une impassable herse. Ayant toujours préféré le fluide au solide, le souple au statique, Adamsberg épousait naturellement les mouvements de ce « flux », et cherchait avec lui les moyens de déborder les fortifications qui se perfectionnaient sous ses yeux.

Ce collègue de New Scotland Yard, Radstock, avait l'air très calé en filets mais il ne semblait pas obnubilé par la question de leur rendement. Il prenait sa retraite dans moins d'un an, avec l'idée très britannique d'aller pêcher des trucs dans un lac là-haut, selon Danglard qui comprenait tout et traduisait tout, y compris ce qu'Adamsberg n'était pas désireux de savoir. Adamsberg aurait souhaité que son adjoint économise ses traductions inutiles, mais les plaisirs étaient si rares chez Danglard, et il semblait si réjoui de se rouler dans la langue anglaise tel le sanglier dans une boue de qualité qu'Adamsberg ne voulait pas lui ôter une miette de contentement. Ici, le commandant Danglard paraissait bienheureux, quasi léger, redressant son corps mou, étoffant ses épaules tombantes, gagnant une prestance qui le rendait presque remarquable. Peut-être fomentait-il de prendre un jour sa retraite avec ce nouvel ami pour aller pêcher des trucs dans ce lac là-haut.

Radstock profitait de la bonne volonté de Danglard pour lui conter le détail de sa vie au Yard mais aussi quantité d'anecdotes « égrillardes » qu'il estimait propres à plaire à des invités français. Danglard l'avait écouté tout au long du déjeuner sans montrer de lassitude, tout en veillant à la qualité du vin. Radstock appelait le commandant « Denglarde » et les deux flics s'encourageaient mutuellement, s'approvisionnant l'un l'autre en récits et en boisson, laissant Adamsberg à la traîne.

14

Adamsberg était le seul des cent flics à ne pas même posséder des rudiments de la langue. Il cohabitait donc en marginal, comme il l'avait espéré, et peu avaient compris qui il était au juste. À ses côtés suivait le jeune brigadier Estalère, aux yeux verts toujours agrandis par une surprise chronique. Adamsberg avait souhaité le raccrocher à cette mission. Il avait dit que le cas d'Estalère s'arrangerait et, de temps à autre, il dépensait de l'énergie pour y parvenir.

Mains dans les poches et élégamment vêtu, Adamsberg profitait à plein de cette longue marche tandis que Radstock allait d'une rue à une autre pour leur faire les honneurs des singularités de la vie londonienne à la nuit. Ici, une femme qui dormait sous un toit de parapluies cousus ensemble, tenant un teddy bear de plus d'un mètre dans ses bras. « Un ours en peluche », avait traduit Danglard. « J'avais compris », avait dit Adamsberg.

— Et là, dit Radstock en désignant une avenue perpendiculaire, voici lord Clyde-Fox. L'exemple de ce que vous appelez chez vous l'aristocrate excentrique. À vrai dire, il ne nous en reste pas tant que cela, ils se reproduisent peu. Celui-ci est encore jeune.

Radstock s'arrêta pour leur donner le temps d'observer le personnage, avec la satisfaction de qui présente une pièce rare à ses hôtes. Adamsberg et Danglard le contemplèrent docilement. Haut et maigre, lord Clyde-Fox dansait maladroitement sur place, à la limite de la chute, se tenant sur un pied puis sur un autre. Un autre homme fumait un cigare à dix pas de lui, chancelant, observant les soucis de son compagnon.

— Intéressant, dit Danglard avec courtoisie.

— Il traîne souvent dans les parages, mais pas tous les soirs, dit Radstock, comme si ses collègues bénéficiaient d'un véritable coup de chance. On s'apprécie. Cordial, toujours un mot aimable. C'est un repère dans la nuit, une lueur familière. À cette heure, il revient de virée, il tente de rentrer chez lui.

— Ivre ? demanda Danglard.

— Jamais tout à fait. Il met un point d'honneur à explorer les limites, toutes les limites, et à s'y cramponner. Il affirme qu'en circulant sur les lignes de crête, en équilibre entre un versant et un autre, il est certain de souffrir mais de ne jamais s'ennuyer. Tout va bien, Clyde-Fox ?

— Tout va bien, Radstock ? répondit l'homme en agitant une main.

— Plaisant, commenta le surintendant. Enfin, à ses moments. Quand sa mère est morte il y a deux ans, il a voulu manger toute une boîte de photographies d'elle. Sa sœur est intervenue assez sauvagement et cela s'est mal terminé. Une nuit à l'hôpital pour elle, une nuit au poste pour lui. Le lord était fou de colère qu'on l'empêche d'avaler ces photos.

— Vraiment manger ? demanda Estalère.

— Vraiment. Mais quelques photos, qu'est-ce que c'est ? Il paraît qu'une fois, chez vous, un gars a voulu manger une armoire en bois.

— Qu'est-ce qu'il dit ? demanda Adamsberg, voyant les sourcils de Radstock se froncer.

— Il dit que, chez nous, un gars a voulu manger son armoire en bois. Ce qu'il a d'ailleurs accompli en quelques mois avec l'aide intermittente de deux ou trois amis.

— Une bizarrerie vraie, hein, Denglarde ?

— Tout à fait vraie, cela se passait au début du XXe siècle.

— C'est normal, dit Estalère, qui choisissait souvent mal ses mots ou sa pensée. Je sais qu'un homme a mangé un avion et cela ne lui a pris qu'une année. Un petit avion.

16

Radstock hocha la tête avec un peu de gravité. Adamsberg avait noté chez lui un goût pour les énonciations solennelles. Il élaborait parfois de longues phrases qui – d'après leur ton – traitaient de l'humanité et qu'en était-il, du bien et du mal, de l'ange et du démon.

— Il y a des choses, dit Radstock, pendant que Danglard traduisait en simultané, que l'homme n'est pas apte à concevoir tant qu'un autre homme n'a pas eu l'idée saugrenue de les réaliser. Mais une fois cette chose effectuée, bonne ou mauvaise, elle pénètre dans le patrimoine de l'humanité. Utilisable, reproductible, et même surpassable. L'homme qui a mangé l'armoire donne la possibilité à un autre de manger un avion. Ainsi se dévoile peu à peu le grand continent inconnu de la démence, comme une carte qui s'étoffe à mesure des explorations. Nous y progressons sans visibilité, par la seule expérience, c'est ce que j'ai toujours dit à mes gars. Ainsi lord Clyde-Fox est-il en train d'ôter et de remettre ses chaussures, et cela fait je ne sais combien de fois qu'il recommence. Et l'on ne sait pas pourquoi. Quand on le saura, un autre pourra faire de même.

— Ho, Clyde-Fox ! appela le vieux flic en se rapprochant. Un problème ?

— Ho, Radstock, répondit le lord d'une voix très douce.

Les deux hommes s'adressèrent un signe familier, deux pratiquants de la nuit, des experts qui n'avaient rien à se cacher. Clyde-Fox posait un pied en chaussette sur le trottoir, tenant sa chaussure à la main, dont il scrutait intensément l'intérieur.

— Un problème ? répéta Radstock.

— Un sacré problème. Allez voir si vous en avez le cran.

— Où ?

— À l'entrée du vieux cimetière de Highgate.

— Je n'aime pas qu'on fouine là-bas, grogna Radstock. Qu'est-ce que vous y faisiez ?

— Une exploration de limite en compagnie d'amis choisis, dit le lord en désignant du pouce son compagnon au cigare. Entre la crainte et la raison. Je connais l'endroit sur le bout des doigts mais lui, il voulait voir ça. Attention, ajouta Clyde-Fox en baissant la voix. Le camarade est bourré comme un coin et rapide comme un elfe. Déjà démoli deux gars au pub. Professeur de danse cubaine. Nerveux. Pas d'ici.

Lord Clyde-Fox secoua une nouvelle fois sa chaussure dans l'air, la remit à son pied, ôta l'autre.

— OK, Clyde-Fox. Mais vos chaussures ? Vous les videz ?

— Non, Radstock, je les contrôle.

L'homme de Cuba lança une phrase en espagnol, qui semblait dire qu'il en avait assez et qu'il se tirait. Le lord lui adressa un signe de main indifférent.

— À votre avis, reprit Clyde-Fox, que peut-on mettre dans des chaussures ?

— Des pieds, intervint Estalère.

— Exactement, dit Clyde-Fox en lançant un regard approbateur au jeune brigadier. Et mieux vaut vérifier que ce sont vos propres pieds qui sont dans vos propres chaussures. Radstock, si vous m'éclairiez avec la lampe torche, je pourrais peut-être en finir avec ce truc.

— Que voulez-vous que je vous dise ?

— Si vous voyez quelque chose dedans.

Pendant que Clyde-Fox tenait haut ses chaussures, Radstock en inspecta méthodiquement l'intérieur. Adamsberg, oublié, tournait à pas lents autour d'eux. Il imaginait ce gars en train de mastiquer son armoire bout par bout pendant des mois. Il se demandait s'il préférerait manger une armoire ou bien un avion, ou les photos de sa mère. Ou autre chose ? Autre chose qui dessinerait un nouveau morceau du *continent inconnu de la démence* décrit par le surintendant.

— Rien, dit Radstock.

— Vous êtes formel ?

— Oui.

— Bien, dit Clyde-Fox en se rechaussant. Sale histoire. Faites votre job, Radstock, allez voir ça. À l'entrée. C'est un tas de vieilles chaussures posées sur le trottoir. Préparez votre âme. Il y en a une vingtaine peut-être, vous ne pouvez pas les manquer.

— Ce n'est pas mon job, Clyde-Fox.

— Bien sûr que si. Elles sont alignées avec soin, les pointes dirigées vers le cimetière, comme si elles voulaient entrer là-dedans. Je vous parle évidemment de la vieille grille principale.

— Le vieux cimetière est surveillé la nuit. Fermé pour les hommes et pour les chaussures des hommes.

— Eh bien elles veulent entrer tout de même, et toute leur attitude est très déplaisante. Allez les regarder, faites votre job.

— Clyde-Fox, je me fous que vos vieilles chaussures veuillent entrer là-dedans.

— Vous avez tort, Radstock. Parce qu'il y a les pieds dedans.

Il y eut un silence, une onde de choc désagréable. Une petite plainte sortit de la gorge d'Estalère, Danglard serra les bras. Adamsberg arrêta sa marche et leva la tête.

— Merde, chuchota Danglard.

— Qu'est-ce qu'il dit ?

— Il dit que des vieilles chaussures veulent entrer dans l'ancien cimetière. Il dit que Radstock a tort de ne pas aller voir, parce qu'il y a les pieds dedans.

— C'est bon, Denglarde, coupa Radstock. Il est bourré. C'est bon, Clyde-Fox, vous êtes bourré. Rentrez chez vous.

— Il y a les pieds dedans, Radstock, répéta le lord d'une voix posée, pour bien indiquer qu'il était stable sur sa ligne de crête. Tranchés à hauteur des chevilles. Et ces pieds essaient d'entrer là-dedans.

— OK, ils essaient d'entrer.

À présent, lord Clyde-Fox se recoiffait avec soin, signal de son départ imminent. Avoir confié son problème semblait l'avoir ramené à la vie normale.

— Tablez sur des chaussures assez vieilles, ajouta-t-il, vingt ou quinze ans d'âge peut-être. Des hommes, des femmes.

— Mais les pieds ? demanda Danglard avec discrétion. Les pieds sont à l'état de squelette ?

— *Let down*. Il est bourré, Denglarde.

— Non, dit Clyde-Fox en rangeant son peigne et ignorant le surintendant. Les pieds sont presque intacts.

— Et ils essaient d'entrer là-dedans, acheva Radstock.

— Précisément, *old man*.

III

Radstock grondait à voix basse et continue, les mains serrées sur le volant, les conduisant rapidement vers le vieux cimetière de la banlieue nord de Londres. Il avait fallu qu'ils croisent ce Clyde-Fox. Il avait fallu que ce cinglé veuille vérifier qu'aucun pied n'était venu se fourrer dans ses chaussures. Et ils en étaient là, à rouler vers Highgate parce que le lord était tombé de sa ligne de crête et avait eu une vision. Il n'y avait pas plus de chaussures devant le cimetière que de pieds dans celles de Clyde-Fox.

Mais Radstock ne voulait pas y aller seul. Non, certainement pas à quelques mois de la retraite. Il avait eu du mal à convaincre l'aimable Denglarde de l'accompagner, comme si le commandant répugnait à l'expédition. Mais comment le Français aurait-il pu savoir quoi que ce soit au sujet de Highgate ? Aucun problème en revanche avec Adamsberg, que ce détour ne gênait en rien. Ce commissaire semblait évoluer dans une semi-veille paisible et conciliante, à se demander si son métier même captait son attention. Au contraire, les yeux de leur jeune adjoint, collés contre la vitre, s'agrandissaient sur Londres. De l'avis de Radstock, cet Estalère était presque crétin et Radstock s'étonnait qu'on eût autorisé sa présence au colloque.

— Pourquoi ne pas avoir envoyé deux de vos hommes ? demanda Danglard, dont la mine demeurait contrariée.

— Je ne peux pas déplacer une équipe pour une vision de Clyde-Fox, Denglarde. C'est quand même un homme qui a voulu manger les photos de sa mère. Et on est bien obligés d'aller vérifier, non ?

Non, Danglard ne se sentait obligé à rien. Heureux d'être ici, heureux de revêtir la manière d'un Anglais, heureux qu'une femme lui ait prêté de l'attention, dès le premier jour du colloque. Il n'espérait plus ce miracle depuis des années et, tout engourdi qu'il était depuis son renoncement fataliste aux femmes, il n'avait rien provoqué. C'était elle qui était venue lui parler, lui sourire, multipliant les prétextes pour le croiser. S'il ne se trompait pas. Danglard se demandait comment la chose était possible, et il s'interrogeait jusqu'à la torture. Sans relâche, il passait en revue les signes fragiles pouvant infirmer ou confirmer son espoir. Il les classait, il les évaluait, il estimait leur fiabilité comme on tâte la glace avant de poser un pied dessus. Il en éprouvait la consistance, le possible contenu, il cherchait à savoir si oui ou si non. Jusqu'à ce que ces signes finissent par perdre toute substance à force d'être examinés par l'esprit. Il lui fallait du neuf, des indicateurs supplémentaires. Et à cette heure, cette femme était sans doute au bar de l'hôtel avec les autres congressistes. Emmené dans l'expédition de Radstock, il allait la manquer.

— Pourquoi faut-il vérifier ? Le lord était plein comme un œuf.

— Parce que c'est à Highgate, dit le surintendant entre ses dents.

Danglard s'en voulut. L'intensité de sa réflexion sur la femme et les signes l'avait empêché de réagir au nom de « Highgate ». Il redressa la tête pour répondre mais Radstock l'arrêta d'une main.

22

— Non, Denglarde, vous ne pouvez pas comprendre, dit-il avec le ton âpre, triste et définitif d'un vieux soldat qui ne peut pas partager sa guerre. Vous n'étiez pas à Highgate. Moi oui.

— Mais je comprends que vous ne vouliez pas y retourner et pourquoi vous y allez tout de même.

— Ça m'étonnerait, Denglarde, sans vous froisser.

— Je sais ce qui s'est passé à Highgate.

Radstock lui jeta un regard surpris.

— Danglard sait tout, expliqua tranquillement Estalère, depuis le fond de la voiture.

Assis à ses côtés à l'arrière, Adamsberg les écoutait parler, captait des mots. Il était manifeste que Danglard savait sur ce Highgate des quantités de choses que, lui, Adamsberg, ignorait tout à fait. C'était normal, si tant est qu'on considère comme normale l'étendue prodigieuse de ses connaissances. Le commandant était bien autre chose que ce qu'on nomme un « homme de culture ». C'était un être d'érudition phénoménale, à la tête d'un réseau complexe de savoirs infinis qui, à l'avis d'Adamsberg, avaient fini par le constituer tout entier, remplaçant un par un tous ses organes, à se demander comment Danglard pouvait encore se mouvoir comme un type presque ordinaire. Ce pourquoi il marchait si mal et ne déambulait jamais. En revanche, il devait connaître à coup certain le nom du gars qui avait mangé son armoire. Adamsberg observa le profil mou de Danglard, à cet instant agité du frémissement qui indiquait chez lui le passage de la science. Sans nul doute, le commandant se remémorait à grande vitesse son grand livre du savoir sur Highgate. En même temps qu'une préoccupation lancinante alentissait sa concentration. Cette femme du colloque, bien sûr, qui emportait son esprit dans une vrille de questions. Adamsberg tourna le regard vers le collègue britannique, dont le nom était impossible à retenir. Stock. Lui n'était pas en train de penser à une femme ni d'explorer ses connaissances. Stock avait peur, tout simplement.

— Danglard, dit Adamsberg en tapant légèrement sur l'épaule de son adjoint, Stock n'a pas envie d'aller voir ces chaussures.

— Je vous ai déjà dit qu'il comprend le gros du français ordinaire. Cryptez, commissaire.

Adamsberg acquiesça. Pour ne pas être compris de Radstock, Danglard lui avait conseillé de parler à grande vitesse sur un ton uni en avalant les syllabes, mais l'exercice était impossible pour Adamsberg. Il posait ses mots aussi lentement que ses pas.

— Il n'en a pas envie du tout, dit Danglard en accéléré. Il a des souvenirs là-bas et il n'en veut pas.

— Qu'est-ce que c'est, « là-bas » ?

— Là-bas ? Un des cimetières romantiques les plus baroques de l'Occident, une surenchère, un déchaînement artistique et macabre. Des sépultures gothiques, des mausolées, des sculptures égyptiennes, des excommuniés et des assassins. Le tout perdu dans le fouillis organisé des jardins anglais. Un lieu unique et trop unique, un creuset des délires.

— C'est entendu, Danglard. Mais qu'est-il arrivé dans ce fouillis ?

— Des événements terribles et, en fin de compte, pas grand-chose. Mais c'est un « pas grand-chose » qui peut peser lourd pour celui qui l'a vu. C'est pour cela que le vieux cimetière est surveillé la nuit. C'est pour cela que le collègue n'y va pas seul, c'est pour cela qu'on est dans cette voiture au lieu de s'en descendre un tranquillement à l'hôtel.

— En descendre un, mais avec qui, Danglard ?

Danglard eut une moue. Les filaments les plus fins de la vie n'échappaient pas à l'œil d'Adamsberg, même si ces filaments étaient bruissements, sensations infimes, mouvements de l'air. Le commissaire avait repéré cette femme au colloque, bien sûr. Et tandis que lui ressassait les faits jusqu'à l'obsession stérilisante, Adamsberg devait déjà avoir une impression formée.

— Avec elle, suggéra Adamsberg, enchaînant dans le silence. La femme qui mord les branches de ses lunettes rouges, la femme qui vous regarde. Il y a écrit « Abstract » sur son badge. Abstract, c'est son prénom ?

Danglard sourit. Que la seule femme qui ait cherché son regard depuis dix ans puisse s'appeler « Abstraite » lui convenait douloureusement bien.

— Non. C'est son travail. Elle est chargée de rassembler et de distribuer les résumés des conférences. Un résumé s'appelle un *abstract*.

— Ah, très bien. Comment s'appelle-t-elle alors ?

— Je n'ai pas demandé.

— Le prénom, c'est ce qu'il faut savoir tout de suite.

— Je voudrais d'abord savoir ce qu'elle a dans la tête.

— Parce que vous ne le savez pas ? répondit Adamsberg, surpris.

— Et comment cela ? Il faudrait déjà lui demander. Et savoir si l'on peut demander. Et se demander ce que l'on peut savoir.

Adamsberg soupira, lâchant prise face aux méandres intellectuels de Danglard.

— Elle a pourtant en tête quelque chose de grave, reprit-il. Et ce n'est pas un verre de plus ou de moins ce soir qui y changera quoi que ce soit.

— Quelle femme ? demanda Radstock en français, exaspéré de constater que les deux hommes faisaient en sorte de l'exclure de la discussion. Et surtout de comprendre que le petit commissaire aux cheveux bruns et décoiffés avait perçu sa peur.

La voiture longeait à présent le cimetière et Radstock souhaita soudain que la scène de lord Clyde-Fox ne soit pas une vision. De sorte que le petit

Français insouciant, Adamsberg, prenne sa part du cauchemar de Highgate. Qu'il la prenne et qu'on partage, *God*. Et l'on verrait si, après, le petit flic aurait l'air tout aussi tranquille. Radstock arrêta la voiture au ras du trottoir et ne sortit pas. Il abaissa la vitre de vingt centimètres et y cala sa lampe torche.

— OK, dit-il en jetant un regard dans le rétroviseur à Adamsberg. Partageons.

— Que dit-il ?

— Il vous invite à partager Highgate.

— Je n'ai rien demandé.

— *You've no choice*, dit durement Radstock en ouvrant la portière.

— J'ai compris, dit Adamsberg en arrêtant Danglard d'un geste.

L'odeur était pestilentielle, la scène choquante, et Adamsberg lui-même se raidit, demeurant à distance derrière son collègue anglais. Des chaussures craquelées, lacets défaits, émergeaient des chevilles décomposées, laissant voir les chairs sombres et les teintes blanches des tibias coupés net. La seule différence avec le récit de lord Clyde-Fox était que les pieds n'essayaient pas d'entrer là-dedans. Ils étaient là, posés sur le trottoir, terribles et provocants, plantés dans leurs chaussures face à l'entrée historique du cimetière de Highgate. Ils formaient un petit tas proprement arrangé, et insoutenable. Radstock tendait sa torche à bout de bras, le visage crispé par le refus, éclairant les chevilles défaites qui pointaient au-dehors des souliers, balayant d'un geste vain l'odeur de la mort.

— Voilà, dit Radstock d'une voix fataliste et agressive, en se tournant vers Adamsberg. Voilà Highgate, le lieu *maudit*, et cela dure depuis cent ans.

— Cent soixante-dix ans, précisa Danglard à voix basse.

— OK, dit Radstock en tentant de se ressaisir. Vous pouvez rejoindre votre hôtel, j'appelle les gars.

Radstock sortit son téléphone, sourit malaisément à ses collègues.

— La qualité des chaussures est médiocre, dit-il en composant un numéro. Avec de la chance, elles sont françaises.

— Si les chaussures le sont, les pieds le sont aussi, compléta Danglard.

— Oui, Denglarde. Quel Anglais se donnerait la peine d'acheter des chaussures françaises ?

— Ce qui fait que, s'il ne tenait qu'à vous, vous nous balanceriez toute cette horreur par-dessus la Manche.

— En quelque sorte, oui. Dennison ? Ici, Radstock. Envoie l'équipe homicide au complet à la vieille porte de Highgate. Non, pas de corps, juste un infâme tas de mauvaises chaussures, une vingtaine peut-être. Avec les pieds dedans. Oui, toute l'équipe, Dennison. OK, passez-le-moi, acheva le surintendant d'un ton las.

Le superintendant Clems était au Yard, le vendredi était toujours un soir chargé. Il semblait qu'on parlementait dans les bureaux, qu'on faisait attendre Radstock au bout de la ligne. Danglard en profita pour expliquer à Adamsberg que seuls des pieds français accepteraient des chaussures françaises et que le surintendant souhaitait vivement leur envoyer le tout par-dessus la Manche, jusqu'au cœur de Paris. Adamsberg acquiesçait, les mains croisées dans le dos, et faisait lentement le tour du dépôt, levant les yeux vers le haut du mur du cimetière, tant pour aérer son esprit que pour imaginer où voulaient aller ces pieds morts. Eux qui savaient des choses que, lui, ne savait pas.

— Environ une vingtaine, sir, répéta Radstock. J'y suis et je les vois.

27

— Radstock, dit la voix méfiante du supérieur Clems, à quoi rime ce foutoir ? Cette question de *pieds dedans* ?

— *God*, dit Radstock. Je suis à Highgate, sir, pas à Queen's Lane. Vous m'envoyez les gars ou vous me laissez seul avec ces immondices ?

— Highgate ? Il fallait le dire plus tôt, Radstock.

— Je ne dis que cela depuis une heure.

— Ça va, dit Clems, soudain conciliant, comme si le mot de « Highgate » déclenchait un signal d'urgence. L'équipe vous rejoint. Hommes, femmes ?

— Un peu de tout, sir. Des pieds d'adultes. Dans les chaussures.

— Qui vous a mis sur le coup ?

— Lord Clyde-Fox. C'est lui qui a découvert l'immondice. Il a avalé des pintes et des pintes pour s'en remettre.

— Bien, dit Clems d'une voix rapide. Les chaussures ? Quelle qualité ? Récentes ?

— Je dirais vingt ans d'âge. Et elles sont assez moches, sir, ajouta-t-il avec une ironie exténuée. Avec de la chance, on pourra les balancer aux Frenchies et s'en laver les mains.

— Pas de ça, Radstock, coupa durement Clems. Nous sommes en plein colloque international et nous attendons des résultats.

— Je le sais, sir, j'ai les deux policiers de Paris avec moi.

Radstock eut un nouveau petit rire, regarda Adamsberg et adopta la même ruse langagière que ses collègues, augmentant le rythme de son débit de manière remarquable. Il était clair pour Danglard que le surintendant, humilié d'avoir prié qu'on l'accompagne, se soulageait par un flot de critiques à l'encontre d'Adamsberg.

— Vous voulez dire qu'Adamsberg lui-même est avec vous ? interrompit Clems.

— Lui-même. Ce petit type dort debout ou quoi ?

— Tenez votre langue et vos distances, Radstock, ordonna Clems. Ce petit type, comme vous dites, est une mine errante.

Si affalé qu'il paraisse, Danglard n'était pas un homme calme et peu d'astuces de la langue anglaise lui échappaient. Sa défense d'Adamsberg était sans faille, hormis les critiques qu'il s'autorisait lui-même. Il arracha le téléphone de la main de Radstock et se présenta, s'éloignant de l'odeur des pieds morts. Il sembla à Adamsberg que, peu à peu, l'homme du téléphone lui paraissait un meilleur camarade de pêche que Radstock.

— Admettons, concédait sèchement Danglard.

— Rien de personnel, commandant Denglarde, croyez-le, dit Clems. Je ne cherche pas d'excuse à Radstock mais il y était, il y a plus de trente ans. Pas de veine que cela tombe sur lui à six mois de la retraite.

— C'est vieux, sir.

— Rien n'est pire que le vieux, vous savez cela. Les anciennes souches percent toujours le gazon et cela peut durer des siècles. Un peu d'indulgence pour Radstock, vous ne pouvez pas comprendre.

— Je le peux. Je connais le drame de Highgate.

— Je ne parle pas de l'assassinat du randonneur.

— Moi non plus, sir. Nous parlons du Highgate historique, cent soixante-six mille huit cents corps, cinquante et un mille huit cents tombes. Nous parlons des courses nocturnes des années 1970 et même d'Elizabeth Siddal.

— Très bien, dit le superintendant après un silence. Eh bien si vous savez tout cela, sachez aussi que Radstock a participé à la dernière course et, à l'époque, il était inexpérimenté. Mettez cela à son débit.

L'équipe de renfort s'installait, Radstock prenait la direction. Sans un mot, Danglard referma le téléphone, le glissa dans la poche de son collègue britannique et rejoignit Adamsberg qui, appuyé contre une voiture noire, semblait épauler Estalère, abattu.

— Et qu'est-ce qu'ils vont en faire ? demandait Estalère d'une voix tremblée. Trouver vingt personnes sans pieds pour les recoller avec ? Et après ?

— Dix personnes, interrompit Danglard. Si on a vingt pieds, cela fait dix personnes.

— D'accord, admit Estalère.

— Mais il semble qu'il n'y en ait pas plus de dix-huit. Ce qui nous ferait neuf personnes.

— D'accord. Mais si les Anglais avaient un problème avec neuf personnes sans pieds, ils seraient déjà au courant, non ?

— S'il s'agit de personnes, dit Adamsberg. Mais s'il s'agit de corps, pas forcément. \

Estalère secoua la tête.

— Si les pieds ont été coupés sur des morts, précisa Adamsberg. Cela nous donne neuf cadavres. Les Anglais ont quelque part neuf cadavres sans pieds, et ils ne le savent pas. Je me demande, poursuivit-il d'une voix plus lente, quel est le mot pour dire « couper les pieds » ? Ôter la tête de quelqu'un, c'est « décapiter ». Pour les yeux, « énucléer », pour les testicules, « émasculer ». Mais pour les pieds ? Que dit-on ? « Épédestrer » ?

— Rien, dit Danglard, on ne dit rien. Le mot n'existe pas parce que l'acte n'existe pas. Enfin, il n'existait pas encore. Mais un type vient de le créer, sur le continent inconnu.

— C'est comme pour le mangeur d'armoire. Il n'y a pas de mot.

— Thékophage, proposa Danglard.

IV

Quand le train s'engagea dans le tunnel sous la Manche, Danglard inspira bruyamment puis serra les mâchoires. Le voyage aller n'avait pas atténué son appréhension, et ce passage sous l'eau lui semblait toujours inacceptable et les voyageurs inconséquents. Il se voyait distinctement filer dans ce conduit à toute allure, recouvert par des tonnes de paquets de mer.

— On sent le poids, dit-il, les yeux fixés sur le plafond du wagon.

— Il n'y a pas de poids, répondit Adamsberg. Nous ne sommes pas sous l'eau, nous sommes sous la roche.

Estalère demanda comment il était possible que le poids de la mer n'appuie pas sur la roche jusqu'à ce que le tunnel s'écroule. Adamsberg, patient, déterminé, dessina pour lui le système sur une serviette en papier : l'eau, la roche, les rives, le tunnel, le train. Puis il exécuta le même dessin sans le tunnel et sans le train, pour lui démontrer que leur existence ne modifiait pas l'état des choses.

— Tout de même, dit Estalère, il faut bien que le poids de la mer appuie sur quelque chose.

— Il appuie sur la roche.

— Mais alors la roche appuie plus fort sur le tunnel.

— Non, reprit Adamsberg en dessinant à nouveau le système.

Danglard eut un mouvement agacé.

— C'est simplement qu'on imagine le poids. La masse monstrueuse au-dessus de nous. L'engloutissement. Faire rouler un train sous la mer, c'est une idée de dément.

— Pas plus que de manger une armoire, dit Adamsberg en soignant son dessin.

— Mais qu'est-ce qu'il vous a fait, bon sang, ce bouffeur d'armoire ? On ne parle plus que de lui depuis hier.

— Je cherche la manière dont il pense, Danglard. Je cherche les pensées du mangeur d'armoire, ou du coupeur de pieds, ou du gars dont l'oncle s'est fait dévorer par un ours. Des pensées d'homme qui, telles des foreuses, ouvrent de noirs tunnels sous la mer dont on ne soupçonnait pas l'existence.

— Qui s'est fait dévorer ? demanda Estalère, soudain attentif.

— L'oncle d'un gars sur la banquise, répéta Adamsberg. C'était il y a un siècle. Il n'est resté de lui que ses lunettes et un lacet. Or le neveu chérissait son oncle. À partir de là, tout bascula. Il tua l'ours.

— C'est raisonnable, dit Estalère.

— Mais il rapporta la dépouille à Genève pour l'offrir à sa tante. Qui l'installa dans son salon. Danglard, le collègue Stock vous a passé une enveloppe à la gare. Son rapport préliminaire, je suppose.

— Radstock, rectifia Danglard d'un ton lugubre, les yeux toujours levés vers le plafond du train, surveillant le poids de la mer.

— Intéressant ?

— Peu nous importe. Ce sont ses pieds, qu'il les garde.

Estalère tortillait une serviette entre ses doigts, concentré, tête penchée vers ses genoux.

— En quelque sorte, coupa-t-il, le neveu voulait rapporter un souvenir de l'oncle à sa veuve ?

Adamsberg acquiesça et revint à Danglard.

— Dites-moi tout de même, pour ce rapport.

— Quand sort-on de ce tunnel ?

— Dans seize minutes. Qu'a trouvé Stock, Danglard ?

— Mais logiquement, commença Estalère en hésitant, si l'oncle était dans l'ours et que le neveu...

Il s'interrompit et baissa à nouveau la tête, soucieux, grattant ses cheveux blonds. Danglard soupira, soit pour les seize minutes, soit pour ces pieds immondes qu'il voulait laisser derrière lui, à la porte oubliée de Highgate. Soit encore parce que Estalère, aussi borné que curieux, était le seul membre de la Brigade incapable de distinguer l'utile de l'inutile chez Adamsberg. Incapable de laisser choir une seule de ses remarques. Pour le jeune homme, chaque mot du commissaire faisait forcément sens et il le cherchait. Et pour Danglard, dont l'esprit élastique franchissait les idées à pas très rapides, Estalère représentait un gâchis de temps irritant et constant.

— Si on n'avait pas suivi Radstock avant-hier, reprit le commandant, si on n'avait pas buté sur ce cinglé de Clyde-Fox, si Radstock ne nous avait pas traînés jusqu'au cimetière, nous serions ignorants de ces pieds infâmes et nous les abandonnerions à leur sort. Leur destin est britannique et il le reste.

— Il n'est pas interdit de s'intéresser, dit Adamsberg. Quand ça croise le chemin.

Et très certainement, pensa-t-il, Danglard n'avait pas réussi à quitter la femme de Londres dans des termes aussi rassurants qu'il l'aurait souhaité. Son anxiété reprenait donc ses droits, se glissait à nouveau dans les creux de son âme. Adamsberg se figurait l'esprit de Danglard comme un bloc de calcaire fin où la pluie des questions avait creusé

d'innombrables cuvettes où gisaient les soucis irré-
solus. Chaque jour, trois ou quatre de ces cuvettes
étaient simultanément en activité. À cette heure, le
passage du tunnel, la femme de Londres, les pieds
de Highgate. Ainsi que le lui avait expliqué
Adamsberg, l'énergie que dépensait Danglard pour
résoudre les questions et curer les cuvettes était
vaine. Car dès qu'une cuvette était assainie, elle libé-
rait de l'espace pour en créer d'autres, emplies de
nouvelles interrogations taraudantes. À s'en occuper
sans cesse, il empêchait la sédimentation tranquille
et le comblement naturel des excavations par l'oubli.

— Inutile de s'alarmer, elle donnera des nouvelles,
affirma Adamsberg.

— Qui ?

— Abstract.

— Logiquement, interrompit Estalère qui suivait
toujours son rail, le neveu aurait dû laisser l'ours en
vie et rapporter ses excréments à sa tante. Puisque
l'oncle était dans le ventre de l'ours et non pas dans
sa peau.

— Justement, dit Adamsberg, satisfait. Tout est
fonction de l'idée que le neveu se fait de l'oncle et de
l'ours.

— Et de sa tante, ajouta Danglard, rasséréné par
la certitude d'Adamsberg à propos d'Abstract et des
nouvelles qu'elle allait donner. Tante dont on ne sait
si elle souhaitait accueillir la peau ou l'excrément de
l'ours en représentation du défunt.

— Tout dépend de l'idée qu'on se fait, répéta
Adamsberg. Quelle était l'idée du neveu ? Que l'âme
de l'oncle s'était diffusée dans l'ours jusqu'à la pointe
de ses poils ? Quelle était l'idée que le thékophage
avait mise dans l'armoire ? Et le Coupeur de pieds ?
Quelle âme logeait dans les plaques de bois, dans les
bouts des pieds ? Que dit Stock, Danglard ?

— Lâchez ces pieds, commissaire.

— Ils me rappellent quelque chose, dit Adamsberg d'une voix incertaine. Un dessin, ou un récit.

Danglard arrêta l'hôtesse qui passait avec du champagne, en prit une coupe pour lui et une pour Adamsberg et posa les deux sur sa propre tablette. Adamsberg buvait rarement et Estalère jamais puisque, à lui, l'alcool faisait tourner la tête. On lui avait expliqué que c'était précisément le but recherché et ce principe l'avait laissé stupéfait. Quand Danglard buvait, Estalère coulait vers lui des regards de curiosité intense.

— Peut-être, reprit Adamsberg, était-ce la vague histoire d'un homme qui cherchait ses chaussures à la nuit. Ou bien qui était mort et qui revenait réclamer ses chaussures. Je me demande si Stock connaît cela.

Danglard vida rapidement la première coupe, détacha son regard du plafond pour regarder Adamsberg, mi-envieux, mi-désolé. Il arrivait qu'Adamsberg se concentre, se transforme en un attaquant dense et dangereux. C'était rare, mais il était alors possible de le contrer. Il offrait en revanche moins de prises quand sa matière mentale se disloquait en masses mouvantes, ce qui était le cas général. Et plus aucune quand cet état s'intensifiait jusqu'à la dispersion, comme en ce moment, aidé par le balancement du train qui abolissait les cohérences. Adamsberg semblait alors se déplacer comme un plongeur, le corps et les pensées ondulant gracieusement sans objectif. Ses yeux suivaient le mouvement, prenant l'aspect des algues brunes, renvoyant à son interlocuteur une sensation de flou, de glissement ou d'inexistence. Accompagner Adamsberg en ses extrêmes, c'était rejoindre l'eau profonde, les poissons lents, les vases onctueuses, les méduses oscillantes, c'était voir des contours imprécis et des teintes troubles. L'accompagner trop longtemps, c'était risquer de s'endormir dans cette eau tiède et y couler. À ces moments spécialement aqueux, on ne pouvait pas argumenter avec lui, pas plus qu'avec de l'écume, de la mousse, des nuées. Danglard lui en voulait rageusement de l'amener une fois encore vers cette liquidité, alors qu'il traversait la double épreuve du tunnel sous la Manche et de l'incertitude d'Abstract. Il s'en voulait aussi d'entrer si souvent dans les brouillards d'Adamsberg.

Il avala sa deuxième coupe de champagne, se remémora rapidement le rapport de Radstock pour en extraire des faits cernés, précis et rassurants. Adamsberg voyait cela, peu désireux d'expliquer à Danglard l'effroi dans lequel ces pieds l'avaient amené. Le mangeur d'armoire, l'histoire de l'ours n'étaient que distractions infimes pour tenter de repousser l'image du trottoir de Highgate, l'éloigner de lui-même et de la tête encore fragile d'Estalère.

— Il y a dix-sept pieds, dit Danglard, dont huit paires et un pied isolé. Donc neuf personnes.

— Des personnes ou des corps ?

— Des corps. Il paraît certain qu'ils ont été détachés *post mortem*, avec une scie. Cinq hommes et quatre femmes, tous adultes.

Danglard marqua une pause, mais le regard d'algue d'Adamsberg attendait intensément la suite.

— Ces prélèvements ont sûrement été effectués sur les cadavres avant leur inhumation. Radstock note : « Dans des dépôts mortuaires ? Dans les chambres froides des établissements de pompes funèbres ? » Et, d'après le style des chaussures – cela reste à affiner –, tout cela aurait eu lieu il y a dix ou vingt ans et se serait étalé sur une longue période. En bref, un homme qui coupait une paire de pieds par-ci, une paire de pieds par-là, au fil du temps.

— Jusqu'à ce qu'il se lasse de sa collection.

— Qui dit qu'il se lasse ?

— Cet événement. Imaginez, Danglard. Cet homme amasse ses trophées pendant dix ou vingt ans, et c'est un travail diaboliquement difficile. Il les entrepose avec passion dans un congélateur. Stock a quelque chose là-dessus ?

— Oui. Il y a eu des congélations et des décongélations successives.

— Donc le Coupeur de pieds les sortait de temps à autre, pour les regarder ou Dieu sait quoi. Ou les déménager.

Adamsberg s'adossa à la banquette et Danglard jeta un coup d'œil au plafond. Dans quelques minutes, on sortirait de cette flotte.

— Et un soir, reprit Adamsberg, et malgré tout le mal que cette collecte lui a donné, le Coupeur de pieds abandonne son bien si précieux. Comme cela, tout bonnement sur la voie publique. Il laisse tout, comme si cela ne l'intéressait plus. Ou — et ce serait encore plus inquiétant — comme si cela ne lui suffisait plus. Tout comme les collectionneurs qui se défont de leur butin pour se lancer dans une nouvelle entreprise, allant vers un stade supérieur et plus abouti de leur quête. Le Coupeur de pieds passe à autre chose. À autre chose de mieux.

— Donc de pire.

— Oui. Il avance plus profondément dans son tunnel. Stock a de quoi se faire du mauvais sang. S'il réussit à remonter la piste, il va passer par des étapes impressionnantes.

— Jusqu'où ? demanda Estalère, tout en guettant l'effet du champagne sur Danglard.

— Jusqu'à l'événement insoutenable, cruel, dévorateur, qui déclenche toute l'histoire, pour finir dans des aberrations logées dans des chaussures ou des armoires. Ensuite s'ouvre le tunnel noir, avec ses marches et ses boyaux. Et Stock va descendre làdedans.

Adamsberg ferma les yeux, passant sans réelle transition à l'état apparent de sommeil ou de fuite.

— On ne peut pas affirmer que le Coupeur de pieds passe un cap, se hâta de contrer Danglard avant qu'Adamsberg ne lui échappe tout à fait. Ni qu'il se débarrasse de sa collection. Tout ce qu'on sait, c'est qu'il l'a déposée à Highgate. Et bon sang, ce n'est pas rien. Autant dire qu'il a fait une offrande.

Le train sortit dans un souffle à l'air libre et le front de Danglard s'allégea. Son sourire encouragea Estalère.

— Commandant, murmura Estalère, que s'est-il passé, à Highgate ?

Comme souvent et sans jamais le vouloir, Estalère posait son doigt à l'endroit crucial.

V

— Je ne sais pas s'il est bon de raconter Highgate, dit Danglard, qui avait demandé une troisième coupe de champagne pour le brigadier et la buvait à sa place. Peut-être est-ce mieux de ne plus le raconter. C'est un de ces grands tunnels que creusent les hommes, n'est-ce pas, commissaire, et celui-là est très vieux, oublié. Peut-être est-ce mieux de le laisser s'effondrer sur lui-même. Car l'ennui, quand un fou furieux ouvre un tunnel, c'est que d'autres hommes peuvent ensuite l'emprunter, ainsi que l'a dit Radstock à sa manière. C'est ce qui s'est passé avec Highgate.

Estalère attendait la suite, avec l'expression détendue d'un homme qui va entendre une histoire agréable. Danglard regardait son visage serein, incertain sur ce qu'il devait faire. Emmener Estalère dans le tunnel de Highgate, c'était risquer d'altérer son ingénuité. À la Brigade, il était admis qu'on parlait de « l'ingénuité » d'Estalère plutôt que de sa bêtise. Quatre fois sur cinq, Estalère était à côté de la plaque. Mais sa candeur générait parfois les bienfaits inattendus de l'innocence aux mains pleines. Il arrivait que ses bévues ouvrent des pistes, si banales qu'on n'y avait pas songé. La plupart du temps néanmoins, les questions d'Estalère freinaient le rythme. On tentait d'y répondre avec patience, à la fois parce qu'on l'aimait bien, à la fois parce que Adamsberg affirmait que, un jour, les choses s'arrangeraient pour lui. On tâchait d'y croire, on avait pris l'habitude de cet effort collectif. À la vérité, Danglard aimait bien parler à Estalère s'il en avait le temps. Car il pouvait dérouler des quantités de connaissances sans que le jeune homme s'impatiente jamais. Il jeta un coup d'œil à Adamsberg, yeux clos. Il savait que le commissaire ne dormait pas et l'entendait parfaitement.

— Pourquoi veux-tu le savoir ? reprit-il. Ces pieds appartiennent à Radstock. Ils sont de l'autre côté de la mer à présent.

— Vous avez dit que ce pouvait être une offrande. À qui ? Highgate a un propriétaire ?

— En quelque sorte. Il a un maître.

— Comment s'appelle-t-il ?

— L'Entité, répondit Danglard avec un demi-sourire.

— Depuis quand ?

— La partie ancienne du cimetière, la partie ouest, celle devant laquelle tu étais avant-hier, a été ouverte en 1839. Mais tu comprends bien que le maître pouvait résider là bien avant.

— Oui.

— Beaucoup disent que c'est parce que l'Entité vivait déjà là, dans l'ancienne chapelle de la colline de Hampstead, que ce lieu a été irrésistiblement choisi pour y créer un cimetière.

— C'est une femme ?

— C'est un homme. Plus ou moins. Et c'est sa puissance qui aurait attiré à lui les morts et le cimetière. Tu comprends ?

— Oui.

— On n'enterre plus depuis longtemps à l'ouest, c'est devenu un lieu historique, célèbre. Il y a des monuments prodigieux, des étrangetés de toutes sortes, des défunts fameux. Charles Dickens ou Marx, par exemple.

Une inquiétude altéra le visage du brigadier. Estalère n'essayait jamais de masquer son ignorance, ni le très grand souci qu'elle lui causait.

— Karl Marx, précisa Danglard. Il a écrit un livre important. Sur la lutte des classes sociales, l'économie, toutes ces choses. Ça a donné le communisme.

— Oui, enregistra Estalère. Mais cela a à voir avec le propriétaire de Hampstead ?

— Dis plutôt « le Maître », c'est l'usage. Non, Marx n'a rien à voir avec lui. C'est seulement pour te dire que Highgate Ouest est réputé dans le monde entier. Et très redouté.

— Oui, puisque Radstock avait peur. Pourquoi ?

Danglard hésita. Par où commencer cette histoire ? Et le fallait-il ?

— Un soir, dit-il, il y a presque quarante ans, en 1970, deux jeunes filles rentraient du lycée et coupèrent par un raccourci à travers le cimetière. Elles arrivèrent chez elles en courant, commotionnées, ayant été poursuivies par une *silhouette noire*, ayant vu des morts sortir de leurs tombes. L'une d'elles tomba malade et fut atteinte de somnambulisme. Pendant ses crises, elle se rendait au cimetière et se dirigeait toujours vers le même caveau. Le caveau du Maître, dit-on alors, du Maître qui l'appelait. On la guetta, on la suivit, on trouva à cet endroit des dizaines de cadavres d'animaux vidés de leur sang. Le voisinage commença à s'effrayer, la rumeur enfla, les journaux s'emparèrent du phénomène et tout s'emballa. Avec d'autres illuminés, un révérend exorciste se rendit sur place pour anéantir le « Maître de Highgate ». Ils pénétrèrent dans le caveau et y trouvèrent un cercueil sans nom, placé différemment des autres. Ils l'ouvrirent. Tu devines la suite.

— Non.

— Il y avait un corps dans le cercueil, mais un corps qui n'était ni celui d'un vivant, ni celui d'un mort. Il était couché là et parfaitement conservé. C'était un

41

homme et c'était un inconnu sans nom. L'Illuminé hésita à lui transpercer le cœur avec un pieu, car l'Église le proscrit.

— Pourquoi voulait-il le transpercer ?

— Estalère, tu ne sais pas comment on anéantit les vampires ?

— Ah, dit posément le jeune homme. Parce que c'était un vampire.

Danglard soupira, frotta la vitre du train pour en ôter la buée.

— C'est au moins ce que pensaient les illuminés, et c'est pour cela qu'ils étaient là avec les croix, l'ail, les pieux. Devant le cercueil ouvert, l'Illuminé déclama les paroles de l'exorcisme, *Avance-toi, être perfide, porteur de tous les maux et de toutes les faussetés. Cède la place, vicieuse créature.*

Adamsberg ouvrit les yeux, vifs.

— Vous connaissez l'histoire ? dit Danglard, un peu agressif.

— Pas celle-ci, mais d'autres. À ce moment de l'entreprise, on entend un grondement terrible, un bruit inhumain.

— C'est ce qui se passa. Un gémissement épouvantable résonna dans le caveau. L'Illuminé jeta de l'ail à la volée et scella l'entrée du tombeau avec des briques.

Adamsberg haussa les épaules.

— On n'arrête pas un vampire avec des briques.

— En effet, le remède ne fonctionna pas. Quatre ans plus tard, on murmura qu'une maison du voisinage était hantée, une vieille demeure victorienne de style gothique. L'Illuminé fouilla la maison et trouva un cercueil dans la cave, qu'il reconnut pour être le cercueil qu'il avait muré quatre ans plus tôt dans le caveau.

— Est-ce qu'il y avait un corps dedans ? demanda Estalère.

— Je ne sais pas.

— Il existait une histoire plus ancienne, non ? dit Adamsberg. Ou bien Stock n'aurait pas éprouvé cette crainte.

— Je n'ai pas envie de la raconter, maugréa Danglard.

— Mais Stock la connaît, commandant. Si bien que nous devons la savoir aussi.

— C'est son problème.

— Non. Nous aussi, nous avons vu. Quand cette vieille histoire commence-t-elle ?

— En 1862, répondit Danglard avec répugnance. Vingt-trois ans après l'ouverture du cimetière.

— Continuez, commandant.

— Cette année-là, une certaine Elizabeth Siddal y est enterrée. Elle était morte d'un excès de laudanum. Une overdose d'un autre siècle, ajouta-t-il en se tournant vers Estalère.

— Je comprends.

— Son mari était le fameux Dante Gabriel Rossetti, un peintre préraphaélite et un poète. Elizabeth fut enterrée avec un recueil de poèmes de son époux.

— On arrive dans une heure, interrompit Estalère, brusquement alarmé. Est-ce qu'on aura le temps ?

— Ne t'en fais pas. Sept ans plus tard, le mari fit rouvrir son cercueil. Ici, il existe deux versions. Selon la première, Dante Rossetti regrettait son geste et voulait récupérer son recueil pour le publier. Selon la seconde, il ne pouvait se résoudre à la disparition de sa femme, et il avait pour ami redoutable un homme nommé Bram Stoker. Estalère, as-tu entendu parler de lui ?

— Jamais.

— C'est le créateur littéraire de Dracula, un très grand vampire.

Estalère fronça les sourcils, alarmé.

— L'histoire de Dracula est une fiction, expliqua Danglard, mais il est notoire que cette question fascinait maladivement Bram Stoker. Il connaissait les rites qui lient les hommes à *ceux qui ne meurent jamais*. Et il était l'ami de ce Dante Rossetti.

Sous l'effort de la concentration, Estalère tordait une nouvelle serviette en papier, tendu pour ne rien laisser échapper.

— Veux-tu du champagne ? demanda Danglard. Je t'assure qu'on a le temps. C'est déplaisant mais c'est court.

Estalère jeta un regard vers Adamsberg, apparemment indifférent, et accepta. S'il voulait bien écouter Danglard, il serait correct qu'il boive de son champagne.

— Bram Stoker s'intéressait passionnément au cimetière de Highgate, continua Danglard en arrêtant l'hôtesse. C'est là qu'il fait errer Lucy, l'une de ses héroïnes, et c'est ainsi qu'il crée la renommée du lieu. Ou bien, disent certains, Stoker fut poussé à le faire par l'Entité elle-même. Selon la seconde version, c'est Stoker qui incita son ami à revoir sa femme morte. Quoi qu'il en soit, Dante fractura le cercueil sept ans après son décès. C'est à ce moment – mais peut-être avant – que s'ouvrit le tunnel noir de Highgate.

Danglard fit silence, comme pris dans les ombres de Dante, sous le regard précis d'Adamsberg et l'expression inquiète d'Estalère.

— D'accord, dit Estalère à voix basse. Il fracture le cercueil. Il voit quelque chose.

— Oui. Il découvre avec épouvante que sa femme est intacte, qu'elle a gardé les cheveux longs et roux, que sa peau est souple et rose et ses ongles griffus, comme si elle venait à peine de mourir et mieux encore. Et c'est la vérité, Estalère. Comme si ces sept ans lui avaient profité. Il n'y avait pas la moindre trace de décomposition.

— C'est possible ? demanda Estalère en serrant sa coupe en plastique.

— C'est en tout cas ce qui s'est produit. Elle avait ce « teint vermeil » des survivants, presque trop rouge. Cela a été abondamment décrit par des témoins, je te l'assure.

— Mais le cercueil était normal ? Juste en bois ?

— Oui. Et la conservation miraculeuse d'Elizabeth Siddal fit un formidable fracas en Angleterre, et au-delà. Aussitôt, on y vit la marque de l'Entité et l'on décréta qu'elle avait pris possession du cimetière. Des cérémonies s'y déroulèrent, on y vit des apparitions, on chanta des incantations pour le Maître. À partir de cette date, le tunnel était béant.

— Alors des gens entrèrent dedans.

— Beaucoup, par milliers. Jusqu'aux deux jeunes filles qui furent poursuivies.

Le train freinait à l'approche de la gare du Nord. Adamsberg se redressa, secoua sa veste pliée en boule, recoiffa ses cheveux d'une main.

— Que vient faire le collègue Stock là-dedans ? demanda-t-il.

— Radstock a fait partie de l'escouade de flics qui fut envoyée sur place dès qu'on eut vent de la séance d'exorcisme. Il a vu le corps intact, entendu l'Illuminé haranguer le vampire. Je suppose aussi qu'il était jeune et impressionnable. Et que trouver aujourd'hui, à cet endroit, des pieds de morts lui déplaît profondément. Car on dit que l'Entité règne toujours sur les ténèbres de Highgate.

— C'est cela, l'offrande ? demanda Estalère. Le Coupeur de pieds aurait fait un cadeau à l'Entité ?

— C'est ce que pense Radstock. Il craint qu'un fou furieux ne réveille le cauchemar de Highgate. Et la puissance de son maître endormi. Mais cela ne va sans doute pas si loin. Le Coupeur de pieds veut en finir avec sa collection, soit. Il ne peut pas jeter des objets si précieux à la décharge, pas plus qu'un homme ne se débarrasse de ses jouets d'enfant. Il veut trouver un endroit digne d'eux.

— Et il choisit un lieu à la hauteur de ses fantasmes, dit Adamsberg. Il choisit Higegatte, où les pieds pourront vivre encore.

— Highgate, corrigea Danglard. Ce qui n'implique pas que le Coupeur de pieds croie à l'Entité. C'est le caractère du lieu qui importe. Quoi qu'il en soit, tout cela est de l'autre côté de la Manche et loin de nous.

Le train freinait le long du quai, Danglard attrapa brutalement sa valise, comme pour mettre fin par un geste très réel à l'engourdissement qu'avait provoqué son histoire.

— Mais quand on a vu quelque chose de cet ordre, Danglard, dit doucement Adamsberg, un petit bout s'en détache et reste toujours en nous. Toute chose très belle ou très laide abandonne un fragment d'elle dans les yeux de ceux qui la regardent. On sait cela. C'est d'ailleurs comme cela qu'on la reconnaît.

— Quoi ? demanda Estalère.

— Ce que j'ai dit. La très grande beauté ou la très grande laideur. On la reconnaît à ce choc, à cette parcelle qui demeure.

En remontant le quai, Estalère toucha l'épaule du commissaire, après que Danglard les eut quittés en hâte, comme au regret d'en avoir trop dit.

— Mais ces petits bouts de choses qu'on a vus, qu'est-ce qu'on en fait, après ?

— On les range, on les dispose en étoiles dans un grand carton qui s'appelle la mémoire.

— Et on ne peut pas les jeter ?

— Non, c'est impossible. La mémoire n'a pas de poubelle.

— Que faut-il faire alors, si l'on n'en veut pas ?

— Soit tu les guettes pour les tuer, comme Danglard, soit tu les négliges.

Dans le métro, Adamsberg se demandait à quel endroit de sa mémoire les détestables pieds de Londres allaient trouver à se ranger, sur quelle branche des étoiles, et combien de temps allait passer avant qu'il fasse mine de les oublier. Et où iraient se loger l'armoire mangée, et l'ours, et l'oncle, et ces jeunes filles qui avaient vu l'*Entité* et souhaitaient la rejoindre. Et qu'était-elle devenue, celle qui partait seule vers le caveau ? Et l'Illuminé ? Adamsberg frotta ses yeux, tenté par une longue nuit de sommeil. De dix heures entières, pourquoi pas. Il n'eut le temps d'en dormir que six.

VI

Assommé, assis sur une chaise à sept heures trente du matin, le commissaire contemplait la scène du crime sous les regards soucieux de ses adjoints, tant il était anormal qu'Adamsberg fût assommé, et plus encore assis sur une chaise. Mais il demeurait sur cette chaise, le visage immobile et le regard errant, celui d'un homme qui n'a pas envie de voir et qui s'en va au loin, pour qu'aucune parcelle n'aille se fourrer dans sa mémoire. Il s'efforçait de songer au temps d'avant, quand il était seulement six heures, quand il n'avait pas encore vu cette pièce gorgée de sang. Quand il s'était habillé en vitesse après l'appel du lieutenant Justin, enfilant la chemise blanche de la veille et l'élégante veste noire prêtée par Danglard, totalement inappropriées à la situation. La voix saccadée de Justin n'annonçait rien de bon, la voix d'un gars estomaqué.

« On sort toutes les passerelles », avait-il précisé. C'est-à-dire les dalles plastique montées sur pieds qu'on répartissait sur le sol pour ne pas polluer les vestiges. « Toutes les passerelles. » Ce qui signifiait que la totalité du sol devait être impropre à la circulation. Adamsberg était sorti en hâte, avait évité Lucio, l'appentis, la chatte. Jusque-là tout allait bien, jusque-là il n'était pas encore entré dans cette grande pièce, il n'était pas sur cette chaise face à des tapis trempés de sang, semés d'entrailles et d'éclats d'ossements, entre quatre murs maculés d'éléments organiques. Comme si le corps du vieil homme avait éclaté. Le plus repoussant était sans doute les petits paquets de chair déposés sur la laque noire du grand piano, abandonnés comme des déchets sur l'étal. Du sang avait coulé sur les touches. Là aussi le mot manquait, le mot pour définir un homme qui réduisait le corps d'un autre en charpie. Le terme de tueur était insuffisant et dérisoire.

En quittant la maison, il avait composé le numéro de son plus puissant lieutenant, Retancourt, capable à ses yeux de résister à tous les chaos de la création. Voire à les déjouer ou à les orienter selon ses désirs.

— Retancourt, rejoignez Justin, ils ont sorti toutes les passerelles. Je ne sais pas, un pavillon dans une allée privée, banlieue bourgeoise de Garches, un vieil homme dedans, une scène indescriptible. À la voix de Justin, cela semble méchant. Fonce.

Avec Retancourt, Adamsberg alternait sans y penser le tutoiement et le vouvoiement. Elle se prénommait Violette, ce qui était assez inadapté pour une femme de plus d'un mètre quatre-vingts et de cent dix kilos. Adamsberg l'appelait par son nom propre ou par son prénom, ou par son grade, selon que prenait le pas sa déférence pour ses capacités énigmatiques, ou bien sa tendresse pour l'imprenable refuge qu'elle offrait, quand elle le voulait, si elle le voulait. Ce matin il l'attendait, passif, suspendant le temps, pendant que les hommes chuchotaient dans la pièce et que le sang brunissait sur les murs. Peut-être un truc avait-il croisé sa route et l'avait retardée. Il entendit son pas lourd avant de la voir.

— Une foutue messe a bouché tout le boulevard, bougonna Retancourt, qui n'aimait pas qu'on bloque son chemin.

Malgré son volume remarquable, elle passa aisément les passerelles et se posa bruyamment à ses côtés.

49

Adamsberg lui sourit. Retancourt savait-elle, ou non, qu'elle représentait pour lui un arbre secourable, aux fruits coriaces et miraculeux, ce genre d'arbre qu'on enlace sans pouvoir en faire le tour, sur lequel on grimpe en hâte quand surgit l'enfer ? Où l'on construit sa cabane dans les branches hautes ? Elle en avait la puissance, la rugosité, l'hermétisme, abritant le monumental mystère. Son regard efficace parcourut la pièce, sol, murs, hommes.

— Boucherie, dit-elle. Où est le corps ?

— Partout, lieutenant, dit Adamsberg en écartant les bras, désignant d'un mouvement la pièce entière. Émietté, pulvérisé, répandu. Où que l'on pose les yeux, on voit le corps. Et quand on regarde le tout, on ne le voit plus. Il n'y a que lui, et il n'est pas là.

Retancourt inspecta les lieux de manière plus sectorielle. Ici, là, d'un bout à l'autre de la pièce, des fragments organiques écrasés couvraient les tapis, collaient aux murs, formaient des paquets d'immondices, se tassaient près des pieds des meubles. De l'os, de la chair, du sang, un tas brûlé dans la cheminée. Un corps éparpillé qui ne suscitait pas de dégoût tant il était impossible d'associer ces éléments à une partie suggestive d'un être. Les agents se déplaçaient avec précaution, risquant à chaque geste d'enlever un morceau du cadavre invisible. Justin discutait à voix basse avec le photographe – celui qui avait des taches de rousseur et dont Adamsberg ne mémorisait jamais le nom –, et ses petits cheveux clairs lui collaient au crâne.

— Justin est hors d'état, constata Retancourt.

— Oui, confirma Adamsberg. Il est entré ici le premier, sans idée préconçue. C'est le jardinier qui a prévenu. Le planton de Garches a appelé son supérieur, qui a saisi la Brigade dès qu'il a constaté les dégâts. Justin s'est tout pris de plein fouet. Relayez-le. Vous coordonnerez le relevé avec Mordent, Lamarre et

Voisenet. Il nous faut une identification des matières mètre par mètre. Carroyer, relever les vestiges.

— Comment le gars s'y est-il pris ? C'est un rude boulot.

— À première vue avec une scie électrique et une masse. Entre onze heures du soir et quatre heures du matin. En toute tranquillité, chaque pavillon est séparé des autres par un grand jardin et une haie. Pas de voisins proches, la plupart sont partis pour le week-end.

— Le vieil homme ? On en sait quoi ?

— Qu'il vivait ici, seul et riche.

— Riche certainement, dit Retancourt en désignant les tapisseries qui couvraient les murs, et le piano, un demi-queue qui occupait le tiers de la grande pièce. Seul, c'est autre chose. On ne se fait pas massacrer comme ça si on est vraiment seul.

— Si c'est bien lui qui est sous nos yeux, Violette. Mais c'est presque certain, les cheveux correspondent à ceux de la salle de bains et de la chambre. Et si c'est lui, il s'appelait Pierre Vaudel, il avait soixante-dix-huit ans, il avait été journaliste et spécialisé en affaires judiciaires.

— Ah.

— Oui. Mais selon le fils, il n'y a pas de véritable ennemi en vue. Seulement quelques grosses embrouilles et des hostilités.

— Où est le fils ?

— Dans le train. Il vit à Avignon.

— Il n'a rien dit d'autre ?

— Mordent dit qu'il n'a pas pleuré.

Le Dr Romain, le médecin légiste qui avait repris du service après une longue période d'évanescence, se planta devant Adamsberg.

— Pas la peine de faire venir la famille pour une identification. On se débrouillera avec l'ADN.

— Évidemment.

— C'est la première fois que je te vois assis pendant une enquête. Pourquoi t'es pas debout ?

— Parce que je suis assis, Romain. Je n'ai pas envie d'être autrement, c'est tout. Qu'est-ce que tu repères dans ce carnage ?

— Il y a des parties du corps qui ne sont pas totalement défaites. On reconnaît des morceaux de cuisses, de bras, juste écrasés de quelques coups de masse. En revanche, le concasseur a particulièrement soigné la tête, les mains, les pieds. Totalement écrabouillés. Les dents aussi sont en miettes, on en a des éclats ici et là. Du travail très abouti.

— Tu as déjà vu cela ?

— Des visages et des mains écrasés, oui, pour éviter l'identification. De plus en plus rare depuis l'ADN. Des corps éventrés ou brûlés, oui, comme toi. Mais une destruction aussi forcenée, non. Ça passe l'entendement.

— Ça passe où, Romain ? Dans la hantise ?

— Une sorte. On dirait qu'il a répété son travail jusqu'à n'en plus pouvoir, comme s'il avait peur de le rater. Tu sais, comme on contrôle dix fois qu'on a bien fermé la porte. Non seulement il a tout broyé bout par bout, non seulement il s'est acharné et a recommencé, mais il a tout ventilé. Il a éparpillé les restes à travers l'espace. Pas un fragment n'est solidaire d'un autre, même les doigts de pieds ne sont pas ensemble. Comme si le gars avait semé à la volée dans un champ. Il ne s'imagine pas que le vieux va repousser, hein ? Ne compte pas sur moi pour remonter le corps, c'est impossible.

— Oui, approuva Adamsberg. De la peur incoercible, de la fureur en flux continu.

— Cela n'existe pas, la fureur en flux continu, coupa agressivement le commandant Mordent.

Adamsberg se leva en secouant la tête, se posa sur une dalle, passa sur la suivante d'un pas appliqué. Il était seul à se déplacer, les agents s'étaient arrêtés pour l'écouter, immobiles sur leurs propres dalles, comme les pions restent fixes pendant le déplacement d'une pièce sur l'échiquier.

— Normalement non, Mordent, mais ici oui. Sa rage, sa frayeur, sa fièvre s'étendent au-delà de notre vue, sur des terres que l'on ne connaît pas.

— Non, insista le commandant. La fureur, la colère, c'est un bois qui brûle vite. Ici, il y a eu des heures de travail. Quatre heures au moins, et cela, ce n'est pas le temps de la fureur.

— De quoi d'autre ?

— C'est du labeur, c'est de l'entêtement, du calcul. Peut-être même de la mise en scène.

— Impossible, Mordent. Personne ne peut imiter cela.

Adamsberg s'accroupit pour examiner le sol.

— Il était en bottes, non ? En grosses bottes de caoutchouc ?

— On le pense, confirma Lamarre. Vu la besogne à faire, ça paraissait une bonne précaution. Les semelles ont laissé de belles empreintes sur les tapis. Avec, peut-être, des petits fragments de matière échappés des crampons. De la boue ou je ne sais quoi.

Mordent marmonna « labeur » et se déplaça en travers, comme le Fou, puis Adamsberg franchit trois dalles, deux en ligne et une en biais, comme le Cheval.

— Sur quoi s'est-il posé pour écraser ? demanda-t-il. Même avec une masse, il ne serait arrivé à rien sur les tapis.

— Ici, suggéra Justin, on a un espace à peine taché, de forme à peu près rectangulaire. Possible qu'il ait posé un billot de bois ou une plaque de fonte pour faire enclume.

— Ça fait beaucoup de matériel lourd à transporter. Masse, scie circulaire, billot. Et sûrement des habits et des chaussures de rechange.

— Ça tient dans un gros sac. Je pense qu'il s'est changé dehors, dans le jardin derrière le pavillon.

Il y a des traces de sang dans l'herbe, là où il a dû poser ses vêtements souillés.

— Et de temps à autre, dit Adamsberg, il s'asseyait pour reprendre son souffle. Il avait choisi ce fauteuil-là.

Adamsberg regarda le meuble, ses accoudoirs torsadés, son siège de velours rose sali de sang.

— C'est un sacré beau fauteuil, dit-il.

— C'est tout bonnement du Louis-XIII, dit Mordent. Ce n'est pas juste un « sacré beau fauteuil », c'est du Louis-XIII.

— D'accord, commandant, c'est du Louis-XIII, dit Adamsberg sans changer de ton. Et si vous avez l'intention de nous emmerder toute la journée, rentrez. Cela n'amuse personne de travailler un dimanche, cela n'amuse personne de patauger dans cet abattoir. Et personne n'a dormi plus que vous.

Mordent opéra un nouveau déplacement en biais, s'éloignant d'Adamsberg. Le commissaire croisait les mains dans son dos, considérant toujours le grand fauteuil.

— Le refuge du meurtrier, en quelque sorte. Il y prend ses moments de répit. Il regarde la destruction en cours, il cherche des temps de soulagement, de satisfaction. Ou il tente seulement de respirer plus lentement.

— Pourquoi dit-on « un meurtrier » ? demanda consciencieusement Justin. Une femme peut transporter ce matériel, si elle ne se gare pas trop loin.

Adamsberg secoua la tête résolument.

— C'est de l'ouvrage d'homme, c'est de l'esprit d'homme, il n'y a pas une once de femme ici. Sans parler de la taille des bottes.

— Les habits, dit Retancourt, en montrant un tas désordonné sur une chaise, il ne les a pas arrachés ni déchirés. Simplement enlevés comme pour le mettre au lit. C'est rare aussi.

— C'est parce qu'il n'est pas en fureur, dit Mordent, depuis le coin de la pièce où il s'était rangé.

— Il les a tous ôtés ?

— Sauf le caleçon, dit Lamarre.

— C'est qu'il ne voulait pas voir, dit Retancourt. Il l'a déshabillé pour ne pas enrayer la scie, mais il n'a pas pu le dénuder totalement. L'idée lui déplaisait.

— Alors on sait au moins que le tueur n'est ni infirmier ni médecin, dit Romain. Moi, des gars, j'en ai déshabillé des centaines sans bouger un cil.

Adamsberg avait enfilé des gants et pressait entre ses doigts une des petites boulettes de terre échappées des bottes.

— On va chercher un cheval, dit-il. Ça, c'est du crottin, collé sous ses bottes.

— À quoi ça se voit ? demanda Justin.

— À l'odeur.

— On regarde du côté des éleveurs, des haras ? demanda Lamarre. Des manèges, des champs de courses ?

— Et après ? dit Mordent. Des milliers de gens tournent autour des chevaux. Et le tueur a pu ramasser ça n'importe où, rien qu'en marchant sur un chemin de campagne.

— Eh bien c'est déjà cela, commandant, dit Adamsberg. On sait que le tueur va à la campagne. À quelle heure arrive le fils ?

— Il devrait être à la Brigade dans moins d'une heure. Il s'appelle Pierre, comme son père.

Adamsberg tendit son bras pour dégager ses deux montres.

— Je vous envoie une équipe relais à midi. Retancourt, Mordent, Lamarre et Voisenet s'occupent du relevé. Justin et Estalère, vous commencez à fouiner dans le magma personnel. Comptes, agenda, calepins, portefeuille, téléphone, photos, médicaments et la suite. Qui il voyait, qui il appelait, ce qu'il achetait, ses vêtements, ses goûts, sa bouffe.

Prenez tout, on doit le reconstituer au plus près. Ce vieux n'a pas seulement été tué, il a été réduit à néant. On n'a pas seulement pris sa vie, on l'a détruit, aboli.

L'image de l'ours blanc traversa brusquement ses pensées. L'animal devait avoir laissé le corps de l'oncle à peu près dans cet état, en plus propre. Rien à rapporter, rien à enterrer. Et le fils Pierre ne pourrait pas empailler le meurtrier pour le ramener à la veuve.

— Je ne crois pas que sa bouffe soit prioritaire, dit Mordent. L'urgence serait de s'occuper des affaires judiciaires qu'il a traitées. Et de sa situation familiale et financière. On ne sait même pas encore s'il est marié. On ne sait même pas encore si c'est lui.

Adamsberg regarda les visages lassés des hommes, plantés sur leurs dalles.

— Pause pour tout le monde, dit-il. Il y a un café au bout de la rue. Retancourt et Romain gardent le chantier.

Retancourt accompagna Adamsberg jusqu'à sa voiture.

— Dès que la scène est un peu nettoyée, appelez Danglard. Qu'il se mette sur la vie de la victime et surtout pas aux prélèvements.

— Évidemment.

La répulsion de Danglard à l'égard du sang et de la mort était un fait accepté sans critique. Quand on le pouvait, on ne le convoquait pas avant que les lieux aient été débarrassés du pire.

— Mordent, qu'est-ce qu'il a ? demanda Adamsberg.

— Aucune idée.

— Il n'est pas dans son état habituel. Il est dissimulé, mauvais comme la gale.

— J'ai vu.

— Cette manière du tueur de tout disperser dans la pièce, cela vous évoque quelque chose ?

— Mon arrière-grand-mère. Ça n'a rien à voir.

— Dites quand même.

— Quand elle a perdu la tête, elle s'est mise à tout étaler. Elle ne supportait plus que les choses se touchent. Elle séparait les journaux, les vêtements, les chaussures.

— Les chaussures ?

— Tout ce qui était en tissu, en papier et en cuir. Elle espaçait les chaussures de dix centimètres, elle les alignait par terre.

— Elle disait pourquoi ? Elle avait une raison ?

— Une excellente raison. Elle pensait que si ces objets entraient en contact, cela risquait de prendre feu, à cause du frottement. C'est ce que je vous ai dit, ça n'a rien à voir avec la dispersion de Vaudel.

Adamsberg leva une main pour lui faire signe qu'il prenait un message, écouta attentivement, rempocha l'appareil.

— Jeudi matin, expliqua-t-il, j'ai sorti deux chatons qui s'étaient bloqués dans le ventre de leur mère. On me signale que la chatte va bien.

— Bon, dit Retancourt après un silence. Je suppose que c'est une bonne nouvelle.

— Le tueur a pu faire comme votre grand-mère, il a pu vouloir défaire les contacts, séparer les éléments. Ce qui serait au fond tout le contraire d'une collection, ajouta-t-il en repensant aux pieds de Londres. Il a broyé un ensemble, dispersé la cohérence. Et j'aimerais savoir pourquoi Mordent cherche à m'emmerder.

Retancourt n'aimait pas quand les paroles d'Adamsberg s'emmêlaient. Ces sauts de pensées, cette confusion pouvaient lui ôter par instants brefs la conscience de son objectif. Elle le quitta sur un signe de main.

VII

Adamsberg lisait toujours le journal debout, en tournant dans son bureau autour de la table. D'ailleurs, ce n'était pas son journal. Il l'empruntait chaque jour à Danglard, et lui rendait ensuite dans un état informe.

En page 12, un entrefilet faisait état des progrès d'une enquête à Nantes. Adamsberg connaissait bien le commissaire en charge, un type sec et solitaire au travail, extraverti dès que venait l'heure de la convivialité. Le commissaire chercha son nom, à titre d'exercice. Depuis Londres, peut-être depuis que Danglard avait déversé un flot d'érudition sur le cimetière de Highgate, le commissaire envisageait de prêter plus d'attention aux mots, aux noms, aux phrases. Domaine où sa mémoire s'était toujours montrée inapte alors qu'il pouvait se rappeler des années plus tard un son, une touche de lumière, une expression. Comment s'appelait ce flic ? Bolet ? Rollet ? Un histrion apte à divertir une table de vingt personnes, ce qu'Adamsberg admirait. Aujourd'hui, il enviait aussi ce Nolet – il venait de lire son nom dans l'article – d'avoir affaire à un meurtre aussi net tandis que le fauteuil en velours souillé ne quittait pas ses pensées. En comparaison du chaos de Garches, l'enquête de Nolet était revigorante. Un assassinat sobre par deux balles dans la tête, la victime avait ouvert la porte à son meurtrier. Sans complications, sans viol, sans folie, une femme de cinquante ans exécutée selon les règles du jeu, selon le principe des tueurs efficaces, tu m'emmerdes-je te tue. Nolet n'avait plus qu'à remonter la trace d'un mari, d'un amant, et amener l'affaire à terme sans se retrouver empêtré dans des mètres carrés de tapis couverts de chairs. Sans mettre un pied sur le territoire de la démence, sur ce continent inconnu de Stock. Stock, il le savait, n'était pas le nom exact du collègue britannique qui irait, un jour, pêcher dans un lac là-haut. Avec Danglard peut-être. À moins que l'histoire avec la femme Abstract ne retienne le commandant ailleurs.

Adamsberg leva la tête au déclic de la grande pendule. Pierre Vaudel, fils de Pierre Vaudel, arriverait dans quelques instants. Le commissaire monta l'escalier de bois, évita la marche irrégulière sur laquelle tout le monde butait, et entra dans la salle du distributeur pour y tirer un café serré. Cette petite pièce était un peu le domaine du lieutenant Mercadet, doué pour les chiffres, talentueux en toutes formes d'exercices logiques, mais hypersomniaque. Des coussins disposés dans un angle lui permettaient de reconstituer régulièrement ses forces. Le lieutenant venait de plier la couverture et se redressait, frottant son visage.

— Il paraît qu'on a posé le pied sur l'enfer, dit-il.

— On n'a pas réellement posé les pieds. On marche sur les passerelles à six centimètres au-dessus du sol.

— Mais on va se le taper tout de même, hein ? Le vent de la tourmente ?

— Oui. Et dès que vous serez dispos, allez voir avant que tout soit prélevé. C'est un carnage sans queue ni rime. Mais il y a une idée forcenée là-dedans. Comment aurait dit le lieutenant Veyrenc ? *Un fil d'acier frémit dans les profondeurs du chaos.*

Enfin je ne sais pas, un motif invisible, que la poésie pourrait dénicher.

— Veyrenc aurait trouvé mieux que ça. Il manque ici, non ?

Adamsberg avala la fin de son café, surpris. Il n'avait pas songé à Veyrenc depuis son départ de la Brigade, il n'était pas disposé à réfléchir sur les événements houleux qui les avaient dressés l'un contre l'autre[1].

— Possible que ça vous soit égal, au fond, dit le lieutenant.

— Très possible. C'est surtout qu'on manque de temps pour ces questions, lieutenant.

— J'y vais, dit Mercadet en hochant la tête. Danglard a laissé un message pour vous. Rien à voir avec le pavillon de Garches.

Adamsberg acheva sa page 12 en descendant l'escalier. L'amusant Nolet, finalement, ne s'en sortait pas si bien que ça. L'ancien mari avait un alibi, l'enquête était en berne. Adamsberg replia le journal avec contentement. À la réception, le fils de Pierre Vaudel l'attendait, assis droit aux côtés de son épouse, pas plus de trente-cinq ans. Adamsberg marqua un temps d'arrêt. Comment annoncer à un homme que son père a été coupé en morceaux ?

Le commissaire éluda la difficulté pendant un long moment, le temps de mettre au clair les questions d'identité et de famille. Pierre était fils unique, et fils tardif. La mère était tombée enceinte après seize ans de vie conjugale, quand le père avait quarante-quatre ans. Et Pierre Vaudel père s'était montré intraitable et même enragé sur la question de cette grossesse, sans fournir à sa femme le moindre motif. Il ne voulait de descendance à aucun prix, il était impensable que cet enfant vienne au

---

1. Voir, du même auteur, *Dans les bois éternels* (Éd. Viviane Hamy, 2006 ; Éd. J'ai lu, n° 9004).

monde et il n'y avait pas à en discuter. L'épouse avait cédé, s'était absentée pour pratiquer l'interruption. Elle était restée au loin six mois et avait mené sa grossesse à terme, mettant au monde Pierre fils de Pierre. La colère de Pierre père s'était apaisée après cinq années mais il avait toujours refusé que l'épouse et le fils reviennent vivre chez lui.

Pierre l'enfant n'avait donc vu son père que de temps à autre, pétrifié par cet homme qui l'avait refusé avec une telle obstination. Une crainte seulement due à sa naissance contrariée, car Pierre père était accommodant, généreux d'après ses amis, tendre d'après sa mère. Ou du moins l'avait-il été, car la perte graduelle de sa sociabilité ne permettait plus d'accéder à ses sentiments. À cinquante-cinq ans, Pierre père n'acceptait plus que de très rares visites, s'étant défait un par un des amis de son large cercle. Plus tard, Pierre l'adolescent s'était frayé une place modeste, venant jouer au piano, le samedi, des morceaux spécialement choisis pour le séduire. Puis Pierre le jeune homme avait fini par conquérir une attention réelle. Depuis dix ans, et surtout après la mort de sa mère, les deux Pierre se voyaient assez régulièrement. Pierre fils était devenu avocat et ses connaissances soutenaient Pierre père dans son exploration des affaires judiciaires. Le travail partagé évitait la communication personnelle.

— Que cherchait-il dans ces affaires ?

— D'abord un salaire. Il en vivait. Il chroniquait les procès pour plusieurs journaux et quelques revues spécialisées. Ensuite, il cherchait l'erreur. C'était un scientifique et il râlait sans cesse contre les approximations de la justice. Il disait que la pâte du droit était molle et pliée dans un sens ou un autre, que la vérité se perdait dans des arguties répugnantes. Il disait qu'on pouvait entendre si un verdict grinçait ou pas, si le déclic était correct ou non, comme un serrurier qui diagnostique à l'oreille. Et si cela grinçait, il cherchait la vérité.

— Il la trouvait ?

— En plusieurs occasions, oui. La réhabilitation posthume du meurtrier de la Sologne, c'est lui. La libération de K. Jimmy Jones aux USA, celle du banquier Trévanant, la relaxe de l'épouse Pasnier, le non-lieu du professeur Galérant. Ses articles ont pesé très lourd. Avec le temps, beaucoup d'avocats redoutaient qu'il publie son avis. On lui offrait des pots-de-vin, qu'il refusait.

Pierre fils posa son menton dans sa main, mécontent. Il n'était pas beau, avec son front très haut et le bas de son visage en pointe. Mais ses yeux étaient assez remarquables, inertes et sans éclat, des volets inviolables, peut-être inaccessibles à la pitié. Le corps penché, le dos plié, consultant sa femme du regard, il donnait l'apparence d'un homme aimable et docile. Adamsberg jugeait pourtant que l'intransigeance était là, posée sur la vitre fixe de ses yeux.

— Il y a eu des affaires moins glorieuses ? demanda-t-il.

— Il disait que la vérité est une route à double sens. Il a fait aussi condamner trois hommes. L'un d'eux s'est pendu en prison après avoir juré de son innocence.

— C'était quand ?

— Juste avant sa retraite, il y a treize ans.

— Qui était-ce ?

— Jean-Christophe Réal.

Adamsberg fit un signe, indiquant qu'il connaissait le nom.

— Réal s'est pendu le jour de ses vingt-neuf ans.

— Il y a eu des lettres de vengeance ? Des menaces ?

— De quoi parle-t-on ? intervint l'épouse, dont le visage était à l'inverse harmonieux et réglementaire. Le décès de Père n'est pas naturel, c'est cela ? Vous avez des doutes ? Si oui, dites-le. Depuis ce matin, la police ne nous a pas fourni une seule information claire. Père serait mort, mais on ne sait même pas s'il s'agit de Père. Et votre adjoint ne nous a pas encore autorisés à voir le corps. Pourquoi ?

— Parce que c'est difficile.

— Parce que Père, si c'est Père, continua-t-elle, est mort dans les bras d'une pute ? Cela m'étonnerait de lui. Ou d'une femme de la haute ? Vous étouffez quelque chose, pour la tranquillité de quelques intouchables ? Car oui, mon beau-père connaissait beaucoup d'intouchables, à commencer par l'ancien ministre de la Justice qui est vérolé jusqu'aux os.

— Hélène, je t'en prie, dit Pierre, qui la laissait faire sciemment.

— Je vous rappelle que c'est son père, enchaîna Hélène, et qu'il a le droit de tout voir et de tout savoir avant vous, et avant les intouchables. On voit le corps ou on se tait.

— Cela me paraît raisonnable, dit Pierre, avec ce ton de l'avocat qui scelle un compromis.

— Il n'y a pas de corps, dit Adamsberg en regardant la femme dans les yeux.

— Il n'y a pas de corps, répéta Pierre, mécaniquement.

— Non.

— Alors ? Comment pouvez-vous dire qu'il s'agit de lui ?

— Parce qu'il est dans son pavillon.

— Qui ?

— Le corps.

Adamsberg alla ouvrir la fenêtre, posa le regard sur le haut des tilleuls. Ils étaient en fleur depuis quatre jours, leur odeur de tisane entra avec le souffle d'air.

— Le corps est en morceaux, dit-il. Il a été – quel terme choisir ? débité ? émietté ? – il a été découpé en des centaines de parties qui ont été éparpillées dans la pièce. La grande pièce au piano. Rien n'est identifiable. Je ne vous propose pas de voir cela.

— C'est une embrouille, résista la femme. Vous trafiquez quelque chose. Qu'êtes-vous en train de faire de lui ?

— Nous sommes en train de prélever ses vestiges mètre carré par mètre carré et de les stocker dans des containers numérotés. Quarante-deux mètres carrés, quarante-deux containers.

Adamsberg lâcha les fleurs de tilleul et se retourna vers Hélène Vaudel. Pierre maintenait sa pose voûtée, laissant la conduite de l'attelage à sa femme.

— On dit qu'on ne peut pas faire le deuil sans avoir vu de ses yeux vu, reprit Adamsberg. J'en connais qui l'ont regretté et qui, tout bien pensé, auraient préféré savoir sans voir. Mais ces premières photos sont à votre disposition, dit-il en tendant son portable à Hélène. La voiture pour Garches aussi, si vous y tenez. Faites-vous d'abord une idée. Ce n'est pas de bonne qualité mais on comprend très bien.

Hélène prit le portable d'un geste résolu et fit défiler les images. Elle s'interrompit à la septième photo, qui montrait le dessus du piano noir.

— C'est bien, dit-elle en reposant l'appareil, le regard un peu modifié.

— Pas de voiture ? lui demanda Pierre.

— Pas de voiture.

Ce fut comme un mot d'ordre et Pierre acquiesça. Pas une once de révolte alors qu'il s'agissait de son propre père. Pas un frémissement de curiosité pour les photos. Une honnête neutralité d'apparence. Une soumission provisoire et convenue, en attendant qu'il reprenne durement les rênes.

— Vous faites du cheval ? lui demanda Adamsberg.

— Non, mais je m'intéresse un peu aux courses. Mon père pariait beaucoup dans le temps. Mais pas plus d'une fois par mois depuis des années. Il avait changé, rétréci, il ne sortait presque plus.

— Il ne fréquentait pas d'élevage, de champ de courses ? Il n'allait pas à la campagne ? De sorte qu'il puisse rapporter des fragments de crottin chez lui ?

— Papa ? Du crottin chez lui ?

Pierre fils s'était redressé, comme si cette idée l'avait réveillé malgré lui.

— Vous voulez dire qu'il y a du crottin chez mon père ?

— Oui, sur les tapis. Des boulettes peut-être décollées de semelles de bottes.

— Il n'a jamais mis de bottes de sa vie. Il avait horreur des bêtes, de la nature, de la terre, des fleurs, des pâquerettes qu'on cueille et qui fanent dans un verre, enfin de tout ce qui pousse en général. L'assassin est entré avec des bottes pleines de crottin ?

Adamsberg eut un geste d'excuse avant de décrocher son téléphone.

— Si vous êtes toujours avec le fils, dit Retancourt abruptement, demandez-lui si le vieux avait un animal, chien ou chat ou autre bête à poil. On a recueilli des poils sur le fauteuil Louis-XIII. Mais il n'y a pas de litière dans la baraque, pas d'écuelle, rien qui indique qu'une bête vivait là. Auquel cas ils étaient collés sur les fesses du pantalon du tueur.

Adamsberg s'éloigna du couple, les mettant à distance de la rudesse de Retancourt.

— Votre père avait-il un animal de compagnie ? Chien, chat, autre ?

— Je viens de vous dire qu'il n'aimait pas les bêtes. Il ne perdait pas de temps pour les autres, encore moins pour un animal.

— Rien, dit Adamsberg en reprenant l'appareil. Vérifiez, lieutenant, cela peut provenir d'une couverture ou d'un manteau. Contrôlez les autres sièges.

— Et des mouchoirs en papier ? Il en utilisait ? On en a retrouvé un bouchonné dans l'herbe, mais pas un seul dans la salle de bains.

— Mouchoirs en papier ? demanda Adamsberg.

— Jamais, dit Pierre en levant les mains, repoussant cette nouvelle aberration. En tissu seulement, pliés en trois dans un sens et en quatre dans un autre. Pas moyen de procéder autrement.

— Mouchoirs en tissu exclusivement, répercuta Adamsberg.

— Danglard insiste pour vous parler. Il fait de grands ronds dans l'herbe autour de quelque chose qui le tracasse.

Ce qui, pensa Adamsberg, ne pouvait mieux décrire le tempérament de Danglard, rôdant autour des cuvettes où se calcifiaient ses soucis. Son téléphone encore en main, Adamsberg passa les doigts dans ses cheveux, cherchant où il avait laissé le fil de son entretien. Oui, les bottes, le crottin.

— Ce n'étaient pas des bottes pleines de crottin, expliqua-t-il au fils. Seulement de petits fragments que l'humidité du sol a détachés des crampons.

— Vous avez vu son jardinier ? L'homme à tout faire ? Il a sûrement des bottes.

— Pas encore. On dit que c'est une brute.

— Une brute, un taulard et un semi-débile, compléta Hélène. Père en était enchanté.

— Je ne crois pas qu'il soit débile, nuança Pierre. Pourquoi, enchaîna-t-il prudemment, a-t-on éparpillé son corps ? Le tuer, on peut le concevoir. La famille du jeune homme qui s'est suicidé, cela se comprend. Mais à quoi bon tout casser ? Vous avez déjà rencontré cela ? Ce *modus operandi* ?

— Ce *modus* n'existait pas avant que ce tueur l'ait conçu. Il n'a pas reproduit une manière de faire, il a créé hier quelque chose de neuf.

— On croirait qu'on parle d'art, dit Hélène avec une moue de réprobation.

— Et pourquoi pas ? dit Pierre avec brusquerie. C'est un possible retour des choses. Lui, il était artiste.

— Votre père ?

— Non, Réal. Le suicidé.

Adamsberg lui adressa un nouveau signe pour prendre Danglard en ligne.

— Je sentais que ce merdier allait nous tomber dessus, dit le commandant d'une voix très soignée, ce qui indiquait à Adamsberg qu'il avait sifflé quelques verres et s'appliquait à son élocution.

On avait dû le laisser entrer dans la pièce au piano.

— Vous avez vu les lieux, commandant ?

— Les photos et cela me suffit. Mais, cela vient d'être confirmé, les chaussures sont françaises.

— Les bottes ?

— Les chaussures. Il y a pire. Quand j'ai vu cela, c'est comme si on avait craqué une allumette dans le tunnel, comme si on avait coupé les pieds de mon oncle. Mais nous n'avons pas le choix, j'y vais.

Plus de trois verres, estima Adamsberg, avalés sur un temps court. Il regarda ses montres, environ seize heures. Danglard ne servirait plus à rien ni à personne aujourd'hui.

— Inutile, Danglard. Quittez les lieux, on se revoit plus tard.

— C'est ce que je vous dis.

Adamsberg replia son téléphone, se demandant absurdement ce que devenaient la chatte et les petits. Il avait dit à Retancourt que la mère allait bien mais l'un des chatons – un de ceux qu'il avait sortis, une fille – vacillait et maigrissait. Est-ce qu'il avait trop serré en la tirant ? Est-ce qu'il avait abîmé quelque chose ?

— Jean-Christophe Réal, rappela Pierre avec insistance, comme s'il sentait que le commissaire ne retrouverait pas le chemin tout seul.

— L'artiste, confirma Adamsberg.

— Lui s'occupait de chevaux, il les louait. La première fois, il a peint un cheval en couleur bronze, pour faire comme une statue qui bouge. Le propriétaire de la bête a porté plainte mais c'est cela qui l'a fait connaître. Il en a peint beaucoup par la suite. Il peignait tout, cela demandait des quantités de peinture colossales. Il peignait l'herbe, les chemins, les troncs, les feuilles une à une, les cailloux, dessus dessous, comme s'il pétrifiait le paysage tout entier.

— Ça n'intéresse pas le commissaire, coupa Hélène.

— Vous connaissiez Réal ?

— Je l'ai vu souvent en prison, j'étais déterminé à le faire sortir de là.

— De quoi votre père l'a-t-il accusé ?

— D'avoir peint une vieille femme – sa protectrice –, dont il était l'héritier.

— Je n'ai pas saisi.

— Il a peint cette femme en bronze pour l'installer sur un de ces fameux chevaux, statue équestre vivante. Mais la peinture n'a pas laissé passer l'air, les pores se sont bouchés et, avant qu'on ait eu le temps de nettoyer la protectrice, elle était morte asphyxiée sur la bête. Réal a touché l'héritage.

— C'est singulier, murmura Adamsberg. Et le cheval ? Il est mort aussi ?

— Non, et c'était là toute la question. Réal connaissait son boulot, il peignait avec des peintures poreuses. Il n'était pas fou.

— Non, dit Adamsberg, sceptique.

— Des chimistes ont dit que la rencontre moléculaire entre la peinture et les produits de beauté de la protectrice avait déclenché la catastrophe. Mais mon père a mis en évidence que Réal avait changé de bidon de peinture entre le cheval et la femme et que l'asphyxie était volontaire.

— Vous n'étiez pas d'accord.

— Non, dit Pierre en avançant le menton.

— Les arguments de votre père étaient solides ?

— Peut-être, et quand bien même ? Mon père s'est anormalement acharné sur ce type. Il le détestait sans raison. Il a tout fait pour l'abattre.

— C'est faux, dit Hélène, soudain désolidarisée. Réal était mégalomane et couvert de dettes. Il a tué la femme.

— Merde, coupa Pierre. Mon père s'est acharné sur lui comme si, à travers Réal, c'était moi qu'il voulait atteindre. À dix-huit ans, je voulais devenir peintre. Réal avait six ans de plus que moi, je connaissais son œuvre, je l'admirais, j'avais été le voir deux fois. Quand mon père l'a appris, il s'est déchaîné. Pour lui, Réal était un ignorant avide – je le cite – dont les inventions grotesques désarticulaient la civilisation. Mon père était un homme des âges obscurs, il croyait à la pérennité des anciens fondements du monde et Réal le révulsait. Avec toute sa notoriété, ce salaud l'a fait accuser et mourir.

— Ce salaud, répéta Adamsberg.

— Bien sûr, dit Pierre sans ciller. Mon père n'était rien d'autre qu'un vieux salopard.

VIII

On avait relevé les noms de tous les habitants des pavillons proches, l'enquête de voisinage commençait, nécessaire et lassante. Elle ne contredisait pas le jugement de Pierre fils. Si personne n'osait traiter Pierre Vaudel de vieux salopard, les témoignages dessinaient un homme retranché, maniaque, intolérant et satisfait de lui-même. Intelligent et n'en faisant profiter personne. Évitant les contacts et, revers avantageux, n'importunant jamais son entourage. Les flics questionnaient de porte en porte, évoquaient un meurtre crapuleux sans préciser que le vieil homme avait été réduit en miettes. Pierre Vaudel aurait-il pu ouvrir à son agresseur ? Oui, si le motif de la visite était technique, s'il ne s'agissait pas de bavardage. Même à la nuit tombée ? Oui, Vaudel n'était pas peureux, il était même, comment dire, invulnérable. Enfin, c'est ce qu'il donnait à croire.

Un seul homme, son jardinier Émile, décrivait autrement Pierre Vaudel. Non, Vaudel n'était pas misanthrope. Il ne se méfiait que de lui-même et c'est pourquoi il ne voyait personne. Comment le jardinier le savait-il ? Mais parce que Vaudel le disait lui-même, avec un petit sourire parfois, un sourire en coin. Comment l'avait-il connu ? Au tribunal, à son neuvième passage pour coups et blessures, il y avait quinze ans de ça. Vaudel s'était intéressé à sa violence et, au fil des discussions, ils s'étaient liés. Jusqu'à ce que Vaudel l'engage pour s'occuper du jardin, de l'approvisionnement en bûches puis, plus tard, des courses et du ménage. Émile lui convenait parce qu'il ne cherchait pas à faire la conversation. Quand les voisins avaient appris le passé du jardinier, cela n'avait pas plu.

— C'est normal, il faut se mettre à la place des gens. Émile le bastonneur, on m'appelle. Forcément, les gens n'étaient pas rassurés, ils m'évitaient.

— À ce point ? demanda Adamsberg.

L'homme s'était assis sur la marche la plus haute du perron, là où le soleil de début juin chauffait un peu la pierre. Maigre et court sur jambes, il flottait dans son bleu de travail et n'avait rien d'inquiétant. Son visage très dissymétrique était usé et imprécis, plutôt laid, n'exprimant ni volonté ni assurance. Sur la défensive, il essuyait son nez tordu par les coups, abritait ses yeux. L'une de ses oreilles était plus grande que l'autre, il la frottait à la manière d'un chien inquiet, et seul ce geste indiquait qu'il avait du chagrin, ou bien qu'il se sentait perdu. Adamsberg s'assit à ses côtés.

— Vous faites partie de l'équipe des flics ? demanda l'homme après un regard intrigué sur les habits d'Adamsberg.

— Oui. Un collègue dit que vous n'êtes pas d'accord avec les voisins à propos de Pierre Vaudel. Je ne sais pas votre nom.

— Je leur ai déjà dit vingt fois. Je m'appelle Émile Feuillant.

— Émile, répéta Adamsberg, pour bien fixer le mot.

— Vous ne l'écrivez pas ? Les autres, ils l'ont marqué. Et c'est normal, sinon ils reposeraient cent fois les mêmes questions. Déjà que les flics se répètent. Ça, c'est un truc qui m'a toujours tracassé : pourquoi les flics, ils répètent tout ? On leur dit : « Vendredi

soir, j'étais au Perroquet. » Et le flic, il répond :
« Vendredi soir, t'étais où ? » À quoi ça sert, sinon à
s'user les nerfs ?

— Ça sert à user les nerfs. Jusqu'à ce que le gars
abandonne ce Perroquet et dise aux flics ce qu'ils
veulent.

— Oui, c'est normal après tout. On peut comprendre.

Normal, pas normal. Émile semblait disposer les
choses de part et d'autre de cette ligne de démarca-
tion. À son regard qui le dévisageait, Adamsberg
n'était pas certain qu'Émile le classe du côté normal.

— Tout le monde a peur de vous ici ?

— Sauf Mme Bourlant, la voisine d'à côté. Dites,
j'ai quand même cent trente-huit combats de rue
derrière moi, et je ne compte pas l'enfance. Alors
tout de même.

— C'est pour cela que vous dites le contraire des
voisins ? Parce qu'ils ne vous aiment pas ?

La question surprit Émile.

— Je m'en fous qu'on m'aime. C'est juste que j'en
sais bien plus qu'eux sur Vaudel. Je leur en veux pas,
c'est normal qu'ils me craignent. Je suis un violent
de la pire espèce. C'est ce que disait Vaudel, ajouta-
t-il en riant un peu, découvrant deux dents man-
quantes. Il exagérait parce que je n'ai jamais tué
personne. En revanche pour le reste, il avait pas tort.

Émile sortit un paquet de tabac et roula une cigarette avec habileté.

— Pour le reste, vous avez fait combien de taule ?

— Onze ans et demi en sept passages. Ça grille un
homme. Enfin, depuis que j'ai sauté la cinquantaine,
ça va mieux. Quelques bagarres par-ci par-là mais
ça porte pas plus loin. Je l'ai payé cher, on peut le
dire : pas de femme, pas d'enfants. J'aime les gosses
mais je ne voulais pas. Forcément, quand on tape
sur tout ce qui bouge, comme ça, sans raison, on ne
peut pas prendre ce risque. C'est normal. Ça nous

faisait un autre point commun, avec Vaudel. Lui non plus, il ne voulait pas d'enfants. Enfin, il ne disait pas ça comme ça. Il disait : « Pas de descendance, Émile. » Mais il a quand même eu un enfant dans le dos.

— Vous savez pourquoi ?

Émile tira sur sa cigarette, jeta un regard étonné à Adamsberg.

— Ben parce qu'il a pas pris de précautions.

— Pourquoi il ne voulait pas de descendance ?

— Il en voulait pas. Ce que je me demande, c'est ce que je vais devenir. Plus de boulot, plus de toit. Je logeais dans l'appentis.

— Il n'avait pas peur de vous, Vaudel ?

— Il n'avait même pas peur de la mort. Il disait que le seul défaut de la mort, c'est que c'était trop long.

— Vous n'avez jamais eu envie de le frapper ?

— Des fois, au début. Mais je préférais faire un morpion. C'est moi qui lui ai appris. Un homme qui sait même pas jouer au morpion, je ne pensais pas que ça existait. J'arrivais le soir, j'allumais le feu, je servais deux Guignolet. Le Guignolet, c'est spécial, c'est lui qui me l'a appris. On installait la table et on s'y mettait.

— Qui gagnait ?

— Deux fois sur trois c'était lui. Parce que c'était un malin. Surtout qu'il avait inventé un morpion spécial, sur des feuilles d'un mètre de long. J'espère que vous vous figurez le difficile.

— Oui.

— Bon. Il envisageait de s'agrandir mais j'étais contre.

— Vous buviez beaucoup ensemble ?

— Juste les deux Guignolet, il dépassait pas. Ce qui me manque, c'est les bigorneaux qu'on mangeait avec. Il en commandait tous les vendredis, on avait chacun sa petite épingle. Moi la boule bleue, lui la boule orange, on ne changeait pas. Il disait que je serais...

Émile frotta son nez tordu, en quête du mot. Adamsberg connaissait cette recherche de vocabulaire.

— Que je serais nostalgique quand il serait mort. Je rigolais, personne me manque. Mais il avait raison, c'était un malin. Je suis nostalgique.

Adamsberg eut l'impression qu'Émile endossait assez fièrement cet état complexe et ce mot nouveau pour l'honorer.

— Quand vous frappez, vous êtes ivre ?

— Justement non, c'est le problème. Des fois je bois un coup après, pour faire passer l'énervement de la bagarre. Ne croyez pas que j'ai pas vu des docteurs. Bien sûr que j'en ai vu, de gré ou de force, une bonne dizaine. Pas un qui a trouvé. Ils ont cherché dans mon père et dans ma mère, rien. J'étais un gamin heureux. C'est pour cela que Vaudel disait : « Il n'y a rien à faire, Émile, c'est une question d'engeance. » Vous savez ce que c'est, une engeance ?

— À peu près.

— Mais précisément ?

— Non.

— Moi oui, j'ai regardé. C'est une mauvaise semence qui pullule. Alors vous voyez. C'est pour ça que lui et moi, ce n'était pas utile qu'on essaie de vivre comme les autres. À cause de notre engeance.

— Vaudel était une engeance aussi ?

— Mais évidemment, dit Émile d'un air contrarié, comme si Adamsberg ne faisait aucun effort pour comprendre. Ce que je me demande, c'est ce que je vais devenir.

— Quelle engeance ?

Émile se nettoyait les ongles avec un bout d'allumette, préoccupé.

— Non, dit-il en secouant la tête. Il ne voulait pas qu'on en parle.

— Qu'est-ce que vous faisiez, Émile, dans la nuit de samedi à dimanche ?

— Je l'ai déjà dit, j'étais au Perroquet.

Émile eut un grand sourire provocant et jeta son allumette au loin. Émile n'avait rien d'un semi-débile.

— Et sinon ?

— J'ai emmené ma mère au restaurant. Toujours le même, à côté de Chartres, j'ai donné le nom et tout le reste à vos collègues. Ils vous répéteront. Je l'emmène là tous les samedis. Je vous indique que, ma mère, je ne lui ai jamais tapé dessus. Dieu, manquerait plus que ça. Et je précise que, ma mère, elle m'adore. C'est normal dans un sens.

— Mais votre mère ne s'endort pas à quatre heures du matin ? Vous êtes rentré à cinq heures.

— Oui, et j'ai pas vu la lumière. Il dormait toujours en laissant tout allumé.

— À quelle heure avez-vous déposé votre mère ?

— Dix heures tapantes. Ensuite, comme tous les samedis, j'ai été voir mon chien.

Émile sortit son portefeuille et tendit une photo sale.

— Lui, dit-il. Tout rond, il tiendrait dans ma poche avant, comme un kangourou. Quand j'ai été en taule pour la troisième fois, ma sœur a déclaré qu'elle voulait plus garder le chien, et elle l'a donné. Mais je savais où, dans la ferme des cousins Gérault, près de Châteaudun. Après le restaurant, je prends la camionnette et je vais le voir, avec des cadeaux, de la viande et des trucs. Lui il sait, il m'attend dans le noir, il saute la barrière et on passe la nuit ensemble dans la camionnette. Qu'il pleuve ou qu'il vente. Il sait que je viens toujours. Alors qu'il est pas plus gros que ça.

Les mains d'Émile formaient une boule de la taille d'un ballon.

— Il y a des chevaux, dans cette ferme ?

— Gérault fait surtout du bovin, trois quarts laitier, un quart viande. Mais il a quelques chevaux.

— Qui le sait ?

— Que je vais voir le chien ?

— Oui, Émile. On ne parle pas du cheptel. Vaudel le savait ?

— Oui. Il aurait jamais supporté que j'amène une bête ici, mais il comprenait. Il me laissait mon samedi soir pour ma mère et le chien.

— Mais Vaudel ne peut plus le confirmer.

— Non.

— Et le chien non plus.

— Alors si. Venez avec moi samedi et vous verrez que je ne vous raconte pas de blagues. Vous le verrez sauter la barrière et courir à la camionnette. C'est la preuve.

— Ce n'est pas la preuve que c'était samedi.

— C'est vrai. Mais c'est normal qu'un chien puisse pas dire le jour qu'on est. Même un chien comme Cupidon.

— Cupidon, c'est son nom, murmura Adamsberg.

Il ferma les yeux, adossé au chambranle de pierre de la porte, le visage tourné vers le soleil, comme Émile. Derrière l'épaisseur du mur, les prélèvements s'achevaient, on ôtait les passerelles. Les carrés de tapis avaient été démontés, numérotés, enfournés dans les containers. On y chercherait un sens. Pierre fils aurait pu tuer le vieux salopard. Ou la belle-fille, déterminée, c'était possible, à tout risquer pour son mari. Ou Émile. Ou la famille du peintre qui coulait les chevaux dans le bronze et, malencontreusement, une femme. Peindre sa protectrice en bronze, voilà encore une chose qui n'existait pas avant, sur la carte du continent de Stock. En revanche, tuer un vieil homme riche, cela existait depuis longtemps. Mais le réduire en bouillie, le disperser ? Pourquoi ? On ne savait pas comment répondre. Tant qu'on n'a pas l'idée, on n'a pas l'homme.

Mordent venait vers eux, avec sa démarche saccadée, son long cou lancé en avant, son crâne couvert de duvet gris, ses mouvements d'yeux rapides, tout un ensemble qui évoquait avec précision un échassier fourbu cherchant un poisson ci et là. Il s'approcha d'Émile, observa Adamsberg sans indulgence.

— Il dort, dit Émile à voix basse. C'est normal, on doit comprendre.

— Il vous parlait ?

— Et après ? C'est son travail, non ?

— Sûrement. Mais on va quand même le réveiller.

— Misère du monde, dit Émile d'un ton dégoûté. Un gars ne peut pas dormir cinq minutes sans se faire étriller.

— Ça m'étonnerait que je l'étrille, c'est mon commissaire.

Adamsberg ouvrit les yeux sous la main de Mordent, Émile se leva pour prendre ses distances. Il était assez choqué d'apprendre que cet homme était commissaire, comme si l'ordre des choses avait fait un écart, comme si les errants devenaient rois sans prévenir. C'est une chose de discuter de son engeance et de Cupidon avec un sans-grade, c'en est une autre avec un commissaire. C'est-à-dire avec un type rompu aux plus sales techniques des interrogatoires. Et celui-là était un as, avait-il entendu. Et à celui-là, il en avait dit pas mal et sans doute beaucoup trop.

— Restez là, dit Mordent en retenant Émile par la manche, cela va vous intéresser aussi. Commissaire, on a la réponse du notaire. Vaudel a établi son testament il y a trois mois.

— Beaucoup de fric ?

— Plus que ça. Trois pavillons à Garches, un autre à Vaucresson, un grand immeuble de rapport à Paris. Plus l'équivalent en placements et assurances.

— Rien de surprenant, dit Adamsberg en se levant à son tour, époussetant son pantalon.

— Hormis la part réservataire pour son fils, Vaudel laisse tout à un étranger. À Émile Feuillant.

IX

Émile se rassit sur la marche, sonné. Adamsberg restait debout, adossé au chambranle, tête penchée et bras serrés sur le ventre, seul signal tangible d'une réflexion en cours, selon ses collègues. Mordent allait et venait en remuant les bras, son regard se déplaçant vivement et sans raison d'un point à un autre. En réalité, Adamsberg n'était pas en train de réfléchir mais de se dire que Mordent avait tout à fait l'allure du héron qui vient de trouver un poisson et le serre dans son bec, encore tout heureux de sa prise rapide. En l'occurrence Émile. Qui rompit le silence, tout en roulant une cigarette avec maladresse.

— Ce n'est pas normal de déshériter son gosse.

Il y avait trop de papier au bout de sa cigarette, elle s'alluma en une torche qui vint grésiller dans ses cheveux gris.

— Qu'il en veuille ou pas, c'est son gosse tout de même, continua Émile en frottant sa mèche, qui exhalait une odeur de cochon brûlé. Et moi, il m'aimait pas tant que ça. Même s'il savait que je serais nostalgique, et que je suis nostalgique. Ça devait revenir à Pierre.

— Vous êtes un type charitable, hein ? dit Mordent.

— Non, je dis juste que c'est pas normal. Mais je vais prendre ma part, on va respecter les volontés du vieux.

— C'est pratique, le respect.

— Il y a pas que le respect. Il y a la loi.

— La loi aussi, c'est pratique.

— Des fois. J'aurai le pavillon ?

— Celui-là ou les autres, intervint Adamsberg. Sur la moitié de l'héritage qui vous revient, vous allez payer gros. Mais il vous restera au moins deux maisons et un bon paquet de fric.

— Je vais reprendre ma mère et je vais racheter le chien.

— Vous vous organisez vite, dit Mordent. À croire que tout était prêt.

— Et alors ? Ce n'est pas normal de vouloir reprendre sa mère ?

— Je dis que vous n'avez pas l'air plus surpris que ça. Je dis que vous faites déjà vos plans. Vous pourriez au moins prendre le temps de digérer la nouvelle. Ça se fait.

— Ce qui se fait, je m'en fous. C'est digéré. Je vois pas pourquoi j'y passerais des heures.

— Je dis que vous saviez que Vaudel vous léguait son bien. Je dis que vous connaissiez le testament.

— Même pas. Mais il m'avait promis que je serais riche un jour.

— Ça revient au même, dit Mordent, avec la bouche fendue du gars en train d'attaquer son poisson par les flancs. Il vous avait prévenu que vous seriez héritier.

— Même pas. Il avait lu ça dans les lignes de ma main. Il connaissait les secrets des lignes et il me les a appris. Là, dit-il en montrant sa paume et en posant son doigt à la base de l'annulaire droit. C'est à cet endroit qu'il a vu que je serais riche. Ça ne voulait pas dire qu'il s'agissait de ses sous, hein ? Je joue au loto, je pensais que ça arriverait de là.

Émile tomba soudain dans le silence, regardant sa paume. Adamsberg, qui observait le jeu cruel du héron et du poisson, vit passer sur le visage du jardinier la trace d'une ancienne peur, qui n'avait rien à voir avec l'agressivité de Mordent. Les coups de bec du commandant ne semblaient ni l'inquiéter ni l'énerver. Non, c'était cette histoire de lignes de la main.

— Il lisait autre chose dans vos mains ? demanda Adamsberg.

— Oh, pas grand-chose, sauf cette histoire de richesse. Il trouvait que mes mains étaient ordinaires et il disait que c'était de la chance. Ça ne me vexait pas. Mais quand j'ai voulu voir les siennes, ça a été une autre affaire. Il a fermé les poings. Il a dit qu'il n'y avait rien à voir, il a dit qu'il n'avait pas de lignes. Pas de lignes ! Il avait l'air si mauvais que mieux valait pas insister, et on n'a pas fait de mor-pion ce soir-là. Pas de lignes ! Ce n'est pas normal, ça. Si je pouvais voir le corps, je verrais bien si c'était vrai.

— On ne peut pas voir le corps. De toute façon, les mains sont foutues.

Émile haussa les épaules avec regret, regardant le lieutenant Retancourt avancer vers eux à grandes enjambées inélégantes.

— Elle a l'air gentille, elle, dit-il.

— Ne vous y fiez pas, dit Adamsberg. C'est l'ani-mal le plus dangereux de la bande. Elle est sur le terrain depuis hier matin, sans pause.

— Comment elle fait ?

— Elle sait dormir debout sans tomber.

— C'est pas normal.

— Non, confirma Adamsberg.

Retancourt stoppa devant eux et adressa un signe affirmatif aux deux hommes.

— C'est d'accord, dit-elle.

— Parfait, dit Mordent. On avance, commissaire ? Ou on poursuit la chiromancie ?

— Je ne sais pas ce qu'est la chiromancie, répliqua Adamsberg d'un ton net.

Qu'est-ce qu'il avait, Mordent ? Ce bon vieil oiseau déplumé, aimable et compétent ? Irréprochable au travail, incollable en contes et légendes, disert et conciliateur ? Adamsberg savait que, entre ses deux commandants, le choix d'emmener Danglard au colloque de Londres avait irrité Mordent. Mais il ferait partie du prochain groupe vers Amsterdam. C'était équitable et Mordent n'était pas un gars à s'irriter longtemps ni à priver Danglard d'une immersion britannique.

— C'est la science des lignes de la main. Autrement dit une perte de temps. Et du temps, on en gâche trop ici. Émile Feuillant, vous vous demandiez où dormir ce soir, cela paraît une question réglée.

— Au pavillon, dit Adamsberg.

— À l'appentis, rectifia Retancourt. Les lieux sont encore sous scellés.

— En garde à vue, dit Mordent.

Adamsberg se décolla du mur et fit quelques pas dans l'allée, les mains enfoncées dans ses poches. Il faisait crisser les cailloux sous ses semelles, il aimait ce bruit.

— Ce n'est pas de votre ressort, commandant, dit-il en détachant ses mots. Je n'ai pas encore appelé le divisionnaire qui n'a pas encore saisi le juge. Trop tôt, Mordent.

— Trop tard, commissaire. Le divisionnaire m'a téléphoné et le juge a ordonné la garde à vue d'Émile Feuillant.

— Oui ? dit Adamsberg en se retournant, bras croisés. Le divisionnaire appelle et vous ne me le passez pas ?

— Il ne souhaitait pas vous parler. J'ai dû obéir.

— Ce n'est pas la procédure.

— Vous vous foutez des procédures.

— Pas maintenant. Et la procédure dit aussi que cette garde à vue est prématurée et non motivée. Il y a tout autant de raisons de serrer le fils Vaudel, ou un membre de la famille du peintre. Retancourt, à quoi ressemble cette famille ?

— À un bloc soudé, dévasté, obnubilé par la revanche. La mère s'est tuée sept mois après son fils. Le père est mécanicien, les deux autres fils sont sur les routes. Un dans les camions, un dans la Légion.

— Qu'en dites-vous, Mordent ? Cela vaut tout de même le détour, non ? Et Pierre fils déshérité ? Vous ne croyez pas qu'il était au courant du testament lui aussi ? Quoi de mieux que faire accuser Émile et reprendre l'héritage en entier ? Vous en avez prévenu le divisionnaire ?

— Je n'avais pas l'information. Et l'avis du juge est formel. Le casier d'Émile Feuillant est lourd comme un âne mort.

— Depuis quand lance-t-on une garde à vue sur un simple avis ? Sans attendre les analyses du labo ? Sans aucun élément matériel ?

— On a deux éléments matériels.

— Parfait, j'accepte d'être informé. Retancourt, vous les connaissez ?

Retancourt racla le sol avec son pied, éparpillant des graviers comme une bête mécontente. Le lieutenant présentait une carence dans ses qualités hors normes, elle n'était pas douée pour les relations sociales. Une situation ambiguë, délicate, exigeant des réactions subtiles ou des artifices, la laissait incompétente et désarmée.

— Qu'est-ce que c'est que ce foutoir, Mordent ? demanda-t-elle d'une voix rauque. Depuis quand la justice est-elle si pressée ? Et par qui ?

— Je n'en sais rien. J'obéis, c'est tout.

— Vous obéissez beaucoup trop, dit Adamsberg. Ces deux éléments ?

Mordent releva la tête. Émile se faisait oublier, essayant de mettre le feu à une petite brindille.

— On a contacté la maison de retraite où vit la mère d'Émile Feuillant.

— C'est pas une maison de retraite où on vit, gronda Émile. C'est un asile où on claque.

Émile soufflait à présent sur la petite braise qu'il avait allumée au bout de la brindille. Bois trop vert, nota Adamsberg, ça ne prendra pas.

— La directrice le confirme : cela fait au moins quatre mois qu'Émile a prévenu sa mère que, bientôt, ils iraient vivre ailleurs tous les deux, et comme des coqs en pâte. Tout le monde est au courant.

— Forcément, dit Émile. Je vous ai dit que Vaudel m'avait prédit que je serais riche. Je l'ai raconté à ma mère, c'est normal, non ? Faut que je répète ou quoi ? Faut s'user les nerfs ?

— Ça se tient, dit tranquillement Adamsberg. Le deuxième élément, Mordent ?

Cette fois, Mordent sourit. Il est sur du solide, pensa Adamsberg, il attaque le poisson au ventre. À mieux le regarder, Mordent avait mauvaise figure. Creusée, du violet sous les yeux jusqu'au milieu des joues.

— Il y a du crottin de cheval dans sa camionnette.

— Et quoi ? dit Émile, cessant de souffler sur sa brindille.

— On a quatre boulettes de crottin sur la scène du crime. Le tueur trimballait ça sous ses bottes.

— J'ai pas de bottes. Je vois pas le rapport.

— Le juge le voit.

Émile s'était mis debout, avait jeté la brindille, rempoché son tabac et ses allumettes. Il se mordait la lèvre, l'expression soudain harassée. Découragé, piteux, immobile comme un vieux crocodile. Trop immobile. Est-ce à ce moment qu'Adamsberg comprit ? Il n'eut jamais la réponse exacte. Ce qu'il sut sans aucun doute, c'est qu'il s'était reculé, s'éloignant d'Émile, dégageant de l'espace comme pour lui laisser du champ libre. Et Émile se détendit avec, précisément, la rapidité irréelle d'un crocodile, telle qu'on n'a pas même le temps de voir le mouvement d'attaque. Avant qu'on ait pu compter un, le reptile a saisi le gnou à la cuisse. Avant qu'on ait pu compter un, Mordent et Retancourt étaient au sol, et impossible de savoir où Émile avait frappé. Adamsberg le vit filer dans l'allée, sauter un mur, il l'aperçut encore traverser un jardin, le tout à une vitesse prodigieuse que seule Retancourt pouvait égaler. Mais le lieutenant avait du retard, elle se relevait en se tenant le ventre, puis se ruait derrière l'homme, lançant toute sa masse pour accroître l'allure, élevant sans problème ses cent dix kilos pour sauter le muret.

— Renforts immédiats, appela Adamsberg dans sa radio. Suspect enfui ouest-sud-ouest. Boucler le périmètre.

Plus tard – mais il n'eut jamais la réponse exacte – il se demanda s'il avait mis de la conviction dans sa voix.

À ses pieds, Mordent se tenait l'entrejambe, émettant une plainte haletante, laissant les larmes jaillir. Par automatisme, Adamsberg se pencha sur lui, lui secoua vaguement l'épaule en signe de compréhension.

— Opération calamiteuse, Mordent. Je ne sais pas au juste ce que vous essayez de faire mais la prochaine fois, faites-le mieux.

X

Soutenu par le commissaire, Mordent boitillait pour rejoindre le reste de l'équipe. Le lieutenant Froissy avait relayé Lamarre et s'était aussitôt occupée de l'approvisionnement et de l'installation du déjeuner sur la table du jardin. On pouvait compter sur Froissy, elle ravitaillait comme en temps de guerre. Maigre, affamée, l'obsession de Froissy pour la nourriture l'avait conduite à installer des planques farcies d'aliments au sein de la Brigade. On les soupçonnait plus nombreuses que les planques à vin blanc du commandant Danglard. Certains affirmaient qu'on retrouverait encore de quoi manger dans deux siècles au sein des caches enfouies dans les secrets du bâtiment, tandis que les bouteilles de Danglard seraient vides depuis longtemps.

Le lieutenant Noël avait son idée sur Froissy. Noël était le membre le plus brutal de l'équipe, vulgaire avec les femmes, primitif avec les hommes, méprisant avec les prévenus. Il créait plus d'ennuis que de bien, mais Danglard estimait sa présence nécessaire, affirmant que Noël catalysait ce que tout flic a de pire au fond de lui et que, de sorte, il permettait aux autres d'être meilleurs. Noël endossait son rôle avec complaisance. Mais étrangement, il était informé mieux que tout autre des secrets intimes de ses collègues. Soit que sa façon rudimentaire d'aborder les autres brisât les digues, soit qu'on n'éprouvât pas de honte à lui laisser jeter un œil sur ses eaux douteuses, dès lors que Noël en était un spécialiste assumé. Noël affirmait donc que l'insécurité alimentaire du lieutenant Froissy était liée au fait que, tout bébé, sa mère, tombée sans connaissance, l'avait laissée quatre jours sans l'allaiter. Que Froissy, résumait-il en ricanant, cherchait la tétée et la donnait simultanément, sans en tirer un seul kilo pour elle-même.

Il était quinze heures, il fallut attendre le temps de la réplétion pour que les agents s'animent et s'informent de ce qui s'était passé dehors, au juste. On savait que Retancourt filait le train d'un gars – ce qui laissait mal augurer de l'avenir du gars –, escortée par une brigade de Garches, trois voitures et quatre motos. Mais elle n'envoyait pas de nouvelles, et Adamsberg venait de préciser qu'elle avait décollé avec plus de trois minutes de retard et un coup au plexus. Et que le gars, Émile le bastonneur, onze ans de taule et cent trente-huit combats officiels, était de taille à semer Retancourt. Il résuma sans détailler le différend qui l'avait opposé à Mordent et avait déclenché la fuite du suspect. Personne ne s'avisa de demander pourquoi Émile n'avait pas également frappé le commissaire, ni pourquoi Adamsberg ne s'était pas lancé dans la poursuite. Retancourt courant deux fois plus vite que tous les hommes de la Brigade, chacun trouvait normal qu'on l'ait laissée partir seule. Mordent nettoyait son assiette, affichant une humeur sombre, qu'on attribuait à son inquiétude pour l'état de ses testicules. Dans le dossier d'Émile rapidement parcouru, il n'avait échappé à personne que le bastonneur avait anéanti la virilité d'un coureur automobile d'un unique coup de coude. Un combat qui lui avait valu à lui seul un an de taule et des dommages et intérêts jusqu'ici insolvables.

Adamsberg observait ses agents douter, tâtonner, hésitant entre un soutien instinctif à leur collègue touché dans ses parties vives et une prudence réfléchie. Car chacun, Estalère compris, était conscient que Mordent avait enfreint les règles de manière incompréhensible, enclenché la garde à vue sans en référer à Adamsberg, et affolé le suspect avec une précipitation d'amateur.

— Qui a rangé les derniers échantillons dans le camion ce matin ? demanda Adamsberg.

Il vidait mécaniquement le fond d'une bouteille dans son verre, qui s'emplit d'un liquide ocre et opaque.

— C'est du cidre de chez moi, lui expliqua Froissy. Il ne tient qu'une heure après l'ouverture mais il est excellent. J'ai pensé que cela nous égayerait.

— Merci, dit Adamsberg en avalant le liquide râpeux.

Car, outre le souci de nourrir, Froissy avait celui de maintenir l'humeur générale à un niveau au moins cordial, ce qui était ardu au sein d'une équipe de recherche criminelle chroniquement privée de sommeil.

— Moi et Froissy, répondit Voisenet.

— Il faudrait récupérer le crottin de cheval. Je voudrais le voir.

— Le crottin est parti hier au labo.

— Pas celui-là, Voisenet. Celui qui a été prélevé ce matin dans la fourgonnette d'Émile.

— Ah, dit Estalère, l'autre, le crottin d'Émile.

— Ce sera facile, dit Voisenet en se levant, il est classé dans les échantillons prioritaires.

— On place une surveillance à la maison de retraite de la mère ? demanda Kernorkian.

— Pour la forme. Le premier des abrutis saurait que la maison est surveillée.

— C'est un abruti, dit Mordent, qui continuait à nettoyer son assiette.

— Non, dit Adamsberg. C'est un nostalgique. Et la nostalgie produit des quantités d'idées.

Adamsberg hésita. Il existait un moyen quasi certain de récupérer Émile, à la ferme où vivait Cupidon. Il suffisait d'y poster deux hommes et on le cueillerait dans la semaine, ou la suivante. Il était le seul à connaître l'existence de Cupidon, de la ferme, à savoir son emplacement approximatif et le nom des propriétaires, miraculeusement conservé par sa mémoire. Les cousins Gérault, trois quarts laitier, un quart viande. Il ouvrit les lèvres puis se tut, cerné d'incertitudes. Savoir s'il pensait Émile innocent, savoir s'il voulait se venger de Mordent, savoir si, depuis deux heures ou depuis Londres, il basculait franchement de l'autre côté de la barrière, avec le flux des migrants qui voulait passer la muraille, épaulant les malfrats, repoussant la pression des forces de l'ordre. Les questions passèrent en vitesse dans sa tête comme un vol d'étourneaux sans qu'il tente de répondre à une seule. Pendant que tous se levaient, nourris et informés, Adamsberg recula et fit signe au lieutenant Noël. Si quelqu'un savait, c'était lui.

— Mordent, qu'est-ce qu'il a ?

— Des emmerdes.

— Je m'en doute. Quelle sorte d'emmerdes ?

— Je n'ai pas à vous le dire.

— Vital pour l'enquête, Noël. Vous avez vu vous-même. Allez-y.

— Sa fille – sa fille unique, le soleil de ses jours, un laideron si vous voulez mon avis – s'est fait serrer il y a deux mois en compagnie de six branleurs camés jusqu'au cervelet dans le squat de La Vrille, un des gourbis les plus puants du périphérique sud pour les gosses de bourgeois dégringolés dans la dope.

— Ensuite ?

— Six branleurs dont son petit ami, un sac d'os crasseux, mauvais comme du pain noir. Bones, c'est son nom de bande. Il a douze ans de plus qu'elle, beaucoup de pratique dans les agressions de vieux, un merdeux plutôt beau gars et haut placé dans le trafic de la colombienne. La fille avait fugué du domicile – en laissant un mot – et notre bon vieux Mordent se bouffe les couilles.

— Comment vont-elles, au fait ?

— Il a appelé son médecin, il dit qu'on saura après-demain. À souhaiter qu'il les récupère, ce qui n'est pas donné avec le bastonneur. Non pas que Mordent s'en serve beaucoup, sa femme s'envoie le professeur de musique et l'humilie comme un ver sur le fumier.

— Pourquoi ne m'a-t-il rien dit quand sa fille est partie ?

— Le vieux conteur est comme ça. Il nous charme en nous racontant des histoires mais il garde le foutu réel pour lui. Souvenez-vous qu'à ce moment, on était en plein coup de feu avec ces tombes ouvertes. Et, prenez-le comme vous voulez, on hésite à vous faire des confidences.

— Et pourquoi ?

— Parce qu'on n'est pas certain que vous écoutez. Et si vous écoutez, on suppose que vous oublierez. Alors à quoi bon ? Mordent ne cherche pas à décrocher les nuages. Et vous, vous êtes assis dessus.

— Je sais ce qui se dit. Mais moi, je pense que je suis sur terre.

— Alors on n'est pas sur la même.

— C'est très possible, Noël. Et donc ? La fille ?

— Elle s'appelle Élaine. Mordent a débarqué dans le squat à l'appel des flics de Bicêtre et c'était l'enfer là-dedans, vous connaissez le spectacle. Il y avait même des jeunots qui bouffaient des pâtées pour chien. C'est l'un d'eux qui a paniqué et sonné les flics, parce qu'un gars faisait une over. Remarquez, il paraît que c'est pas mauvais les boîtes pour chien, ce n'est jamais que du ragoût. La gosse de Mordent était raide sonnée, ils ont saisi assez de blanche là-

90

dedans pour une inculpation de deal. La tuile, c'est qu'il y avait des armes, deux flingues et des couteaux à cran. L'un des flingues a servi à abattre Stubby Down, le chef du quartier nord, il y a neuf mois. Or des témoins ont dit que les assaillants étaient deux, dont une fille aux cheveux bruns lui pendant jusqu'au cul.

— Merde.

— Au final, ils ont collé trois jeunes en préventive, dont Élaine Mordent.

— Où est-elle ?

— À Fresnes, sous méthadone. Elle risque deux à quatre ans ferme, bien plus si elle a participé au coup Stubby Down. Mordent dit que, quand elle sortira de là, elle sera terminée. Danglard essaie de le remonter en l'arrosant de vin blanc comme une plante, mais ça a les pires effets sur lui. Dès qu'il peut s'échapper, il passe sa vie là-bas, à Fresnes, dedans ou dehors, à regarder les murs. Alors forcément.

Noël se retourna et désigna le pavillon d'un coup de menton, les mains serrées sur sa ceinture.

— Avec cette pataugière en plus, il y a de quoi perdre le nord. Faudrait peut-être que Danglard vienne relayer, à présent qu'on a tout démonté. Voisenet vous cherche, il a retrouvé le crottin d'Émile, comme dit ce pauvre crétin d'Estalère.

Voisenet avait posé l'échantillon sur la table blanche du jardin, il passa des gants à Adamsberg. Le commissaire ouvrit le sachet et en respira le contenu.

— On a étiqueté « crottin de cheval » mais c'est peut-être autre chose.

— Non, c'en est, dit Adamsberg en faisant glisser une petite plaque brune dans sa main. Il n'est pas comme celui du pavillon. Il n'est pas en boulette.

— Les boulettes, c'est parce que le crottin avait été moulé dans les crampons des bottes. Avec tout le sang sur les tapis, ça s'est détaché.

— De toute façon, Voisenet, ce n'est pas le même cheval. Je veux dire : ce n'est pas le même crottin, donc ce n'est pas le même cheval.

— Il a peut-être deux chevaux, hasarda Justin.

— Je veux dire : ce n'est pas le même élevage de chevaux. Donc pas les mêmes chaussures. Je crois.

Adamsberg releva une mèche qui tombait sur son front. C'était irritant qu'on en revienne toujours à des histoires de chaussures. Son portable sonnait. Retancourt. Il jeta rapidement l'échantillon sur la table.

— Commissaire, c'est naze. Émile m'a lâchée sur le parking de l'hôpital de Garches, deux ambulances interposées entre nous. Je suis navrée. Les motorisés sont là, ils n'arrivent pas à le localiser.

— Ne vous faites pas de mouron, lieutenant. Vous êtes partie avec un handicap.

— Merde, continua Retancourt, deux handicaps. Il connaît le coin comme sa poche, il filait de jardins en ruelles comme s'il les avait fabriqués lui-même. Il doit se planquer dans une haie quelconque. Ce sera dur de l'extirper, sauf qu'il aura bientôt faim. Je stoppe là, parce que je pense que le gars m'a pété une côte au départ.

— Où êtes-vous, Violette ? Toujours à l'hôpital ?

— Oui, les flics ont fait le tour des planques.

— Alors allez montrer ce truc cassé à un médecin.

— Je le fais, dit Retancourt qui coupa aussitôt.

Adamsberg claqua son portable. Retancourt n'avait aucune intention d'aller se faire examiner.

— Émile lui a pété une côte, dit-il. Sûrement très douloureux.

— Elle s'en sort bien, elle aurait pu être touchée aux couilles.

— Ça va, Noël.

— Ce n'est pas le même élevage ? coupa Justin.

Adamsberg reprit la plaque de crottin, ravalant sa réplique. Noël ne s'était jamais privé d'accabler

Retancourt, de déclarer à tous vents qu'elle n'était pas une femme mais un bœuf de labour ou une créature approchante. Alors que pour Adamsberg, si Retancourt n'était pas exactement une femme au sens convenu du terme, c'était parce qu'elle était une déesse. La déesse polyvalente de la Brigade, aux capacités aussi multiples que les on-ne-sait-combien de bras que possédait Shiva.

— Combien a-t-elle de bras, la déesse indienne ? demanda-t-il à ses adjoints, tout en palpant le morceau de crottin.

Les quatre lieutenants secouèrent la tête.

— C'est toujours pareil, dit Adamsberg. Quand Danglard n'est pas là, plus personne ne sait rien ici.

Adamsberg renfourna le crottin dans le sachet, ferma la glissière et le tendit à Voisenet.

— Il n'y a plus qu'à l'appeler pour avoir la réponse. Je pense que ce cheval-ci, celui qui a produit ce crottin-ci, connu sous le nom de « crottin d'Émile », est élevé en plein champ et ne mange que de l'herbe. Je crois que l'autre cheval, celui qui a excrété les boulettes du pavillon, connues sous le nom de « crottin du tueur », est nourri en écurie, aux granulés.

— Ah bon ? Ça peut se voir, ça ?

— J'ai passé mon enfance à ramasser du crottin partout pour amender les champs. Et de la bouse séchée pour alimenter le feu. J'en ramasse encore. Je peux vous assurer, Voisenet, qu'à deux nourritures différentes, deux excréments différents.

— D'accord, admit Voisenet.

— Quand aura-t-on les résultats du labo ? demanda Adamsberg en composant le numéro de Danglard. Mettez-leur le feu aux fesses. Urgences : crottins, mouchoir, empreintes, dispersion du corps.

Adamsberg s'éloigna, il avait Danglard en ligne.

— Il est presque dix-sept heures, Danglard. On a besoin de vous pour la pataugière de Garches. C'est démonté, on rentre à la Brigade, on fait la première synthèse. Ah, une seconde. Combien a-t-elle de bras, la déesse indienne ? Celle qui tient dans un rond ? Shiva ?

— Shiva n'est pas une déesse, commissaire. C'est un dieu.

— Un *dieu* ? C'est un homme, ajouta le commissaire à l'intention de ses adjoints. Shiva est un homme. Et combien a-t-il de bras ? demanda-t-il en revenant à Danglard.

— Cela dépend des représentations car les pouvoirs de Shiva sont immenses et contraires, parcourant presque tout le spectre, de la destruction aux bienfaits. Il peut avoir deux bras, quatre, mais cela peut aller jusqu'à dix. Cela varie selon ce qu'il incarne.

— Et grosso modo, Danglard, il incarne quoi ?

— Pour vous résumer l'essentiel, « dans le vide, au centre de la Nirvana-Shakti, est le suprême Shiva dont la nature est vacuité ».

Adamsberg avait branché le haut-parleur. Il regarda ses quatre adjoints, qui semblaient aussi dépassés que lui-même et faisaient signe de laisser tomber. Apprendre que Shiva était un homme était suffisant pour la journée.

— Un rapport avec Garches ? demanda Danglard. Pas assez de bras ?

— Émile Feuillant hérite de la fortune de Vaudel, sauf la part réservataire de Pierre fils de Pierre. Mordent a mordu la ligne jaune, il lui a signifié sa garde à vue. Le bastonneur l'a mis au tapis et il a filé.

— Retancourt ne lui a pas collé au train ?

— Elle l'a loupé. Elle n'avait pas dû accrocher tous ses bras, et il lui avait cassé une côte au départ. On vous attend, commandant, Mordent est plutôt hors piste.

— Je m'en doute. Mais mon train ne démarre qu'à 21 h 12. Je ne pense pas pouvoir changer mon billet.

— Quel train, Danglard ?

— Mais le train qui passe dans ce foutu tunnel, commissaire. Ne croyez pas que cela m'amuse. Cependant j'ai vu ce que je voulais voir. Et s'il n'a pas coupé les pieds de mon oncle, nous n'en sommes pas loin.

— Danglard, où êtes-vous ? demanda lentement Adamsberg en s'asseyant sur la table de jardin, haut-parleur coupé.

— Bon Dieu, là où je vous ai dit. À Londres. Et ils en sont certains à présent, les chaussures sont presque toutes françaises, de bonne ou mauvaise qualité. Classes sociales différentes. Croyez-moi, on va se récupérer tout le paquet et Radstock s'en frotte les mains d'avance.

— Mais qu'est-ce qui vous a pris, bon sang, de retourner à Londres ? cria presque Adamsberg. Qu'est-ce qui vous a pris de vous mêler de ces foutues chaussures ? Mais laissez-les à Higegatte, mais laissez-les à Stock !

— Radstock. Commissaire, je vous ai prévenu de mon départ et vous étiez d'accord. C'était nécessaire.

— Foutaises, Danglard ! C'est la femme, Abstract, que vous avez rejointe à la nage.

— Aucunement.

— Ne dites pas que vous ne l'avez pas revue.

— Je ne dis rien de tel. Mais cela n'a pas de rapport avec les chaussures.

— Je l'espère, Danglard.

— Si vous pensiez qu'on a coupé les pieds de votre oncle, vous aussi vous iriez voir de près.

Adamsberg regarda le ciel qui se couvrait, suivit des yeux le vol d'un canard, et reprit plus calmement le téléphone.

— Quel oncle ? Je ne savais pas qu'il y avait un oncle.

— Je ne vous parle pas d'un oncle vivant, je ne vous parle pas d'un homme qui déambule sans ses pieds. Mon oncle est mort il y a vingt ans. C'était le deuxième époux de ma tante et je l'ai adoré.

— Sans vous emmerder, commandant, personne ne peut reconnaître les pieds morts de son oncle.

— Ce ne sont pas ses pieds que j'ai reconnus, mais ses chaussures. Ce que notre ami Clyde-Fox disait très justement.

— Clyde-Fox ?

— Le lord excentrique, vous vous rappelez ?

— Oui, soupira Adamsberg.

— Je l'ai revu hier soir, d'ailleurs. Assez désolé car il avait égaré son nouvel ami cubain. Nous avons été vider quelques verres ensemble, très bon spécialiste de l'histoire des Indes. Et comme il le disait justement, que peut-on mettre dans des chaussures ? Des pieds. Et généralement, les siens. Si donc ce sont les chaussures de mon oncle, il y a toutes les chances que les pieds qui y sont lui appartiennent.

— Un peu comme le crottin et le cheval, commenta Adamsberg, qui sentait la fatigue lui tirer dans le dos.

— Comme le contenant et le contenu. Mais je ne sais pas s'il s'agit de mon oncle. Ce peut être un cousin, ou un homme du même village. Dans l'ensemble, ils sont tous un peu cousins là-bas.

— Bien, dit Adamsberg en se laissant glisser au bas de la table. Quand bien même un gars aurait fait collection de pieds français et que sa route ait malheureusement croisé celle de votre oncle ou de son cousin, que voulez-vous que ça nous foute ?

— Vous aviez dit que rien n'empêchait de s'intéresser, dit Danglard, froissé. C'est vous qui ne vouliez pas lâcher les pieds de Highgate.

— Là-bas peut-être. Ici et à Garches, non. Et la gaffe, Danglard, c'est votre voyage. Car si ces pieds sont français, le Yard voudra collaborer. Cela aurait pu tomber sur une autre équipe, mais à présent et grâce à vous, notre brigade sera en pleine visibilité.

Et j'ai besoin de vous pour la boucherie de Garches, plus alarmante qu'un nécrophile qui prélevait des pieds à droite et à gauche il y a vingt ans.

— Pas « à droite et à gauche ». Je pense qu'il les a choisis.

— C'est Stock qui dit ça ?

— C'est moi. Parce que quand mon oncle est mort, il était en Serbie, et ses pieds de même.

— Et vous vous demandez à quoi bon chercher des pieds en Serbie alors qu'il y en a soixante millions en France ?

— Cent vingt millions. Soixante millions de personnes, donc cent vingt millions de pieds. Vous commettez la même erreur qu'Estalère, mais dans l'autre sens.

— Mais pourquoi votre oncle était-il en Serbie ?

— Parce qu'il était serbe, commissaire. Il s'appelait Slavko Moldovan.

Justin arrivait en courant vers Adamsberg.

— Il y a un type dehors qui insiste pour avoir des explications. On a démonté les banderoles, il ne veut rien savoir, il a l'intention d'entrer.

XI

Les lieutenants Noël et Voisenet se tenaient face à face, bloquant chacun d'un bras l'ouverture de la porte, formant une double barrière devant l'homme, peu intimidant.

— Rien ne me prouve que vous êtes policiers, répétait-il. Rien ne me prouve que vous n'êtes pas des casseurs, des détrousseurs. Vous surtout, dit-il en désignant Noël, dont le crâne était presque rasé. Je veux voir mon rendez-vous, nous étions convenus de dix-sept heures trente, je tiens à être ponctuel.

— Le rendez-vous n'est pas visible, dit Noël, accentuant sa gouaille déplaisante.

— Montrez-moi vos cartes. Rien ne me le prouve.

— On vous a déjà expliqué, dit Voisenet. Nos cartes sont dans nos vestes, nos vestes sont dans le pavillon, et si nous lâchons cette porte, vous entrerez. Or le périmètre est interdit.

— Bien entendu j'entrerai.

— Alors il n'y a pas de solution.

L'homme, estima Adamsberg en s'approchant du groupe, était obtus ou courageux pour son gabarit moyen et son corps gras. Car s'il pensait avoir affaire à des casseurs, le mieux aurait été de cesser là toute discussion et de filer. Mais le type avait quelque chose de professionnel, de digne et de sûr de lui, portant haut la mine un peu figée de l'homme de devoir, en tout cas de l'homme déterminé à faire son boulot quoi qu'il advienne, à la condition que sa mise n'en souffre pas. Assureur ? Marchand d'art ? Juriste ? Banquier ? Il y avait aussi, dans sa lutte contre les bras des deux flics, l'indice d'un clair réflexe de classe. Il n'était pas de ceux qu'on pouvait chasser, et en aucun cas par deux gars comme Noël et Voisenet. Parlementer avec eux était au-dessous de sa condition, et c'était peut-être cette conviction sociale, ce foncier mépris de caste qui lui tenait lieu de courage aux bornes de l'inconscience. Il ne craignait rien de ses inférieurs. Hormis cette posture, son visage astucieux et démodé devait être, au repos, plutôt sympathique. Adamsberg posa ses mains sur la barrière des avant-bras roturiers et le salua.

— Si police il y a, je ne quitte pas ces lieux sans avoir vu votre supérieur, disait l'homme.

— Je suis le supérieur. Commissaire Adamsberg.

Cet étonnement, cette déception, Adamsberg les avait vus bien des fois sur bien des visages. En même temps que, aussitôt après, la soumission immédiate au grade, quel qu'en soit l'étrange détenteur.

— Enchanté, commissaire, répondit l'homme en lui tendant la main par-dessus les bras. Paul de Josselin. Je suis le médecin de M. Vaudel.

Trop tard, pensa Adamsberg en lui serrant la main.

— Je suis navré, docteur, M. Vaudel n'est pas visible.

— C'est ce que je comprends. Mais en tant que son médecin, il est de mon droit et de mon devoir d'être informé, n'est-ce pas ? Malade ? Décédé ? Hospitalisé ?

— Mort.

— À son domicile, donc. Sinon nous n'aurions pas tout ce déploiement policier.

— C'est exact, docteur.

— Quand ? Comment ? Je l'ai visité il y a quinze jours, tous les voyants étaient au vert.

— La police est contrainte de réserver ses informations. C'est la procédure en cas d'assassinat.

Le médecin fronça les sourcils, semblant marmonner le mot « assassinat ». Adamsberg réalisa qu'ils continuaient à parler de part et d'autre des bras, comme deux voisins accoudés à la clôture. Bras maintenus sans sourciller par les lieutenants figés, sans que personne songe à modifier cet arrangement. Il tapa du bout des doigts sur l'épaule de Voisenet et défit la barrière.

— Allons dehors, dit Adamsberg. Le sol doit être protégé des contaminations.

— Je comprends, je comprends. De même que vous ne pouvez rien me dire, n'est-ce pas ?

— Je peux vous dire ce que savent les voisins. Cela s'est produit dans la nuit de samedi à dimanche, on a découvert le corps hier matin. L'alerte a été donnée par son jardinier, rentré vers cinq heures.

— Pourquoi l'alerte ? Il criait ?

— Selon le jardinier, Vaudel laissait les lumières allumées la nuit. Quand il est rentré, rien n'était éclairé, alors que son patron avait une peur phobique du noir.

— Je le sais. Ça remontait à l'enfance.

— Vous étiez son médecin ou son psychiatre ?

— Son généraliste en même temps que son ostéopathe somatopathe.

— Bien, dit Adamsberg sans comprendre. Il vous parlait de lui ?

— Surtout pas, il avait la psychiatrie en horreur. Mais ce que je sentais sur ses os m'en apprenait beaucoup. J'y étais, à titre médical, extrêmement attaché. Vaudel était un cas exceptionnel.

Le médecin se tut ostensiblement.

— Je vois, dit Adamsberg. Vous ne m'en direz pas plus si je n'en dis pas plus. Secret professionnel bloquant les manœuvres de part et d'autre.

— Parfaitement.

— Vous comprenez que je dois connaître votre emploi du temps dans la nuit de samedi à dimanche, entre onze heures et cinq heures du matin.

— Nulle offense, j'admets fort bien. Attendu que les gens dorment à ces heures et que je n'ai ni femme ni enfants, que voulez-vous que je vous dise ? La nuit, je suis au lit, sauf appel d'urgence. Vous connaissez cela.

Le médecin hésita, sortit son agenda de sa poche intérieure, tira sur sa veste pour la remettre en place.

— Francisco, dit-il, le gardien de l'immeuble – il est paralysé, je le traite à titre gracieux –, m'a appelé vers une heure du matin. Tombé entre son fauteuil roulant et son lit, le tibia à l'équerre. J'ai redressé la jambe du bonhomme et je l'ai mis au lit. Deux heures plus tard il rappelait, le genou avait gonflé. Je l'ai envoyé se faire voir et je suis repassé le visiter au matin.

— Merci, docteur. Vous connaissiez l'homme à tout faire, Émile ?

— Le joueur de morpion ? Passionnant. Je l'avais pris comme patient. Rétif évidemment, mais Vaudel s'intéressait à cet homme et le lui ordonnait. Depuis trois ans, j'avais beaucoup diminué sa violence.

— Il l'a dit. Il attribuait cette amélioration à l'âge.

— Du tout, dit le médecin avec amusement, et Adamsberg repéra ce visage malin, enjoué, disponible, qu'il avait décelé sous la pose dédaigneuse. L'âge accroît ordinairement les névroses. Mais je traite Émile et peu à peu, j'atteins les zones figées, je les assouplis, cependant que l'animal rusé referme les portes derrière moi. Mais je l'aurai. Sa mère le frappait quand il était petit mais il n'en conviendra jamais. Il l'idolâtre.

— Alors comment le savez-vous ?

— Là, dit le médecin en posant son index sur la base du crâne d'Adamsberg, un peu en haut à droite de la nuque.

Ce qui lui fit ressentir une légère piqûre, comme si l'index du médecin était muni d'un dard.

— Cas intéressant aussi, remarqua-t-il à mi-voix, si vous me permettez.

— Émile ?

— Vous.

— Je n'ai pas été frappé, docteur.

— Je n'ai pas dit ça.

Adamsberg fit un pas de côté, éloignant son crâne de la curiosité du médecin.

— Vaudel – et je ne demande pas de secret professionnel – avait-il des ennemis ?

— Beaucoup. Et c'était bien le cœur du problème. Des ennemis menaçants et même mortifères.

Adamsberg s'arrêta dans la petite allée.

— Je ne peux pas vous donner de noms, coupa le médecin. Et ce serait inutile. Cela échappe à votre enquête.

Le portable d'Adamsberg vibra et le commissaire s'excusa en prenant l'appel.

— Lucio, gronda-t-il, tu sais que je bosse.

— Je ne t'appelle jamais, hombre, c'est la première fois. Une des petites n'arrive pas à téter, elle dépérit. Je me disais que tu pouvais peut-être lui gratter le front.

— Je m'en fous, Lucio, je ne peux rien faire. Si elle ne sait pas téter, tant pis, c'est la loi de la nature.

— Mais si tu pouvais l'endormir, la calmer ?

— Ça ne la fera pas boire, Lucio.

— Tu es un véritable salopard et un fils de pute.

— Surtout, Lucio, dit Adamsberg un ton plus haut, je ne suis pas un mage. Et j'ai eu une foutue journée.

— Moi aussi. Figure-toi que j'ai du mal à allumer mes cigarettes. À cause de ma vue, je rate l'extrémité. Comme ma fille ne veut pas m'aider, je vais faire comment ?

Adamsberg se mordit les lèvres et le médecin se rapprocha.

— Un bébé qui ne peut pas téter ? s'informa-t-il courtoisement.

— Un chaton de cinq jours, répondit abruptement Adamsberg.

— Si cela convient à votre interlocuteur, je peux tenter quelque chose. Sans doute le MRP du maxillaire inférieur, bloqué en expir. Ce n'est pas forcément la loi de la nature, ce peut être une torsion post-traumatique consécutive à la naissance. Difficile, cette naissance ?

— Lucio, appela Adamsberg d'un ton brusque, c'est un des deux qu'on a sortis de force ?

— Oui, la toute blanche avec le bout de la queue gris. La seule petite fille.

— C'est cela, docteur, confirma Adamsberg. Lucio a poussé, et je l'ai tirée sous la mâchoire. Est-ce que j'ai tiré trop fort ? C'est une fille.

— Où habite votre ami ? S'il le souhaite, bien entendu, ajouta-t-il en agitant les mains, comme si la vie en jeu le rendait soudain humble.

— À Paris, dans le 13e.

— Et moi dans le 7e. Si vous en êtes d'accord, faisons route ensemble et je traite la petite. Si je le peux, bien entendu. En attendant, que votre ami l'humecte sur la totalité du corps, mais sans la tremper surtout.

— On arrive, dit Adamsberg avec l'impression de lancer un signal policier sur une opération lourde. Humecte-la partout sans la tremper.

Un peu hébété, avec la sensation d'avoir lâché le gouvernail, d'être ballotté autant par les bastonneurs, le flux migratoire, les médecins ou les Espagnols sans bras, Adamsberg donna les consignes de bouclage à ses adjoints et fit monter le docteur dans sa voiture.

— C'est grotesque, dit Adamsberg sur le périphérique. Je vous emmène soigner un chat tandis que

103

l'enfer est tombé sur Vaudel, gueule ouverte et dents dehors.

— Un sale crime, donc ? Il avait beaucoup d'argent, vous savez.

— Oui. Tout ira à son fils, je présume, ajouta Adamsberg d'une voix fausse. Vous le connaissez ?

— Seulement par le cerveau de son père. Désir, refus, désir, refus et ainsi chez l'un et chez l'autre.

— Vaudel n'a jamais voulu du garçon.

— Il voulait surtout ne pas laisser derrière lui une fragile descendance exposée à ses ennemis.

— Quels ennemis ?

— Si je vous le disais, cela ne vous aiderait pas. Folies d'un homme creusées par l'âge, incrustées dans les plis de son être. Travail de médecin et non pas de policier. Ou bien travail de spéléologue, au point où en était Vaudel.

— Ennemis imaginaires en somme ?

— Ne tentez rien, commissaire.

Lucio les attendait, assis sous l'appentis, sa grande main tapotant le chaton couché sur ses genoux, enroulé dans une serviette humide.

— Elle va crever, dit-il d'une voix rauque, embrouillée par des larmes qu'Adamsberg ne comprit pas, tant il ne concevait pas qu'on puisse s'émouvoir pour un chat. Elle ne peut pas téter. Qui c'est ? ajouta-t-il sans amabilité à l'adresse du médecin. On n'a pas besoin de public, hombre.

— Un spécialiste du maxillaire des chats qui ne savent pas téter. Laisse la place, Lucio, écarte-toi. Donne le chat.

Lucio gratta son bras absent puis obéit, méfiant. Le médecin prit place sur le banc, enveloppa la tête du chaton entre ses doigts épais – il avait des mains immenses pour sa taille, presque comparables à l'unique main de Lucio – et la tâta lentement, ici, là, ici encore. Charlatan, pensa Adamsberg, plus contrarié qu'il n'aurait dû devant le petit corps mou de l'animal. Puis le médecin passa au bassin, posa la pulpe des doigts sur deux points, comme s'il jouait un trille au piano, et on entendit un léger miaulement.

— Elle s'appelle Charme, grogna Lucio.

— On va arranger ce maxillaire, dit le médecin. Charme, tout va bien.

Ses très gros doigts – qu'Adamsberg voyait de plus en plus énormes, comme les dix bras de Shiva – vinrent se poser sur la mandibule, attrapant la bête en pince.

— Eh bien, Charme ? murmura-t-il en posant pouce ici et index là. Tu as bloqué le système en sortant ? Le commissaire t'a tordue ? Ou bien as-tu eu peur ? Sois patiente quelques minutes, ça va repartir. C'est bien maintenant. Je vais m'occuper de ton ATM.

— C'est quoi ? demanda Lucio, suspicieux.

— L'articulation temporo-mandibulaire.

Le chaton s'abandonna comme de la pâte à pain puis se laissa porter jusqu'à la mamelle.

— Voilà, dit le médecin d'une voix berçante. L'ATM était caudale à droite, céphalique à gauche. Alors nécessairement, ça ne pouvait pas aller, la lésion bloquait la succion. C'est démarré à présent. On attend quelques minutes pour vérifier que tout se passe bien. J'en ai profité pour rééquilibrer son sacrum et ses iliaques. Tout cela à cause de sa naissance un peu sportive, ne vous en faites pas. Elle sera plutôt audacieuse, tenez-la bien. Rien de bien méchant, un gentil caractère.

— D'accord, docteur, dit Lucio, devenu déférent, les yeux rivés sur le chaton qui tétait à en étouffer.

— Et elle aimera toujours manger. À cause de ces cinq jours.

— Comme Froissy, murmura Adamsberg.

— C'est une autre chatte ?

— C'est une de mes adjointes. Elle mange sans cesse, elle cache sa nourriture et elle est mince comme tout.

— Angoisse, dit le médecin d'un ton las. Faudrait voir ça. Faudrait voir tout le monde et moi avec. Je veux bien un coup de vin ou de quelque chose, coupa-t-il soudainement, si ça ne gêne personne. C'est l'heure de l'apéritif. Ça n'en a pas l'air mais cela demande de l'énergie.

Il n'y avait plus rien, à ce moment, du bourgeois de caste qu'Adamsberg avait vu derrière les bras de ses adjoints. Le médecin avait desserré sa cravate et passait ses doigts dans ses cheveux gris, avec la tête simple et pleine d'un gars en sueur qui vient de réussir un bon boulot et qui n'en était pas sûr une heure avant. Il voulait un coup de vin, cet homme, et cette alerte fit réagir Lucio sur-le-champ.

— Où va-t-il ? demanda le médecin en regardant Lucio filer droit vers la haie du fond.

— Sa fille lui interdit tout alcool et tout tabac. Il les cache dans divers recoins des buissons. Les cigarettes sont dans une double boîte en plastique, à cause de la pluie.

— Sa fille le sait, bien sûr.

— Bien sûr.

— Et il sait qu'elle le sait ?

— Bien sûr.

— Ainsi tourne le monde, dans la spirale de ses arrière-pensées. Qu'est-il arrivé à son bras ?

— Arraché pendant la guerre d'Espagne quand il avait neuf ans.

— Mais il avait quelque chose avant, non ? Une blessure non refermée ? Une morsure ? Enfin, je ne sais pas, quelque chose d'irrésolu, non ?

— Un petit truc, dit Adamsberg dans un souffle. Une piqûre d'araignée qui le grattait.

— Il se grattera toujours, dit le médecin d'un ton fataliste. C'est là, dit-il en cognant son front, gravé dans les neurones. Qui n'ont toujours pas compris que le bras était parti. Ça traverse les ans et l'entendement ne peut rien y faire.

— Alors à quoi sert l'entendement ?

— À rassurer les hommes et c'est déjà beaucoup.

Lucio revenait avec trois verres coincés dans ses doigts et une bouteille serrée sous son moignon. Il disposa le tout au sol de l'appentis, jeta un long regard au chaton, collé à la mamelle.

— Elle ne va pas exploser au moins ? Trop manger ?

— Non, dit le médecin.

Lucio hocha la tête, remplit les verres, demanda à trinquer à la santé de la petite.

— Le docteur savait pour ton bras, dit Adamsberg.

— Ben évidemment, dit Lucio. Une piqûre d'araignée, ça se gratte jusqu'aux tréfonds.

XII

— Ce type-là, dit Lucio, c'est peut-être un as, mais je n'aimerais pas qu'il me touche la tête. Des fois qu'il me remette à téter.

Exactement ce qu'il faisait en ce moment, observa Adamsberg alors que Lucio suçotait le bord de son verre avec des bruits de tétine. Lucio préférait de loin boire à la bouteille. Il n'avait sorti les verres que pour l'occasion, parce qu'il y avait un étranger. Cela faisait une bonne heure que le médecin était parti et ils achevaient la bouteille sous l'appentis, en veillant sur la nichée endormie. Lucio estimait qu'ils étaient obligés de finir parce que, après, le vin se corrodait. Finir, ou ne pas commencer.

— Je ne souhaite pas non plus qu'il m'approche, dit Adamsberg. Il a seulement posé son doigt là – il montra l'endroit sur sa nuque – et il a semblé qu'il y avait du grabuge. « Cas intéressant », a-t-il dit.

— En langage de docteur, ça veut dire que ça ne va pas.

— Oui.

— Tant que tu es d'accord avec le grabuge, il n'y a pas de souci à se faire.

— Lucio, suppose une seconde que tu sois Émile.

— D'accord, dit Lucio qui n'avait jamais entendu parler d'Émile.

— Bagarreur, compulsif, cinquante-trois ans, raisonnable et dérivant, sauvé par un vieux maniaque qui l'engage comme homme à tout faire, y compris des parties de morpion géantes le soir devant un feu, avec deux verres de Guignolet.

— Non, dit Lucio. Ça m'écœure, le Guignolet.

— Mais suppose que tu sois Émile et que le vieux te serve du Guignolet.

— Admettons, dit Lucio, contrarié.

— Oublie ce Guignolet. Prends autre chose, ça n'a pas beaucoup d'importance.

— D'accord.

— Suppose que ta vieille mère soit dans un hospice et ton chien en dépôt dans une ferme, vu que tu as tiré onze ans de taule par petits bouts, et suppose que, chaque samedi, tu prennes ta camionnette pour emmener dîner ta mère puis aller voir le chien avec de la viande en cadeau.

— Minute. Je ne visualise pas la camionnette.

Lucio emplit les deux derniers verres.

— Elle est bleue, ses angles sont arrondis, la peinture est ternie, la vitre arrière est occultée, il y a une échelle rouillée sur la galerie.

— J'y suis.

— Suppose que tu attendes le chien dehors, qu'il saute la barrière de la ferme, qu'il mange avec toi et que tu passes un bout de la nuit avec le clebs à l'arrière de la camionnette, avant de repartir à quatre heures du matin.

— Minute. Je ne visualise pas le chien.

— Et la mère ? Tu la visualises ?

— Parfaitement.

— Le chien est un poil long, blanc sale avec quelques taches, oreilles pendantes, petit comme un ballon, bâtard avec des gros yeux.

— Je le vois.

— Suppose que le vieux maniaque ait été assassiné et qu'il t'ait couché sur son testament, au détriment de son fils. Te voilà riche. Suppose que les flics te soupçonnent et veuillent t'embarquer.

— Y a pas à supposer. Ils veulent m'embarquer.

— Oui. Suppose que tu brises les couilles d'un flic et que tu casses une côte à un autre et que tu te tires.

— D'accord.

— Que fais-tu pour ta mère ?

Lucio téta le bord de son verre.

— Je ne peux pas y aller, les flics surveillent l'hospice. Alors je poste une lettre pour qu'elle se fasse pas de souci.

— Qu'est-ce que tu fais pour le chien ?

— Ils savent où il crèche, le chien ?

— Non.

— Alors je vais le voir pour lui parler, pour le rassurer des fois que je m'en aille, qu'il ne s'inquiète pas, je reviendrai.

— Quand ?

— Quand je reviendrai ?

— Non. Quand vas-tu voir le chien ?

— Ben tout de suite. Des fois qu'ils m'attrapent, faut que je prévienne le chien avant. Tandis que pour ma mère – elle a sa raison, ma mère ?

— Oui.

— Très bien. Alors si je vais en taule, les flics préviendront ma mère. Tandis qu'ils ne préviendront pas le chien. Tu penses. Pas un pour racheter l'autre. Donc ça, prévenir le chien, c'est à moi de le faire. Et le plus tôt possible.

Adamsberg passa les doigts sur le ventre duveteux de Charme, vida son verre dans celui de Lucio et se leva, frottant les fesses de son pantalon.

— Dis voir, hombre, dit Lucio en levant sa grande main. Si tu veux voir ce gars tout seul avant qu'il ait vu le chien et avant que le chien ait vu les flics, faut prendre la route maintenant.

— Je n'ai pas dit que je le ferai.

— Non, tu ne l'as pas dit.

Adamsberg roulait doucement, conscient que la fatigue et le vin avaient entamé ses moyens. Il avait coupé son portable et le GPS de la voiture, au cas où il existerait un flic aussi malin que Lucio, ce qui n'était pas donné, pas même dans les contes et légendes de Mordent. Aucun plan précis concernant cette brute d'Émile. Sauf ce qu'avait résumé Lucio : arriver à Châteaudun avant que les flics n'arrivent au chien. Pourquoi ? Parce que les crottins étaient différents ? Non. Il ne le savait pas quand il avait laissé fuir Émile, si tant est qu'il l'ait fait. Alors ? Parce que Mordent avait traversé sa route comme un buffle ? Non, Mordent déraillait, voilà tout. Parce que Émile était un bon gars ? Non, Émile n'était pas un bon gars. Parce que Émile risquait de crever de faim comme un rat dans les broussailles par la stupidité d'un flic déprimé ? Peut-être. Et le ramener en taule, était-ce mieux que la broussaille ?

Adamsberg n'était pas fort pour les volutes entraînées par les « peut-être », alors que Danglard en raffolait à en perdre l'équilibre, attiré par le gouffre noir de l'anticipation. Adamsberg roulait vers la ferme et voilà tout, priant pour qu'aucun flic n'ait entendu sa conversation du matin avec Émile la brute, avec Émile l'héritier, propriétaire à Garches et Vaucresson. Tandis que Danglard se débattait en ce moment même dans le tunnel sous la Manche, gorgé de champagne, tout cela parce qu'il s'était demandé, *peut-être*, si un cinglé avait coupé les pieds de son oncle, à moins qu'il ne s'agisse des pieds d'un cousin de son oncle, là-bas, dans les monts lointains. Tandis que Mordent fixait les murs de la prison de Fresnes et, bon Dieu, que pouvait-on faire pour Mordent ?

Adamsberg gara la voiture sur un bas-côté, dans l'ombre des bois, et fit les cinq cents derniers mètres à pied, avançant doucement, tâchant de se repérer. La barrière que sautait le chien, mais quelle barrière ? Il tourna pendant une demi-heure autour de la ferme – trois quarts laitier, un quart viande –, les jambes fatiguées, avant de localiser la barrière la plus probable. Loin, d'autres chiens hurlaient en sentant son approche et il se cala contre un arbre sans plus bouger, vérifiant son sac et son arme. L'air sentait le crottin, ce qui le conforta, comme tout être humain. Ne pas s'endormir, attendre, espérer que Lucio ait eu raison.

Un faible gémissement, un petit lamento irrégulier lui parvenait dans le vent tiède, plus loin que la barrière, peut-être à cinquante mètres de là. Une bestiole coincée ? Un rat dans les broussailles ? Une fouine ? En tout cas pas plus gros que ça. Adamsberg cala mieux son dos contre le tronc, replia les jambes, se balança doucement pour ne pas s'endormir. Imagina le trajet d'Émile depuis Garches jusqu'ici, marche et auto-stop, avec des routiers peu regardants sur l'aspect du gars s'il payait le coup. Ce matin, Émile portait sur son bleu un blouson léger assez graisseux, tout effiloché aux manches. Il revit les mains d'Émile avant que sa phrase ne lui revienne. Ses deux mains face à face et doigts écartés, dessinant le volume du chien. « Pas plus gros que ça. » Adamsberg se redressa sur un genou et écouta le lamento persistant. Pas plus gros que ça. Son chien.

Progressant doucement, il s'avança vers le lamento. À trois mètres, il distingua la petite masse blanche du chien, ses mouvements affolés, tournant autour d'un corps.

— Émile, merde !

Adamsberg le souleva par une épaule et posa ses doigts sur le creux du cou. Ça battait. À travers les déchirures du vêtement, le chien léchait fébrilement le ventre de l'homme, passait à sa cuisse, léchait à nouveau, poussait sa plainte dérisoire. Il s'interrompit pour observer Adamsberg, émit un glapissement différent qui semblait dire : heureux d'avoir de l'aide, mon gars. Puis il retourna à sa tâche, arrachant le tissu du pantalon, léchant la cuisse, semblant vouloir y déposer le maximum de bave. Adamsberg alluma sa torche, éclaira le visage d'Émile, suant et crasseux. Émile le bastonneur, tombé, vaincu, l'argent ne fait pas le bonheur.

— Ne parle pas, ordonna Adamsberg.

Maintenant la tête dans sa main gauche, il glissa doucement ses doigts sous l'arrière du crâne, explora de haut en bas, d'avant en arrière. Pas de blessure.

— Ferme les paupières pour dire « oui ». Tu sens ton pied ? J'appuie dessus.

— *Oui.*

— L'autre ? J'appuie dessus.

— *Oui.*

— Tu vois ma main ? Tu sais qui je suis ?

— Le commissaire.

— C'est cela, Émile. Tu es blessé au ventre et à la jambe. Tu te souviens de tout ? Tu t'es battu ?

— Pas battu. M'a tiré dessus. Quatre coups, touché deux fois. Là-bas, au château d'eau.

Émile tendit un bras vers sa gauche. Adamsberg scruta l'obscurité, éteignit sa lampe. Le château d'eau se dressait à une centaine de mètres devant les bois, ceux qu'Émile avait dû parcourir en se traînant jusqu'à la barrière, l'atteignant presque. Le tireur pouvait revenir.

— On n'a pas le temps d'attendre une ambulance. On dégage en vitesse.

Adamsberg palpa rapidement la surface du dos.

— Tu as de la veine, la balle est sortie par le flanc sans toucher la colonne. Dans deux minutes, j'amène la voiture. Dis à ton chien de cesser sa plainte.

— Boucle-la, Cupidon.

Adamsberg gara la voiture feux éteints au plus près d'Émile, rabattit le dossier du siège avant. À l'arrière, on avait laissé un imperméable de toile beige, celui du lieutenant Froissy sans doute, toujours assez strictement vêtue. Il le fendit de plusieurs coups de couteau, arracha les manches, en tira deux longues bandes, buta contre les poches, intérieures et extérieures, bourrées à bloc. Adamsberg secoua le tout dans la nuit, vit dégringoler des boîtes de pâté, des fruits secs, des biscuits, une demi-bouteille d'eau, des bonbons, 25 cl de vin en brique de carton et trois bouteilles de cognac pour poupée, comme on en trouve dans les bars des trains. Il eut un mouvement de compassion pour le lieutenant, puis de gratitude. Les réserves névrotiques de Froissy allaient servir.

Le chien, devenu muet, s'écarta des blessures pour laisser travailler Adamsberg, passant le relais. Adamsberg éclaira rapidement la plaie ventrale, nette, la langue de Cupidon ayant bien nettoyé les abords, dégagé la chemise, ôté la terre.

— Il a bossé, ton chien.

— La bave de chien, c'est antiseptique.

— Je ne savais pas, dit Adamsberg en entourant les blessures avec les bandes de toile.

— Tu sais pas grand-chose, j'ai l'impression.

— Et toi ? Tu sais combien il a de bras, Shiva ? Je savais au moins que tu étais là ce soir. Je vais te porter, essaie de ne pas gueuler.

— Je crève de soif.

— Plus tard.

Adamsberg installa Émile dans la voiture, lui allongea les jambes avec précaution.

— Tu sais quoi ? dit-il. On prend le chien.

— Ouais, dit Émile.

Adamsberg roula feux éteints pendant cinq kilomètres puis s'arrêta sans couper le moteur dans l'entrée d'un chemin. Il déboucha la bouteille d'eau et suspendit son geste.

— Je ne peux pas te donner à boire, dit-il en renonçant. Imagine que ton estomac soit troué

Adamsberg embraya et rejoignit la départementale.

— On a vingt kilomètres avant l'hôpital de Châteaudun. Tu penses tenir ?

— Fais-moi parler. Parce que ça tourne.

— Fixe ton regard droit devant. Le gars qui t'a tiré dessus, tu as vu quelque chose ?

— Non. Ça a tiré de derrière le château d'eau. Il m'attendait, ça fait pas de doute. Quatre balles je t'ai dit, et seulement deux à la cible. C'est pas un professionnel. Je suis tombé, je l'ai entendu arriver vers moi en courant. J'ai fait le mort, il a essayé de prendre le pouls, voir si j'étais terminé. Il paniquait, mais il pouvait encore m'en coller deux pour être sûr.

— Doucement, Émile.

— Ouais. Une voiture s'est arrêtée au carrefour et il a eu peur, il a filé comme un lièvre. J'ai attendu sans bouger, puis je me suis traîné à la ferme. Des fois que je claque, je voulais pas que Cupidon m'attende dix ans. Attendre, c'est pas une vie. Je sais pas ton nom.

— Adamsberg.

— Attendre, Adamsberg, c'est pas une vie. Ça t'est déjà arrivé d'attendre ? D'attendre longtemps ?

— Je crois.

— Une femme ?

— Je crois.

— Ben c'est pas une vie.

— Non, confirma Adamsberg.

Émile eut un sursaut, et s'appuya contre la portière.

— Plus que onze kilomètres, dit Adamsberg.

— Parle, mais moi, je n'y arrive plus trop.

— Reste avec moi. Je fais des questions et tu réponds par oui ou par non. Comme dans le jeu.

— C'est le contraire, siffla Émile. Dans le jeu, on doit pas dire oui et non.

— Tu as raison. Le gars t'attendait, c'est certain. Tu as dit à quelqu'un que tu allais à la ferme ?

— Non.

— Il n'y a que le vieux Vaudel et moi qui connaissions l'endroit ?

— Oui.

— Mais Vaudel, il a pu raconter l'histoire du chien à quelqu'un ? À son fils par exemple ?

— Oui.

— Ça ne lui sert à rien de te tuer, ta part d'héritage ne lui revient pas si tu meurs. C'est dans le testament.

— La colère.

— Contre toi ? Sûrement. Toi, tu as fait un testament ?

— Non.

— Tu n'as personne qui hérite ? Pas d'enfants, c'est sûr ?

— Oui.

— Le vieux ne t'a pas confié quelque chose ? Papier, dossier, confession, remords ?

— Non. On a pu te suivre aussi, expulsa Émile.

— Un seul savait, dit Adamsberg en secouant la tête. Un vieil Espagnol qui n'a qu'un bras et pas de voiture. Et on t'a tiré dessus avant.

— Oui.

— Plus que trois kilomètres. Toi aussi, on a pu te suivre, depuis l'hôpital de Garches. Trois voitures de flics autour, ça indiquait que tu étais là. Tu es resté planqué dans l'hôpital ?

— Deux heures.

— Où ?

— Aux urgences. Salle d'attente avec les autres.

— Pas mal. Tu n'as vu personne derrière toi quand tu es ressorti ?

— Non. Une moto peut-être.

Adamsberg se gara au plus près de l'entrée des urgences, poussa les battants de plastique jaune, alerta un interne épuisé, sortit sa carte pour accélérer le mouvement. Un quart d'heure plus tard, Émile était posé sur une civière, un tuyau dans le bras.

— On ne peut pas garder le chien, monsieur, dit une infirmière en lui tendant les habits d'Émile, roulés dans un sac.

— Je sais, dit Adamsberg en détachant Cupidon des jambes d'Émile. Émile, écoute bien : n'accepte aucune visite, pas une seule. Je préviendrai l'accueil. Où est le chirurgien ?

— Au bloc.

— Surtout dites-lui de garder la balle qui est restée dans la jambe.

— Une seconde, dit Émile alors que le chariot se mettait en branle. Des fois que je claque. Vaudel m'a demandé quelque chose, s'il mourait.

— Ah, tu vois.

— Mais c'est juste un truc d'amour. A dit que la femme était vieille mais ferait plaisir quand même. Il a codé, pas confiance en moi. Après sa mort, je devais le poster. M'a fait jurer.

— Où est ce papier, Émile ? Et l'adresse ?

— Dans mon froc.

XIII

Les boîtes de pâté, les biscuits, le carton de vin imbuvable, le cognac pour poupée, Adamsberg ne pensait qu'à cela en rejoignant le parking. Un objectif qu'en d'autres temps et d'autres lieux il eût trouvé affligeant mais qui, pour l'heure, formait un point de beauté et de plaisir net et focalisait son énergie. Installé à l'arrière de la voiture, il disposa les merveilles de Froissy sur la banquette. Les conserves s'ouvraient sans ouvre-boîte, une paille était collée au flanc du carton de vin, on pouvait faire confiance au génie pratique du lieutenant Froissy, qui atteignait des sommets dans sa spécialité d'ingénieur son. Il étala le pâté sur un biscuit, engouffra le tout, curieux mélange sucré-salé. Un autre pour le chien, un autre pour lui, jusqu'à ce que les trois boîtes soient vidées. Il n'y avait pas de problème entre le chien et lui. Il semblait clair qu'ils avaient fait la guerre ensemble, leur amitié se passait de commentaire et de passé. Adamsberg pardonnait donc à Cupidon de puer le fumier et que son odeur ait envahi l'habitacle. Il lui versa de l'eau dans le cendrier de la voiture et ouvrit le carton de vin. Le pinard – car il n'y avait pas d'autre mot pour le désigner – coula dans son organisme en lui dessinant à l'acide tous les contours de son système digestif. Il le but jusqu'au bout, assez satisfait de cette brûlure, tant il est vrai qu'une légère souffrance fait ressentir la vie. Tant il est vrai qu'il était heureux, heureux d'avoir trouvé Émile avant qu'il ne se vide dans l'herbe accompagné du lamento du chien. Heureux, presque euphorique, et il prit le temps d'admirer la perfection des bouteilles de cognac pour poupée avant de les ranger dans sa poche.

À moitié allongé sur la banquette, aussi à l'aise que dans un salon d'hôtel, il composa le numéro de Mordent. Danglard ne pensait qu'aux pieds de son oncle et il voulait laisser dormir Retancourt qui n'avait pas dételé depuis deux jours. Mordent, lui, cherchait l'action pour divertir son accablement, ce qui expliquait sûrement son absurde précipitation du matin. Adamsberg consulta ses montres, dont une seule brillait dans la nuit. Environ une heure un quart du matin. Cela faisait une heure et demie qu'il avait trouvé Émile, deux heures et demie depuis qu'on lui avait tiré dessus.

— J'attends que vous vous réveilliez, Mordent, prenez votre temps.

— Allez-y, commissaire, je ne dormais pas.

Adamsberg posa la main sur Cupidon pour faire cesser ses couinements et écouta le léger bruit de fond dans le téléphone. Un bruit de monde extérieur et non pas d'appartement. Des roulements de voiture, le passage d'un camion. Mordent n'était pas chez lui. Il était planté sur une avenue déserte à Fresnes, et il regardait les murs.

— J'ai remis la main sur Émile Feuillant, commandant. Deux balles dans le corps, il est à l'hôpital. L'agression a eu lieu avant vingt-trois heures à vingt kilomètres de Châteaudun, en pleine campagne. Localisez-moi Pierre Vaudel, vérifiez s'il est rentré.

— Normalement oui, commissaire. Il a dû arriver à Avignon vers dix-neuf heures ce soir.

— Mais nous n'en sommes pas sûrs, ou je ne vous demanderais pas de vérifier. Faites-le maintenant, avant qu'il n'ait le temps de se rapatrier. Pas par appel téléphonique, il a pu faire basculer sa ligne. Envoyez les flics d'Avignon sur place.

— Sous quel motif ?

— Vaudel est toujours sous contrôle, avec interdiction de quitter le territoire.

— Il n'a rien à gagner à tuer Émile. Selon le testament, la part d'Émile échoit à la mère s'il décède.

— Mordent, je vous demande de vérifier et de me retourner l'information. Appelez-moi dès que c'est fait.

Adamsberg sortit les habits d'Émile, extirpa le pantalon collé de sang, attrapa le papier dans la poche arrière droite, intact. Plié en huit et calé tout au fond. L'écriture était aiguë et bien formée, celle de Vaudel père. Une adresse à Cologne, Kirchstrasse 34, pour Mme Abster. Puis : *Bewahre unser Reich, widerstehe, auf dass es unantastbar bleibe.* Suivi d'un mot incompréhensible noté en lettres majuscules : КИСЛОВА. Vaudel aimait une dame allemande. Ils avaient un mot à eux, comme en créent les adolescents.

Adamsberg fourra le papier dans sa propre poche, déçu, s'allongea sur la banquette et s'endormit dans l'instant, à peine le temps de sentir que Cupidon s'était installé contre son ventre, la tête posée sur sa main.

XIV

On frappait des coups contre la vitre. Un gars en blouse blanche criait des trucs au-dehors en lui faisant des signes. Adamsberg se redressa sur un coude, abruti, les genoux douloureux.

— Un problème ? demandait l'homme, tendu. Elle est à vous cette bagnole ?

À la lumière du jour – Adamsberg le constata d'un coup d'œil –, la voiture présentait en effet tous les aspects d'un véritable problème. Lui tout d'abord, ses mains couvertes de sang séché, ses habits terreux et chiffonnés. Le chien ensuite, le museau barbouillé d'avoir léché les blessures, les poils collés. Le siège avant droit souillé, les habits d'Émile en paquet sanglant et, éparpillés, des boîtes de conserve, des morceaux de biscuits, le cendrier vide, le couteau. Au sol, le pack de vin écrasé et son revolver. Une porcherie de criminel en fuite. Un autre homme rejoignit le gars en blouse blanche, très grand, très brun et sur l'offensive.

— Désolé, dit-il, mais on est obligés d'intervenir. Mon collègue appelle la police.

Adamsberg tendit la main vers la portière pour en baisser la vitre, consultant ses montres au passage. À peu près neuf heures du matin, nom de Dieu, et rien ne l'avait réveillé, pas même l'appel de Mordent.

— N'essayez pas de sortir, prévint le plus grand en s'appuyant contre la portière.

Adamsberg sortit sa carte et la colla contre la fenêtre, attendant que le doute gagne les deux infirmiers. Puis il abaissa la vitre et leur mit sa carte en main.

— Police, dit-il. Commissaire Adamsberg, Brigade criminelle. J'ai amené un homme blessé par balles vers une heure quinze du matin. Émile Feuillant, vérifiez.

Le plus petit composa un numéro à trois chiffres et s'éloigna pour parler.

— OK, dit-il, ils confirment. Vous pouvez sortir.

Adamsberg fit jouer ses genoux et ses épaules sur le parking, frotta sommairement sa veste.

— On dirait qu'il y a eu du grabuge, dit le grand, soudain curieux. Vous êtes dans un sale état. On ne pouvait pas deviner.

— Désolé. Je me suis endormi sans m'en rendre compte.

— On a des douches et de quoi se restaurer, si vous le souhaitez. En revanche, continua-t-il en considérant son allure et peut-être Adamsberg lui-même, pour le reste, on ne peut rien faire.

— Merci, j'accepte l'offre.

— Mais le chien ne peut pas entrer.

— Je ne peux pas l'emporter pour le laver ?

— Désolé.

— Très bien. Je me gare à l'ombre et je vous rejoins.

En contraste avec l'air extérieur, la puanteur de la voiture était saisissante. Adamsberg remplit le cendrier d'eau, sortit des biscuits, expliqua à Cupidon qu'il allait revenir, reprit son arme et son holster. C'était une des voitures préférées de Justin le méticuleux, et il avait intérêt à la récurer jusqu'à l'os avant de la remettre en service.

— Ce n'est pas de ta faute mais tu pues, dit-il au chien. Cependant tout pue ici, et moi aussi. Donc ne t'en fais pas.

Sous la douche, Adamsberg réalisa qu'il n'avait pas intérêt à laver Cupidon. Il sentait le chien mais il sentait aussi la boue de la ferme et, subtilement, le crottin. Il y en avait peut-être des parcelles accrochées à ses poils. Il enfila ses vêtements sales mais frottés au mieux, et rejoignit la salle des infirmiers. Le café attendait dans le thermos, il y avait de la confiture et du pain.

— On a pris de ses nouvelles, dit le grand infirmier brun, qui s'appelait André, d'après le badge épinglé à son revers. Un solide apparemment, il avait perdu beaucoup de sang. Estomac perforé, psoas iliaque déchiré mais la balle a rasé l'os sans le casser. Tout s'est bien passé, pas de problème en vue. On a voulu le tuer ?

— Oui.

— Bien, dit l'infirmier avec une sorte de satisfaction.

— Dans combien de temps pourra-t-on le transporter ? Je dois le faire transférer.

— Quelque chose qui ne va pas avec notre hôpital ?

— Au contraire, dit Adamsberg en finissant son café. Mais celui qui a voulu le tuer, c'est ici qu'il va le chercher.

— Pigé, dit André.

— Et personne n'est autorisé à lui rendre visite. Pas de fleurs non plus, pas de cadeaux. Rien ne rentre dans sa chambre.

— Pigé, comptez sur moi. Le stomaco-intestinal, c'est mon couloir. Je suppose que le médecin autorisera un transfert d'ici deux jours. Demandez le Dr Lavoisier.

— Lavoisier comme Lavoisier ?

— Vous le connaissez ?

— S'il était à Dourdan il y a trois mois, oui. Il a sorti un de mes lieutenants du coma.

— Il vient d'être muté chirurgien-chef ici. Vous ne pourrez pas le voir aujourd'hui, il a eu quatre opérations cette nuit, il est au repos.

— Parlez-lui de moi – de Violette Retancourt surtout, vous vous souviendrez ? – et dites-lui de veiller sur cet Émile et de lui trouver un point de chute en toute discrétion.

— Pigé, répéta l'infirmier. On va vous le garder, cet Émile. Mais il a sacrément l'air d'un emmerdeur.

— Il l'est, confirma Adamsberg en lui serrant la main.

Adamsberg ralluma son portable sur le parking. Plus de batterie. Il revint vers l'hôpital, composa le numéro de la Brigade depuis l'appareil public. Le brigadier Gardon était à l'accueil, un peu sot, toujours zélé, le cœur sur la main, pas constitué pour le métier.

— Mordent est dans les locaux ? Passez-le-moi, Gardon.

— Si je puis me permettre, commissaire, allez-y doucement. Sa fille s'est cogné la tête contre le mur jusqu'au sang cette nuit. Rien de grave mais le commandant est comme un zombie.

— À quelle heure ça s'est passé ?

— Vers quatre heures, je crois. C'est Noël qui me l'a dit. Je vous passe le commandant.

— Mordent ? Adamsberg. Vous m'avez rappelé ?

— Non, je suis navré, commissaire, dit Mordent d'une voix creuse. Les mecs d'Avignon ne voulaient pas se presser, à vrai dire ils gueulaient qu'ils avaient autre chose à foutre, avec deux accidents de la route et un mec grimpé sur les remparts avec un fusil. Débordés.

— Bon sang, Mordent, il fallait insister. Homicide et toute la clique.

— Je l'ai fait, mais ils ne m'ont rappelé qu'à sept heures du matin, heure de leur visite domiciliaire. Vaudel était chez lui.

— Sa femme avec ?

— Oui.

124

— Tant pis, commandant, tant pis.

Adamsberg regagna la voiture, mécontent, ouvrit grand les vitres et s'assit lourdement au volant.

— À sept heures, dit-il au chien, tu penses bien que Vaudel avait eu largement le temps de rentrer chez lui. Si bien qu'on ne saura jamais. Il y a eu faute, Mordent n'a pas insisté, tu peux en être sûr. Il a la tête ailleurs, envolée comme un ballon, poussée par les vents de la détresse. Il a donné la consigne à Avignon et il s'en est lavé les mains. J'aurais dû anticiper, comprendre que Mordent était à ce point impotent. Même Estalère aurait fait mieux.

Quand il entra deux heures plus tard dans les locaux de la Brigade, le chien sous le bras, personne ne le salua vraiment. Il régnait une excitation particulière qui propulsait les agents à travers les salles comme des objets mécaniques au rythme déréglé, il s'épandait une odeur de sueur matinale. Ils se croisaient sans trop se voir, échangeaient des mots abrégés, semblaient éviter le commissaire.

— Un événement ? demanda-t-il à Gardon, qui ne paraissait pas touché par la perturbation.

Généralement, les perturbations atteignaient le brigadier avec quelques heures de retard et très amorties, comme le vent de Bretagne vient s'affaisser sur Paris.

— Ce truc du journal, expliqua-t-il, et ces trucs du labo, je crois.

— Très bien, Gardon. La voiture beige, la 9, il faut l'emmener au nettoyage. Demandez le traitement spécial, sang, boue, désordre général.

— Ça va poser un sacré problème, je crois.

— Ça ira, les housses sont plastifiées.

— Je parle du chien. Vous avez ramassé un chien ?

— Oui. C'est un porteur de crottin.

— Ça va faire du dégât, avec le chat. Je ne vois pas comment on va gérer ça.

Adamsberg se sentit presque envieux. Gardon avait en commun avec Estalère de n'utiliser aucune échelle de gravité, d'être incapable de classer les éléments par ordre d'importance. Pourtant, le brigadier avait vu comme les autres l'atroce pataugière de Garches. À moins que ce ne soit sa manière de se protéger et, en ce cas, il avait sans doute raison. Raison aussi de s'inquiéter pour la cohabitation du chat et du chien. Encore que l'énorme et apathique chat mâle qui vivait à la Brigade ne fût pas prédisposé à l'action, aplati sur le capot tiède d'une des photocopieuses. Trois fois par jour et à tour de rôle, les agents de la Brigade – en priorité Retancourt, Danglard et Mercadet, très sensible à l'hypersomnie du chat – devaient porter la bête de onze kilos jusqu'à son plat et rester auprès d'elle tandis qu'elle mangeait. C'est pourquoi on avait fini par installer une chaise près de l'écuelle, pour que les agents puissent continuer leur travail sans s'impatienter ni presser le chat.

Le dispositif était aménagé à côté de la salle du distributeur de boissons, et il arrivait de sorte qu'hommes, femmes et bête se désaltèrent ensemble au point d'eau. Alerté de cette dérive, le divisionnaire Brézillon avait exigé le départ immédiat de l'animal sur papier officiel. Lors de sa visite semestrielle d'inspection – qui visait essentiellement à emmerder le monde vu les résultats indiscutables de la Brigade –, on rangeait prestement les coussins qui servaient de couchette à Mercadet, les revues d'ichtyologie de Voisenet, les bouteilles et les dictionnaires de grec de Danglard, les revues pornographiques de Noël, les vivres de Froissy, la litière et l'écuelle du chat, les huiles essentielles de Kernorkian, le baladeur de Maurel, les cigarettes de Retancourt, et ce jusqu'à rendre les lieux parfaitement opérationnels et invivables.

Lors de cette phase d'épuration, seul le chat posait problème, miaulant terriblement dès qu'on tentait de l'enfermer dans un placard. Un des hommes l'emportait donc dans la cour arrière et attendait dans une des voitures le départ de Brézillon. Adamsberg avait par avance refusé de faire disparaître les deux grands bois de cerf qui gisaient au sol de son bureau, arguant qu'il s'agissait de la pièce maîtresse d'une enquête[1]. À mesure que le temps passait – trois ans à présent que les vingt-huit agents étaient installés dans ces locaux –, l'opération de camouflage devenait chaque fois plus longue et ardue. La présence de Cupidon n'arrangerait rien, mais il n'était là, normalement, qu'à titre provisoire.

---

1. Voir, du même auteur, *Dans les bois éternels* (Éd. Viviane Hamy, 2006 ; Éd. J'ai lu, n° 9004).

XV

Ce n'est qu'une fois Adamsberg au centre de la grande salle qu'on remarqua réellement ses habits sales, ses joues barbues, le petit chien crotté sous son bras. Un cercle désordonné de chaises s'organisa spontanément autour de lui. Le commissaire résuma sa nuit, Émile, la ferme, l'hôpital, le chien.

— Vous saviez où il allait et vous m'avez laissée cavaler ? gronda Retancourt.

— Je ne me suis rappelé le chien que beaucoup plus tard, mentit Adamsberg. Après la visite du médecin de Vaudel.

Retancourt eut un hochement de tête qui indiquait qu'elle n'en croyait rien.

— Il donne quoi, ce médecin ? demanda Justin de sa voix grêle.

— Pour le moment, il ne nous en dit pas plus sur Vaudel que nous sur le crime. Bataille du secret professionnel, les positions sont figées.

— Plus de secret, bataille terminée, dit Kernorkian d'une voix inaudible.

— Le médecin affirme tout de même que Vaudel avait des ennemis, mais sans doute imaginaires. Il en sait plus. L'homme est calé, capable de remettre une mandibule à téter.

— À Vaudel ?

Adamsberg n'eut pas envie de regarder Estalère, à croire parfois que le brigadier le faisait exprès. Mais il jeta un coup d'œil à Maurel qui écrivait rapidement dans son carnet. Il avait su que Maurel notait les bévues d'Estalère pour en faire un florilège, une marotte qu'Adamsberg ne trouvait pas innocente. Maurel surprit son regard et ferma son carnet.

— On a vérifié que Pierre fils était à Avignon au moment de l'agression d'Émile ? demanda Voisenet.

— Mordent s'en est chargé. Mais les flics d'Avignon ont traîné les pieds, ils ont raté l'heure.

— Merde, fallait insister.

— Il a insisté, coupa Adamsberg, en défense de Mordent et de sa tête-ballon perdue dans les airs. Gardon dit qu'il y a des résultats de labo ?

Danglard se leva automatiquement. La mémoire, le savoir et l'esprit synthétique du commandant le prédisposaient aux résumés des rapports scientifiques. Un Danglard se tenant presque droit, le teint presque frais, l'expression presque animée, régénéré par sa seconde immersion en climat britannique.

— En ce qui concerne le corps, on estime qu'il fut dépecé en quatre cent soixante pièces environ, dont près de trois cents ont été ensuite réduites en miettes, ou presque. Certaines ont été débitées à la hache, d'autres à la scie circulaire, en prenant appui sur un billot de bois. Les échantillons révèlent des échardes quand la hache fut utilisée, ou de la poudre de bois quand ce fut la scie. Le même billot a servi pour les opérations d'écrasement. Les éléments de mica et de quartz incrustés dans les chairs indiquent que le tueur posait la pièce sur le billot, la calait sous une pierre de granit sur laquelle il frappait à l'aide d'une masse. Ont fait l'objet d'un traitement intense toutes les articulations, chevilles, poignets, genoux, coudes, têtes de l'humérus et du fémur, ainsi que les dents, pulvérisées, et les pieds, au niveau du tarse et des métatarses. Les phalanges du pouce du pied sont également écrasées mais pas celles des quatre autres doigts, 2 à 5. Les parties les moins endommagées sont les mains – carpiens exceptés –, des parties d'os longs, l'iliaque, l'ischium, les côtes, le sternum.

Adamsberg n'avait pas le temps de tout saisir et il leva une main inutile pour suspendre le flot du rapport. Concentré, Danglard poursuivait.

— Le rachis a subi un traitement différencié, les sacrées et les cervicales sont nettement plus attaquées que les lombaires et dorsales. Parmi les cervicales, il ne reste pratiquement rien de l'atlas et de l'axis. L'hyoïde est préservé, les clavicules à peine touchées.

— Suspension, Danglard, interrompit Adamsberg, observant de l'égarement sur les visages, certains ayant déjà abandonné la partie. On va dessiner cela, ce sera plus clair pour tout le monde.

Adamsberg excellait en dessin, capable de tout faire surgir de sa main en quelques traits désinvoltes et accomplis. Il passait de longs moments à griffonner, debout, sur un carnet ou sur un papier plaqué sur sa cuisse, à la mine de plomb, à l'encre ou au fusain. Ses esquisses et crayonnés traînaient un peu partout dans les bureaux, le commissaire les abandonnant au fil de ses allées et venues. Certains, admiratifs, s'en emparaient discrètement – ainsi Froissy, Danglard ou Mercadet, mais aussi Noël, qui ne l'aurait jamais avoué. Adamsberg traça rapidement sur le tableau blanc les contours d'un corps et de son squelette, un de face, un de dos, et passa deux feutres à Danglard.

— Marquez en rouge les parties les plus massacrées, en vert les moins abîmées.

Danglard illustra ce qu'il venait d'exposer, puis ajouta du rouge sur le crâne et sur les organes génitaux, du vert sur les clavicules, les oreilles, les fessiers. Une fois le dessin coloré, il exprimait une logique aberrante mais certaine, démontrant que le tueur avait choisi de détruire ou d'épargner de manière non aléatoire. Et le sens de cette extravagance n'était pas accessible.

— Du côté des organes, on retrouve aussi une sélection, reprit Danglard. Les intestins, l'estomac, la rate n'ont pas intéressé le tueur, pas plus que les poumons ni les reins. Il s'est focalisé sur le foie, le cœur et la cervelle, dont une partie a été brûlée dans la cheminée.

Danglard dessina trois flèches partant du cerveau, du cœur et du foie, les sortant hors du corps.

— C'est une destruction de son esprit, hasarda Mercadet, rompant le silence un peu hébété des agents, dont les regards étaient accrochés aux dessins.

— Le foie ? dit Voisenet. Pour toi, le foie, c'est de l'esprit ?

— Mercadet n'a pas tort, dit Danglard. Avant la chrétienté, mais plus tard aussi, on concevait plusieurs âmes dans le corps, le *spiritus*, l'*animus* et l'*anima*. Esprit, âme et mouvement, qui pouvaient loger dans différentes parties du corps comme, justement, le foie et le cœur, sièges de la crainte et de l'émotion.

— Ah bon, concéda Voisenet, tant il était admis que le savoir de Danglard n'était pas contestable.

— Pour la destruction des articulations, dit Lamarre avec sa raideur habituelle, ce serait pour que le corps ne fonctionne plus ? Comme on casserait des rouages ?

— Et les pieds ? Pourquoi les pieds et pas les mains ?

— Pareil, dit Lamarre. Pour qu'il ne marche pas ?

— Non, dit Froissy. Ça n'explique pas le pouce du pied. Pourquoi détruit-il surtout le pouce ?

— Mais qu'est-ce qu'on fabrique ? demanda Noël en se levant. Qu'est-ce qu'on fabrique à chercher de bonnes raisons plausibles à ce merdier ? Il n'y a pas de bonne raison. Il y a celle du tueur et on ne peut pas en avoir la moindre idée, pas la moindre sensation.

Noël se rassit et Adamsberg acquiesça.

— C'est comme le type qui a mangé son armoire.

— Oui, approuva Danglard.

— Pour quoi faire ? demanda Gardon.

— Justement. On ne sait pas.

Danglard revint vers le tableau et dégagea une nouvelle feuille de papier vierge.

— Pire, reprit-il, le tueur n'a pas disposé les éléments n'importe comment. Le Dr Romain avait raison, il les a dispersés. Ce serait fastidieux de tout dessiner, vous verrez la répartition spatiale dans le rapport. Mais pour vous donner un exemple, une fois les cinq métatarsiens du pied disjoints et écrasés, le tueur les a jetés aux quatre coins de la pièce. De même pour chaque partie du corps, deux bouts ici, un bout là, un autre ailleurs, deux autres sous le piano.

— C'est peut-être un tic, dit Justin. Ou un toc. Le gars jette en rond tout autour de lui.

— Il n'y a pas de bonne raison, répéta Noël en grondant. On perd notre temps, ça ne sert à rien d'interpréter. Le tueur est en rage, il démolit tout, il s'acharne ici ou là, on ne sait pas pourquoi et on s'en tient là. À l'ignorance.

— Une rage capable de brûler pendant des heures, précisa Adamsberg.

— Justement, dit Justin. Si sa colère ne s'éteint pas, c'est peut-être la raison du carnage. Le tueur ne sait pas s'arrêter, il veut poursuivre et poursuivre, alors ça finit en purée. C'est comme un gars qui boit jusqu'à tomber par terre.

Qui gratte sa piqûre d'araignée, pensa Adamsberg.

— On va passer au matériel, dit Danglard.

Un appel l'interrompit, le commandant s'éloigna presque vivement, écrasant le téléphone contre son oreille. Abstract, diagnostiqua Adamsberg.

— On l'attend ? demanda Voisenet.

Froissy remua sur sa chaise. Le lieutenant s'alarmait pour l'heure du déjeuner – quatorze heures trente-cinq déjà –, elle se recroquevillait sur son siège. Chacun savait que l'idée de manquer un repas déclenchait chez elle une réaction de panique, et Adamsberg avait demandé aux agents d'être vigilants sur ce point car, trois fois au cours de missions, Froissy s'était évanouie de peur.

XVI

On se regroupa dans le petit bar crasseux au bout de la rue, Le Cornet à dés, car à cette heure-ci l'élégante Brasserie des Philosophes qui lui faisait face ne servait plus, ne fonctionnant qu'aux heures conventionnelles. Selon son humeur et son fric, on pouvait, rien qu'en traversant la rue, opter pour la vie bourgeoise ou ouvrière, se penser riche ou pauvre, choisir le thé ou le ballon de rouge.

Le patron distribua quatorze sandwiches – il ne restait que du gruyère, on n'avait pas le choix – et autant de cafés. Il posa d'office trois carafes de rouge sur la table, il n'aimait pas les clients qui refusaient son vin, dont l'origine était par ailleurs inconnue. Danglard disait que c'était un mauvais côtes-du-rhône, et on le croyait.

— Le peintre qui s'est tué en prison ? Vous avez avancé ? demanda Adamsberg.

— Pas eu le temps, dit Mordent, qui repoussait son sandwich. Mercadet s'y met cet après-midi.

— Le crottin, les poils, le mouchoir, les empreintes, qu'est-ce qu'ils ont dit ?

— Ce sont deux crottins différents, c'est exact, dit Justin. Celui d'Émile ne correspond pas aux boulettes de la pièce.

— On prélèvera sur le chien pour comparaisons, dit Adamsberg. Neuf chances sur dix qu'Émile ait rapporté ce crottin de la ferme.

Cupidon était coincé sous ses jambes, Adamsberg n'ayant pas encore tenté le face-à-face avec le chat.

— Il pue, ce chien, dit Voisenet, au bout de la table. Il pue jusqu'ici.

— On prélève d'abord, on le nettoie après.

— Ce que je veux dire, insista Voisenet, c'est qu'il pue vraiment.

— Boucle-la, dit Noël.

— Pour les empreintes, pas de surprise, reprit Justin. Dans toute la maison, ce sont celles de Vaudel et d'Émile, beaucoup de ces dernières sur la table à jouer, le manteau de la cheminée, les poignées de porte, la cuisine. Émile était un homme de ménage consciencieux, on n'a pas beaucoup de traces, les meubles sont nettoyés. Néanmoins, on a une mauvaise empreinte de Pierre fils sur le bureau, une autre assez belle sur le dossier d'une chaise. Il devait la tirer près de la table quand il travaillait avec son père. Quatre doigts masculins inconnus dans la chambre, sur l'abattant du secrétaire.

— Le médecin, dit Adamsberg. Il devait consulter dans cette pièce.

— Et enfin, une autre main d'homme dans la cuisine, et une de femme dans la salle de bains, sur le meuble de toilette.

— Voilà, dit Noël. Une femme chez Vaudel.

— Non, Noël, il n'y a aucune empreinte de femme dans sa chambre. Les voisins assurent que Vaudel sortait à peine. Il se faisait livrer chez lui et recevait à domicile sa coiffeuse, son banquier et le chemisier-costumier de l'avenue. De même pour ses appels téléphoniques, rien de personnel. Le fils, une ou deux fois par mois. Et encore, c'est le jeune qui faisait l'effort d'appeler. La plus longue de leurs conversations est de quatre minutes seize secondes.

— Aucun appel avec Cologne ? demanda Adamsberg.

— L'Allemagne ? Non, pourquoi ?

— Il semble que Vaudel ait aimé depuis longtemps une vieille dame allemande. Une Mme Abster, à Cologne.

— Ça n'empêche pas de coucher avec la coiffeuse.

— Je ne dis pas.

— Non, pas de visite de femme, les voisins en sont certains. Et dans cette foutue allée, ils savent tout les uns des autres.

— Comment avez-vous su, pour Mme Abster ?

— Émile m'a confié un billet d'amour qu'il devait lui poster si Vaudel mourait.

— Qu'est-ce qu'il écrit ?

— C'est en allemand, dit Adamsberg en le tirant de sa poche et le posant sur la table. Froissy, vous pouvez faire quelque chose ?

Froissy examina le billet, fronça les sourcils.

— Cela signifie à peu près : *Garde notre royaume, résiste toujours, hors de toute atteinte demeure.*

— C'était un amour contrarié, jugea Voisenet. Elle était mariée à un autre.

— Mais ce mot en majuscules à la fin, dit Froissy en pointant le papier, ce n'est pas de l'allemand.

— C'est un code entre eux, dit Adamsberg. Une référence à un moment connu d'eux seuls.

— Ouais, confirma Noël, un mot secret. C'est ridicule, mais ça plaît aux femmes et ça lasse les hommes.

Froissy demanda un peu vite qui désirait un second café, des mains se levèrent, et Adamsberg pensa qu'elle inventait elle aussi des mots codés et que Noël l'avait blessée. D'autant qu'elle avait pas mal d'amants mais qu'elle les perdait à une vitesse record.

— Vaudel n'a pas trouvé cela ridicule, dit Adamsberg.

— C'est peut-être un code, reprit Froissy en baissant le front vers le papier, mais en tout cas c'est en russe. КИСЛОВА, ce sont des lettres cyrilliques.

Désolée, je ne connais pas le russe. Peu de gens connaissent le russe.

— Moi, un peu, dit Estalère.

Il y eut un silence étonné dont le jeune homme n'eut pas conscience, tout occupé à bien tourner le sucre dans sa tasse.

— Pourquoi tu sais le russe ? demanda Maurel, comme si Estalère avait commis une mauvaise action.

— Parce que j'ai essayé de l'apprendre. Je sais juste prononcer les lettres.

— Mais pourquoi tu essayais d'apprendre le russe ? Et pas l'espagnol ?

— Ben comme ça.

Adamsberg lui tendit la lettre et Estalère se concentra. Même quand il se concentrait, ses yeux verts ne se plissaient pas. Il les gardait grands ouverts et surpris sur le monde.

— Si on prononce bien tout, dit-il, ça donne quelque chose comme *kissloveu*. Alors, si c'est un code d'amour, ça fait *kisslove*. KISS LOVE, Baisers Amour. Non ?

— Parfait, approuva Froissy.

— Bien trouvé, dit Noël en prenant le papier. C'est un truc excellent à mettre en bas d'une lettre pour intriguer les femmes.

— Je croyais que tu ne voulais pas de code, dit Justin de sa voix de fausset.

Noël rendit la lettre à Adamsberg avec une moue. Danglard entrait dans le café, se faisait une place à la table en soufflant, les joues colorées. Une conversation qui s'est bien passée, estima Adamsberg. Elle va venir à Paris, il est sous le choc, presque affolé.

— Tout cela, crottin ou billet d'amour, c'est de l'accessoire, dit Noël. On ne va toujours pas au fait. C'est comme les poils de chien sur le fauteuil : longs, blancs, type Montagne des Pyrénées, le genre de bête qui vous douche de bas en haut d'un seul coup de langue. À quoi cela nous avance ? À rien.

— À compléter l'information du mouchoir, dit Danglard.

Il y eut un nouveau silence, des bras se croisèrent, des regards passèrent en biais. Là, comprit Adamsberg, était la cause de l'agitation du matin.

— Allons-y, dit-il.

— Le mouchoir en papier était récent, expliqua Justin. Et il y avait quelque chose dessus.

— Une micro-goutte de sang appartenant au vieux, dit Voisenet.

— Et il y avait quelque chose dedans.

— De la morve.

— Bref, de l'ADN autant qu'on en veut.

— On a voulu vous prévenir hier soir quand on a su, puis dès huit heures ce matin. Mais votre portable était débranché.

— Plus de batterie.

Adamsberg examina leurs visages un par un et se versa un demi-verre de vin, rompant avec ses habitudes.

— Gaffe, le prévint discrètement Danglard, c'est un côtes inconnu.

— Laissez-moi comprendre, dit Adamsberg. La morve n'est pas celle de Vaudel père, ni de Vaudel fils, ni d'Émile. C'est bien cela ?

— Affirmatif, souffla Lamarre qui, en tant qu'ancien gendarme, n'arrivait pas à se défaire de sa terminologie militaire.

Et qui, en tant que Normand, avait beaucoup de mal à regarder Adamsberg dans les yeux.

Adamsberg but une gorgée, jeta un coup d'œil à Danglard pour lui confirmer que, en effet, ce vin était assez rude. Cependant rien de commun avec le carton qu'il avait sifflé à la paille la veille au soir. Il se demanda un instant si ce pinard n'était pas la cause de son sommeil de brute dans la voiture, alors que cinq ou six heures de repos lui suffisaient. Il prit un morceau de sandwich qui restait sur la table – celui de Mordent – et le glissa sous sa chaise.

— C'est pour le chien, expliqua-t-il.

Il pencha la tête vers le sol, vérifia que le pain plaisait à Cupidon et revint vers ses adjoints, treize paires d'yeux convergeant vers lui.

— C'est donc l'ADN d'un inconnu, reprit-il, et c'est l'ADN du tueur. Cet ADN, vous l'avez envoyé sans y croire au fichier, et vous l'avez trouvé. Vous avez le nom du tueur, vous avez son prénom, vous avez son visage.

— Oui, confirma Danglard à mi-voix.

— Et son domicile ?

— Oui, répéta Danglard.

Adamsberg comprenait que cet aboutissement si rapide les trouble, les émeuve même, comme s'ils atterrissaient sans préparation, mais le sentiment d'embarras général, de faute même, le déconcertait. Le train avait déraillé quelque part.

— On a donc son adresse, reprit Adamsberg, peut-être sa profession, son lieu de travail. Ses amis, sa famille. Le fait n'est connu que depuis une quinzaine d'heures. On localise ses points de chute, on avance en douceur, on ne peut pas le manquer.

À mesure qu'il parlait, Adamsberg savait qu'il était à côté de la plaque. On allait le manquer, on l'avait déjà manqué.

— On ne peut pas le manquer, répéta-t-il, sauf s'il est au courant qu'on l'a localisé.

Danglard posa sa grosse sacoche sur ses genoux, déformée par les bouteilles qu'il calait souvent dans son fond. Il en sortit une liasse de journaux, en choisit un et étala la une sous les yeux d'Adamsberg.

— Il est au courant, dit-il d'une voix lasse.

XVII

Le Dr Lavoisier scrutait son patient d'un air sévère, comme s'il lui en voulait de cet écart. Car cette violente poussée de fièvre n'était pas programmée. Une inflammation du péritoine qui entamait gravement ses chances de guérison. Antibiotiques à haute dose, on changeait les draps toutes les deux heures. Le médecin claqua plusieurs fois les joues d'Émile.

— Ouvrez les yeux, mon vieux, va falloir vous accrocher.

Émile obéit péniblement et regarda le petit homme en blanc, silhouette ronde un peu confuse.

— Docteur Lavoisier, comme Lavoisier, tout simplement, se présenta le médecin. Gardez le cap, dit-il en lui tapotant à nouveau la joue. Vous avez avalé quelque chose en douce ? Boulette de papier, pièce à conviction ?

Émile secoua la tête de gauche à droite. Négatif.

— Faut plus rigoler, mon vieux. Je me moque de ce que vous trafiquez. Figurez-vous que je m'intéresse à votre estomac, et pas à vous. Vous saisissez ? Vous pourriez avoir égorgé vos huit grands-mères que cela ne changerait rien au problème que j'ai avec votre estomac. Vous voyez le point de vue ? Pièce détachée en quelque sorte. Alors ? Vous avez avalé quelque chose ?

— Vin, chuchota Émile.

140

— Combien ?

Émile fit un geste avec le pouce et l'index, qui signifiait à peu près cinq centimètres.

— Plutôt le double ou le triple, hein ? dit Lavoisier. On y voit plus clair, ça va m'aider. Parce que moi, vous voyez, je m'en fous que vous biberonniez. Mais pas en ce moment. Où vous l'avez trouvé, ce vin ? Sous le lit d'un colocataire ?

Nouveau signe négatif, vexé.

— Je bois pas tant que ça. Mais c'était bon pour moi, pour agiter le sang.

— Ah, vous croyez ça ? Mais d'où vous débarquez, mon vieux ?

— Quelqu'un me l'a dit.

— Qui ça ? Votre codétenu ? Celui qui a l'ulcère ?

— Je l'aurais pas cru. Trop con.

— C'est vrai qu'il est con, reconnut Lavoisier. Alors qui ?

— Blouse blanche.

— Impossible.

— Blouse blanche, avec masque.

— Aucun médecin ne porte de masque à cet étage. Ni infirmier ni brancardier.

— Blouse blanche. M'a fait boire.

Lavoisier serra le poing et se remémora les strictes consignes d'Adamsberg.

— OK, mon vieux, dit-il en se levant. J'appelle votre copain flic.

— Le flic, dit Émile en tendant un bras. Si je claque, j'ai pas tout dit.

— Vous voulez que je lui transmette un message ? À Adamsberg ?

— Oui.

— Dites. Prenez votre temps.

— Le mot codé. Aussi sur une carte postale. Pareil.

— D'accord, dit Lavoisier en inscrivant ses paroles sur la feuille de température. C'est tout ?

— Le chien, attention.

— À quoi ?

— Allergique au poivron.

— C'est tout ?

— Oui.

— Ne vous tourmentez pas. Je lui dis tout cela.

Une fois dans le couloir, Lavoisier sonna le grand brun – André – et le petit – Guillaume.

— À partir de maintenant, vous vous relayez devant sa porte sans interruption. Un salopard lui a fait avaler quelque chose dans du vin. Une blouse blanche, un masque, pas plus compliqué que ça. Lavage d'estomac immédiat, avertissez l'anesthésiste et le Dr Venieux, ça passe ou ça casse.

XVIII

Danglard avait demandé à rester seul avec Adamsberg au café, il rassemblait les journaux étalés sur la table. Le plus explicite publiait une photo du tueur à la une, un brun au visage anguleux, sourcils touffus se rejoignant, formant une barre à travers le visage, arête du nez précise, menton effacé, yeux grands, sans lumière. *Le monstre morcelle le corps de sa victime.*

— Pourquoi ne pas me l'avoir dit dès mon arrivée ? demanda Adamsberg. L'ADN ? La fuite dans la presse ?

— On attendait la dernière minute, dit Danglard avec une grimace. On espérait encore lui mettre la main dessus au lieu de vous annoncer ce naufrage.

— Pourquoi leur avez-vous demandé de quitter le café ?

— La fuite vient de la Brigade, pas du labo ni du fichier. Lisez l'article, il y a des détails que nous étions seuls à connaître. La seule chose qu'ils ne publient pas, c'est l'adresse du tueur, mais c'est tout juste.

— Où est-ce ?

— À Paris, 182, rue Ordener, 18e. On n'a réussi à le localiser qu'à onze heures, l'équipe est partie sur-le-champ. Plus personne dans l'appartement, bien entendu.

Adamsberg haussa les sourcils.

— C'est là qu'habite Weill, au 182.

— Notre Weill ? Le divisionnaire ?

— Lui-même.

— À quoi pensez-vous ? Que le tueur l'aurait fait exprès ? Que cela l'amusait de vivre à deux pas d'un flic ?

— Et même de frôler le danger, de fréquenter Weill. C'est facile, il fait table ouverte chez lui le mercredi, de haute qualité et très pratiquée.

Weill était sinon un ami, au moins un des rares hauts protecteurs d'Adamsberg au Quai des Orfèvres. Il avait quitté le terrain au prétexte de douleurs de dos aggravées d'un surpoids, en réalité parce qu'il avait besoin de temps pour se consacrer à l'art de l'affiche du XXe siècle, dont il était devenu un expert mondial. Adamsberg passait dîner chez lui deux à trois fois par an, soit pour y régler des affaires, soit pour l'écouter gloser, étendu sur un canapé râpé ayant appartenu à Lampe, le valet de chambre d'Emmanuel Kant. Weill lui avait conté que lorsque le valet Lampe avait désiré se marier, Kant l'avait congédié, lui et son canapé, et accroché ce mot sur son mur : « Souviens-toi d'oublier Lampe. » Adamsberg en avait été frappé car il aurait plutôt écrit : « Souviens-toi de ne pas oublier Lampe. »

Il posa sa main sur la photo du jeune homme, doigts écartés, comme pour le retenir.

— Rien dans son appartement ?

— Évidemment non. Il a eu tout le temps de prendre le large.

— Dès les nouvelles du matin.

— Plus tôt que ça peut-être. Quelqu'un a pu l'appeler et lui dire de se tirer. La publication dans la presse ne sert alors qu'à couvrir l'opération.

— Vous supposez quoi ? Que ce type a chez nous un frère, un cousin, une maîtresse ? C'est absurde. Un oncle ? Encore un oncle ?

— Ce n'est pas nécessaire d'aller jusque-là. L'un de nous a parlé à quelqu'un qui a parlé à quelqu'un.

144

Garches est une histoire lourde, on a besoin de s'épancher.

— En admettant que ce soit vrai, à quoi bon donner le nom du type ?

— Parce qu'il s'appelle Louvois. Armel Guillaume François Louvois. C'est quand même amusant.

— Qu'est-ce qui est amusant, Danglard ?

— Mais le nom, François Louvois, comme le marquis de Louvois.

— Quel rapport, Danglard ? C'était un assassin ?

— Nécessairement, il fut le grand réorganisateur des armées de Louis XIV.

Danglard avait lâché son journal, et ses mains molles dansèrent dans l'espace, s'envolant dans les airs du savoir.

— Et un diplomate dévastateur et brutal. C'est à lui qu'on doit les dragonnades contre les huguenots, ce n'est pas rien tout de même.

— Franchement, Danglard, interrompit Adamsberg en posant sa main sur son bras, cela m'épaterait qu'un seul d'entre nous sache quoi que ce soit sur ce François Louvois et que cela puisse en outre le distraire.

Danglard suspendit sa danse et sa main revint se poser, déçue, sur le journal.

— Lisez l'article.

« Suite à l'appel inquiet d'un jardinier, les policiers de la Brigade criminelle du commissaire Jean-Baptiste Adamsberg pénétrèrent dimanche matin dans un paisible pavillon de Garches pour y découvrir le corps atrocement mutilé du propriétaire, Pierre Vaudel, journaliste retraité de soixante-dix-huit ans. Encore sous le choc, ses voisins déclarent ne pas comprendre le mobile de l'agression bestiale dont l'homme a été la victime. Selon nos informations, le corps de Pierre Vaudel aurait été démembré puis – comble de l'horreur – concassé et éparpillé à travers la demeure, transformée en théâtre sanglant. Les enquêteurs ont rapidement découvert des indices susceptibles d'identifier le maniaque homicide, parmi lesquels un mouchoir en papier. L'analyse ADN réalisée dans les délais les plus rapides a livré le nom du tueur présumé. Il s'agirait d'Armel Guillaume François Louvois, vingt-neuf ans, artisan joaillier. L'homme était fiché pour un délit d'agression sexuelle collective commis il y a douze ans avec trois autres complices à l'encontre de deux mineures. »

Adamsberg s'interrompit pour prendre un appel.

— Oui, Lavoisier. Oui, heureux de vous retrouver moi aussi. Non, beaucoup de tracas. Il se remet ? Une seconde.

Adamsberg écarta l'appareil pour communiquer l'information à Danglard.

— Un salopard a essayé d'empoisonner Émile, inflammation, 40,2 °C de température. Lavoisier, je branche le haut-parleur pour mon collègue.

— Navré, mon vieux, le type est entré avec une blouse et un masque, on ne peut pas être partout. On a dix-sept services au CHU et on n'a plus de fric. J'ai collé deux infirmiers en roulement devant sa porte. Émile a peur de mourir et je ne vous cache pas que c'est possible. Il a deux messages pour vous, vous avez de quoi noter ?

— J'y suis, dit Adamsberg en attrapant un coin du journal.

— Primo, le mot en code est aussi sur une carte postale. Je n'en sais pas plus, je n'ai pas poussé, il est à bout.

— À quelle heure l'a-t-on intoxiqué ?

— Tout allait bien au réveil. L'infirmière m'a bipé vers quatorze heures trente, la fièvre avait démarré vers midi. Deuxième message : attention, le chien.

— Attention quoi ?

— Il est allergique au poivron. J'espère que vous savez de quoi il parle, il a l'air d'y tenir beaucoup.

C'est sans doute la suite du code parce que je ne vois pas pourquoi on donnerait du poivron à un chien.

— Quel mot en code ? demanda Danglard après qu'Adamsberg eut raccroché.

— Un mot d'amour écrit en russe, Kiss Love. Vaudel aimait une vieille dame allemande.

— À quoi bon écrire Kiss Love en russe ?

— Je ne sais pas, Danglard, dit Adamsberg en reprenant l'article.

« Il avait été établi que Louvois n'avait pas pris part aux viols mais le juge avait retenu contre lui une peine de neuf mois avec sursis pour participation à violences et non-assistance à personnes en danger. Depuis, Armel Louvois n'avait plus fait parler de lui, officiellement du moins. L'arrestation du criminel présumé serait imminente. »

— Imminente, répéta Adamsberg en jetant un regard à ses montres. Ça fait un moment qu'il est loin, Louvois. On maintient tout de même la planque, tout le monde ne suit pas les informations. Adamsberg donna ses instructions depuis le café : Voisenet et Kernorkian sur la famille de l'artiste qui peignait sa protectrice ; Retancourt, Mordent et Noël en planque au domicile de Louvois ; prévenir le divisionnaire Weill avant, il a horreur de voir des flics envahir sa sphère privée, il serait capable de tout foutre en l'air ; Froissy et Mercadet sur les lignes téléphoniques et Internet de Louvois ; Justin et Lamarre sur son véhicule, si véhicule il y a ; agiter les flics d'Avignon, vérifier la présence dans la ville de Pierre fils et de sa femme. Maintenir les contrôles aux gares et aéroports, diffuser le portrait.

Pendant qu'il parlait, Adamsberg voyait Danglard lui adresser des signes de main expressifs qu'il ne comprenait pas. Sans doute parce qu'il était inca-pable de faire deux choses à la fois, comme parler et voir, voir et écouter, écouter et écrire. Dessiner était le seul acte qu'il pouvait effectuer en tâche de fond sans altérer ses autres activités.

— On lance l'enquête de voisinage dans l'immeuble de Louvois ? demanda Maurel.

— Oui, mais on a Weill au cœur du secteur. Prenez d'abord vos informations auprès de lui et concentrez-vous sur la planque. Louvois peut ne rien savoir, il peut revenir. Cherchez où il travaille. Atelier, boutique, que sais-je.

Danglard avait écrit cinq mots sur le journal et le tendait sous les yeux du commissaire : *Pas Mordent. Permutez avec Mercadet.* Adamsberg haussa les épaules.

— Rectification, indiqua-t-il. Mordent avec Froissy et Mercadet à la planque. S'il s'endort, il restera toujours deux hommes, dont Retancourt, ce qui fera sept. Pourquoi me faites-vous basculer Mordent ? demanda Adamsberg en rempochant l'appareil.

— Laminé, pas confiance, dit Danglard.

— Un type laminé peut se concentrer sur une planque. Louvois n'est plus là, de toute façon.

— C'est autre chose. Il y a eu une fuite.

— Parlez distinctement, commandant, assumez vos arrière-pensées. Cela fait vingt-sept ans que Mordent est dans la boîte, il a tout fait, tout vu, il ne s'est même pas fait corrompre à Nice.

— Je sais.

— Alors je ne vois pas, Danglard, franchement non. Vous venez de dire que la fuite vient d'un bavardage. Imprudence et non trahison.

— Je dis toujours le mieux mais je crois sans cesse au pire. Il vous a court-circuité hier matin, il a provoqué la cavale d'Émile.

— La tête de Mordent voyage à des kilomètres d'ici pendant que celle de sa fille se cogne contre les murs de Fresnes. Il est inévitable qu'il commette des bourdes, il en fait trop ou pas assez, il mord, il ne maîtrise plus. Il faut l'encadrer, c'est tout.

— Il a fait échouer la vérification d'alibi à Avignon.

— Et donc, Danglard ?

— Donc on a deux fautes professionnelles sur les bras, non des moindres : une évasion de suspect et une négligence de débutant sur un alibi. Responsable légal : vous. À ce stade, on pourrait soutenir qu'en moins de deux jours, vous avez bousillé le départ de l'enquête. Avec Brézillon sur le dos, vous pourriez sauter pour moins que ça. Et à présent, cette catastrophe, cette fuite dans la presse, et le tueur en cavale. Si quelqu'un voulait vous éjecter du circuit, il ne s'y prendrait pas autrement.

— Non, Danglard. Mordent qui massacre l'enquête, Mordent qui veut me faire sauter ? Non. Et pour quoi faire ?

— Parce que vous pourriez trouver. Et cela pourrait gêner.

— Qui ? Gêner Mordent ?

— Non. Là-haut.

Adamsberg regarda l'index de Danglard fermement pointé vers le plafond, vers la sphère des puissants, que Danglard résumait dans le mot « là-haut », qui signifiait tout aussi bien « en bas », dans les cavernes.

— Quelqu'un, là-haut, continua Danglard sans lâcher le plafond du doigt, n'a pas l'intention que l'affaire de Garches aboutisse. Ni que vous continuiez d'exister.

— Et Mordent l'aiderait ? Impensable.

— Hautement pensable depuis que sa fille est entre les mains de la justice. Là-haut, une affaire de meurtre s'efface sans difficulté. Mordent leur donne de quoi vous faire sauter et il récupère sa fille, libre. N'oubliez pas qu'elle passe en jugement dans deux semaines.

Adamsberg fit claquer sa langue.

— Il n'a pas le profil.

— Il n'y a pas de profil qui tienne quand on a un enfant en danger. On voit que vous n'avez pas de gosses.

— Ne me cherchez pas, Danglard.

— Je parle d'un gosse dont on s'occupe vraiment, dit sèchement Danglard, remontant en ligne, ravivant le lourd antagonisme qui les opposait. Danglard d'un côté du front, protégeant Camille et son enfant contre la vie – très souple – d'Adamsberg, Adamsberg de l'autre, vivant au gré de ses désirs, semant sans y songer trop de calamités, au goût du commandant, dans l'existence des autres.

— Je m'occupe de Tom, dit Adamsberg en fermant le poing. Je le garde, je le balade, je lui raconte des histoires.

— Où est-il en ce moment ?

— Cela ne vous regarde pas et vous m'emmerdez. Il est en vacances avec sa mère.

— Oui, mais où ?

Un silence tomba sur les deux hommes, la table sale, les verres vides, les journaux froissés, la tête du tueur. Adamsberg tentait de se rappeler où Camille avait bien pu emmener le petit Tom. Au grand air, c'était certain. À la mer, il en était sûr. En Normandie, quelque chose comme ça. Il appelait tous les trois jours, ils étaient bien.

— En Normandie, dit Adamsberg.

— En Bretagne, contra Danglard, à Cancale.

Si Adamsberg avait été Émile en cet instant, il aurait brisé la tête de Danglard sur-le-champ. Il visualisait parfaitement cette scène et elle lui plaisait. Il se contenta de se lever.

— Ce que vous pensez de Mordent, commandant, c'est moche.

— Ce n'est pas moche de sauver sa fille.

— J'ai dit : ce que *vous* pensez, c'est moche. Ce qu'il y a dans *votre* tête, c'est moche.

— Bien sûr que c'est moche.

XIX

Lamarre entra en coup de vent au Cornet à dés.

— Urgence, commissaire. Il y a Vienne qui vous veut.

Adamsberg regarda Lamarre sans comprendre. Empêtré par sa timidité, le brigadier n'avait pas d'aisance à l'oral et n'osait pas se lancer sans fiche dans un exposé, si court soit-il.

— Qui veut que je vienne, Lamarre ?

— Vienne. Thalberg, ça se finit comme vous, berg, comme le compositeur.

— Sigismund Thalberg, confirma Danglard, compositeur autrichien, 1812-1871.

— Il n'est pas compositeur, c'est ce qu'il explique. Il est commissaire.

— Un commissaire de Vienne ? dit Adamsberg. Il fallait le dire, Lamarre.

Adamsberg se levait, traversait la rue derrière le brigadier.

— Que veut-il, l'homme de Vienne ?

— Pas demandé, commissaire, c'est à vous qu'il veut parler. Dites, continua Lamarre en jetant un regard en arrière, pourquoi le café s'appelle-t-il le Cornet à dés alors qu'il n'y a pas de joueurs de dés ni de table de jeu ?

— Et pourquoi la Brasserie des Philosophes s'appelle-t-elle ainsi alors qu'il n'y a pas un seul philosophe dedans ?

— Mais cela ne nous donne pas la réponse, ça ne nous donne qu'une autre question.

— C'est souvent comme ça, brigadier.

Le commissaire Thalberg voulait une vidéoconférence, et Adamsberg s'installa dans la salle technique, entièrement guidé par Froissy pour la mise en route du matériel. Justin, Estalère, Lamarre, Danglard se serraient derrière sa chaise. Peut-être était-ce dû à l'évocation du musicien romantique autrichien, mais il sembla à Adamsberg que l'homme qui apparut sur l'écran avait été chercher sa beauté dans un siècle antérieur, visage pictural et raffiné, un peu maladif, mis en valeur par le col de sa chemise relevé, les cheveux blonds l'effleurant en boucles parfaites.

— Vous parlez allemand, commissaire Adamsberg ? demanda le gracieux Viennois en allumant une longue cigarette.

— Non, je suis désolé. Mais le commandant Danglard va traduire.

— C'est aimable à lui mais je sois capable de parler votre langue. Heureux de vous connaître, commissaire, et aussi heureux de partager. J'ai connu hier votre affaire de Garches. Une rapide résolution possible si les *Blödmänner* de la presse avaient fermé leur bouche. Votre homme a échappé ?

— Que veut dire « Blödmänner », Danglard ? demanda Adamsberg à voix basse.

— « Connards », traduisit le commandant.

— Il a tout à fait échappé, confirma Adamsberg.

— Je sois désolé pour vous, commissaire, j'espère que vous gardez l'enquête en charge, oui ?

— Pour le moment oui.

— Alors peut-être je peux aider, et vous aussi pour moi.

— Vous avez quelque chose sur Louvois ?

152

— J'ai quelque chose sur le crime. C'est-à-dire que je sois presque sûr que je possède le même, car il n'est pas ordinaire, n'est-ce pas ? Je vous envoie des images, ce sera mieux de se rendre compte.

Le visage blond disparut et laissa place à une maison de village, à bardage de bois et toit pentu.

— C'est le lieu, continua la voix agréable de Thalberg. C'est à Pressbaum, tout près de Vienne, il y a cinq mois et vingt jours, dans une nuit. Un homme aussi, Conrad Plögener, plus jeune que le vôtre, quarante et neuf ans, marié et trois enfants. La femme et les enfants sont partis le week-end à Graz, et Plögener fut tué. Il commerçait des meubles. Tué comme ça, enchaîna-t-il en passant une seconde vue, une pièce maculée de sang où aucun corps n'était repérable. Je ne sais pas pour vous, continua Thalberg, mais à Pressbaum, le corps a été si découpé que rien ne surfaçait. Découpé en petits bouts, écrasé morceau à morceau sous une pierre, puis distribouillé dans l'espace en tous sens. Possédez-vous un pareil mode ?

— À première vue, oui.

— Je montre des images plus rapprochées, commissaire.

Suivirent une quinzaine de photos qui évoquaient exactement le « théâtre sanglant » de Garches. Conrad Plögener vivait plus modestement que Pierre Vaudel, il n'y avait pas de grand piano ni de tapisseries.

— Je fus moins heureux que vous, il n'a pas été possible de trouver ici une trace du *Zerquetscher*.

— « Écrabouilleur », traduisit Danglard, en tordant ses mains l'une dans l'autre pour mimer l'action. « Écraseur. »

— *Ja*, confirma Thalberg. Les gens d'ici l'ont appelé le *Zerquetscher*, vous savez comment ils veulent toujours surnommer. J'ai seulement trouvé des marques de chaussures de montagne. Je dis que c'est une grosse possibilité que nous avons le même *Zerquetscher* que vous, même si c'est une grande rareté que un tueur ne pas agisse seulement dans son pays.

— Justement. La victime était tout à fait autrichienne ? Rien de français ?

— Je sois allé vérifier cela tout à l'heure. Plögener était pleinement autrichien, il est né en Styrie à Mautern. Je parle de lui seul car personne n'est tout à fait quelque chose, ma grand-mère est issue par la Roumania et ainsi tout le monde. Et Vaudel était un Français ? Vous n'avez rien comme « Pfaudel » ou « Waudel » ou autre chose avec son nom ?

— Non, dit Adamsberg qui, le menton calé sur sa main, paraissait atterré par la bouillie nouvelle de Conrad Plögener. On a dépouillé ses archives personnelles aux trois quarts, il n'y a aucun lien avec l'Autriche. Attendez, Thalberg, il y a au moins une relation avec la langue allemande. Une Frau Abster, à Cologne, qu'il semble avoir aimée longtemps.

— J'inscris. *Abster*. Je cherche dans ses intimes papiers.

— Vaudel lui a écrit une lettre en allemand, à poster après sa mort. Donnez-moi une minute, je cherche le papier.

— Je me souviens du texte, dit Froissy. *Bewahre unser Reich, widerstehe, auf dass es unantastbar bleibe.*

— Suivi d'un mot en russe qui signifie Kiss Love.

— J'inscris. Un peu solennel je trouve, mais les Français sont souvent éternalistes en amour, à l'inverse de ce qui est dit. Nous avons donc une Frau Abster qui découpe ses anciens amants. Je fais une plaisanterie bien sûr.

Adamsberg adressa un signe à Estalère, qui fila aussitôt. Meilleur spécialiste en café de la Brigade, Estalère savait sur le bout des doigts les préférences de chacun, avec sucre ou pas, avec ou sans lait, serré ou allongé. Il savait qu'Adamsberg avait tendance à prendre la tasse à bord épais décorée d'un oiseau orange. Voisenet – ornithologue – disait avec dédain que cet oiseau ne ressemblait à rien de sensé, et ainsi s'ancraient les habitudes. Il n'y avait pas de servilité dans le souci d'Estalère de mémoriser les goûts de chacun, mais une passion pour les détails techniques, si petits et nombreux soient-ils, et qui, peut-être, le rendait inapte à la synthèse. Il revint avec un plateau parfait, alors que le commissaire viennois présentait l'image d'un écorché, sur lequel les policiers autrichiens avaient teinté de noir les zones les plus abîmées par le *Zerquetscher*. Adamsberg lui envoya en retour le dessin français réalisé la veille, avec ses impacts rouges et verts.

— Je sois convaincu qu'il faut rencontrer les deux affaires, commissaire.

— Je sois convaincu aussi, murmura Adamsberg.

Il but une gorgée de café, enregistrant l'image de l'écorché et ses zones noires, la tête, le cou, les articulations, les pieds, les pouces, le cœur, le foie, une copie presque conforme de leur propre schéma. Le visage du commissaire réapparut.

— Cette Frau Abster, envoyez-moi son adresse, je vais la faire visiter à Köln.

— En ce cas, vous pourriez lui faire porter la lettre de son ami Vaudel.

— En effet, ce serait aimable.

— Je vous en envoie copie. Ménagez-la pour lui annoncer sa mort. Je veux dire qu'il n'est pas nécessaire de lui fournir les détails du crime.

— Je ménage toujours, commissaire.

— Le *Zerquetcheur*, répéta plusieurs fois Adamsberg, pensif, quand la conférence eut pris fin. Armel Louvois, le *Zerquetcheur*.

— *Zerquetscher*, rectifia Danglard.

— Que pensez-vous de sa tête ? demanda Adamsberg en attrapant le journal que Danglard avait posé sur la table.

— Une photo d'identité fige les traits dans une pose rigide, dit Froissy, respectueuse de l'éthique qui bannissait tout commentaire sur le physique des suspects.

— C'est vrai, Froissy, il est fixe, rigide.

— Parce qu'il regarde l'appareil sans bouger.

— Ce qui lui donne une tête d'abruti, dit Danglard.

— Mais quoi encore ? Voit-on le danger sur ses traits ? La peur ? Lamarre, aimeriez-vous le croiser dans un couloir ?

— Négatif, commissaire.

Estalère prit le journal et se concentra. Puis il renonça et le rendit à Adamsberg.

— Quoi ? demanda le commissaire.

— Je ne trouve pas d'idée. Je le trouve normal.

Adamsberg sourit et posa sa tasse sur le plateau.

— Je vais voir le médecin, dit-il. Et les ennemis imaginaires de Vaudel.

Adamsberg consulta ses montres, en décalage l'une par rapport à l'autre, et la moyenne des heures lui indiqua qu'il disposait d'un peu de temps. Il souleva Cupidon, qui avait une curieuse allure depuis que Kernorkian avait coupé des mèches pour prélever du crottin, et traversa la grande salle en direction du chat sur la photocopieuse. Adamsberg les présenta l'un à l'autre, expliqua que le chien n'était ici qu'à titre provisoire, à moins que son maître ne meure, à cause du salaud qui lui avait empoisonné le sang. La Boule déplia partiellement son énorme corps rond, accorda un peu d'attention à la bête agitée qui léchait les montres d'Adamsberg. Puis il reposa sa grosse tête sur le capot tiède, indiquant que tant qu'on continuait à le porter jusqu'à son écuelle et qu'on lui laissait la photocopieuse, la situation l'indifférait. À condition évidemment que Retancourt ne s'amourache pas de ce chien. Retancourt était sienne, et il l'aimait.

XX

Devant la porte de l'immeuble, Adamsberg prit conscience qu'il n'avait pas mémorisé le nom du médecin de Vaudel, alors que ce type avait sauvé le chaton et qu'ils avaient trinqué ensemble sous l'appentis. Il trouva sa plaque vissée au mur, Dr Paul de Josselin Cressent, ostéopathe somatopathe, et il se fit une idée plus précise de son dédain envers les lieutenants qui lui avaient barré la route avec de simples bras.

Le gardien regardait la télévision, tassé sur un fauteuil roulant sous des couvertures, les cheveux gris et longs, la moustache sale. Il ne tourna pas le regard, non qu'il voulût être désagréable mais, comme Adamsberg, il semblait incapable de regarder son film tout en écoutant un visiteur.

— Le docteur est sorti pour une sciatique, dit-il finalement. Sera là dans un quart d'heure.

— Il vous soigne aussi ?

— Oui. Il a de l'or dans les doigts.

— Il s'est occupé de vous dans la nuit de samedi à dimanche ?

— C'est important ?

— S'il vous plaît.

Le gardien demanda quelques minutes parce que le feuilleton s'achevait, puis abandonna l'écran sans l'éteindre.

— Je suis tombé en me couchant, dit-il en montrant sa jambe, j'ai pu me traîner jusqu'au téléphone.

— Mais vous l'avez rappelé deux heures plus tard ?

— Je me suis déjà excusé. Mon genou gonflait comme un melon. Je me suis déjà excusé.

— Le docteur dit que vous vous appelez Francisco.

— Francisco, exactement.

— Mais j'ai besoin de votre nom complet.

— Ce n'est pas que ça m'embête mais en quoi ça vous intéresse ?

— Un des patients du Dr Josselin a été assassiné. On note tout, on est obligés.

— Le boulot, quoi.

— C'est cela. Je vais simplement noter votre nom, dit Adamsberg en sortant son carnet.

— Francisco Delfino Vinicius Villalonga Franco da Silva.

— Bon, dit Adamsberg qui n'avait pas eu le temps d'écrire. Je suis désolé, je ne connais pas l'espagnol. Où s'arrête votre prénom, où commence votre nom ?

— C'est pas de l'espagnol, c'est du portugais, dit l'homme après un rude claquement de mâchoires. Je suis brésilien, mes parents ont été déportés sous la dictature de ces fils de pute que Dieu les damne on les a jamais retrouvés.

— Je suis désolé.

— Pas de votre faute. Si vous n'êtes pas un fils de pute. Pour le nom, c'est Villalonga Franco da Silva. Pour le docteur, c'est au deuxième étage. Il y a un salon sur le palier et tout ce qu'il faut pour attendre. Si je pouvais, c'est là que je vivrais.

Le palier du deuxième étage était aussi vaste qu'une entrée. Le docteur y avait installé une table basse et des fauteuils, des revues et des livres, un lampadaire ancien et un distributeur d'eau. Un homme raffiné, avec une marque d'ostentation. Adamsberg s'installa pour attendre l'homme aux doigts d'or, et joignit successivement l'hôpital de Châteaudun –

avec appréhension –, l'équipe de Retancourt – sans espoir – et celle de Voisenet, tout en évacuant les pensées moches du commandant Danglard.

Le Dr Lavoisier avait gagné un cran d'optimisme – « il s'accroche » –, la température avait baissé d'un point, l'estomac avait supporté le lavage, le patient avait demandé si le commissaire avait trouvé la carte postale avec le mot – « il a l'air très fixé là-dessus, mon vieux ». – Dites-lui qu'on recherche la carte postale, répondit Adamsberg, que tout est en route pour le chien, que le crottin est prélevé, que tout suit comme souhaité.

Message codé, estima le Dr Lavoisier en notant chaque mot, il transmettrait, cela ne le regardait pas, les flics avaient leurs méthodes. Avec cette inflammation, il fallait que l'estomac perforé tienne et ce n'était pas joué.

Retancourt était détendue, presque enjouée, alors que tout indiquait qu'Armel Louvois ne remettrait pas les pieds chez lui et avait même filé dès six heures du matin. La gardienne l'avait vu partir avec un sac à dos. Au lieu de leur aimable échange quotidien, le jeune homme était passé en ne lui adressant qu'un signe de main rapide. Il prenait un train, probablement. Weill ne pouvait pas confirmer, ne se levant qu'à l'heure honorable de midi. Il avait de l'affection pour son jeune voisin et, très contrarié par la nouvelle du crime, il s'était fermé, presque boudeur, ne fournissant que des renseignements inutiles. Anormalement, Retancourt n'était pas affectée par ces mauvaises nouvelles. Il était possible que Weill, œnologue de grand renom, ait été distraire les planqueurs en leur portant un vin millésimé dans des verres gravés. Avec Weill, qui faisait couper ses vêtements sur mesure, en raison de sa fortune, de son snobisme et de la forme unique de son corps moulé en toupie, tout était envisageable, y compris le dévoiement d'une équipe de flics en planque, ce qui lui aurait procuré un plaisir paradoxal certain. Retancourt ne semblait pas pleinement consciente qu'elle guettait au domicile d'un dément, du *Zerquetscher*, qui avait transformé un vieillard en bouillie, à croire que l'indulgence de Weill pour son voisin avait éteint sa vigilance. « Prévenez Weill, dit Adamsberg, qu'il a émietté un autre homme en Autriche. »

L'équipe Voisenet-Kernorkian, sur la route du retour, était en revanche sur les genoux. Raymond Réal, le père de l'artiste, avait mis dix minutes pour accepter de lâcher son fusil et les laisser entrer dans son trois pièces en demi-cave à Survilliers. Oui il était au courant, et oui il bénissait le vengeur qui avait écrasé la crapule qu'était le vieux Vaudel, et Dieu fasse que jamais les flics ne mettent la main sur lui. Les journaux étaient sortis à temps pour qu'il leur file entre les doigts et c'était une bénédiction. Vaudel avait au moins deux cadavres sur la conscience, celui de son fils et celui de sa femme, qu'on ne l'oublie jamais. S'il savait qui avait tué Vaudel ? S'il savait où étaient ses deux fils ? Mais est-ce qu'ils se figuraient, les flics, qu'il allait leur donner la moindre indication pour les aider ? Mais où ils se croyaient, les flics ? Mais où ils vivaient ? Kernorkian avait marmonné « Dans la merde », et cet aveu avait un peu calmé l'homme.

— À vrai dire, expliqua Voisenet, il ne nous a pas laissé le temps de nous exprimer. Comprenez que le fusil était sur la table, à mitraille d'accord, mais prêt à partir. Il est énorme, il a trois chiens et son repaire – je ne vois pas d'autre mot – est rempli de moteurs, de batteries et de photos de chasse.

— Vous n'avez aucun détail sur ses deux autres fils ?

— Il a répondu textuellement : « L'aîné est dans la Légion, le puîné est routier, Munich-Amsterdam-Rungis, alors démerdez-vous. » Puis il a exigé un départ immédiat, parce que « quand vous êtes là, ça pue ». Pour cela il avait raison, ajouta Voisenet, parce que c'est Kernorkian qui a coupé les mèches du chien.

Adamsberg tendait en même temps le bras sous la table en verre pour ramasser une babiole perdue par un des patients du Dr Josselin, un petit cœur en mousse enrobé de soie rouge, qu'on pouvait écraser dans son poing pour passer ses nerfs. Tout en appelant Gardon, il le lança d'une pichenette sur la table et le regarda tourner. Au troisième essai, il parvint à le faire pirouetter pendant quatre secondes. L'objectif, décida-t-il, était que les lettres imprimées sur sa face – *Love* – se présentent dans le bon sens au moment de l'arrêt. Il y réussit à la sixième tentative, alors qu'il demandait à Gardon d'extraire toutes les cartes postales des affaires du vieux Vaudel. Le brigadier lui lut le message de la police d'Avignon : Pierre Vaudel était au tribunal cet après-midi, préparant une plaidoirie. Information non vérifiée. Rentré chez lui à 19 h 12. Notable protégé, conclut Adamsberg. Il raccrocha et lança le cœur en mousse sur la table, comptant les tours. Le *Zerquetscher* était en route, et vers qui ?

— Il vous a échappé, n'est-ce pas ?

Adamsberg se leva lentement, fatigué, et serra la main du médecin.

— Je ne vous ai pas entendu arriver.

— Pas de mal, répondit Josselin en ouvrant sa porte. Comment va la petite Charme ? Le chaton qui ne tétait pas, précisa-t-il, comprenant qu'Adamsberg ne situait plus ce nom.

— Bien, je suppose. Je ne suis pas repassé chez moi depuis hier.

— Avec cette presse fracassante, je comprends cela. Néanmoins donnez-moi de ses nouvelles, voulez-vous ?

— Maintenant ?

— C'est important de suivre ses patients pendant les trois jours consécutifs au soin. Cela ne vous semble pas discourtois si je vous demande de m'accompagner à la cuisine ? Je ne vous attendais pas et j'ai besoin de me restaurer. Peut-être n'avez-vous pas dîné non plus ? Sûrement non, n'est-ce pas ? Auquel cas nous pourrions partager quelque chose, en toute simplicité ? N'est-ce pas ?

Pas de refus, songea Adamsberg, qui cherchait le ton adéquat pour répondre à Paul de Josselin. Ces types qui disent sans cesse « n'est-ce pas ? » le déroutaient toujours un peu aux premières rencontres. Pendant que le médecin se débarrassait de son costume et enfilait un vieux gilet, Adamsberg passa un rapide coup de fil à Lucio, très surpris qu'il prenne des nouvelles de Charme. Elle allait bien, les forces revenaient, Adamsberg transmit le message et Josselin claqua des doigts, satisfait.

Ne pas se fier aux apparences et nul ne connaît l'autre, ainsi va l'adage. Adamsberg avait rarement été reçu par un inconnu avec plus de naturel et de convivialité. Le docteur avait laissé choir son mépris ambigu comme il avait abandonné sa veste au portemanteau, avait dressé le couvert en désordre, les fourchettes à droite, les couteaux à gauche, tourné une salade aux copeaux de fromage et aux cerneaux de noix, découpé des tranches de porc fumé, disposé dans les assiettes deux billes de riz et une bille de purée de figues, façonnées avec une cuiller à démouler les boules de glace, prestement graissée du bout de l'index. Adamsberg le regardait bouger, fasciné, glissant comme un patineur du placard à la table, usant gracieusement de ses énormes mains, un spectacle fait de dextérité, de délicatesse, de précision.

Le commissaire aurait pu le regarder évoluer long-temps, comme un danseur vous charme, sachant accomplir ce dont vous êtes incapable. Mais Josselin ne mit pas même dix minutes à tout préparer. Puis il considéra d'un œil critique la bouteille de vin ouverte sur le comptoir.

— Non, dit-il en la reposant, j'ai si rarement des convives que ce serait dommage.

Il plongea sous son évier, examina ses provisions et se releva d'un bond agile, montrant l'étiquette de la nouvelle bouteille à son hôte.

— Beaucoup mieux, n'est-ce pas ? Mais boire cela tout seul, comme si l'on s'organisait une fête en soli-taire, cela a quelque chose de pathétique, n'est-ce pas ? La saveur du bon vin se révèle au contact d'un autre. Vous m'accompagnerez ?

Il s'installa avec un soupir content et fourra com-munément sa serviette dans son col de chemise, tel n'importe quel Émile. Dix minutes plus tard, la conversation était devenue aussi déliée que ses gestes de praticien.

— Le gardien vous tient pour un mage, dit Adamsberg. Un rebouteux, un homme aux doigts d'or.

— Du tout, dit Josselin la bouche pleine. Francisco aime croire en quelque chose qui le dépasse, et c'est bien compréhensible vu que ses parents ont été déportés sous la dictature.

— Par ces fils de pute, Dieu les damne.

— Exactement. Je passe beaucoup de temps à réduire ce traumatisme, son fusible saute sans cesse.

— Il a un fusible ?

— Tout le monde en a, et même plusieurs. Chez lui, c'est le F3 qui saute. Par mesure de sécurité, comme sur un réseau électrique. Tout cela n'est que science, commissaire. Structure, agencements, réseaux, circuits, connexions. Os, organes, éléments connecteurs, le corps tourne, vous comprenez.

— Non.

— Prenez cette chaudière, dit Josselin en désignant l'appareil au mur. Une chaudière n'est pas une addition d'éléments disjoints, caisse, arrivée d'eau, circulateur, joints, brûleur, clapet de sécurité. Non, c'est un ensemble synergique. Que le circulateur s'encrasse, alors le clapet saute, alors le brûleur s'éteint. Vous saisissez ? Tout se tient, le mouvement de chaque élément dépend de celui de l'autre. Si vous vous tordez le pied, l'autre jambe se fausse, le dos bascule, le cou réagit, la tête a mal, l'estomac se rétracte, l'appétit s'en va, l'action s'alentit, l'anxiété s'installe, les fusibles sautent. Je vous simplifie la chose.

— Pourquoi le fusible de Francisco saute-t-il ?

— Zone figée, dit le médecin en pointant un doigt sur l'arrière de son crâne. Là où est son père. La case est fermée, le basi-occipital ne bouge plus. Vous reprenez de la salade ?

Le médecin servit Adamsberg sans attendre de réponse et lui remplit son verre.

— Et Émile ?

— La mère, dit le médecin en mâchant bruyamment, pointant son doigt de l'autre côté de sa tête. Sentiment aigu d'injustice. Alors il cogne. Presque plus maintenant.

— Et Vaudel ?

— Nous y voilà.

— Oui.

— À présent que la presse a donné les détails, les secrets policiers ne tiennent plus. Renseignez-moi. Vaudel a été atrocement débité, c'est ce qu'on comprend. Mais comment, pourquoi, que voulait le tueur ? Vous avez saisi une logique, un rituel ?

— Non, une peur infinie, une colère qui ne s'éteint pas. Un système, sans doute, mais un système inconnu.

Adamsberg sortit son carnet et y dessina le corps et les points de focalisation du meurtrier.

— Très bon, dit le médecin. Je ne sais pas dessiner un canard.

— C'est difficile, un canard.

— Allez-y, dessinez-m'en un. Ne croyez pas que je ne réfléchis pas au système dans le même temps.

— Un canard comment ? En vol, au repos, en plongée ?

— Attendez, dit le médecin en se levant, je vais chercher du meilleur papier.

Il écarta les assiettes, posa devant Adamsberg quelques feuilles blanches.

— Un canard en vol.

— Mâle ? Femelle ?

— Les deux, si vous le pouvez.

Puis Josselin demanda successivement une côte rocheuse, une femme pensive et un Giacometti, si possible. Il agitait les dessins achevés pour en faire sécher l'encre, les penchait sous la lampe.

— Cela, commissaire, ce sont des doigts d'or. Franchement j'aimerais vous examiner. Mais vous ne voulez pas. On a tous des chambres closes où l'on ne souhaite pas que débarque le premier venu, n'est-ce pas ? Cependant rassurez-vous, je ne suis pas un voyant, je ne suis qu'un positiviste sans imagination. Vous, c'est autre chose.

Le médecin déposa avec soin les dessins sur le rebord de la fenêtre et emporta verres et bouteille dans son salon, avec les représentations du corps de Vaudel.

— Qu'en avez-vous déduit ? demanda-t-il en posant sa grosse main sur le dessin, pointant coudes, chevilles, genoux, crâne.

— Que le tueur a détruit ce qui faisait fonctionner le corps, les articulations, les pieds. Cela ne me mène pas loin.

— Cervelle, foie, cœur, il suit aussi l'idée de la diffusion des âmes. N'est-ce pas ?

— C'est ce que propose mon adjoint. C'est plus qu'un meurtrier, c'est un anéantisseur, un *Zerquetscher*, dit le commissaire autrichien. Il a détruit un autre homme près de Vienne.

— De la famille de Vaudel ?

— Pourquoi ?

Josselin hésita, s'aperçut qu'il n'y avait plus de vin, sortit d'un placard une grosse bouteille verte.

— Alcool de poire, cela vous dit, n'est-ce pas ?

Non, cela ne lui disait pas, la journée avait été trop longue. Mais laisser Josselin seul avec son alcool de poire risquait de fissurer l'entente. Adamsberg le regarda emplir les deux petits verres.

— Ce n'était pas une simple zone figée que j'avais trouvée dans le crâne de Vaudel, c'était bien pire.

Le médecin se tut, semblant encore hésiter sur son droit à parler, souleva son verre, le reposa.

— Qu'y avait-il, docteur, dans le crâne de Vaudel ? insista Adamsberg.

— Une cage hermétique, une pièce hantée, un cachot noir. Il vivait dans l'obsession de ce qu'elle contenait.

— Quoi ?

— Lui-même. Avec sa famille au complet et leur secret. Tous enfermés là-dedans, tous muets, tous loin du monde.

— Il pensait que quelqu'un l'enfermait ?

— Non, vous ne comprenez pas. Vaudel s'était enfermé de lui-même, il s'était volontairement caché, dissimulé à la vue des autres. Il protégeait les occupants du cachot.

— De la mort ?

— De l'anéantissement. Il y avait trois autres choses patentes chez lui : un attachement forcené à son nom, à son patronyme. Un déchirement irrésolu envers son fils, entre fierté et refus. Il aimait Pierre, mais il ne voulait pas qu'il existe.

166

— Il ne lui a rien légué, il a testé en faveur du jardinier.

— C'est logique. S'il ne lègue rien, c'est qu'il n'a pas de fils.

— Je ne pense pas que Pierre l'ait compris ainsi.

— Sûrement pas. Enfin Vaudel était doté d'un orgueil sans bornes, si total qu'il générait un sentiment d'invincibilité. Je n'ai jamais rencontré rien de tel. Voilà ce que peut vous apprendre le médecin, et vous comprenez pourquoi je tenais beaucoup à ce patient. Mais Vaudel était fort, ses résistances à mes soins étaient féroces. Il tolérait que je lui arrange un torticolis ou une entorse. Il m'a même adulé quand je lui ai ôté ses vertiges et sa surdité naissante. Ici, dériva le médecin en tapotant son oreille. Les osselets de l'oreille moyenne bloqués comme des étaux. Mais il me haïssait lorsque je m'approchais du cachot noir et des ennemis qui le cernaient.

— Qui étaient les ennemis ?

— Tous ceux qui entendaient détruire sa puissance.

— Il les craignait ?

— D'un côté assez pour ne pas vouloir d'enfants, afin de ne pas les exposer au danger. D'un autre pas du tout, en raison de ce sentiment de supériorité dont je vous ai parlé. Sentiment déjà florissant quand il s'occupait de justice, quand il exerçait ce droit de vie ou de mort sur autrui. Attention, commissaire, ce que je vous décris n'est pas la réalité mais la sienne.

— Fou ?

— Totalement si l'on estime que c'est être fou que de vivre selon la logique d'un monde qui n'est pas la logique du monde. Mais pas du tout dès l'instant où il était rigoureux et cohérent au sein de son organisation, et qu'il savait la connecter aux règles minimales de l'ordre social général.

— Avait-il identifié ses ennemis ?

— Tout ce qu'il a bien voulu en dire évoquait une lutte primaire de bande à bande, une infinie vendetta. Avec du pouvoir à la clef.

— Il connaissait leurs noms ?

— Sûrement. Il ne s'agissait pas d'ennemis changeants, de démons volatils pouvant surgir de partout et nulle part. Leur place dans son crâne n'a jamais varié. Vaudel était paranoïaque, ne serait-ce que par cette certitude de puissance et cet isolement grandissant. Mais tout était rationnel et réaliste dans sa guerre, et ceux qu'il combattait avaient sûrement pour lui des noms et même des visages.

— La guerre est cachée et les ennemis sont chimériques. Cependant la réalité entre un soir dans son théâtre, et on l'assassine.

— Oui. A-t-il fini par menacer réellement les « ennemis » ? Leur a-t-il parlé, les a-t-il agressés ? Vous connaissez la formule, n'est-ce pas : le paranoïaque finit par engendrer les haines qu'il avait soupçonnées. Son invention prend vie.

Josselin proposa une nouvelle rasade d'alcool, qu'Adamsberg refusa. Le médecin se poussa d'un pas léger jusqu'au placard, rangea la bouteille avec soin.

— Nous ne sommes pas normalement amenés à nous revoir, commissaire, car ma connaissance de Vaudel s'arrête là. Ce serait beaucoup demander que de revenir un jour, n'est-ce pas ?

— Pour voir dans mon crâne ?

— Bien sûr. À moins que nous ne trouvions un motif moins intimidant. Pas de douleur de dos qui vous gêne ? Des ankyloses ? Une oppression ? Des difficultés de transit ? Du froid, du chaud ? Une névralgie ? Une sinusite ? Non, rien de tout cela, n'est-ce pas ?

Adamsberg secoua la tête en souriant. Le médecin plissa les yeux.

— Acouphènes, proposa-t-il, un peu comme un marchand fait une offre.

168

— D'accord, dit Adamsberg. Comment le savez-vous ?

— À votre façon de porter les doigts à votre oreille.

— J'ai déjà consulté. On ne peut rien y faire, sauf s'y habituer et les oublier. Et je suis doué pour ça.

— La nonchalance, l'indifférence, n'est-ce pas ? dit le médecin en raccompagnant Adamsberg vers l'entrée. Mais les acouphènes ne s'estompent pas comme un souvenir. Je peux, moi, vous les ôter. Si cela vous chante. Car à quoi bon transporter nos pierres ?

XXI

En rentrant à pied de chez le Dr Josselin, Adamsberg serrait et desserrait le cœur en mousse, *Love*, dans le fond de sa poche. Il s'arrêta sous le porche de l'église Saint-François-Xavier pour appeler Danglard.

— Ça ne fonctionne pas, commandant. Ce mot d'amour, c'est impensable.

— Quel mot, quel amour ? demanda prudemment Danglard.

— Celui du vieux Vaudel, son Kiss Love pour la vieille dame allemande. C'est impossible. Vaudel est âgé, il est coupé du monde, traditionaliste, il boit du Guignolet sur un fauteuil Louis-XIII, il n'écrit pas Kiss Love sur une lettre. Non, Danglard, encore moins sur une dernière lettre posthume. C'est une facilité trop bon marché pour lui. Un modernisme qu'il réprouve. Il ne va pas copier des inscriptions sur un cœur en mousse.

— Quel cœur en mousse ?

— Peu importe, Danglard.

— Personne n'est à l'abri d'une fantaisie, commissaire. Vaudel était capricieux.

— Une fantaisie en cyrillique ?

— Par goût du secret, pourquoi pas ?

— Cet alphabet, Danglard, on ne l'utilise pas qu'en Russie ?

— Non, dans les langues slaves des peuples orthodoxes. Il dérive du grec médiéval, peu ou prou.

170

— Ne me dites pas d'où il vient, dites-moi seulement s'il est utilisé en Serbie.

— Oui, bien sûr.

— Vous m'avez bien dit que votre oncle était serbe ? Donc que les pieds coupés étaient serbes ?

— Je ne suis pas sûr que ce soient ceux de mon oncle. C'est votre histoire d'ours qui m'a focalisé. Ce sont peut-être les pieds d'un autre.

— De qui alors ?

— D'un cousin peut-être, d'un homme du même village.

— Mais d'un village serbe, c'est cela, Danglard ?

Adamsberg entendit le verre de Danglard se poser brutalement sur sa table.

— Mot serbe, pieds serbes, c'est comme cela que vous pensez ? demanda le commandant.

— Oui. Deux signaux serbes en quelques jours, ce n'est pas fréquent.

— Cela n'a rien à voir. Et vous ne vouliez plus qu'on s'occupe des pieds de Highgate.

— Le vent bouge et qu'y puis-je, commandant ? Et pour ce soir, il souffle de l'est. Cherchez ce que peut bien signifier ce Kiss Love en serbe. Commencez par fouiner autour des pieds de votre oncle.

— Mon oncle connaissait peu de monde en France, et surtout pas d'opulents juristes de Garches.

— Ne criez pas, Danglard, j'ai des acouphènes et cela me gêne.

— Depuis quand ?

— Depuis le Québec.

— Vous ne me l'avez jamais dit.

— Parce que avant ça m'était égal. Et ce soir, non. Je vous faxe la lettre de Vaudel. Cherchez, Danglard, quelque chose qui commence par *Kiss*. N'importe quoi. Mais en serbe.

— Ce soir ?

— Mais c'est votre oncle, commandant. On ne va pas l'abandonner dans le ventre de l'ours.

XXII

Les pieds posés sur les briques de la cheminée, Adamsberg somnolait devant le feu éteint, un index enfoncé dans son oreille. Cela ne servait à rien, le bruit était dedans, grésillant comme une ligne à haute tension. Cela perturbait sûrement son écoute, déjà naturellement inattentive, et il était possible qu'il finisse isolé comme une chauve-souris sans radar ne comprenant plus rien au monde. Il attendait que Danglard se mette au travail. À cette heure, le commandant avait sûrement enfilé ses habits du soir, la tenue ouvrière de son père mineur, tout à l'opposé de son élégance diurne. Adamsberg se le représentait avec netteté, courbé sur son bureau en maillot de corps, maugréant contre lui. /

Danglard examinait le mot en cyrillique de la lettre de Vaudel, marmonnant contre le commissaire qui ne s'était pas intéressé à ces pieds quand lui s'en préoccupait. Mais à présent qu'il avait décidé de les laisser en paix, Adamsberg rouvrait brusquement le chemin. Sans plus d'explications, à sa manière opaque et impromptue qui déstabilisait son dispositif de sécurité. Et le minait dans ses tréfonds s'il advenait qu'Adamsberg eût raison.

Ce qui n'était pas impossible, admettait Danglard en disposant sur sa table le peu d'archives qu'il tenait de son oncle, Slavko Moldovan. Un homme qu'il n'était pas question, c'est vrai, de laisser choir dans l'estomac d'un ours sans agir. Danglard secoua la tête, irrité comme chaque fois que le vocabulaire d'Adamsberg venait se glisser dans le sien. Il avait aimé l'oncle Slavko, qui inventait des histoires tout au long du jour, qui posait son doigt sur ses lèvres pour sceller des secrets, son doigt qui sentait le tabac de pipe. Danglard croyait que l'oncle avait été fabriqué pour lui, voué à son seul service. Slavko Moldovan ne se lassait pas ou ne le montrait pas, il lui offrait des morceaux d'existence allègres et terrifiants, abusivement farcis de mystères et de connaissances. Il avait ouvert les fenêtres, montré les horizons. Quand il séjournait chez eux, le jeune Adrien Danglard le suivait sans relâche, lui et ses mocassins à pompons rouges cernés d'une broderie dorée, qu'il restaurait certains soirs avec un fil brillant. Il fallait en prendre soin, on les portait les jours de fête, c'était la coutume du village. Adrien l'aidait, il lissait le fil d'or, préparait les aiguillées. C'est dire s'il connaissait ces chaussures, dont il avait retrouvé les pompons ignominieusement mêlés au dépôt sacrilège de Highgate. Pompons qui pouvaient avoir appartenu à n'importe quel autre villageois, ce que souhaitait ardemment Danglard. Le surintendant Radstock avait progressé. Il semblait établi que le collectionneur s'introduisait dans des dépôts mortuaires, des magasins de pompes funèbres où attendait un corps. Il y prélevait les pieds fétiches, revissait le cercueil. Les pieds étaient lavés et les ongles taillés. Et si le Coupeur de pieds était anglais ou français, pourquoi et comment diable avait-il pu mettre la main sur les pieds d'un Serbe ? Et comment ne s'était-il pas fait remarquer là-bas ? À moins qu'il ne fût du village ?

Le village, Slavko le lui avait décrit en toutes saisons, lieu prodigieux gorgé de fées et de démons, l'oncle ayant les faveurs des unes et combattant les autres. Un grand démon, surtout, caché dans les entrailles de la terre, rôdant à l'orée du bois, disait-il en baissant la voix avant de poser son doigt sur ses lèvres. La mère de Danglard réprouvait les histoires de Slavko et son père s'en moquait. *Pourquoi tu lui racontes des horreurs pareilles ? Comment veux-tu qu'il dorme ensuite ?* Ce sont des bêtises, répondait Slavko. Le gosse et moi, on s'amuse.

Et puis la tante l'avait quitté pour ce crétin de Roger et Slavko était reparti là-bas.

Là-bas.

À Kiseljevo.

Danglard souffla, se versa un verre et composa le numéro d'Adamsberg, qui décrocha aussitôt.

— Cela ne veut pas dire Kiss Love, hein, Danglard ?

— Non. Cela veut dire Kiseljevo et c'est le village de mon oncle.

Adamsberg fronça les sourcils, repoussa une bûche du pied.

— Kiseljevo ? Ce n'est pas cela. Ce n'est pas ainsi qu'Estalère l'a prononcé. Il a dit « Kisloveu ».

— C'est pareil. À l'Ouest, Kiseljevo se dit Kisilova. Comme Beograd se dit Belgrade.

Adamsberg ôta l'index de son oreille.

— Kisilova, répéta-t-il. Remarquable, Danglard. Voici la chaîne entre Higegatte et Garches, le tunnel, le noir tunnel.

— Non, dit Danglard dans une ultime obstination. Là-bas, beaucoup de noms commencent par un K. Et il y a un obstacle. Vous ne le voyez pas ?

— Je ne vois rien, j'ai des acouphènes.

— Je vais le dire plus fort. L'obstacle est cette coïncidence formidable qui attacherait les chaussures de mon oncle à la pataugière de Garches. Et qui nous unirait, vous et moi, aux deux affaires. Or vous savez ce que je pense des coïncidences.

— Précisément. Il est donc certain que nous avons été gentiment conduits par la main jusqu'au dépôt de Higegatte.

— Par qui ?

— Par le lord Fox. Ou mieux par son ami cubain subitement disparu. Il savait par où passait Stock, et que Stock était avec nous.

— Et pourquoi nous a-t-on gentiment conduits ?

— Parce que Garches, par son ampleur calamiteuse, allait nécessairement tomber sur la Brigade. Le tueur savait cela. Et même s'il passait un cap en lâchant sa collection – peut-être devenue trop dangereuse –, il ne pouvait pas l'abandonner à tous vents, sans garantie ni renommée. Il fallait qu'il trace le lien entre son œuvre de jeunesse et la maturité. Il fallait que ce soit su. Que Higegatte nous reste en mémoire quand Garches allait débuter. Le Coupeur de pieds et le *Zerquetscher* appartiennent à la même histoire. Souvenez-vous que le meurtrier s'est acharné sur les pieds de Vaudel et de Plögener. Où se trouve ce Kissilove ?

— Kisilova. Sur la rive sud du Danube, à deux pas de la frontière roumaine.

— C'est un bourg ou un village ?

— Un village, pas plus de huit cents âmes.

— Si le Coupeur de pieds a suivi un cadavre jusque là-bas, il est possible qu'on l'ait remarqué.

— Après vingt ans, il y a peu de chances pour que quelqu'un s'en souvienne.

— Votre oncle vous a-t-il jamais dit si une famille du village faisait l'objet d'une vendetta, d'une guerre de clans, quelque chose de cet ordre ? Le médecin dit que Vaudel vivait dans cette obsession.

— Jamais, dit Danglard après un temps de réflexion. Le lieu regorgeait d'ennemis, il y avait des fantômes et des diablesses, des ogres, et bien sûr le « très grand démon », qui rôdait à l'orée du bois. Mais pas de famille vengeresse. En tous les cas, commissaire, si vous avez raison, le *Zerquetscher* nous surveille assurément.

— Depuis Londres, oui.

— Et il ne nous laissera pas entrer dans le tunnel de Kiseljevo, quoi qu'il renferme. Je vous conseille d'être prudent, je ne pense pas que nous soyons de taille.

— Sans doute pas, dit Adamsberg en revoyant le grand piano sanglant.

— Vous avez votre arme ?

— En bas.

— Eh bien montez-la dans votre chambre.

XXIII

Les marches du vieil escalier étaient froides, en tomettes et en bois, et Adamsberg ne s'en souciait pas. Il était six heures quinze du matin et il les descendait paisiblement comme chaque jour, ayant tout oublié de ses acouphènes, de Kisilova et du monde, comme si le sommeil le rendait à un état natif, absurde et analphabète, orientant ses pensées naissantes vers le boire, le manger, le laver. Il s'arrêta sur l'avant-dernière marche en découvrant dans sa cuisine un homme de dos, calé dans le carré de soleil matinal, enlacé dans la fumée d'une cigarette. Un homme de carrure mince, les cheveux bruns bouclant sur les épaules, jeune sans doute, portant un tee-shirt noir et neuf, orné du dessin blanc d'une cage thoracique dont les côtes gouttaient de sang.

Il ne connaissait pas cette silhouette et les alarmes se déclenchèrent dans son cerveau vide. L'homme avait des bras vigoureux et l'attendait avec une idée bien déterminée. Et il était vêtu, au lieu que lui était nu dans l'escalier, sans projet et sans arme. Cette arme, celle que Danglard lui avait recommandé de monter dans sa chambre, gisait sur la table à portée de main de l'inconnu. Si Adamsberg pouvait tourner sans bruit vers la gauche, il pourrait récupérer ses vêtements dans la salle de bains et le P 38 toujours calé entre la chasse d'eau et le mur.

— Va ramasser tes frusques, connard, dit l'homme sans se retourner. Et ne cherche pas ton pétard, c'est moi qui l'ai.

Une voix assez légère et qui gouaillait, qui gouaillait trop, signalant ostensiblement le danger. Le type souleva l'arrière de son tee-shirt et exhiba la crosse du P 38 glissé dans son jean, calé contre son dos à peau brune.

Pas d'issue par la salle de bains, aucune vers le bureau. L'homme bloquait l'accès à la porte extérieure. Adamsberg enfila ses habits, démonta la lame de son rasoir qu'il enfonça dans sa poche. Quoi d'autre ? La grosse pince à ongles dans l'autre poche. C'était dérisoire, le gars avait les deux flingues. Et s'il ne se trompait pas, il se trouvait en face du *Zerquetscher*. Ces cheveux épais, ce cou un peu court. En ce jour de juin s'achevait la route. Il n'avait pas suivi les conseils anxieux de Danglard et, à présent, l'aube était là, emplie du corps du *Zerquetscher* qui saillait sous son maillot répugnant. Juste ce matin-là alors que la lumière au-dehors découpait joliment chaque brin d'herbe, chaque écorce des troncs, avec une précision exaltante et commune. Hier aussi, la lumière avait fait cela. Mais il le voyait mieux ce matin.

Adamsberg n'était pas craintif, par défaut d'émotivité ou par manque d'anticipation, ou la faute à ses bras ouverts aux aléas de la vie. Il entra dans la cuisine, contourna la table. Comment était-ce possible qu'en cet instant il soit capable de penser au café, à l'envie qu'il éprouvait d'en faire et d'en boire ?

Le *Zerquetscher*. Si jeune, bon sang, fut sa première pensée. Si jeune mais avec un visage marqué, en creux et en angles, osseux et de travers. Si jeune mais les traits altérés par le choix d'une issue définitive. Il couvrait sa colère par un sourire railleur, tout simplement vantard, tout simplement celui d'un gosse qui crâne. Qui crâne avec la mort aussi, dans un combat hautain qui lui faisait le teint livide, l'expression cruelle et stupide. La mort ostensiblement exhibée sur son tee-shirt, thorax imprimé côté face. Sous le sternum, une inscription plagiait le style des dictionnaires : *Mort. 1. Achèvement de la vie, marqué par l'extinction du souffle et le pourrissement des chairs. 2. Être mort : être fini, n'être rien.* Ce type était déjà mort et emportait les autres avec lui.

— Je fais le café, dit Adamsberg.

— Joue pas le mariole, répondit le jeune homme en tirant sur sa cigarette, posant son autre main sur l'arme. Dis pas que tu sais pas qui je suis.

— Bien sûr que je le sais. Tu es le *Zerquetscher*.

— Le quoi ?

— L'Écraseur. Le meurtrier le plus acharné du siècle qui commence.

L'homme sourit, satisfait.

— Je veux un café, dit Adamsberg. Que tu me flingues maintenant ou après, quelle différence ? Tu as les armes, tu bloques la porte.

— Ouais, dit l'homme en rapprochant le revolver du bord de la table. Tu m'amuses.

Adamsberg plaça le filtre en papier dans le porte-filtre, le remplit en comptant trois cuillers de poudre bombées, mesura deux bols d'eau qu'il versa dans la casserole. Il fallait bien faire quelque chose.

— T'as pas de machine pour le café ?

— Il est meilleur comme ça. Tu as déjeuné ? Comme tu veux, ajouta Adamsberg dans le silence. Moi, de toute façon, je mange.

— Tu manges si je veux.

— Si je ne mange pas, je ne peux pas comprendre ce que tu dis. Je suppose que tu es venu pour dire quelque chose.

— Tu fais le fier, hein ? dit le type, pendant que l'odeur de café emplissait la cuisine.

— Non. Je prépare mon dernier petit déjeuner. Ça te dérange ?

— Ouais.

— Ben tire.

Adamsberg posa deux bols sur la table, du sucre, du pain, du beurre, de la confiture et du lait. Il n'avait pas la moindre envie de crever sous les balles de ce type lugubre et figé, comme aurait dit Josselin. Ni de le connaître. Mais parler et faire parler, on apprenait cela avant de savoir tirer. « La parole, disait l'instructeur, est la plus mortelle des balles, si vous savez la loger en pleine tête. » Il ajoutait que c'était difficile de trouver le centre de la tête avec des mots, et que si l'on passait à côté, l'ennemi tirait aussitôt.

Adamsberg versait le café dans les deux bols, poussait le sucre et le pain vers l'adversaire, dont les yeux demeuraient immobiles, calés sous la barre de ses sourcils bruns.

— Dis-moi au moins ce que tu en penses, dit Adamsberg. Il paraît que tu sais cuisiner.

— Comment tu le sais ?

— Par Weill, au rez-de-chaussée. C'est un ami. Il t'aime bien, toi, le *Zerquetscher*. Moi, je dis *Zerketch*. Sans offense.

— Je sais ce que tu trafiques, connard. T'essaies de me faire causer, raconter ma vie et toutes ces foutaises, en bon vieux flicard que tu es. Après tu m'embrouilles et tu me brûles les couilles.

— Je m'en fous, de ta vie.

— Ah ouais ?

— Ouais, dit Adamsberg avec sincérité, et il le regretta.

— Je crois bien que t'as tort, dit le jeune homme en serrant les dents.

— Sûrement. Mais je suis comme ça. Je me fous de tout.

— De moi aussi ?

— De toi aussi.

— Alors qu'est-ce qui t'intéresse, connard ?

— Rien. J'ai dû rater un départ, à un moment ou à un autre. Tu vois cette ampoule au plafond ?

— Essaie pas de me faire lever la tête.

— Des mois qu'elle ne marche pas. Je ne l'ai pas changée, je me débrouille dans l'ombre.

— C'est bien ce que je pensais de toi. T'es un bon à rien et une ordure.

— Pour être une ordure, il faut vouloir quelque chose, non ?

— Ouais, admit le jeune homme après un instant.

— Et moi je ne veux rien. Pour le reste, je suis d'accord avec toi.

— Et t'es un lâche. Tu me rappelles un vieux type, un faiseur, un flambeur qui se croit au-dessus de tout.

— Tant pis.

— Il était dans un bar un soir. Six types lui sont tombés dessus. Tu sais ce qu'il a fait ?

— Non.

— Il s'est couché par terre comme une mauviette. Et il a dit : « Allez-y, les gars. » Alors les gars, ils lui disaient de se remettre debout. Mais le vieux restait par terre, les doigts croisés sur son ventre comme une foutue gonzesse. Alors les gars, ils ont dit : « Merde, relève-toi, on te paie un verre. » Et le vieux, tu sais ce qu'il a dit ?

— Oui.

— Ah ouais ?

— Il a dit : « Un verre de quoi ? Je ne me relève pas pour du beaujolais. »

— Ouais, c'est ça, répondit le jeune homme, déconcerté.

— Alors les six gars, respect, continua Adamsberg en trempant une tartine dans son bol. Ils ont relevé le vieux et après, copains comme cochons. Moi je ne dis pas que c'est lâche. Moi je dis qu'il faut du cran. Mais c'est Weill. Hein, le vieux, c'est Weill ?

— Ouais.

— Il est talentueux. Moi non.

— Il est plus fort que toi ? Comme flic ?

— Tu es déçu ? Tu veux un autre adversaire ?

— Non. On dit que t'es le meilleur flic.

— Alors on était faits pour se connaître.

— Plus que tu ne crois, connard, dit le jeune homme en souriant méchamment, avalant sa première gorgée de café.

— Tu peux m'appeler autrement ?

— Ouais. Je peux t'appeler flicard.

Adamsberg avait fini son pain et son café, c'était le moment où il partait pour la Brigade, une demi-heure de marche à pied. Il se sentit las, écœuré par cet échange, dégoûté de l'autre et de lui-même.

— Sept heures, dit-il en jetant un œil par la fenêtre. C'est l'heure où le voisin pisse contre l'arbre. Il pisse toutes les heures et demie, jour et nuit. Ça ne fait pas de bien à l'arbre mais ça me donne l'heure.

Le gars serra la main sur l'arme et regarda Lucio à travers la vitre.

— Pourquoi il pisse toutes les heures et demie ?

— Sa prostate.

— Moi je m'en fous, dit le jeune homme rageusement. J'ai la tuberculose, la teigne, la gale, l'entérite et un seul rein.

Adamsberg débarrassa les bols.

— Je comprends que tu bousilles tout le monde.

— Ouais. Dans un an je suis mort.

Adamsberg fit un signe vers le paquet de cigarettes du *Zerquetscher*.

— Ça veut dire que t'en veux une ? demanda le jeune homme.

— Oui.

Le paquet glissa à travers la table.

— C'est la coutume. Fume, je te crève après. Qu'est-ce que tu veux d'autre ? Savoir ? Comprendre ? Tu sauras rien. Tu peux toujours courir.

Adamsberg sortit une cigarette, fit un geste des doigts pour demander du feu.

— T'as même pas les jetons ? demanda l'homme.

— Comme ça.

Adamsberg souffla la fumée et la cigarette lui fit tourner la tête.

— Qu'est-ce que tu es venu faire ici au juste ? demanda-t-il. Te jeter dans la gueule du loup ? Me raconter ta petite histoire ? Chercher l'absolution ? Mesurer l'adversaire ?

— Ouais, dit le jeune homme, sans qu'on sache à quoi il répondait. Je voulais voir à quoi tu ressemblais avant de m'en aller. Non, ce n'est pas ça. Je suis venu pour te pourrir la vie.

Il enfilait le holster sur ses épaules, s'emmêlant dans les lanières.

— Ce n'est pas comme cela que ça se met, tu te trompes de sens. Cette courroie-là, elle va sur l'autre bras.

Le jeune homme recommença l'opération, Adamsberg le regarda faire sans bouger. On entendit un miaulement pénible, des griffes qui grattaient contre la porte.

— C'est quoi ?

— Une chatte.

— T'as des animaux ? C'est minable, c'est bon pour les débiles. Elle est à toi ?

— Non. Elle est au jardin.

— T'as des gosses ?

— Non, répondit prudemment Adamsberg.

— C'est facile de dire toujours « non », hein ? C'est facile de tenir à rien ? De se débiner là-haut pendant que les autres rament par terre, hein ?

— Là-haut où ?

— Là-haut, Pelleteur de nuages.

— Tu es bien renseigné.

— Ouais. Y a tout sur toi sur le Net. Ta gueule et tes exploits. Comme quand t'as coursé ce type à Lorient et qu'il s'est jeté dans le port.

— Il ne s'est pas noyé.

Un second miaulement traversa la pièce, affolé et urgent.

— Mais qu'est-ce qu'elle a, merde ?

— Des ennuis sûrement. Elle vient d'avoir sa première portée, elle n'est pas douée. Peut-être qu'un de ses petits est coincé quelque part. On s'en moque.

— Toi, tu t'en moques, parce que tu es une ordure, tu t'occupes jamais de personne.

— Alors va voir, *Zerketch*.

— Ouais. Et pendant ce temps tu te casses, connard.

— Enferme-moi dans le bureau, la fenêtre a des barreaux. Emporte tes flingues et va voir. Puisque tu vaux mieux que moi. Prouve-le.

Le jeune homme inspecta le bureau, arme pointée vers Adamsberg.

— T'avise pas de bouger de là.

— Si tu trouves le chaton, soulève-le par le ventre ou par la peau du cou, ne touche pas à la tête.

— Adamsberg, ricana l'homme. Adamsberg, délicat comme une mère.

Il rit plus fort et verrouilla la porte. Adamsberg tendit l'oreille vers le jardin, entendit des bruits de cageots qu'on déplace, puis Lucio qui intervenait.

— C'est le vent qu'a fait tomber la pile de cageots, disait Lucio, y a un chaton coincé dessous. Ben bougez-vous, hombre, vous voyez bien que j'ai qu'un bras. Vous êtes qui ? C'est quoi toutes ces armes ?

La voix de Lucio, impériale, tâtait le terrain d'une pointe de fer.

— Je suis un parent. Le commissaire m'entraîne au tir.

Pas mal trouvé, estima Adamsberg. Lucio respectait la famille. On entendit le bruit de caisses qu'on déplaçait, puis un miaulement minuscule.

— Vous le voyez ? dit Lucio. Il est blessé ? Je déteste le sang.

— Ben moi j'aime ça.

— Si vous aviez vu le ventre de votre grand-père se vider sous les balles et votre bras coupé pisser comme une fontaine, vous causeriez autrement. Comment elle vous a éduqué, votre mère ? Passez-moi le chaton, j'ai pas confiance.

Doucement, Lucio, doucement, murmura Adamsberg en serrant les lèvres. C'est le *Zerquetscher*, bon sang, tu ne vois pas que ce type peut prendre feu ? Qu'il peut écraser le chat sous sa botte et te disperser au sol de l'appentis ? Ferme-la, prends le chaton et tire-toi.

La porte de l'entrée claqua, le jeune homme revint dans le bureau d'un pas lourd.

— Coincé comme un connard sous une pile de cageots, dit-il, pas foutu capable de se tirer de là. Comme toi, ajouta-t-il en s'asseyant face à Adamsberg. C'est pas un marrant, le voisin. Je préfère Weill.

— Je vais sortir, *Zerketch*. Quand je suis assis depuis trop longtemps, ça m'impatiente. C'est même l'unique chose qui m'énerve. Mais elle m'énerve vraiment.

— Sans blague, railla le jeune homme en pointant son arme. Le flic en a marre de moi, le flic veut sortir.

— Tu as compris. Tu vois ce flacon ?

Adamsberg tenait entre ses doigts un petit tube en verre plein d'un liquide brun, pas plus grand qu'un échantillon de parfum.

— Je serais toi, je ne toucherais pas à l'arme avant de m'avoir écouté. Tu vois le bouchon ? Je l'ôte, tu meurs. En moins d'une seconde. En 74,3 centièmes de seconde pour être précis.

— Salopard, gronda le jeune homme. C'est pour ça que tu faisais les fortiches, hein ? C'est pour ça que t'avais pas peur ?

— Je n'ai pas fini de t'expliquer. Le temps que tu ôtes la sécurité de ton arme, 65 centièmes de seconde, le temps que tu appuies sur la détente, 59 centièmes. Le temps que la balle impacte, 32 centièmes. Total, une seconde et 56 centièmes. Résultat, t'es mort avant que la balle me touche.

— C'est quoi cette saloperie ?

Le jeune homme s'était levé et reculait, bras tendu vers Adamsberg.

— De l'acide nitro-citraminique. Transformation immédiate en gaz mortel au contact de l'air.

— Alors tu crèves avec moi, connard.

— Je n'ai pas fini de t'expliquer. Tous les flics de la Criminelle se font immuniser par un traitement intradermique de deux mois et, crois-moi, on en bave. Si je fais sauter le bouchon, tu crèves – dilatation du cœur qui explose – et moi, je me vide par le haut et par le bas pendant trois semaines, avec éruption cutanée et perte de cheveux. Ensuite, je me remets comme une fleur.

— Tu le ferais pas.

— Avec toi, *Zerquetscher*, sans le moindre problème.

— Espèce de fils de pute.

— Oui.

— Tu peux pas tuer un homme comme ça.

— Si.

— Qu'est-ce que tu veux ?

— Que tu jettes tes flingues, que tu ouvres le tiroir du buffet, que tu sortes les deux paires de bracelets. Tu t'accroches la première aux pieds, la seconde aux poignets. Décide-toi vite, je t'ai dit que j'avais des impatiences.

— Saloperie de flic.

— Oui. Mais dépêche-toi tout de même. Possible que je pellette les nuages là-haut mais quand je redescends, je suis rapide.

Le jeune homme balaya la table d'un coup de bras, éparpilla vainement des papiers dans la pièce et jeta le holster au sol. Puis il passa la main dans son dos.

— Fais attention avec ce P 38. Quand on glisse un flingue dans son froc, il ne faut pas l'enfoncer si bas. Surtout dans un jean aussi serré. Si tu t'y prends mal, tu te troues le cul.

— Tu me prends pour un naze ?

— Oui. Un naze, un gosse, et une bête féroce. Mais pas un idiot.

— Si je t'avais pas demandé de te rhabiller, t'aurais pas la fiole.

— Exact.

— Mais j'avais pas envie de te voir à poil.

— Je comprends ça. Vaudel non plus, tu ne voulais pas le voir à poil.

Le jeune homme extirpa prudemment l'arme de son pantalon et la lança par terre. Il ouvrit le buffet, sortit les menottes, puis se retourna brusquement, avec un éclat de rire anormal, aussi irritant que le miaulement de la chatte, tout à l'heure.

— Alors t'as pas compris, Adamsberg ? T'as toujours pas compris ? Tu te figures que je prendrais le risque d'être arrêté ? Rien que pour le plaisir de te voir ? Tu ne comprends pas que si je suis là, c'est que tu ne peux pas m'arrêter ? Ni aujourd'hui ni demain ni jamais ? Tu te souviens pourquoi je suis venu ?

— Pour me pourrir la vie.

— Voilà.

Adamsberg s'était levé aussi, tenant la fiole devant lui comme un repoussoir, l'ongle coincé sous le bouchon. Les deux hommes se tournaient autour, deux chiens cherchant la meilleure prise.

— Laisse choir, dit le jeune homme. Je suis pas le fils de n'importe qui. Tu peux ni me tuer, ni me boucler, ni poursuivre ta chasse à l'homme.

— Tu es un intouchable ? Ton père est ministre ? C'est le pape ? Dieu ?

— Non. C'est toi, connard.

XXIV

Adamsberg arrêta net son mouvement, laissa tomber les bras, le flacon roula sur le carrelage rouge.

— Merde ! La fiole ! gueula le jeune homme.

Adamsberg la ramassa d'un geste automatique. Il cherchait le mot pour dire « celui qui invente une histoire et qui y croit », mais il ne le trouvait plus. Des gars sans père qui s'affirmaient fils de roi, fils d'Elvis, descendant de César. Le braqueur des squares avait eu dix-huit pères, dont Jean Jaurès, il en changeait tout le temps. Mythomane, c'était le mot. Et on disait qu'il ne fallait pas briser la bulle d'un mythomane, que c'était aussi risqué que de secouer un somnambule.

— Tant qu'à choisir un père, dit-il, tu aurais pu trouver mieux que moi. Ce n'est pas intéressant d'être fils de flic.

— Adamsberg, ricana le jeune homme comme s'il n'avait rien entendu, le père du *Zerquetscher*. Ça la fout mal, hein ? Mais c'est comme ça, flicard. Un jour le fils abandonné revient, un jour le fils écrase le père, un jour il lui vole son trône. Tu connais l'histoire au moins ? Et le père s'en va en haillons sur les chemins.

— D'accord, dit Adamsberg.

— Je vais faire du café, dit le jeune homme en le singeant. Prends ta foutue fiole et suis-moi.

En le regardant passer l'eau sur le filtre, la cigarette pendant à sa lèvre inférieure, les doigts grattant ses cheveux bruns, Adamsberg sentit une décharge monter de son ventre, une giclée d'acide plus saisissante que le vin infect de Froissy, qui vint irradier les collets de ses dents. *Les pères ont mangé des raisins verts et les dents des enfants en ont été agacées*[1]. Dans sa pose attentive, la jeune brute ressemblait à son propre père, sourcils embrouillés, quand il surveillait la cuisson de la garbure. Il ressemblait en vérité à la moitié des jeunes Béarnais ou aux deux tiers de ceux de la vallée du gave de Pau, le cheveu dru et bouclé, le menton en recul, les lèvres bien dessinées, le corps solide. Louvois, le nom ne lui disait rien parmi ceux de sa vallée. Ce type aurait pu tout aussi bien venir de la vallée d'en face, celle de son collègue Veyrenc par exemple. Ou de Lille, de Reims, de Menton. De Londres certainement pas.

Le type prit les deux bols et les remplit. Le climat s'était modifié depuis que le jeune homme avait largué sa révélation. Avec négligence, il avait remis le P 38 dans sa poche arrière, posé le holster près de sa chaise. La phase de l'affrontement était achevée, comme le vent tombe en mer. Ni l'un ni l'autre ne savaient que faire, ils tournaient le sucre dans le café. Le *Zerquetscher*, tête penchée, remettait ses cheveux longs derrière son oreille. Ils retombaient, il les remettait.

— Que tu sois béarnais, c'est possible, dit Adamsberg. Mais trouve quelqu'un d'autre, *Zerketch*. Je n'ai pas de fils et je n'en veux pas. Tu es né où ?

— À Pau. Ma mère est descendue en ville pour accoucher, pour se cacher.

— Comment s'appelle ta mère ?

— Gisèle Louvois.

---

1. Bible de Jérusalem, Ézéchiel 18, 2.

— Ça ne me dit rien. Je connais pourtant tout le monde dans les trois vallées.

— Tu l'as sautée une nuit près du petit pont de la Jaussène.

— Tous les couples allaient au petit pont de la Jaussène.

— Ensuite elle t'a écrit pour te demander de l'aide. Et tu n'as jamais répondu, comme tu t'en foutais, comme t'es un lâche.

— Jamais reçu de lettre.

— Faudrait encore que tu te rappelles le nom des filles que tu sautes.

— D'une part je me souviens de leurs noms, d'autre part je n'étais pas en veine à l'époque dont tu parles. J'étais malhabile et je n'avais pas de mobylette. Des gars comme Matt, Pierrot, Manu, Loulou, oui, tu peux te demander si ce n'est pas ton père. Ils ramassaient tout ce qu'ils voulaient. Mais ensuite, les filles ne s'en vantaient pas. Ça les déshonorait. Qui te dit que ta mère ne t'a pas menti ?

Le jeune homme fouilla dans sa poche, abaissant la ligne de ses sourcils, et sortit un petit sachet plastique qu'il balança sous les yeux d'Adamsberg avant de le jeter sur la table. Adamsberg en sortit une photo dont les vieilles couleurs avaient viré au violet, où posait un jeune gars adossé à un grand platane.

— Lui, c'est qui ? demanda le jeune homme.

— Moi ou mon frère. Et après ?

— C'est toi. Regarde au dos.

Son nom, *J.-B. Adamsberg*, était écrit en petites lettres rondes au crayon à papier.

— Je dirais plutôt que c'est mon frère. Raphaël. Je ne me souviens pas de cette chemise. Preuve que ta mère nous connaissait mal, preuve qu'elle t'a raconté des salades.

— Ferme ta gueule, tu ne connais pas ma mère, elle ne raconte pas de salades. Si elle m'a dit que

191

t'étais mon père, c'est que c'est vrai. Pourquoi elle inventerait, hein ? Il n'y a pas de quoi crier victoire.

— C'est vrai. Mais dans le village, mieux valait moi que Matt ou Loulou, qu'on appelait les « vauriens », les « chiens » ou les « pisseux ». La nuit, quand il faisait chaud, ils pissaient par les fenêtres ouvertes. C'est ainsi que l'épicière – qu'on n'aimait pas – s'en est pris plein les yeux. Sans te parler de la bande à Lucien. Bref, sans être une victoire, il valait mieux donner mon nom que celui de Matt le pisseux. Je ne suis pas ton père, je n'ai jamais connu de Gisèle, ni dans mon village ni dans ceux d'à côté, et elle ne m'a jamais écrit. La première fois qu'une fille m'a écrit, j'avais vingt-trois ans.

— Tu mens.

Le type serrait les dents, vacillant sur son socle de certitude qui se fissurait soudainement sous lui. Son père imaginé, son ennemi de toujours, sa cible, semblait vouloir lui filer entre les doigts.

— Que je mente ou qu'elle te mente, *Zerketch*, qu'est-ce qu'on devient ? On boit du café ici pour le restant de nos jours ?

— J'ai toujours su comment on allait finir ça. Tu me laisses sortir, libre comme l'oiseau. Et toi tu restes ici avec tes putains de chats, sans rien pouvoir faire. Tu vas lire mon nom dans les journaux, tu peux me croire. Des événements, il y en aura. Et toi, tu seras dans ton foutu bureau, et tu seras fini. Et tu démissionneras parce que même un flic ne colle pas son fils en perpétuité. Quand il y a un gosse dans le jeu, il n'y a plus de loi, il n'y a plus de règles. Et t'auras pas envie de raconter que t'es le père de *Zerketch*, pas vrai ? Et que c'est de ta faute si *Zerketch* a perdu la tête ? Parce que tu l'as laissé choir ?

— Je ne t'ai pas laissé choir, je ne t'ai même pas fabriqué.

— Mais t'es pas sûr, hein ? Tu as vu ta gueule ? Tu as vu la mienne ?

— Des gueules de Béarnais, rien de plus. Il y a un moyen radical de savoir, *Zerketch*. Un moyen d'arrêter ton rêve. On a ton ADN et on a le mien. On compare.

Le *Zerquetscher* se leva, posa le P 38 sur la table, et sourit tranquillement.

— Ose, dit-il.

Adamsberg le regarda se diriger sans hâte vers la porte, l'ouvrir et s'en aller. Libre comme l'oiseau. *Je suis venu pour te pourrir la vie.*

Il tendit le bras à travers la table, attrapa la fiole et la considéra longuement. Acide nitro-citraminique. Il croisa les mains, y appuya son front, fermant les yeux. Bien sûr qu'il n'était pas immunisé. Il fit sauter le bouchon du flacon d'un coup d'ongle.

XXV

En entrant dans le cabinet du médecin, Adamsberg se rendit compte qu'il sentait violemment le parfum et que le Dr Josselin le remarquait, surpris.

— C'est un échantillon qui a coulé sur moi, expliqua-t-il. De l'acide nitro-citraminique.

— Je ne connais pas.

— J'ai inventé le nom, cela sonnait bien.

Ça avait été un bon moment quand *Zerketch* avait tout gobé. Quand il avait cru qu'il possédait de *l'acide nitro-citraminique*, quand il avait cru à la fiole et aux additions de centièmes de seconde. À cet instant-là, il avait cru le tenir à sa main mais le type disposait d'une arme secrète plus dramatique que du nitro-citraminique. Un autre leurre, une autre illusion, mais qui avait fonctionné. Lui, Adamsberg, lui le flic, il avait laissé partir *Zerketch* sans esquisser un geste. Alors que le revolver était sur la table et qu'il pouvait le rattraper en trois bonds. Ou faire boucler la zone dans les cinq minutes. Mais non, le commissaire n'avait pas bougé. « Le commissaire Adamsberg libère le monstre ». Il visualisait avec netteté la une des journaux. En Autriche aussi. Quelque chose qui commençait par « Kommissar Adamsberg ». En grandes lettres gouttant de sang comme les côtes sur le tee-shirt du *Zerquetscher*. Puis viendraient le procès, le hurlement des gens, la corde qu'on suspend à l'arbre. Le *Zerquetscher* qui arrive, les dents rouges,

qui tend le bras, qui hurle avec les autres « Le fils
écrase le père ! » Les lettres du journal qui se trans-
forment en une nuée de taches noires et vertes.

De l'alcool de poire lui passait entre les dents, sa
tête partait d'un côté et d'un autre. Il ouvrit les yeux,
fit la netteté sur le visage de Josselin penché sur lui.

— Vous vous êtes évanoui. Ça vous arrive souvent ?

— Première fois de ma vie.

— Pourquoi vouliez-vous me voir ? C'était pour
Vaudel ?

— Non, je ne me sentais pas bien. J'ai eu l'idée de
venir en sortant de chez moi.

— Vous ne vous sentiez pas bien, mais comment ?

— Mal au cœur, hébété, crevé.

— Ça vous arrive souvent ? répéta le médecin en
aidant Adamsberg à se remettre debout.

— Jamais. Si, une fois, au Québec. Mais ce n'était
pas la même impression et j'avais bu comme dix
éponges.

— Allongez-vous là-dessus, dit Josselin en tapotant la table d'auscultation. Mettez-vous sur le dos,
n'ôtez que vos chaussures. Ça peut être un début de
grippe mais je vais vous examiner tout de même.

En venant ici, Adamsberg n'avait pas eu l'intention
de s'étendre sur la table molletonnée ni de laisser le
médecin poser ses énormes doigts sur son crâne. Ses
pieds l'avaient éloigné de la Brigade et dirigé vers
Josselin. Il avait seulement songé à parler. Cet évanouissement était une semonce sérieuse. Jamais il
ne dirait à quiconque que *Zerketch* se prétendait son
fils. Jamais il ne dirait qu'il l'avait laissé s'en aller
sans lever un doigt. Libre comme l'oiseau. En route
vers un autre massacre, son sourire de crâneur aux
lèvres, son habit de mort sur le dos. *Zerk*, c'était encore
plus simple à dire que *Zerketch*, et c'était comme
une onomatopée évoquant un rejet, un dégoût. Zerk,

le fils de Matt, ou de Loulou, le fils d'un pisseux. Néanmoins, personne n'avait regretté, pour l'épicière.

Le médecin avait posé sa paume sur son visage, appliqué deux doigts légers sur ses tempes. L'immense main couvrait sans problème la distance entre les deux oreilles. L'autre prenait la base de son crâne en coupe. Dans l'ombre de cette main un peu parfumée, les yeux d'Adamsberg se fermaient.

— Ne vous en faites pas, je me contente d'écouter le MRP de la SSB.

— Oui, dit Adamsberg, avec une interrogation vague dans la voix.

— Le Mouvement respiratoire primaire de la symphyse sphéno-basilaire. Simple contrôle de base.

Les doigts du médecin continuèrent de se déplacer, stationnant comme des papillons attentifs sur les ailes du nez, les maxillaires, effleurant le front, entrant dans les oreilles.

— Bien, dit-il après cinq minutes, on a là une fibrillation événementielle qui me masque vos fondamentaux. Un fait tout récent a déclenché une crainte de mort qui a généré une surchauffe générale du système. Je ne sais pas ce qui vous est arrivé mais vous n'avez pas apprécié. Choc psychoémotionnel majeur. Ce qui me fige du coup le pariétal antérieur, bloque le pré-post-sphénoïde en inspir et a fait disjoncter les trois fusibles. Grand stress, il est normal que vous ne vous sentiez pas bien. C'est la cause de l'évanouissement. On va ôter cela d'abord, si on veut y voir quelque chose.

Le médecin griffonna quelques lignes, demanda à Adamsberg de se retourner sur le ventre. Il releva la chemise, posa un doigt sur le sacrum.

— Vous disiez que c'était dans le crâne.

— Le crâne s'attrape par le sacrum.

Adamsberg se tut, laissant les doigts du médecin remonter le long de ses vertèbres comme des petits lutins bienveillants trottinant sur sa carcasse. Il gardait les yeux grands ouverts pour ne pas s'endormir.

— Restez éveillé, commissaire, remettez-vous sur le dos. Je vais devoir détendre le fascia médiastinal, complètement bloqué. Douleurs intercostales au flanc droit ? Ici ?

— Oui.

— Parfait, dit Josselin qui plaça ses doigts en fourche sous la nuque et, du plat de l'autre main, se mit à repasser les côtes comme un linge froissé.

Adamsberg se réveilla mollement, avec l'impression déplaisante que beaucoup de temps avait passé. Plus de onze heures, vit-il à la pendule, Josselin l'avait laissé dormir. Il sauta à bas de la table, enfila ses chaussures, trouva le médecin déjà attablé dans la cuisine.

— Asseyez-vous, je déjeune tôt, j'ai un patient dans une demi-heure.

Il sortit une assiette et des couverts, poussa le plat devant lui.

— Vous m'avez endormi ?

— Non, vous avez fait cela tout seul. Vu votre état, il n'y avait pas de meilleure solution après le soin. Tout est remis en place, ajouta-t-il, comme un plombier qui commente sa note. Vous étiez dans le puits, inhibition totale de l'action, empêchement d'avancer. Mais cela va repartir. Si vous sentez un engourdissement cet après-midi, quelques assauts de mélancolie demain et des courbatures, c'est normal. Dans trois jours, vous serez comme à votre habitude, mieux sûrement. J'ai traité les acouphènes au passage, il est possible qu'une seule séance suffise. Il faut se nourrir, dit-il en désignant le plat de semoule aux légumes.

Adamsberg obéit, il se sentait un peu étourdi mais bien, léger et affamé. Rien de commun avec la nausée et les kilos de fonte qu'il traînait aux pieds ce matin. Il releva la tête pour voir le médecin lui adresser un clin d'œil amical.

— À part cela, dit-il, j'ai vu ce que je voulais voir. La structure naturelle.

— Eh bien ? demanda Adamsberg, qui se sentait assez amoindri devant Josselin.

— C'est un peu ce que j'espérais. Je n'ai vu qu'un seul autre cas comme vous, chez une femme âgée.

— C'est-à-dire ?

— Une absence quasi totale d'angoisse. C'est une posture rare. En contrepartie bien sûr, l'émotivité est faible, le désir pour les choses est atténué, il y a du fatalisme, des tentations de désertion, des difficultés avec l'entourage, des espaces muets. On ne peut pas tout avoir. Plus intéressant encore, un laisser-aller entre les zones du conscient et de l'inconscient. On pourrait dire que le sas de séparation est mal ajusté, que vous négligez parfois de bien fermer les grilles. Veillez-y tout de même, commissaire. Cela peut fournir des idées de génie semblant venir d'ailleurs – de l'intuition, comme on dit à tort pour simplifier –, des stocks immenses de souvenirs et d'images, mais aussi laisser monter en surface des objets toxiques qui devraient coûte que coûte demeurer dans les profondeurs. Vous me suivez ?

— Pas trop mal. Et si les objets toxiques remontent, que se passe-t-il ?

Le Dr Josselin fit un moulinet près de sa tête.

— Alors vous ne distinguez plus le juste du faux, le fantasme du réel, le possible de l'impossible, en bref vous mélangez le salpêtre, le soufre et le charbon.

— Explosion, conclut Adamsberg.

— Voilà, dit le médecin en s'essuyant les mains, satisfait. Rien à redouter si vous ne lâchez pas la rampe. Conservez des responsabilités, continuez à parler aux autres, ne vous isolez pas exagérément. Vous avez des enfants ?

— Un, mais tout petit.

— Eh bien expliquez-lui le monde, baladez-le, accrochez-vous. Cela vous lestera de quelques ancres, il faut garder des lumières au port. Je ne vous demande rien pour les femmes, j'ai vu. Défaut de confiance.

— En elles ?

— En vous. Seule petite inquiétude, si tant est qu'on puisse l'appeler comme ça. Je vous laisse, commissaire, claquez bien la porte derrière vous.

Quelle porte ? Celle du sas ou celle de l'appartement ?

XXVI

Le commissaire ne ressentait plus aucune appréhension à l'idée de se rendre à la Brigade, au contraire. L'homme aux doigts d'or l'avait remis droit sur la route, il avait dissipé les fumées de l'accident, du « choc psychoémotionnel », qui lui bloquaient ce matin toute visibilité. Il n'oubliait pas, certes pas, qu'il avait laissé filer Zerk. Mais il le rattraperait, à sa façon et à son heure, comme il avait rattrapé Émile.

Émile qui remontait la pente – « il s'en sort, mon vieux » –, lut-il parmi les messages posés sur son bureau. Lavoisier avait effectué son transfert sans mentionner le lieu de chute, comme convenu. Adamsberg lut les nouvelles d'Émile au chien. Quelqu'un l'avait lavé – quelqu'un de serviable ou à bout de patience –, son poil était doux et sentait le savon. Cupidon s'était roulé sur ses genoux, Adamsberg pouvait laisser sa main traîner sur son dos. Danglard entra et se laissa tomber comme un sac de chiffons sur la chaise.

— Ça a l'air d'aller, dit-il.

— Je reviens de chez Josselin. Il m'a réparé comme on règle une chaudière. Cet homme fait de la haute couture.

— Ce n'est pas votre habitude d'aller vous faire soigner.

— Je voulais seulement lui parler mais j'ai tourné de l'œil dans son cabinet. J'avais passé deux heures éreintantes ce matin. Un braqueur est entré chez moi et il tenait mes deux flingues.

— Merde, je vous avais dit de les prendre avec vous.

— Mais je ne l'ai pas fait. Et le braqueur les avait.

— Eh bien ?

— Quand il a été sûr que je n'avais pas de fric, il a fini par se barrer. Et moi, j'étais fatigué.

Danglard haussa un regard méfiant.

— Qui a lavé le chien ? coupa Adamsberg. Estalère ?

— Voisenet. Il ne pouvait plus le supporter.

— J'ai lu la note du labo. Le crottin de Cupidon est identique au crottin d'Émile. Donc ramassés tous les deux à la même ferme.

— Cela desserre l'étau sur Émile mais ça ne le dédouane pas. Ni Pierre fils, qui joue beaucoup et fréquente aussi les champs de courses et les centres hippiques, donc le crottin. Il cherche même un cheval à acheter.

— Il ne m'en avait pas dit autant. Depuis quand le savez-vous ?

Tout en parlant, Adamsberg épluchait le petit tas de cartes postales que Gardon lui avait mis de côté, sorti des affaires du vieux Vaudel. Il s'agissait surtout de courriers convenus, postés par son fils au fil des vacances.

— Les flics d'Avignon l'ont appris hier, et moi ce matin. Mais des tas de gens fréquentent les champs de courses. Il y a trente-six grands hippodromes en France, des centaines de centres équestres et des dizaines de milliers d'aficionados. Ce qui nous donne de gigantesques quantités de crottin dispersées à travers le pays. Une matière autrement plus fréquente que d'autres.

Danglard montra du doigt le sol sous le bureau d'Adamsberg.

— Plus fréquente, par exemple, que des dépôts de pelures de crayon et de poudre de mine de plomb. Si on trouvait cela sur une scène de crime, ce serait bien plus précieux que du crottin. Surtout que les dessinateurs ne choisissent pas leurs crayons au hasard. Et vous non plus. Que prenez-vous comme crayons ?

— Des Cargo 401-B et des Séril H pour le sec.

— Cela, c'est de la pelure de Cargo 401-B et de Séril H ? Avec de la poudre de fusain ?

— Oui, forcément, Danglard.

— Ça serait autrement bien sur une scène de crime. Autrement précis que du foutu crottin, non ?

— Danglard, dit Adamsberg en s'éventant avec une carte postale, allez au fait.

— Ça ne me tente pas. Mais si le fait doit nous tomber dessus, mieux vaudrait courir plus vite que lui. Comme au cricket, se ruer vers la balle avant qu'elle ne touche le sol.

— Ruez-vous, Danglard. Je vous écoute.

— Une équipe a battu le terrain pour retrouver les douilles, à l'endroit où Émile s'est fait tirer dessus.

— Oui, c'était dans les priorités.

— On en a retrouvé trois.

— Pour quatre coups tirés, c'est une bonne pioche.

— On a retrouvé la quatrième aussi, dit Danglard en se levant, coinçant ses doigts dans ses poches arrière.

— Où ? demanda Adamsberg en cessant de s'éventer.

— Chez Pierre fils de Pierre. Elle avait roulé sous son frigidaire. Les gars l'ont délogée. Mais pas le revolver.

— Quels gars ? Qui a demandé la perquisition ?

— Brézillon. À cause du lien entre Pierre et les chevaux.

— Qui a prévenu le divisionnaire ?

Danglard écarta les bras, ignorant.

— Qui a battu le terrain pour retrouver les douilles ?

— Maurel et Mordent.

— Je croyais que Mordent était à la planque chez Louvois.

— Il n'y était pas. Il a souhaité accompagner Maurel.

Il se fit un silence, et Adamsberg tailla ostensiblement un crayon au-dessus de sa poubelle, y laissant tomber des pelures de Séril H, avant de souffler sur la mine et caler une feuille de papier sur sa cuisse.

— À quoi rime le jeu ? dit-il doucement en amorçant son dessin. Pierre tire quatre balles mais il n'emporte qu'une seule douille ?

— Ils pensent qu'elle s'était peut-être coincée dans le barillet.

— Qui « ils » ?

— La brigade d'Avignon.

— Et cela ne les tracasse pas ? Pierre se débarrasse du revolver mais il éjecte d'abord la douille coincée ? Puis il conserve cette brave petite douille ? Jusqu'à ce qu'il la perde étourdiment dans sa cuisine et qu'elle se faufile sous son frigo ? Et pourquoi les gars ont-ils perquisitionné si profond ? Jusqu'à déplacer le frigidaire ? Ils savaient qu'il y avait quelque chose dessous ?

— L'épouse leur aurait dit quelque chose.

— Cela m'épaterait, Danglard. Quand cette femme trahira son mari, Cupidon n'aimera plus Émile.

— Ça les a tracassés, justement. Leur chef n'est pas très rapide, mais il a pensé que quelqu'un avait pu déposer la douille. D'autant que Pierre se défend comme un diable. Alors ils ont sorti le grand jeu, aspirateur, tamis, micro-prélèvements. Et ils ont trouvé. Ça, dit Danglard en montrant le sol.

— Ça quoi ?

— Des résidus de mine de plomb et de pelures de crayon, probablement laissés par des chaussures. Or Pierre n'utilise pas de crayon. La nouvelle vient juste de tomber.

Danglard tira sur son col de chemise, passa dans son bureau et rapporta un verre de vin. Il avait l'air malheureux, Adamsberg le laissa faire.

— Ils vont envoyer le truc au labo, ils espèrent des résultats dans deux ou trois jours. Établir la composition de la mine de plomb, identifier la marque du crayon. Ce qui n'est pas simple. Bien sûr, ce serait plus rapide s'ils avaient un échantillon comparatif. Je crois qu'ils vont bientôt savoir où le chercher.

— Merde, Danglard, à quoi pensez-vous ?

— Au pire, je vous l'ai déjà dit. Je pense à ce qu'ils vont penser. Que vous avez été fourrer la douille sous le frigo de Pierre Vaudel. Certes, il faut le prouver. Le temps d'analyser les pelures, d'identifier le crayon, de comparer à l'échantillon, ça laisse quatre jours devant soi avant une mise en examen. Quatre jours pour rattraper la balle avant qu'elle ne touche le sol.

— Avançons, Danglard, dit Adamsberg avec un sourire fixe. Pourquoi aurais-je voulu compromettre Pierre fils ?

— Pour sauver Émile.

— Et pourquoi je veux sauver Émile ?

— Parce qu'il hérite d'une énorme fortune qui ne doit pas être contestée par l'héritier naturel.

— Et pourquoi serait-elle contestée ?

— Parce que le testament serait faux.

— Émile ? Émile capable de fabriquer un faux ?

— C'est un complice qui l'aurait fait. Un complice doué en graphisme. Un complice qui touchera cinquante pour cent.

Danglard vida d'un coup son verre de blanc.

— Merde, dit-il brusquement en élevant la voix. Ce n'est pas sorcier, si ? Faut-il qu'on l'écrive noir sur blanc ? Émile et un complice – nommons-le Adamsberg – font un faux testament. Émile fait fuiter l'info auprès du fils – *le vieux s'apprête à tester contre vous* – et alarme Pierre Vaudel. Émile tue le vieux, dépose du crottin pour incriminer Pierre, met en scène un meurtre de cinglé pour faire oublier l'affaire d'argent. Rideau de fumée pour laisser dans l'ombre la combinaison simple. Puis Adamsberg, selon le scénario convenu, tire deux balles sur Émile. Assez grave pour que ce soit crédible. Il le transporte aussitôt à l'hôpital. Il laisse trois douilles sur place et en glisse une chez Pierre Vaudel, qui tombe pour tentative d'homicide sur Émile. Au détecteur de mensonges, on constatera que Pierre était informé du testament. Émile déclarera ensuite qu'il a vu Pierre fils sortir du pavillon à la nuit. Pierre étant parricide, il ne peut plus hériter. Sa part échoit à Émile, selon le testament. Adamsberg et lui se la partagent, sans oublier leurs mères. Fin du scénario.

Stupéfait, Adamsberg dévisageait Danglard, qui semblait au bord des larmes. Il tâta sa poche, y trouva les cigarettes laissées par Zerk et en alluma une.

— Mais, continua Danglard, l'enquête s'ouvre, des éléments perturbants s'accumulent, la machine d'Émile-Adamsberg s'enraye. Tout d'abord le vieux Vaudel, qui n'aime personne, a testé en faveur d'Émile. C'est une première anomalie. Peu de temps après, Vaudel meurt. Deuxième anomalie. Il y a trop de crottin sur les lieux du crime, troisième anomalie. Le dimanche, après l'avertissement de Mordent, Adamsberg permet à Émile de s'enfuir. Quatrième anomalie. Enfin, le soir même et sans prévenir quiconque, Adamsberg sait où retrouver Émile. Cinquième anomalie.

— Vous m'énervez avec vos anomalies.

— Adamsberg tombe à pic pour le sauver, juste après qu'on lui a tiré dessus. Sixième anomalie. On découvre une douille chez Pierre Vaudel. Septième anomalie, énorme. Les flics commencent à se douter qu'on les mène en barque et ils passent au prélèvement fin. Ils trouvent des pelures de crayon. À qui profite le crime ? À Émile. Émile peut-il faire un faux ? Non. A-t-il un ami doué en dessin, en calligraphie ? Oui. Adamsberg, aux petits soins pour lui à l'hôpital, et qui le fait transférer hors de portée des flics, secret défense, huitième anomalie. Adamsberg taille-t-il des crayons ? Oui. On échantillonne, on compare, on tombe dans le mille. Quand Adamsberg a-t-il pu aller à Avignon poser la douille ? Mais cette nuit par exemple. Le commissaire avait disparu hier soir, il n'est arrivé à la Brigade aujourd'hui qu'à midi trente. Ses alibis ? Hier : il était avec le médecin. Ce matin : il était avec le médecin. Il s'est évanoui, lui à qui cela n'arrive jamais. Le médecin est donc un comparse. Ces trois-là s'entendent bien, Émile, Adamsberg, Josselin. Trop bien pour des types qui ne se connaîtraient que depuis trois jours. Neuvième anomalie. Résultat : Émile se prend trente ans ou perpète pour le meurtre de Vaudel père et escroquerie à l'héritage. Adamsberg dégringole de son piédestal et tombe pour faux, complicité d'homicide et distorsion de preuves. Vingt ans. C'est fini. Adamsberg a quatre jours devant lui pour sauver sa peau.

Adamsberg alluma une cigarette au bout de la précédente. Une chance que Josselin ait réglé sa chaudière ce matin ou il était prêt pour un crash émotionnel définitif. Zerk, et à présent Danglard, tous deux à leurs sommets d'inventivité.

— Qui croit cela, Danglard ? demanda-t-il en éteignant le mégot.

— Vous refumez ?

— Depuis que vous avez commencé à parler.

— Vaudrait mieux pas. C'est un indice de changement comportemental.

— Qui croit cela, Danglard ? répéta Adamsberg un ton plus haut.

— Personne encore. Mais dans quatre jours, ou dans trois, Brézillon le croira, les flics d'Avignon aussi. Puis tout le monde. Ils doutent déjà. Car douille ou pas, Pierre Vaudel n'est même pas en garde à vue.

— Pourquoi le croiront-ils ?

— Mais parce que tout a été fait pour cela. Cela crève les yeux, bon sang.

Danglard regarda soudain Adamsberg d'un air révolté.

— Vous ne croyez pas que j'y croie ? dit-il en s'emmêlant dans son expression verbale, ce qui lui arrivait rarement.

— Je n'en sais rien, commandant. Vous êtes parfaitement convaincant dans votre exposé du scénario. J'y crois moi-même.

Danglard sortit une seconde fois, revint avec son verre plein.

— Je suis convaincant, dit-il en détachant ses mots, pour vous convaincre de ce que vont croire ceux à qui on va le faire croire.

— Parlez français, Danglard.

— Je vous l'ai dit hier. Quelqu'un veut vous faire sauter, définitivement. Quelqu'un qui ne veut à aucun prix que vous mettiez la main sur le tueur de Garches. Quelqu'un dont cela ruinerait la vie. Quelqu'un qui a la main longue, quelqu'un de là-haut. Et sûrement un proche du tueur. Vous devez sauter, et un autre doit écoper à la place du *Zerquetscher*. C'est assez simple, non ? Les premières fautes organisées contre vous n'ont pas suffi à vous mettre hors jeu. Alors on a forcé l'allure, on a donné le nom du *Zerquetscher* à la presse, on l'a fait fuir, on a déposé la douille chez Pierre fils, avec vos pelures de crayon. Avec cela, la herse tombe. C'est mécanique. Mais pour que le moteur tourne rond, l'homme de là-haut a besoin de complicités, et tout d'abord ici même. Qui a accès aux pelures de crayon ? Un gars de la Brigade. Qui a eu accès aux douilles ? Mordent et Maurel. Qui a disparu de la circulation depuis ce matin, dépression nerveuse, arrêt maladie, visites interdites ? Mordent. Je vous ai prévenu au café, et vous m'avez répondu que je pensais de manière moche. Je vous ai dit que sa fille allait passer en jugement dans deux semaines. Elle sortira libre, vous verrez cela – et tant mieux pour elle et pour lui. Mais vous, à cette date, vous serez en taule.

Adamsberg souffla la fumée avec plus de bruit que nécessaire.

— Vous me croyez ? demanda Danglard. Vous saisissez le système ?

— Oui.

— Cricket, répéta Danglard, qui n'était en rien sportif. Attraper la balle avant. Trois ou quatre jours, pas plus.

XXVII

— C'est-à-dire trouver Zerk avant, dit Adamsberg.

— Zerk ?

— Le *Zerquetscher*. Thalberg nous a envoyé son dossier ?

— Ici, dit Danglard en soulevant son verre de vin, montrant une chemise rose tachée d'un cercle humide. Désolé pour le rond.

— S'il n'y avait que le rond, Danglard, la vie serait belle. On fumerait et on boirait en pêchant des trucs dans le lac de votre ami Stock, on ferait des ronds sur la passerelle avec les culs des verres, on ferait de la barque avec vos gosses et le petit Tom, et on dilapiderait le fric du vieux Vaudel avec Émile et son chien.

Adamsberg sourit franchement, de ce sourire qui rassurait toujours Danglard, quoi qu'il se passe, puis fronça les sourcils.

— Et que diront-ils pour le meurtre autrichien ? Que dira celui qui a la main longue ? Qu'Émile l'a commis aussi ? Ça ne tiendra pas.

— Ils diront que ça n'a rien à voir. Ils diront qu'Émile a simplement copié le *modus* sur le cas autrichien, par manque d'imagination.

Adamsberg tendit le bras et but une gorgée au verre de Danglard. Sans Danglard et sa logique taillée comme un cristal, il n'aurait pas vu venir le coup.

— Je pars pour Londres, annonça Danglard. On peut l'avoir par les chaussures.

— Vous ne partez nulle part, commandant. C'est moi qui pars. Et il me faut un homme en charge de la Brigade. Arrangez vos affaires avec Stock par téléphone et vidéo.

— Non. Déléguez Retancourt.

— Elle n'a pas le grade, je n'en ai pas le droit. On a déjà assez d'emmerdements comme ça.

— Où allez-vous ?

— C'est vous qui le dites : on peut l'avoir par les chaussures.

Adamsberg lui tendit une carte postale. Un beau village coloré se détachant sur un fond de collines et de ciel bleu. Puis il la retourna, côté pile. En haut à gauche, en lettres d'imprimerie : КИСЕЉЕВО.

— À Kisilova, au village du démon. Qui rôdait à l'orée du bois. C'est bien ce que signifie ce КИСЕЉЕВО ?

— Oui, c'est-à-dire Kiseljevo, dans son orthographe originale. Mais on en a déjà parlé. Après vingt ans, on ne se souviendra pas là-bas du passage du Coupeur de pieds.

— Ce n'est pas ce que j'espère. Je pars chercher le noir tunnel creusé entre Vaudel et ce village. Il faut le trouver, Danglard, s'enfoncer là-dedans, extirper l'histoire, arracher sa racine.

— Quand partez-vous ?

— Dans quatre heures. Plus de places d'avion, je prends un vol pour Venise et le train de nuit jusqu'à Belgrade. J'ai réservé deux places, l'ambassade me cherche un traducteur.

Danglard secoua la tête, hostile.

— Vous êtes trop exposé. Je pars avec vous.

— Pas question. Il n'y a pas que le problème de la Brigade. S'ils veulent me couler et que vous êtes avec moi, ils vous embarqueront sur le même radeau. Et s'ils me collent en taule, il ne restera que vous pour pouvoir me sortir de là. Vous y mettrez dix ans, tenez bon. En attendant, restez loin de moi, restez dehors. Je ne contamine ni vous ni personne de la Brigade.

— Pour le traducteur, le petit-fils de Slavko pourrait faire l'affaire. Vladislav Moldovan. Il est interprète pour les instituts de recherche. Un aussi heureux caractère que son grand-père. Si je lui dis que c'est pour Slavko, il s'arrangera pour se libérer. À quelle heure part le Venise-Belgrade ?

— À vingt et une heures trente-deux. Je passe chez moi prendre un paquetage et mes montres. Ça me gêne, je n'ai pas l'heure.

— Quelle importance ? Vos montres ne sont pas à l'heure.

— C'est parce que je les règle sur Lucio. Il pisse contre l'arbre environ toutes les heures et demie. Mais il y a forcément du flou.

— Vous n'avez qu'à faire le contraire. Régler vos montres sur une pendule, ce qui vous donnera l'heure exacte des pissées de Lucio.

Adamsberg le regarda, un peu surpris.

— Je ne veux pas savoir à quelles heures pisse Lucio. À quoi voulez-vous que ça m'avance ?

Danglard eut un geste qui signifiait « laissons choir » et tendit au commissaire un autre dossier, vert pomme.

— C'est le dernier rapport de Radstock. Vous aurez le temps de lire tout cela dans le train. Augmenté des interrogatoires de lord Clyde-Fox et des informations inconsistantes sur le camarade cubain, ou soi-disant tel. Les analyses ont été affinées. Les chaussures sont toutes françaises, sauf celles de mon oncle.

— Ou d'un cousin de votre oncle, d'un Kisslover, d'un Kisilovien.

— D'un Kiseljevien.

— Comment les chaussures ont-elles traversé la Manche ?

— Par bateau clandestin, il n'y a pas d'autre moyen.

— C'est se donner beaucoup de mal.

— Qui en vaut la peine. Highgate est un haut lieu. Certaines de ces chaussures, quatre paires au moins, n'auraient pas plus de douze ans d'ancienneté, mais Radstock a des soucis de datation avec les autres. Douze ans, cela correspondrait au temps d'action du *Zerquetscher*, en supposant qu'il ait commencé sa collecte à l'âge de dix-sept ans. Ce qui est déjà jeune pour s'introduire dans des magasins de pompes funèbres et couper des pieds. Chronologiquement, cela s'adapte bien, on recoupe l'expansion de la mouvance artistique gothique, heavy metal, dentelles et épouvante, antéchrist et paillettes, morts vivants en jaquette de soirée. Cela peut entretenir une imprégnation favorable.

— Pardon, Danglard ?

— La mouvance gothique, répéta Danglard. Jamais entendu parler ?

— Gothique du Moyen Âge ?

— Gothique des années 1990 à ce jour. Vous ne voyez pas ? Les jeunes gens qui portent des tee-shirts ornés de têtes de mort ou de squelettes sanglants.

— Je vois très bien, dit Adamsberg, dont l'habit de Zerk était solidement agrippé à une étoile de sa mémoire. Stock a un problème avec les autres paires de chaussures ?

— Oui, dit Danglard en se grattant le menton, bien rasé d'un côté, très mal de l'autre.

— Pourquoi vous ne vous rasez plus que d'un côté ? demanda Adamsberg, s'interrompant lui-même.

Danglard se raidit, puis se déplaça jusqu'à la fenêtre pour s'examiner dans la vitre.

— L'ampoule a grillé dans la salle de bains, je ne vois rien dans l'angle gauche. J'ai intérêt à réparer cela.

Abstract, pensa Adamsberg. Danglard l'attendait.

— On en a ici ? Des ampoules à baïonnette soixante watts ?

— Vous irez voir en réserve, commandant. Le temps qui passe, indiqua Adamsberg en tapotant son poignet.

— C'est vous qui m'interrompez. Il y a des pieds qui ne collent pas avec un recul de seulement douze ans. Deux appartiennent à des femmes dont les ongles sont vernis, une mode antérieure aux années 1990. La composition du vernis indiquerait plutôt la période 1972-1976.

— Stock est sûr de cela ?

— Presque, il pousse les analyses. Une paire masculine est en cuir d'autruche, rare et cher, produit quand le *Zerquetscher* n'avait encore que dix ans. Ce qui nous ferait un môme sacrément précoce. Pire, certaines paires pourraient dater de vingt-cinq ou trente ans. Je sais ce que vous allez me dire, bloqua Danglard en levant son verre en rempart. Dans votre foutu village de Caldhez, des gamins faisaient exploser les crapauds dès le berceau. Mais il y a une marge.

— Non, je n'allais pas parler des crapauds.

L'idée des crapauds, que les gosses faisaient exploser en une immonde giclée de sang et d'entrailles en leur faisant fumer une cigarette, ramena la main d'Adamsberg vers le paquet de Zerk.

— C'est une vraie reprise, commenta Danglard en le voyant allumer sa troisième cigarette.

— C'est à cause de vos crapauds.

— C'est toujours à cause de quelque chose. Moi, je lâche le blanc. Terminé. Celui-ci, c'est mon dernier verre.

Adamsberg en resta muet de surprise. Que Danglard fût amoureux, certes, qu'il fût payé de retour, il fallait l'espérer, mais que ce fait le fasse décrocher du blanc, il ne pouvait le croire.

— Je passe au rouge, continua le commandant. C'est plus vulgaire mais c'est moins acide. Le blanc me ruine l'estomac.

— Bonne idée, approuva Adamsberg, curieusement rassuré à l'idée que rien ne change ici-bas, au moins en Danglard.

La période était déjà assez bouleversée comme ça.

— C'est vous qui avez acheté ce paquet ? demanda Danglard en désignant les cigarettes. Des anglaises ? Choix raffiné.

— Le braqueur de ce matin les a laissées chez moi. Donc soit Zerk était un enfant si précoce qu'il savait couper des pieds à deux ans. Soit un mentor le conduisait dans ces expéditions morbides, que Zerk poursuivit par la suite. Il pourrait agir sous influence depuis l'enfance.

— Manipulé.

— Pourquoi pas ? On peut se figurer un guide à l'œuvre derrière tout cela, une figure paternelle dont il aurait manqué.

— Possible. Il est né de père inconnu.

— Il faut accélérer sur son entourage, savoir avec qui il communique, savoir qui il voit. Il a récuré l'appartement, ce salaud n'a pas laissé la moindre piste.

— Ça paraît naturel. Vous n'espériez pas non plus qu'il nous rendrait visite ?

— Sa mère ? On l'a repérée ?

— Toujours pas. Il y a une adresse à Pau jusqu'à il y a quatre ans, puis on ne sait plus rien.

— La famille de la mère ?

— Pour le moment, aucun Louvois dans sa région. Ça ne fait que deux jours, commissaire, nous ne sommes pas mille.

— Où en est Froissy avec les téléphones ?

— Nulle part. Louvois n'avait pas de ligne fixe. Weill assure qu'il avait un portable mais on ne trouve aucun appareil à son nom. On a dû le lui offrir, ou bien il l'a volé. Froissy va devoir balayer la zone réseau autour de l'appartement et vous savez que c'est long.

Adamsberg se mit brusquement sur ses pieds, ses impatiences peut-être.

— Danglard, vous avez en tête la composition de l'équipe d'Avignon ?

Danglard avait mémorisé – et pour quoi faire ? – à peu près toutes les équipes policières du pays, mettant à jour son fichier à mesure des départs et des nouvelles nominations.

— C'est Calmet qui dirige l'affaire Pierre Vaudel fils. Je ne sais si c'est l'influence de son patronyme mais c'est un commissaire placide qui ne va pas au-devant des ennuis inutiles. Mais, je vous le disais, il n'est pas vif. C'est pourquoi je table sur quatre jours plutôt que trois. Maurel m'a aussi parlé d'un lieutenant et d'un brigadier, Noiselot et Drumont. Pour le reste de l'équipe, je ne sais pas.

— Trouvez-moi la liste complète, Danglard.

— Vous y cherchez qui ?

— Un Vietnamien avec qui j'ai fait tandem à Messilly. La petite ville était ensommeillée mais je n'ai jamais vécu un service aussi réjouissant, quand on arrivait à assurer ce service. Il fumait avec le nez, lévitait à plusieurs centimètres – ou du moins je croyais le voir –, jouait des morceaux de musique en tapant sur des verres, imitait toutes les bêtes de la création.

Vingt minutes plus tard, Adamsberg parcourait les noms de l'équipe du commissaire Calmet.

— J'ai joint le petit-fils de Slavko, dit Danglard. Il quitte Marseille sur l'heure, il sera à vingt et une heures à la gare de Venise Santa Lucia, devant la voiture 17 du train pour Belgrade. Il est content de faire un saut au village. Vladislav est toujours content.

— Comment je le reconnaîtrai ?

— Très facile. Il est maigre et velu, ses cheveux longs rejoignent ses poils du dos, le tout en noir d'encre.

— Lieutenant Mai Thien Dinh, dit Adamsberg en pointant son doigt sur la liste. Il m'a écrit en décembre dernier. Je savais qu'il y avait une histoire d'Avignon dans l'air. Il m'envoie souvent des mots quand il est en congé, avec des conseils de sagesse asiatique. « Ne mange pas ta main quand tu n'as plus de pain. »

— C'est stupide.

— C'est normal, il les invente.

— Vous lui répondez ?

— Je ne sais pas inventer des phrases, dit Adamsberg en composant le numéro du lieutenant Mai. Dinh ? Ici Jean-Baptiste. Je te remercie pour ta carte de décembre.

— Nous sommes en juin. Mais tu as toujours été lent. Et l'homme lent va moins vite que l'homme rapide. Tu t'es rendu compte que nous sommes sur la même affaire ? Vaudel ?

— La brave petite douille sous le frigidaire ?

— Oui. Et l'abruti qui l'a déposée a marché sur la moquette avec des pelures de crayon sous ses semelles. Ne t'en fais pas, on a laissé Vaudel en liberté, et on va te ramener le crayonneur rapidement.

— Dinh, je préférerais que vous ne le rameniez pas rapidement. Disons, moyennement rapidement par exemple. Ou assez lentement.

— Pourquoi ?

— Je ne peux pas te le dire.

— Ah. Le sage ne cède rien aux imbéciles. Ça ne marche pas, Jean-Baptiste. Donne-moi un moment, je sors de la salle. Que veux-tu de moi ? reprit Dinh après quelques minutes.

— Un effet retard.

— Pas réglo.

— Pas réglo du tout. Dinh, imagine qu'un salopard m'ait lancé tout habillé dans un lac de merde.

— Cela arrive.

— Et que je sois en train de m'enfoncer dedans. Tu visualises la scène ?

— Comme si j'y étais.

— Parfait. Car imagine que, justement, tu y sois. Flânant et lévitant près du bord de ce lac. Imagine que tu me tendes la main.

— C'est-à-dire que je mette ma propre main dans la merde pour te sortir de là sans savoir pourquoi.

— C'est cela.

— Sois plus précis.

— Les pelures de crayon. Quand partent-elles au labo ?

— D'ici une heure. On achève de conditionner les autres échantillons.

— Eh bien fais en sorte qu'elles ne partent pas. Donne-leur deux jours de handicap.

— Et comment ?

— Il est gros comment, l'échantillon ?

— Comme un tube de rouge à lèvres.

— Qui escorte le chauffeur jusqu'au labo ?

— Le brigadier Kerouan.

— Prends la place du brigadier Kerouan.

— On ne se ressemble pas du tout, c'est un Breton.

— Confie une mission au Breton et escorte le chauffeur. Comme tu tiens beaucoup à ce tube de rouge à lèvres, tu le glisses dans la poche de ton blouson pour plus de sécurité.

— Ensuite ?

— Tu tombes malade en route. De la fièvre, un coup de tournis, ça te vient d'un coup. Tu opères toute la livraison, sauf le tube, puis tu préviens le commissariat que tu rentres chez toi. Tu restes alité deux jours, des cachets près de ton lit, pas de nourriture, tu n'as goût à rien. Ceci pour tes visiteurs. En réalité, tu as le droit de te lever.

— Je te remercie.

— L'accès de fièvre t'a fait oublier le tube dans ta poche. Le troisième jour, tu es dispos, tout te revient. L'échantillon, le labo, la poche de ton blouson. De deux choses l'une : soit un lieutenant zélé découvre que le tube n'est pas parvenu au labo, soit nul ne s'aperçoit de rien. Dans les deux cas, tu rends le tube, tu t'expliques, tu présentes tes regrets de fiévreux. On aura gagné entre un jour et demi et deux jours et demi.

— Tu auras gagné, Jean-Baptiste. Et moi ? Sage est l'homme qui cherche son bien sur la terre.

— Toi, tu gagnes deux jours de repos. Jeudi, vendredi, et jonction avec le week-end. Et une avance pour un service en retour.

— Par exemple ?

— Par exemple quand on trouvera une petite mèche de tes cheveux raides et noirs sur une scène de crime.

— Je vois.

— Merci, Dinh.

Pendant la conversation, Danglard avait transporté directement sa bouteille sur le bureau d'Adamsberg.

— C'est plus franc comme ça, dit Adamsberg en montrant la bouteille.

— Je suis obligé de la finir, puisque je dois passer au rouge.

— Lucio ne vous donnerait pas tort. Finir, ou ne pas commencer.

— Vous êtes cinglé de demander cela à Dinh. Et si cela s'apprend, vous vous plombez définitivement.

— Je suis déjà plombé. Et ça ne s'apprendra pas, car l'homme du Levant ne bavarde pas comme le merle écervelé. Il me l'a écrit un jour.

— OK, dit Danglard, cela nous laisse cinq jours, ou six jours. Où logerez-vous à Kiseljevo ?

— Il y a une petite auberge avec des chambres d'hôte.

— Ça ne me plaît pas. Ce voyage, seul.

— J'ai votre petit-cousin.

— Vladislav n'est pas un as du combat. Ça ne me plaît pas, répéta Danglard. Kiseljevo, le tunnel noir.

— L'orée du bois, dit Adamsberg en souriant, que vous craignez encore. Plus encore que le *Zerquetscher*.

Danglard haussa les épaules.

— Qui se promène on ne sait où, ajouta Adamsberg d'un ton plus sourd. Libre comme l'oiseau.

— Pas de votre faute. Que fait-on pour Mordent ? On le sort de sa foutue planque ? On le secoue ? On lui fait cracher sa bile de traître ?

Adamsberg se leva, passa un gros élastique autour des dossiers vert et rose, alluma une cigarette qu'il laissa pendre à sa lèvre inférieure, plissant les yeux pour éviter la fumée. Comme son père, et comme Zerk.

— Que fait-on pour Mordent ? répéta lentement Adamsberg. D'abord, on le laisse récupérer sa fille.

XXVIII

Son sac à dos était bouclé, la poche avant gonflée par les trois dossiers, français, anglais et autrichien. Se retrouver dans sa cuisine lui ramenait en désordre les images de Zerk au matin, leur long affrontement, la manière dont il l'avait laissé partir. Va, Zerk, va. Va tuer, va tuer tranquille, le commissaire n'a pas levé un doigt pour t'en empêcher. « Inhibition de l'action », avait dit Josselin. Peut-être déjà à l'œuvre quand il s'était effacé dimanche afin de laisser à Émile la possibilité de filer, si c'est bien ce qu'il avait fait. Mais il en avait terminé avec l'inhibition, l'homme aux doigts d'or la lui avait ôtée. Descendre dans le tunnel de Kisilova, s'enfouir dans ce village posé sur son secret. Il avait eu de bonnes nouvelles d'Émile, la fièvre était tombée. Il accrocha ses deux montres, souleva son sac.

— Tu as de la visite, dit Lucio en frappant au carreau.

Weill entrait placidement dans la pièce, lui barrant le passage avec son ventre. L'usage voulait qu'on se déplace pour rendre visite à Weill, jamais le contraire. L'homme était un casanier névrotique et traverser Paris lui était une corvée pénible.

— J'allais vous manquer, dit-il en s'asseyant.

— Je n'ai pas de temps, dit Adamsberg en lui serrant la main maladroitement, car Weill avait tendance à la tendre mollement comme pour un baiser. J'ai un avion à prendre.

— Le temps d'une bière ?

— Tout juste.

— Nous nous en contenterons. Prenez place, mon ami, ajouta-t-il en désignant une chaise, avec ce ton un rien dédaigneux qu'il aimait adopter, comme si les lieux lui appartenaient, où qu'il se trouve. Vous vous expatriez ? Cela semble sage. Destination ?

— Kisilova. C'est un petit village serbe au bord du Danube.

— Affaire de Garches toujours ?

— Toujours.

— Vous fumez ? demanda Weill en lui allumant sa cigarette.

— J'ai recommencé aujourd'hui.

— Des soucis, affirma Weill.

— Sans doute.

— Certainement. Ce pourquoi je devais vous parler.

— Pourquoi ne pas m'avoir appelé ?

— Vous comprendrez. L'orage rassemble ses feux sur votre tête, ne dormez pas sous un arbre, n'avancez pas à découvert une pique à la main. Marchez à l'ombre et courez.

— Donnez-moi des détails, Weill, j'en ai besoin.

— Je n'ai pas de preuves, mon ami.

— Alors donnez-moi des motifs.

— Le tueur de Garches a un protecteur.

— Là-haut ?

— Sûrement. Un calibre lourd qui n'a pas d'états d'âme. On ne désire pas que vous parveniez à terme. On désire que vous laissiez la place. Un dossier, assez maigre, a été déposé contre vous pour aide à fuite de suspect – Émile Feuillant – et pour faute sur vérification d'alibi. On a demandé votre destitution provisoire. L'idée était de mettre Préval à la tête de l'enquête.

— Préval est un pourri.

— Notoire. J'ai escamoté votre dossier.

— Merci.

— Ils vont frapper plus fort et mon léger pouvoir n'y pourra rien. Vous avez programmé quelque chose ? Hormis l'envol ?

— Aller plus vite qu'eux, attraper leur balle avant qu'elle ne touche le sol.

— Autrement dit saisir le tueur par la peau du cou et exhiber les preuves ? Ridicule, mon ami. Vous croyez encore qu'ils ne savent pas dissoudre les preuves ?

— Non.

— Parfait. Alors triplez votre plan. Plan A, cherchez le tueur, c'est entendu. C'est l'aspect consensuel de l'affaire mais ce n'est pas la priorité, car la vérité ne vous sort pas nécessairement de la nasse, surtout quand elle n'est pas désirée. Plan B, cherchez qui, là-haut, désire vous abattre, et préparez une contre-offensive. Plan C, prévoyez l'exil. Peut-être par l'Adriatique.

— Vous n'êtes pas gai, Weill.

— Ils ne sont pas gais. Jamais.

— Je n'ai aucun moyen d'identifier l'homme de là-haut. C'est en serrant le tueur que je peux m'en approcher.

— Pas obligatoirement. Ce qui se passe là-haut est caché aux humbles. Donc partez du bas. Puisque ceux d'en haut se servent toujours de ceux d'en bas qui désirent aller là-haut. Puis montez l'échelle. Qui est en bas ? Sur le premier barreau ?

— Le commandant Mordent. Ils l'ont utilisé contre la promesse d'absoudre sa fille. Elle passe en jugement dans moins de deux semaines pour deal.

— Ou meurtre. La jeune fille était groggy quand Stubby Down a été abattu. Son ami Bones a pu lui mettre l'arme en main et actionner son index.

— Et c'est ce qui s'est passé, Weill ? C'est cela ?

— Oui. Techniquement, c'est elle qui a tué. Mordent doit donc payer très gros pour obtenir l'échange. Qui se tient sur le deuxième barreau de l'échelle, selon vous ?

— Brézillon. Il pilote Mordent. Mais je ne crois pas qu'il participe à la combine.

— Sans importance. Troisième marche de l'échelle, le juge du procès qui a accepté par avance de relaxer la fille Mordent. Qui est-il et que gagne-t-il en contrepartie ? Voilà ce qu'il faut savoir, Adamsberg. Qui lui a demandé la relaxe, pour qui travaille-t-il ?

— Désolé, dit Adamsberg, je n'ai pas eu le temps de m'inquiéter de tout cela. C'est Danglard qui l'a compris. Il y a eu les pieds coupés, l'enfer de Garches, la blessure d'Émile, le meurtre autrichien, l'oncle serbe, mon fusible qui a sauté, la chatte qui a accouché, désolé. Pas eu l'idée ni le temps de repérer cette échelle et tous ces gars grimpés dessus.

— Qui, eux, ont eu tout le temps de s'occuper de vous. Vous êtes très en retard.

— Ça ne fait pas de doute. Les pelures de mes crayons sont déjà chez les flics d'Avignon, récoltées chez Pierre Vaudel. J'ai seulement différé le détonateur. Je n'ai que cinq ou six jours avant qu'ils soient sur moi.

— Ce n'est pas tant que le travail me tente, dit Weill avec langueur, mais je ne les aime pas. Ils sont à mon esprit ce que la cuisine médiocre est à mon estomac. Puisque vous devez partir, il se peut que j'explore quelques barreaux de l'échelle à votre place.

— Vers le juge ?

— Au-delà, j'espère. Je vous appellerai. Pas sur votre ligne ordinaire ni sur la mienne.

Weill posa deux portables neufs sur la table, en fit glisser un vers Adamsberg.

— Le vôtre, le mien. Ne le mettez en route que lorsque vous aurez passé la frontière, et jamais quand votre autre téléphone est en fonction. Pas de GPS dans votre portable ordinaire ?

— Si. Je veux que Danglard puisse me repérer au cas où mon portable me lâche. Supposez que je me retrouve seul à l'orée du bois.

— Et après ?

— Rien, dit Adamsberg en souriant, c'est juste un démon qui rôde, là-bas, à Kisilova. Il y a Zerk aussi, divaguant quelque part.

— Qui est Zerk ?

— Le *Zerquetscher*. C'est le nom que lui ont donné les Viennois. L'Écraseur. Avant Vaudel, il a massacré un homme à Pressbaum.

— Ce n'est pas vous qu'il cherche.

— Pourquoi pas ?

— Ôtez ce GPS, Adamsberg, vous êtes imprudent. Ne leur donnez pas les moyens de vous arrêter, ou de vous accidenter, sait-on. Je vous le répète : vous cherchez un assassin qu'ils ne veulent surtout pas qu'on trouve. Coupez votre téléphone ordinaire le plus souvent possible.

— Aucun risque. Seul Danglard a le signal GPS.

— Ne faites confiance à personne, dès lors que ceux d'en haut envoient leurs tentateurs et leurs marchands.

— J'exclus Danglard.

— N'excluez personne. À chacun sa convoitise ou sa hantise, tout homme a une grenade sous son lit. Et cela forme la grande chaîne des gars qui se tiennent par les couilles tout autour du monde. Excluons Danglard si vous le souhaitez, mais non pas l'existence d'un homme qui suit chaque mouvement de Danglard.

— Et vous, Weill ? Votre convoitise ?

— Moi j'ai la chance, comprenez-moi, de m'aimer beaucoup. Cela réduit mon avidité et mes exigences envers le monde. Cependant je souhaite mener grand train, dans un vaste hôtel particulier du

XVIIIᵉ siècle, avec une batterie de cuisiniers, un tailleur à demeure, deux chats qui ronronnent, des musiciens personnels, un parc, un patio, une fontaine, des maîtresses et des soubrettes, et le droit d'injurier qui me chante. Mais personne ne semble songer à accomplir mes désirs. Personne ne cherche à m'acheter. Je suis trop compliqué et beaucoup trop cher.

— J'ai un chat à vous offrir. Une petite fille d'une semaine douce comme du coton blanc. Affamée, précieuse et délicate, elle irait très bien dans votre hôtel particulier.

— Je n'ai pas le premier bout de cet hôtel.

— C'est un début, le premier barreau de l'échelle.

— Ça peut m'intéresser. Ôtez ce GPS, Adamsberg.

— Encore faudrait-il que je vous fasse confiance.

— Les hommes qui rêvent des fastes du passé ne font pas de bons traîtres.

Adamsberg lui tendit le téléphone en finissant sa bière. Weill souleva la batterie et fit sauter la puce de repérage d'un geste sec.

— Ce pourquoi je devais vous voir, dit-il en lui rendant l'appareil.

XXIX

La voiture 17 pour Belgrade était un compartiment de luxe, à deux lits bordés de draps blancs et
couvertures rouges, comprenant veilleuses, tablettes
vernies, lavabo et serviettes. Adamsberg n'avait
jamais voyagé dans ces conditions et il vérifia ses
billets. Places 22 et 24, c'était cela. Il y avait eu une
erreur au service technique des Missions et Déplacements, la comptabilité allait sauter au plafond.
Adamsberg s'assit sur sa couchette, satisfait tel un
voleur tombant sur une aubaine. Il s'y installa
comme à l'hôtel, étala ses dossiers sur le lit, examina
le dîner « *alla francese* » qui leur serait servi à vingt-
deux heures, crème d'asperges, solettes à la Plogoff,
bleu d'Auvergne, tartuffo, café, arrosé de valpolicella. Il ressentit la même jubilation que lorsqu'il
avait retrouvé sa voiture puante en sortant de l'hôpital de Châteaudun, avec le repas inespéré de Froissy.
Tant il est juste, songea-t-il, que ce n'est pas la qualité qui génère le plaisir pur mais le bien-être non
escompté, quels qu'en soient les composants.

Il descendit sur le quai allumer une des cigarettes
de Zerk. Le briquet du jeune homme était noir aussi,
orné d'un dédale rouge qui évoquait les circonvolu-
tions d'un cerveau. Il repéra sans difficulté le petit-
fils de l'oncle Slavko, à ses cheveux aussi raides et
noirs que ceux de Dinh, serrés en queue-de-cheval,

à ses yeux presque jaunes, fendus au-dessus de pommettes hautes et larges, à la slave.

— Vladislav Moldovan, se présenta le jeune homme – dans les trente ans –, son sourire traversant tout son visage. Vous pouvez m'appeler Vlad.

— Jean-Baptiste Adamsberg, merci de m'accompagner.

— Au contraire, formidable. Dedo ne m'a amené que deux fois à Kiseljevo, la dernière fois quand j'avais quatorze ans.

— « Dedo » ?

— Grand-père. J'irai voir sa tombe, je lui raconterai des histoires, comme il le faisait. C'est notre compartiment ? demanda-t-il avec une hésitation.

— Le service des Missions m'a confondu avec une personnalité.

— Formidable, répéta Vladislav, je n'ai jamais dormi comme une personnalité. Il faut cela sans doute quand on part affronter les démons de Kiseljevo. Je connais beaucoup de personnalités qui préféreraient rester cachées dans une masure.

Bavard, se dit Adamsberg, ce qui était sans doute la moindre des choses pour un interprète-traducteur qui se jouait des mots. Vladislav traduisait neuf langues et, pour Adamsberg qui ne pouvait pas retenir le nom complet de Stock, un cerveau comme le sien était aussi étrange que l'énorme dispositif de Danglard. Il redoutait seulement que le jeune homme à l'heureux caractère ne l'entraîne dans une conversation sans fin.

Ils attendirent le départ du train pour ouvrir le champagne. Tout amusait Vladislav, les bois brillants, les savonnettes, les petits rasoirs, et même les verres en véritable verre.

— Adrien Danglard – « Adrianus », comme l'appelait mon dedo – ne m'a pas dit pourquoi vous alliez à Kiseljevo. Dans l'ensemble, personne ne va à Kiseljevo.

— Parce que c'est petit ou à cause des démons ?

— Vous avez un village, vous ?

— Caldhez, gros comme une épingle, dans les Pyrénées.

— Il y a des démons à Caldhez ?

— Deux. Il y a un esprit acariâtre dans une cave et un arbre qui chantonne.

— Formidable. Que cherchez-vous à Kiseljevo ?

— Je cherche la racine d'une histoire.

— C'est un très bon endroit pour les racines.

— Vous avez entendu parler du meurtre de Garches ?

— Le vieil homme entièrement dépecé ?

— Oui. On a trouvé un mot de sa main avec le nom de Kisilova, écrit en cyrillique.

— Et quel est le rapport avec mon dedo ? Adrianus a dit que c'était pour Dedo.

Adamsberg regarda par la fenêtre du train, en quête d'une idée rapide, ce qui n'était pas son fort. Il aurait dû songer plus tôt à une explication plausible. Il n'avait pas l'intention de dire au jeune homme qu'un Zerk avait coupé les pieds de son dedo. Ce sont des choses à perforer l'âme d'un petit-fils jusqu'à lui broyer l'heureux caractère.

— Danglard, dit-il, a beaucoup écouté les histoires de Slavko. Et Danglard accumule le savoir comme un écureuil les noisettes, bien plus qu'il ne lui en faut pour passer vingt hivers. Il croit se souvenir qu'un Vaudel – c'est le nom de la victime – aurait habité un temps à Kisilova et que Slavko lui en aurait parlé. Comme si Vaudel avait fui des ennemis en se réfugiant à Kisilova.

L'histoire n'était pas fameuse mais elle passa car la cloche sonna pour annoncer le dîner, qu'ils décidèrent de prendre dans leur compartiment, comme des personnalités. Vladislav s'informa du sens de « solettes à la Plogoff ». À la bretonne, lui expliqua le serveur en italien, servies avec une sauce aux praires spécialement venues de Plogoff, à la pointe du Raz. Il nota la commande, semblant juger que cet homme en tee-shirt, avec sa tête d'étranger et ses poils noirs couvrant ses bras, n'était pas une vraie personnalité, pas plus que son compagnon.

— Quand on est velu, dit Vladislav après le départ du serveur, les hommes vous envoient voyager dans le wagon à bestiaux. Ça me vient de ma mère, ajouta-t-il avec mélancolie en tirant sur les poils de ses bras, puis éclatant de rire soudainement, aussi vite fait qu'un vase qu'on brise.

Le rire de Vladislav était organiquement communicatif, et il semblait savoir rire de rien et sans l'aide de personne.

Après les solettes à la Plogoff, le valpolicella et les desserts, Adamsberg s'allongea sur sa couchette avec ses dossiers. Tout lire, tout reprendre. C'était la partie du travail la plus ardue pour lui. Ces fiches, ces rapports, ces exposés formels, où plus aucune sensation n'était palpable.

— Comment faites-vous pour vous entendre avec Adrianus ? l'interrompit Vladislav, alors qu'Adamsberg peinait sur le dossier allemand, lisant consciencieusement la fiche de Frau Abster, domiciliée à Köln, soixante-seize ans. Et savez-vous qu'il vous révère, continua-t-il, en même temps que vous lui mettez les nerfs en pelote ?

— Tout met les nerfs de Danglard en pelote. Il fait cela tout seul.

— Il dit qu'il ne peut pas vous comprendre.

— Comme l'eau et le feu et l'air et la terre. Tout ce que je sais, c'est que, sans Danglard, la Brigade dériverait depuis longtemps pour aller s'empaler sur je ne sais quels écueils.

— À la pointe du Raz par exemple. À Plogoff. Ça aurait du panache. Et là, tout fracassé avec Adrianus, vous retrouveriez les solettes du train Venise-Belgrade, ce serait une consolation.

Adamsberg n'avançait pas dans son dossier, toujours bloqué à la ligne 5 de la fiche Frau Abster, née à Köln de Franz Abster et de Erika Plogerstein. Danglard ne l'avait pas mis en garde contre le bavardage compulsif de Vladislav, qui noyait son peu de concentration.

— Je dois lire debout, dit Adamsberg en se levant.

— Formidable.

— Je vous laisse pour marcher dans le couloir.

— Faites, marchez, lisez. Cela vous dérange si je fume ? J'aérerai la cabine.

— Faites.

— Malgré ma pilosité, je ne ronfle pas. Comme ma mère. Et vous ?

— De temps à autre.

— Tant pis, dit Vladislav en sortant du papier à rouler et tout son petit matériel.

Adamsberg se glissa au-dehors. Avec de la chance, il retrouverait Vladislav voletant dans le compartiment dans les effluves du cannabis, et muet. Il déambula avec ses dossiers rose et vert jusqu'à ce que la lumière s'éteigne, presque deux heures plus tard. Vladislav dormait avec le sourire, torse nu, le pelage noir comme un chat de la nuit.

Adamsberg eut l'impression de s'endormir vite mais superficiellement, une main posée sur le ventre, ces trucs au poisson peut-être qu'il ne digérait pas. Ou les cinq à six jours qui restaient devant lui. Il s'endormait quelques minutes, remontait en veille, s'exaspérant dans ses parcelles de rêves contre ce truc à la Plogoff, qui semblait vouloir forer un trou dans sa tête et l'agacer la nuit entière. La fiche de Frau Abster se superposa au menu du dîner, se mélangea avec les solettes, se dessina avec les mêmes lettres calligraphiées, *Frau Abster, née à Plogoff de Franz Abster et de Erika Plogerstein*. Les ficelles s'emmêlaient stupidement, Adamsberg se tourna sur le côté pour s'en défaire. Ou pas stupidement. Il ouvrit les yeux, habitué à reconnaître cette alarme qui sonnait avant même qu'il sache de quoi il était question.

Il était question du nom de *Frau Abster née de Franz Abster et de Erika Plogerstein,* pensa-t-il en allumant sa veilleuse. Il y avait quelque chose dans ce nom. Et plutôt dans celui de sa mère, Plogerstein, qui avait percuté les solettes à la Plogoff. Et pourquoi ? Au moment où, assis, il fouillait sans bruit dans son sac pour en tirer ses dossiers, le nom de la victime autrichienne vint s'accrocher au mélange Plogerstein-Plogoff. Conrad Plögener. Adamsberg sortit la fiche de l'homme massacré à Pressbaum et la plaça sous la veilleuse. *Conrad Plögener, domicilié à Pressbaum, né le 9 mars 1961 de Mark Plögener et de Marika Schüssler.*

Plogerstein, Plögener. Adamsberg posa le dossier rose en désordre sur son lit et extirpa le dossier blanc, français. *Pierre Vaudel, né de Jules Vaudel et de Marguerite Nemesson.*

Rien. Adamsberg secoua l'épaule du chat poilu qui dormait à ses côtés, dans une pose élégante, faite pour un compartiment de luxe.

— Vlad, j'ai besoin d'un renseignement.

Le jeune homme ouvrit les yeux, surpris. Il avait dénoué sa queue-de-cheval et ses cheveux raides le couvraient jusqu'aux épaules.

— On est où ? demanda-t-il comme un enfant qui ne reconnaît pas sa chambre.

— Dans le Venise-Belgrade. Vous êtes avec un flic et nous filons vers Kisilova, le village de votre grand-père, de votre dedo.

— Oui, dit Vladislav avec fermeté, rétablissant les connexions.

— Je vous réveille, j'ai besoin d'un renseignement.

— Oui, répéta Vladislav, et Adamsberg se demanda s'il n'était pas encore en train de voleter.

— Votre dedo, comment s'appelaient ses parents ? Est-ce que cela commençait par un « plog » ?

Vladislav éclata de rire dans la nuit, se frotta les yeux.

— « Plog » ? dit-il en s'asseyant. Pas de Plog, non.

— Son père ? Votre arrière-dedo ? Comment s'appelait-il ?

— Milorad Moldovan.

— Et sa mère ? Votre arrière-deda ?

— Pas « deda », Adamsberg. Baba.

Vladislav rit à nouveau brièvement.

— Baba se nommait Natalija Arsinijević.

— Et autour de Dedo ? Ses amis ? Ses proches ? Pas un Plog, nulle part ?

— *Zasmejavaš me*, vous me faites rire, commissaire, je vous aime bien.

Et Vladislav se recoucha en lui tournant le dos, riant encore un peu dans ses cheveux.

— Si, dit-il en se redressant aussitôt, il y a eu un Plog. C'était son professeur d'histoire dont il nous a rebattu les oreilles, Mihai Plogodrescu. Un cousin roumain venu enseigner à Belgrade, puis qui a vécu à Novi Sad, puis à Kiseljevo à sa retraite. Ils ne se quittaient pas, comme deux frères avec quinze années de différence. L'incroyable, c'est qu'ils sont morts à un jour de distance.

— Merci, Vlad, rendors-toi.

Adamsberg se glissa dans le couloir pieds nus, marchant sur la moquette bleu nuit, et contempla sa page de carnet : Plogerstein, Plögener, Plogoff, Plogodrescu. Un magnifique ensemble dont il fallait bien sûr exclure les solettes, qui n'avaient rien à faire là-dedans. Encore que ce soit ingrat, se dit Adamsberg en rayant à regret le nom breton, car il ne serait arrivé à rien sans elles. Ses montres indiquaient entre deux heures quinze du matin et trois heures quarante-cinq. Il réveilla Danglard, qui n'avait pas un heureux caractère la nuit.

— Problème ? bougonna le commandant.

— Danglard, désolé. Votre neveu ne cesse de rire et on ne peut pas s'endormir dans ce train.

— Il était tout à fait pareil petit. Il est doté d'un heureux caractère.

— Oui, vous me l'avez déjà dit. Danglard, trouvez-moi en urgence les noms des grands-parents du vieux Vaudel, sur les deux branches, remontez éventuellement plus haut, aussi haut qu'il le faudra jusqu'à ce que vous tombiez sur un Plog.

— Comment cela, « un plog » ?

— Un patronyme qui démarre par Plog. Comme Plogerstein, Plögener, Plogoff, Plogodrescu. Le nom de jeune fille de Frau Abster est Plogerstein, le Conrad assassiné à Pressbaum se nommait Plögener, et le cousin roumain de votre oncle Slavko s'appelait Plogodrescu. Ce sont ses pieds qui sont à Higegatte, pas ceux de votre oncle. C'est une consolation.

— Et Plogoff ?

— Ce sont des solettes qu'on a mangées ce soir, Vlad et moi.

— Bon, dit Danglard en laissant tomber. J'imagine que c'est urgent. Vous pensez à quoi ?

— À une même famille. Vous vous souvenez ? La vendetta que redoutait Vaudel ?

— Une vendetta contre la famille Plog ? Et pourquoi ces Plog n'ont-ils pas tous le même nom ?

— Diaspora, ou dissimulation de leur patronyme par nécessité.

Libéré, Adamsberg réussit à dormir deux bonnes heures avant que Danglard ne le rappelle.

— J'ai ce Plog, dit-il. Il s'agit de son grand-père paternel, venu de Hongrie.

— Son nom, Danglard ?

— Je viens de vous le dire : Plog. Andras Plog.

XXX

Vladislav collait son nez à la vitre, commentant l'approche du train vers Belgrade comme s'il s'agissait d'une véritable aventure, lâchant de temps à autre le mot « plog » et s'en amusant seul. L'humeur du traducteur donnait à l'expédition un tour d'escapade joyeuse tandis qu'elle prenait des couleurs plus sombres dans l'esprit d'Adamsberg, à mesure qu'il approchait de l'hermétique Kisilova.

— Belgrade, la « ville blanche », annonça Vladislav alors que le train freinait en gare. Très belle, on n'aura pas le temps de la voir, notre car part dans une demi-heure. Vous réveillez souvent les gens la nuit pour savoir s'il y a un plog dans leur famille ?

— Les flics réveillent toujours les autres la nuit. Et les autres les réveillent aussi. Cela valait la peine, il y avait bien un plog.

— Plog, répéta Vladislav en essayant ce nouveau son, comme s'il lâchait une bulle d'air. Plog. Et pourquoi vouliez-vous le savoir ?

— Plogerstein, Plögener, Plogoff, Plogodrescu et Plog tout court, récita Adamsberg. Si l'on retire Plogoff, ces quatre noms sont liés au meurtre de Garches. Deux sont des victimes, une troisième est une amie d'une victime.

— Et le rapport avec mon dedo ? C'est son cousin Plogodrescu qui a été victime ?

234

— Oui, partiellement. Jetez un œil dans le couloir, la femme en tailleur beige, quarante à cinquante ans, un bouton sur la joue, la mine absente. Elle occupait le compartiment d'à côté. Observez-la pendant qu'on descend.

Vladislav fut le premier sur le quai et tendit son bras de chat velu à la femme en tailleur pour l'aider à descendre sa valise. Elle remercia sans entrain et s'éloigna.

— Élégante, riche, joli corps, mauvais visage, commenta Vladislav en la regardant s'éloigner. Plog. Je ne m'y risquerais pas.

— Vous êtes allé aux toilettes, cette nuit.

— Vous aussi, commissaire.

— Elle avait laissé la porte de son compartiment entrouverte, on la voyait lire. C'était bien elle, non ?

— Oui.

— C'est curieux pour une femme seule de ne pas s'enfermer dans un train de nuit.

— Plog, dit Vladislav, qui semblait utiliser cette nouvelle onomatopée pour dire « certes », ou « entendu », ou « évidemment », Adamsberg ne savait pas très bien. Le jeune homme paraissait goûter ce petit mot inédit comme un bonbon neuf, dont on mange toujours trop au début.

— Elle attendait peut-être quelqu'un, proposa Vladislav.

— Ou elle essayait d'entendre quelqu'un. Nous, par exemple. Je crois qu'elle était sur mon vol Paris-Venise.

Les deux hommes montaient dans le car, « direction Kaluderica, Smederevo, Kostolac, Klicevac et Kiseljevo », annonça le chauffeur, et ces mots donnaient à Adamsberg la sensation d'être tout à fait perdu, ce qui lui plaisait. Vladislav jeta un regard sur les autres voyageurs.

— Pas là, dit-il.

— Si elle me suit, elle ne peut pas être là, c'est trop voyant dans un car. Elle prendra le suivant.

— Et comment saura-t-elle où nous descendons ?

— A-t-on parlé de Kisilova pendant le dîner ?

— Avant, dit Vladislav qui renouait sa queue-de-cheval, en tenant l'élastique entre ses dents. Avec le champagne.

— On avait laissé la porte ouverte ?

— Oui, à cause des cigarettes. Reste qu'une femme seule a le droit de se rendre à Belgrade.

— Qui, dans ce car, ne vous semble pas d'origine slave ?

Vladislav parcourut le véhicule sur toute sa longueur, semblant chercher un objet égaré, puis se rassit aux côtés d'Adamsberg.

— L'homme d'affaires, plutôt suisse ou français. Le treker, plutôt allemand du Nord ; le couple, des Français du Sud ou des Italiens. Le couple accuse la cinquantaine et ils se tiennent la main, ce qui est insolite pour un vieux ménage dans un vieux car serbe. Et les temps ne sont pas au tourisme en Serbie.

Adamsberg lui fit un signe indistinct sans répondre. Ne pas parler de la guerre. Danglard lui avait martelé trois fois cette consigne.

Personne ne descendit derrière eux au petit arrêt de Kiseljevo. Une fois dehors, Adamsberg releva rapidement les yeux vers la vitre et il lui sembla que l'homme du couple insolite les regardait.

— Seuls, dit Vladislav en étirant ses bras maigres vers le ciel pur. Kiseljevo, ajouta-t-il en désignant le village avec fierté, murs colorés et toits serrés, clocher blanc, planté au milieu des collines, le Danube brillant à ses pieds.

Adamsberg sortit sa fiche de voyage et lui montra le nom de leur logeur, *Krčma*.

— Ce n'est pas un nom propre, dit Vladislav, cela veut dire « auberge ». La patronne, si c'est toujours la même, Danica, m'y a fait boire ma première gorgée de *pivo*. De bière, précisa-t-il.

— Comment peut-on prononcer ça ?

— Avec un « ch ». Krchma.

— Kruchema.

— Ça ira.

Adamsberg suivit Vladislav jusqu'à la *kruchema*, une haute maison à pans de bois colorés, décorés de volutes. Les conversations s'arrêtèrent à leur entrée et les visages soupçonneux qui se tournèrent vers eux rappelèrent en tout point à Adamsberg ceux des Normands du café d'Haroncourt ou des Béarnais du bistrot de Caldhez. Vladislav s'annonça à la patronne, signa le registre, puis expliqua qu'il était le petit-fils de Slavko Moldovan.

— Vladislav Moldovan ! dit Danica, et, d'après ses gestes, Adamsberg comprit que, depuis le temps, il avait grandi, il n'était pas plus haut que ça la dernière fois.

L'atmosphère changea aussitôt, on vint serrer la main de Vladislav, les postures se firent accueillantes et Danica, qui semblait douce comme son nom, les installa aussitôt pour manger, il était midi et demi. Aujourd'hui, il y avait des burecis au porc, dit-elle en posant sur la table une cruche de vin blanc.

— Du Smederevka, inconnu mais fameux, dit Vladislav en emplissant les verres. Comment comptez-vous faire pour trouver la trace de votre Vaudel ? Montrer sa photo partout ? Très mauvais. Ici comme ailleurs, on n'aime pas les fouineurs, les flics, les journalistes, les enquêteurs. Il faudrait trouver autre chose. Mais ici, on n'aime pas non plus les historiens, les vidéastes, les sociologues, les anthropologues, les photographes, les romanciers, les cinglés et les ethnologues.

— Ça finit par faire du monde. Pourquoi ne veulent-ils pas de fouineurs ? À cause de la guerre ?

— Non. C'est parce que les fouineurs posent des questions et ils ne veulent plus de questions. Ils veulent vivre autrement. Sauf lui, dit-il en désignant un homme âgé qui venait d'entrer. Lui seul ose souffler sur la flamme.

Le visage heureux, Vladislav traversa la salle, attrapa le nouveau venu par les épaules.

— Arandjel ! dit-il d'une voix forte. *To sam ja ! Slavko unuk ! Zar me ne poznaješ ?*

Le vieil homme, très petit, maigre et un peu sale, se recula pour l'examiner puis serra Vladislav dans ses bras, expliquant avec des gestes qu'il avait beaucoup grandi, il n'était pas plus haut que ça la dernière fois.

— Il voit que j'ai un ami étranger, il ne veut pas déranger, expliqua Vladislav en se rasseyant, le feu aux joues. Arandjel était un grand ami de mon dedo. Froid aux yeux ni l'un ni l'autre.

— Je vais aller marcher, dit Adamsberg en terminant le dessert, des boulettes sucrées dont il n'identifiait pas les composants.

— Prenez le café d'abord, ou vous allez offenser Danica. Où comptez-vous aller marcher ?

— Vers le bois.

— Non, ça ne leur plaira pas. Allez plutôt au long du fleuve, c'est plus naturel. On va me poser des questions. Que leur dit-on ? Impossible d'annoncer que vous êtes flic, ça vous bousille un homme ici.

— Ça vous bousille partout. Dites-leur que j'ai eu un choc psychoémotionnel et qu'on m'a recommandé un lieu calme.

— Et vous seriez venu jusqu'ici ? En Serbie ?

— Disons que ma baba avait connu votre dedo.

Vlad haussa les épaules, Adamsberg avala son *kafa* d'une gorgée et sortit un stylo de sa poche.

— Vlad, comment dit-on « bonjour », « merci », « Français » ?

— « Dobro veče », « hvala », « francuz ».

Adamsberg fit répéter et écrivit les mots à sa manière sur le dos de sa main.

— Pas vers le bois, répéta Vladislav.

— J'ai compris.

Le jeune homme le regarda partir puis fit un signe à Arandjel, lui signalant que la voie était libre.

— Il a eu un choc psychoémotionnel, il a besoin de marcher près du Danube. C'est un ami d'un ami de Dedo.

Arandjel poussa devant Vladislav un petit verre de *rakija*. Danica regarda l'étranger s'éloigner seul, d'un air un peu inquiet.

XXXI

Adamsberg fit d'abord trois fois le tour du village, les yeux grands ouverts pour absorber les lieux nouveaux et, suivant son sens instinctif de l'orientation, localisa rapidement les rues et ruelles, la place, le cimetière neuf, les escaliers de pierre, une fontaine, la halle au marché. Les éléments de décoration étaient inconnus, les panneaux écrits en cyrillique, les bornes rouge et blanc. Les couleurs changeaient, la forme des toits, la texture des pierres, les herbes sauvages, mais il s'y retrouvait, à son aise dans ces lieux perdus. Il repéra les chemins vers les villages voisins, vers les champs à perte de vue, vers le bois, vers le Danube, quelques vieilles barques sur sa rive. En face, les contreforts bleus des Carpates tombant abruptement dans les eaux du fleuve.

Il alluma une des dernières cigarettes de Zerk avec son briquet noir et rouge, et partit vers l'ouest, vers le bois. Une villageoise tirait une petite carriole et, en la croisant, il tressaillit au souvenir de la femme du train. Rien de comparable, celle-ci était un peu ridée, portant une simple jupe grise. Mais elle avait un bouton sur la joue. Il consulta le dos de sa main.

— *Dobro veče*, dit-il. Bonjour. *Francuz*.

La femme ne répondit pas, mais ne partit pas. Elle courut derrière lui, halant sa carriole, l'attrapa par le bras. Dans ce langage universel du « oui » et du « non », elle lui expliqua qu'il ne fallait pas aller par là et Adamsberg lui assura qu'il désirait aller par là. Elle insista puis finit par le lâcher, comme désolée.

Le commissaire reprit son chemin, pénétra dans le bois clairsemé, traversa deux clairières où subsistaient des cabanes en ruine, et se heurta après deux kilomètres au front d'arbres plus dense. Le sentier s'arrêtait là, sur ce dernier espace d'herbes sauvages. Adamsberg s'assit sur une souche, un peu suant, écouta le vent se lever de l'est, alluma l'avant-dernière cigarette. Un froissement l'alerta. La femme était là, ayant abandonné sa carriole, le regardant de manière mitigée, désespoir et colère.

— *Ne idi tuda !*

— *Francuz*, dit Adamsberg.

— *On te je privukao ! Vrati se ! On te je privukao !*

Elle lui montra un point au bout de la petite clairière, vers les troncs des arbres, puis elle eut un haussement d'épaules découragé, comme si elle en avait fait assez comme ça et que la cause était perdue. Adamsberg la regarda s'en aller, courant presque. Les recommandations de Vlad et l'obstination de la femme propulsaient sa volonté en sens inverse et il porta son regard au bout de la clairière. À l'entrée du bois, à l'endroit que la femme avait désigné, il distinguait une petite éminence, couverte de pierres et de rondins de bois, qui aurait pu être, chez lui, les ruines d'un abri de berger. Là devait vivre le démon dont l'oncle Slavko racontait l'histoire au jeune Danglard.

Laissant pendre sa cigarette à la lèvre, dans l'attitude du père, il marcha jusqu'au petit tertre. Au sol, à moitié envahis par l'herbe, étaient alignés une trentaine de gros rondins qui couvraient la superficie d'un long rectangle. Sur cette épaisseur de bois grossier, on avait posé autant de grosses pierres, comme si les bûches risquaient de s'envoler. Une grande pierre grise se dressait au bout du rectangle, crénelée, grossièrement taillée et gravée sur toute sa hauteur. Rien à voir avec des ruines et tout à voir avec une tombe, mais une tombe interdite, à en croire la détermination de la femme. Un personnage sacré, tabou, était enterré ici, loin des autres, hors du cimetière, une fille-mère morte en couches, un comédien disgracié, un enfant non béni. Tout autour de la tombe, les surgeons des arbres étaient coupés, formant un encadrement déplaisant de souches naissantes et pourries.

Adamsberg s'assit dans l'herbe tiède et ôta patiemment la mousse qui recouvrait la stèle grise, s'aidant de lames d'écorce et de petits bâtons. Il s'absorba avec plaisir dans sa tâche pendant une heure, grattant doucement la pierre avec ses ongles, passant une brindille plus fine dans le creux des lettres. À mesure qu'il dégageait l'inscription, il comprenait que les caractères lui étaient étrangers, et que la longue phrase était inscrite en cyrillique. Seuls les quatre derniers mots étaient en lettres romaines. Il se redressa, frotta une dernière fois la pierre de sa main, et se recula d'un pas pour lire.

Plog, aurait dit Vladislav, ce qui, dans ce cas, aurait signifié « touché », « trouvé ». D'une manière ou d'une autre, il l'aurait découverte. Aujourd'hui ou demain, ses pas l'auraient mené ici, il se serait assis face à cette pierre, devant la racine de Kisilova. La longue épitaphe en serbe lui échappait mais les quatre mots en lettres romaines étaient très compréhensibles et lui suffisaient amplement : *Petar Blagojević – Peter Plogojowitz*. Suivaient des dates de naissance et de mort, *1663 – 1725*. Sans croix.

Plog.

Plogojowitz comme Plogerstein, Plögener, Plog et Plogodrescu. Ici gisait l'origine de la famille victime. Patronyme originel : *Plogojowitz*, ou *Blagojević*. Puis le nom avait été déformé ou arrangé selon les pays où les descendants dispersés avaient abouti. Ici gisait la racine de l'histoire et la première des victimes, l'aïeul banni, interdit de visite et d'offrande, chassé à l'orée du bois. Sans doute assassiné lui aussi, mais en 1725. Par qui ? La chasse mortelle n'avait pas pris fin et Pierre Vaudel, descendant de Peter Plogojowitz, la redoutait encore. Jusqu'à mettre en garde une autre des descendantes du défunt, Frau Abster-Plogerstein, avec ce КИСЛОВА lancé comme un signal d'alerte. *Garde notre royaume, résiste toujours, hors de toute atteinte demeure Kisilova.*

Rien à voir avec un mot d'amour, bien entendu. C'était une mise en garde impérieuse, une prière pour que soient protégés les Plogojowitz, et que chacun y veille. Vaudel avait-il appris l'assassinat de Conrad Plögener ? Certainement. Il savait donc que la vendetta avait repris, si elle avait jamais cessé. Le vieux redoutait d'être tué à son tour, il avait rédigé son testament après le massacre de Pressbaum, écartant au mieux son fils de sa descendance. Josselin s'était trompé sur un point, les ennemis de Vaudel n'avaient rien d'imaginaire. Mais en effet ils portaient des visages et des noms. Eux aussi avaient dû prendre racine en ce lieu, dans les deux premières décennies du XVIIIᵉ siècle. Il y avait donc presque trois cents ans.

Adamsberg s'assit sur les rondins, enfonça les mains dans ses cheveux, abasourdi. Trois cents ans plus tard se poursuivait une guerre de clans qui conduisait aux sommets de la cruauté. Pour quel enjeu, pour quelle raison ? Trésor caché, aurait répondu un enfant. Pouvoir, puissance, argent, aurait dit un adulte, ce qui revenait au même. Qu'as-tu fait, Peter Blagojević-Plogojowitz, pour léguer ce sort à tes descendants ? Et que t'a-t-on fait ? Adamsberg passa ses doigts sur la pierre chauffée par le soleil, murmurant ses questions, réalisant que si le soleil frappait son visage et le dos de la pierre, c'était que celle-ci n'était pas dressée à l'est, vers Jérusalem. Elle était inversée, plantée à l'ouest. Un meurtrier ? As-tu massacré les habitants du village, Peter Plogo-jowitz ? Ou l'une de ses familles ? As-tu pillé la contrée, dévasté, terrorisé ? Qu'as-tu fait pour que Zerk te combatte encore, avec ses côtes peintes en blanc sur son torse ?

Qu'as-tu fait, Peter ?

Adamsberg recopia minutieusement la longue inscription, s'appliquant à reproduire les lettres étranges du mieux qu'il le pouvait.

Пролазниче, продужи својим путем, не осврћи се и не понеси ништа одавде. Ту лежи проклетник Петар Благојевић, умревши лета господњег 1725 у својој 62 години. Нека би му клета душа нашла покоја.

XXXII

Sa chambre était haute de plafond, surchargée de vieux tapis colorés, et le lit couvert d'un édredon bleu. Adamsberg s'y laissa tomber, les mains croisées sous sa nuque. La fatigue du voyage lui alourdissait les membres mais il souriait yeux fermés, heureux d'avoir extirpé la racine des Plog et incapable de comprendre leur histoire. Il n'avait pas la force d'en discuter avec Danglard, il lui envoya deux courts textos – des *texti* tenait à dire Danglard lorsque le terme était employé au pluriel. *L'ancêtre est Peter Plogojowitz.* Puis il ajouta : *†1725.*

Danica, qui, à mieux la regarder, était ronde et jolie et ne devait pas avoir plus de quarante-deux ans, frappa à sa porte, le réveillant après vingt heures – selon ses montres.

— *Večera je na stolu*, dit-elle avec un grand sourire, en complétant par des gestes qui signifiaient « venir » et « manger ».

Le langage des signes couvrait aisément l'essentiel des fonctions vitales.

Les gens ne cessaient de sourire ici, à Kisilova, et de ce lieu singulier venait peut-être « l'heureux caractère » de l'oncle Slavko et de son neveu Vladislav. Descendance qui lui fit penser à son propre fils. Il envoya quelques pensées au petit Tom, quelque part en Normandie, et tomba à bas de son édredon. Il avait été aussitôt saisi d'affection pour cet édredon bleu pâle, gansé d'une cordelette et usé aux coins, plus attirant que celui, rouge vif, que sa sœur lui avait donné. Celui-ci sentait le foin ou le pissenlit, et même l'âne peut-être. En descendant le petit escalier de bois, son portable vibra dans sa poche arrière comme un grillon nerveux lui chatouillant la peau. Il consulta la réponse de Danglard. Une réponse carrée : *Inepte*.

Vladislav l'attendait à la table, les couverts plantés droit dans ses poings. *Dunajski zrezek*, escalope viennoise, dit-il en désignant le plat, impatient. Il avait passé un tee-shirt blanc et sa coiffe de poils noirs était encore plus voyante. Elle s'arrêtait aux poignets, comme une vague s'essouffle, laissant ses mains lisses et pâles.

— Vu du paysage ? demanda le jeune homme.

— Le Danube et l'orée de la forêt obscure. Une femme est venue pour m'empêcher d'y aller. Vers le bois.

Il chercha le visage de Vlad qui mangeait tête baissée vers son assiette.

— Mais j'y suis allé tout de même, insista Adamsberg.

— Formidable.

— Qu'est-ce que cela veut dire ? dit Adamsberg en posant sur la table la feuille sur laquelle il avait recopié l'inscription gravée sur la stèle.

Vlad saisit sa serviette, s'essuya lentement les lèvres.

— Des conneries, dit-il.

— Oui mais lesquelles ?

Vlad souffla par les narines, exprimant son désaccord.

— De toute façon, vous seriez tombé dessus un jour ou l'autre. Ici, c'est inévitable.

— Et alors ?

246

— Je vous l'ai dit. Ils ne veulent pas en parler, voilà tout. Que cette femme vous ait vu y aller, c'est déjà mauvais. Si on vous chasse demain, ne soyez pas surpris. Et si vous voulez poursuivre l'enquête Vaudel, ne les provoquez pas avec ça. Ni avec ça, ni avec la guerre.

— Je n'ai rien dit sur la guerre.

— Vous voyez le type derrière nous ? Vous voyez ce qu'il fait ?

— J'ai vu. Il dessine au feutre sur le dos de sa main.

— Toute la journée. Il dessine des ronds et des carrés, orange, vert, marron. Il était à la guerre, ajouta Vlad en baissant le ton. Depuis, il colorie des ronds sur sa main sans dire un mot.

— Et les autres hommes ?

— Kiseljevo a été relativement épargné. Parce que ici, on ne laisse pas les femmes et les enfants seuls au village. Beaucoup ont réussi à se cacher, beaucoup sont restés. Ne parlez pas du bois, commissaire.

— C'est lié à mon enquête, Vlad.

— Plog, dit Vladislav en dressant le majeur, ce qui donnait une nouvelle signification à l'onomatopée. Rien à voir.

Danica, qui avait arrangé ses mèches blondes, leur apporta les desserts et posa d'office deux petits verres devant les assiettes.

— Prudence, conseilla Vlad. C'est du rakija.

— Qu'est-ce que cela veut dire ?

— De l'alcool de fruit.

— Je parle de l'inscription sur la pierre.

Vladislav repoussa la feuille en souriant, il savait l'inscription par cœur, comme tous les connaisseurs de Kisilova.

— Il n'y a qu'un Francuz ignorant pour ne pas sursauter au terrible nom de Peter Plogojowitz. L'histoire est si célèbre en Europe qu'on ne la raconte plus. Questionnez Danglard, il sait sûrement.

— Je lui en ai parlé. Il connaît.

— Cela ne m'étonne pas de lui. Qu'en dit-il ?

— *Inepte.*

— Adrianus ne me déçoit jamais.

— Vlad, qu'est-il écrit sur la stèle ?

— *Toi qui viens devant cette pierre,* récita Vlad, *passe ton chemin sans entendre et rien ne cueille alentour. Ici gît l'âme damnée de Petar Blagojević mort en 1725 à l'âge de 62 ans. Que son esprit maudit cède la place à la paix.*

— Pourquoi y a-t-il deux noms ?

— C'est le même. Plogojowitz est la version autrichienne de Blagojević. Du temps où il vivait ici, la région était sous la domination des Habsbourg.

— Pourquoi fut-il damné ?

— Parce que en 1725, le paysan Peter Plogojowitz mourut à Kisilova, son village natal.

— Ne commencez pas par sa mort. Dites-moi ce qu'il a fait dans sa vie.

— Mais c'est seulement après sa mort que sa vie s'est gâtée. Trois jours après son enterrement, Plogojowitz est venu voir sa femme à la nuit, et lui a réclamé une paire de chaussures afin de pouvoir voyager.

— Des chaussures ?

— Oui. Il les avait oubliées. Vous voulez toujours savoir ou vous comprenez que c'est inepte ?

— Racontez la suite, Vlad. J'avais une vague connaissance de ce mort qui voulait ses chaussures.

— Dans les dix semaines qui suivirent sa visite, neuf morts brutales frappèrent les habitants du village, tous des proches de Plogojowitz. Ils perdaient leur sang et mouraient d'épuisement. Pendant leur agonie, ils disaient avoir vu Plogojowitz se pencher sur eux, ou même se coucher sur eux. La panique saisit les habitants, convaincus que Plogojowitz était devenu un vampire qui venait aspirer leur vie. Et soudain, toute l'Europe ne parla plus que de lui. C'est à cause de Plogojowitz, à cause de Kisilova où tu bois du rakija ce soir, que le mot *vampyre* apparaît pour la première fois hors de ces contrées.

— À ce point ?

— Plog. Car après plus de deux mois, les villageois étaient décidés à rouvrir sa tombe pour l'exterminer, mais l'Église le proscrivait formellement. On s'exalta, l'Empire envoya les autorités civiles et religieuses pour calmer l'émeute. Autorités qui assistèrent impuissantes à l'exhumation. Mais qui observèrent et qui décrivirent. Le corps de Peter Plogojowitz ne montrait pas le premier signe de décomposition. Il était intact et couvert d'une peau toute fraîche.

— Comme la femme de Londres. Une Elizabeth dont le mari avait ouvert le cercueil après sept années pour y reprendre ses poèmes. Elle était comme neuve.

— C'était une vampire ?

— À ce que j'ai compris.

— Alors c'est normal. La vieille peau de Plogojowitz et ses anciens ongles traînaient dans la terre de la sépulture. Du sang lui sortait de la bouche et de tous ses orifices, par les narines, les yeux et les oreilles. Tous ces faits furent consignés scrupuleusement par les responsables autrichiens. Peter avait mangé son linceul et il était en érection, ce détail étant généralement omis dans les comptes rendus. Terrifiés, les paysans fabriquèrent un pieu et lui percèrent le cœur.

— Il fit entendre un râle ?

— Oui. Son hurlement horrible s'entendit dans tout le village, et un flot de sang se répandit dans la tombe. On remonta son corps hideux et on le brûla jusqu'à la dernière parcelle. On déterra ses neuf victimes, on les enferma dans un caveau scellé et, rapidement, on abandonna ce cimetière.

— Le vieux cimetière à l'ouest ?

— Oui. On redoutait la contagion sous terre. Et les morts cessèrent. Ainsi se raconte l'histoire.

Adamsberg avala une minuscule gorgée de rakija.

— À l'orée du bois, sous le tertre, ce sont ses cendres ?

— Il y a deux versions. Ses cendres auraient été répandues dans le Danube ou bien rassemblées dans cette tombe, loin du village. La croyance générale est qu'un morceau de Plogojowitz l'immonde a survécu car, sous ce tertre, on dit qu'on l'entend mâcher. Ce qui indique tout de même que Peter a perdu de sa toxicité, étant tombé au stade inférieur de mâcheur.

— Il est devenu un sous-vampire ?

— Un vampire passif, qui ne sort pas de sa tombe mais témoigne de son avidité en dévorant tout ce qu'il trouve autour de lui, son cercueil, son linceul, et la terre. Il y a des milliers de témoignages sur les mâcheurs. On entend le claquement de leurs dents sous la terre. Mieux vaut tout de même ne pas s'en approcher et les bloquer dans leur repaire.

— C'est pour cela, les rondins de bois, les pierres ?

— Pour l'empêcher de sortir, oui.

— Qui les met ?

— Arandjel, dit Vlad en baissant la voix alors que Danica venait leur remplir à nouveau leurs verres.

— Et pourquoi coupe-t-on les arbres autour ?

— Parce que leurs racines plongent dans la terre de la tombe. Le bois s'y contamine, il ne faut pas le laisser s'étendre. Ni cueillir une seule fleur autour car Plogojowitz est dans les tiges. Arandjel rase tout une fois par an.

— Il croit que Plogojowitz peut sortir de là ?

— Arandjel est le seul qui n'y croit pas. Ici, un quart des habitants en est convaincu dur comme fer. Un autre quart hoche la tête sans se prononcer, au cas où, pour ne pas s'attirer la rage du *vampir* en le moquant. L'autre moitié feint de ne pas y croire, dit que ce sont de vieilles histoires pour les ignorants d'antan. Mais ils ne sont jamais tranquilles, et c'est pourquoi les hommes n'ont pas quitté le village pendant la guerre. Seul Arandjel n'y croit vraiment pas. C'est pour cela qu'il ne craint pas de connaître l'histoire des *vampiri* sur le bout des doigts, depuis les *vârkolac*, les *opyr*, les *vurdalak* jusqu'aux *nosferat*, *veštica*, *stafia*, *morije*.

— Tant que cela ?

— Ici, Adamsberg, et dans un rayon de cinq cents kilomètres, il a existé des milliers de vampires. Mais l'épicentre, c'est là où nous sommes. Là où régna Plogojowitz le grand, le maître incontestable de la meute.

— Si Arandjel n'y croit pas, pourquoi leste-t-il la tombe ?

— Pour rassurer les habitants. Il change les rondins tous les ans car le bois pourrit en dessous. Et certains pensent que c'est parce que Plogojowitz a mangé la terre et qu'il commence à s'attaquer aux rondins. Alors Arandjel les remplace, et il coupe les surgeons des souches. Il est le seul à oser le faire, bien sûr. Personne ne s'approche du tertre, mais les gens sont dans l'ensemble raisonnables. On estime que Plogojowitz est impuissant car il a transféré sa force dans sa lignée.

— Où est sa lignée ? Ici ?

— Tu plaisantes ? Avant même qu'on eût déterré Plogojowitz, toute sa famille avait fui le village pour éviter d'être massacrée. Ses descendants se sont dispersés partout, va savoir où. Des petits vampiraillons à droite et à gauche. Mais certains prétendent que si Plogojowitz parvient à sortir de sa tombe, tout se reconstituera en une seule entité terrible. D'autres disent qu'une partie de Plogojowitz est bien là, mais qu'il règne en entier ailleurs.

— Où ?

— Je ne sais pas. Tout cela, ce sont les souvenirs de ce que me racontait mon dedo. Si cela t'amuse d'en savoir plus, il faudra voir avec Arandjel. C'est un peu l'Adrianus de la Serbie.

— Mais sait-on, Vlad, si une famille particulière a fait l'objet de la destruction de Plogojowitz ?

— Mais la sienne, je viens de te le dire. Il y eut neuf morts parmi ses proches. Ce qui signifie qu'il y avait une épidémie. Le vieux Plogojowitz était malade et il a transmis son infection à sa famille, qui l'a passée à ses voisins. C'est aussi simple que cela. Ensuite, dans la terreur, on a cherché un bouc émissaire, on est remonté au premier cas mortel, on lui a planté un pieu dans le cœur et tout fut dit.

— Et si l'épidémie avait continué ?

— C'est arrivé des quantités de fois. En ce cas on rouvre la tombe, en se figurant que des bouts de la créature néfaste sont toujours actifs, et on recommence.

— Et si on a jeté les cendres dans le fleuve ?

— On ouvre une autre tombe, d'un homme ou d'une femme soupçonnés d'avoir dérobé un débris du monstre sur le bûcher, de l'avoir mangé et d'être devenu *vampir* à son tour. Ainsi de suite jusqu'à l'extinction de l'épidémie. Aussi peut-on toujours dire à la fin : *Et les morts cessèrent*.

— Mais les morts continuent, Vladislav. Un Plögener à Pressbaum et un Plog à Garches. Deux rejetons de Plogojowitz, en Autriche et en France. On ne peut pas avoir autre chose que du rakija ? Ce truc me dévore comme ton mâcheur. Une bière ? Il y a de la bière ?

— De la Jelen.

— Très bien, de la Jelen.

— Il a pu survenir autre chose qui enclenche la vengeance. Suppose que Plogojowitz n'ait pas été un *vampir* en 1725 ? Alors ? Qu'en dirais-tu ?

Adamsberg sourit à la patronne qui lui apportait sa bière et chercha comment dire « merci ». Il consulta le dos de sa main.

— *Hvala*, dit-il, avec le geste de vouloir fumer, et Danica sortit de sa jupe un paquet d'aspect inconnu, des Morava.

— Cadeau, dit Vlad. Elle demande pourquoi tu as deux montres, dont aucune ne donne la bonne heure.

— Dis-lui que je ne sais pas.

— *On ne zna*, traduisit Vlad. Elle te trouve bel homme.

Danica retourna au bureau où elle faisait ses comptes, et Adamsberg suivit des yeux sa démarche, ses hanches épaisses sous la jupe grise et rouge.

— S'il n'y avait pas eu de *vampir* ? insista Vlad.

— Je chercherais une histoire de famille entraînant représailles et punition fatale. Un meurtre ignoré, un époux trahi, un enfant illégitime, une fortune qu'on détourne. Vaudel-Plog était très riche et il n'a pas laissé son argent à son fils.

— Tu vois. Cherche par là. Là où il y a de l'argent.

— Il y a les corps, Vlad. Démantibulés comme pour qu'aucune parcelle ne puisse se reconstituer. Est-ce qu'on dépeçait les vampires, ou se contentait-on du pieu et du feu ?

— C'est Arandjel qui sait.

— Où est-il ? Quand pourrai-je le voir ?

Un bref échange avec Danica puis Vlad revint vers Adamsberg, un peu étonné.

— Il paraît qu'Arandjel t'attend demain pour déjeuner et qu'il fera du chou farci. Il est au courant que tu as nettoyé et regardé la stèle – tout le monde est au courant. Il dit que tu ne dois pas jouer avec cela sans savoir, ou tu vas mourir.

— Tu disais qu'Arandjel n'y croyait pas.

— Ou tu vas mourir, répéta Vlad, qui vida le verre de rakija et éclata de rire.

XXXIII

Un petit chemin de terre menait à la maison d'Arandjel, au bord du Danube, et les deux hommes avançaient sans échanger un mot, à croire qu'un élément intrus avait modifié leurs rapports. À moins que les fumées vespérales de Vladislav ne le rendent silencieux au matin. Il faisait déjà chaud, Adamsberg balançait sa veste noire au bout de son bras, délassé, laissant s'estomper les fracas de la ville et de l'enquête dans la buée d'oubli qui montait du fleuve et couvrait l'image féroce de Zerk, l'atmosphère nerveuse de la Brigade, la menace capitale qui pesait sur lui, la flèche décochée par ces gens d'en haut et qui n'allait pas tarder à atteindre sa cible. Dinh était-il toujours allongé sur son lit de fièvre ? Avait-il réussi à retarder l'échantillon ? Émile ? Le chien ? Le gars qui avait peint sa protectrice en bronze ? Tous atténués dans le brouillard que Kisilova déposait avec douceur dans son esprit.

— Tu t'es levé tard, dit enfin Vladislav sur un ton contrarié.

— Oui.

— Tu n'as pas pris le petit déjeuner. Adrianus dit que tu te lèves toujours avec le chant du coq, comme un paysan, que tu as quatre heures d'avance sur lui à la Brigade.

— Je n'ai pas entendu le coq.

— Je crois que tu as très bien entendu le coq. Je crois que tu as couché avec Danica.

Adamsberg fit quelques mètres en silence.

— Plog, dit-il.

Vladislav fit rouler un caillou du bout de son pied, hésitant, puis rit doucement. Avec ses cheveux dénoués sur les épaules, il ressemblait à quelque guerrier slave lançant sa monture vers les terres de l'Ouest. Il alluma une cigarette et reprit le cours de son bavardage naturel.

— Tu vas perdre ton temps chez Arandjel. Tu vas apprendre des tas de choses très érudites mais rien qui pourra faire avancer ton enquête, rien que tu pourras écrire dans ton rapport. Inepte, comme dit Adrianus.

— Ce n'est pas grave, je ne sais pas écrire les rapports.

— Ton chef ? Qu'est-ce qu'il dira ? Que tu t'en vas faire l'amour au bord du Danube pendant qu'un tueur cavale en France ?

— Il pense toujours plus ou moins ça. Mon chef, ou je ne sais qui là-haut qui a barre sur mon chef, cherche à me faire exploser. Alors autant s'instruire ici.

Vladislav présenta Adamsberg à Arandjel, qui fit un signe de tête et apporta aussitôt le plat de chou farci sur la table. Vladislav servit en silence.

— Tu as nettoyé la pierre de Blagojević, dit Arandjel en commençant à manger, enfournant de très grosses bouchées. Tu as ôté la mousse. Tu as éclairé le nom.

Vladislav traduisait en simultané, assez vite pour qu'Adamsberg ait l'impression de parler directement avec le vieil homme.

— C'était une erreur ?

— Oui. On ne doit pas toucher sa tombe, sous peine de le réveiller. Les gens d'ici le redoutent, certains pourraient t'en vouloir d'avoir dégagé son nom.

Certains pourraient même penser qu'il t'a appelé à lui pour faire de toi son serviteur. Et te tuer avant que tu ne sèmes la mort dans le village. Petar Blagojević cherche un servant. Tu comprends ? C'est ce que craint Biljana, la femme qui a voulu te retenir. *Il t'a attiré, il t'a attiré,* c'est cela qu'elle t'a dit, elle me l'a rapporté.

— *On te je privukao, on te je privukao,* répéta Vladislav en serbe.

— Oui, c'est ce qu'elle a dit, admit Adamsberg.

— N'avance pas dans le monde des *vampiri* sans savoir, jeune homme.

Arandjel ménagea une pause, afin que l'idée pénètre profondément dans la tête d'Adamsberg, puis versa le vin.

— Vlad m'a dit hier soir ce qui t'intéressait dans l'histoire de Blagojević. Pose tes questions. Mais ne marche pas dans le lieu incertain.

— Où cela ?

— Dans le lieu incertain. C'est le nom de la clairière où il repose. Ce n'est pas ce pauvre Petar qui risque de te tomber dessus, mais un homme bien vivant. Comprends que la sécurité du village compte avant toute chose. Mange avant que ça ne refroidisse.

Adamsberg obéit et vida les trois quarts de son assiette avant de prendre la parole.

— Il y a eu deux terribles assassinats, en France et en Autriche.

— Je suis au courant. Vlad m'a raconté.

— Je pense que les deux victimes appartiennent à la descendance de Blagojević.

— Blagojević n'a pas de descendance connue sous ce nom. Tous les membres de sa famille ont quitté le village sous leur nom autrichien de Plogojowitz, afin que les gens d'ici ne les retrouvent jamais. Mais cela s'est su, grâce au voyage d'un Kiseljevien en Roumanie en 1813, qui ajouta à son retour ce nom de Plogojowitz sur la stèle. Les descendants actuels de Blagojević, s'il y en a, sont tous des Plogojowitz. Quelle est ton idée ?

— Les victimes n'ont pas seulement été tuées, leurs corps ont été anéantis. Je demandais hier à Vladislav comment on détruit un vampire.

Arandjel hocha plusieurs fois la tête, repoussa son assiette et roula une très grosse cigarette entre ses doigts.

— Le but n'est pas de détruire le vampire mais de faire en sorte qu'il ne revienne jamais. Qu'il soit bloqué, empêché. Il existe une grande quantité de manières de faire. On croit que la plus courante est de percer le cœur. Mais non. Partout, le plus important, ce sont d'abord les pieds.

Arandjel souffla une fumée épaisse et parla un assez long moment à Vladislav.

— Je vais faire le café, expliqua Vladislav. Arandjel te prie de lui pardonner l'absence de dessert, parce qu'il cuisine ses repas tout seul et qu'il n'aime pas les aliments sucrés. Il n'aime pas les fruits non plus. Il n'aime pas que du liquide coule et colle sur ses mains. Il demande comment tu as trouvé le chou farci, car tu n'en as pris qu'une fois.

— C'était délicieux, répondit sincèrement Adamsberg, embarrassé de ne pas avoir pensé à commenter le repas. Je ne mange jamais beaucoup à midi. Prie-le de ne pas s'en formaliser.

Après avoir écouté la réponse, Arandjel fit un signe d'acceptation, dit qu'Adamsberg pouvait l'appeler par son prénom, et reprit son exposé.

— La plus urgente des mesures est d'empêcher le mort de marcher. Si on avait un doute sur un défunt, on s'occupait donc avant tout de ses pieds, pour qu'il ne puisse plus se déplacer.

— Comment avait-on des doutes, Arandjel ?

— Il y avait des signes pendant la veillée funèbre. Si le cadavre gardait un teint rouge, si un bout de son linge se retrouvait dans sa bouche, s'il souriait, si ses yeux restaient ouverts. On lui attachait alors les deux pouces des pieds avec une ficelle, ou bien on lui mordait le gros orteil, ou on lui plantait des épingles dans la plante des pieds, ou on lui liait les jambes ensemble. Tout cela revient au même.

— On pouvait aussi couper les pieds ?

— Bien entendu. C'était une méthode plus radicale mais qu'on hésitait à employer sans certitude. L'Église punissait ce sacrilège. On pouvait aussi couper la tête, c'était fréquent, et la placer entre les deux pieds dans la tombe, pour que le mort ne puisse pas la récupérer. Ou lui attacher les deux mains dans le dos, le saucissonner sur une civière, lui boucher les narines, lui enfoncer des cailloux dans toutes les ouvertures, bouche, anus, oreilles. On n'en finirait pas.

— On faisait quelque chose avec les dents ?

— La bouche, jeune homme, est le point crucial du corps d'un *vampir*.

Arandjel se tut pendant que Vladislav servait le café.

— *Bon mangé ?* demanda Arandjel en français avec un sourire soudain qui traversa toute la largeur de son visage – et Adamsberg commençait à s'éprendre de ce vaste sourire kiseljevien. J'ai connu un Français à la libération de Belgrade en 1944. *Vin, femmes jolies, bœuf mode.*

Vladislav et Arandjel éclatèrent de rire ensemble et Adamsberg se demanda, une fois de plus, comment ils parvenaient à s'amuser avec si peu. Il aurait aimé y réussir.

— Le *vampir* veut dévorer sans cesse, reprit Arandjel, c'est pour cela qu'il mange son linceul ou même la terre de sa tombe. Soit on lui enfonçait des pierres dans la bouche pour le bloquer, ou de l'ail, ou de la terre, soit on serrait un linge autour de son cou pour qu'il ne puisse pas déglutir, soit on l'enterrait sur le ventre pour qu'il avale la terre sous lui et s'y enfonce peu à peu.

— Il y a bien des gens qui mangent des armoires, murmura Adamsberg.

Vlad s'interrompit, peu sûr de lui.

— Qui mangent des armoires ? C'est bien cela ?

— Oui. Des thékophages.

Vladislav traduisit et Arandjel ne sembla pas étonné.

— Cela arrive souvent chez vous ? s'informa-t-il.

— Non, mais un homme a mangé un avion aussi. Et à Londres, un lord a voulu manger les photos de sa mère.

— Moi, dit Arandjel, j'ai connu un homme qui a mangé son propre doigt, dit-il en levant son pouce. Il l'a coupé et il l'a fait cuire. Seulement, il ne s'en souvenait plus le lendemain et il réclamait partout son doigt. Cela se passait à Ruma. On a hésité long-temps entre lui dire la vérité et lui faire croire qu'un ours l'avait avalé dans la forêt. Finalement, une ourse est morte peu de temps après. On lui a rap-porté sa tête et l'homme s'est rasséréné en pensant que son doigt était dedans. Il a conservé cette tête pourrie.

— Comme l'ours blanc, dit Adamsberg. L'ours qui avait mangé un oncle sur la banquise et que le neveu rapporta à Genève à la veuve, qui le garda dans son salon.

— Remarquable, jugea Arandjel. Tout à fait remarquable.

Et Adamsberg se sentit fortifié, même s'il avait dû venir aussi loin pour trouver un homme qui appré-ciât à sa valeur l'histoire de l'ours. Mais il ne savait plus où il avait laissé la conversation et Arandjel le lut dans ses yeux.

— Manger les vivants, le linceul, la terre, rappela-t-il. C'est pourquoi on se méfiait beaucoup de ceux dont la denture était anormale. Soit que ces êtres aient des dents plus longues que d'autres, soit qu'ils soient nés avec une ou deux dents.

— Nés ?

— Oui, ce n'est pas si rare. Chez vous, César est né avec une dent, votre Napoléon et votre Louis XIV aussi, et tous ceux qu'on ne connaît pas. Pour certains, ce n'était pas un signe de vampirisme mais le signe d'un être d'essence supérieure. Moi, ajouta-t-il en faisant tinter ses dents grises contre son verre, je suis né comme César.

Adamsberg laissa passer le double rire bruyant de Vladislav et d'Arandjel et demanda du papier. Il reproduisit le dessin qu'il avait fait à la Brigade, marquant les zones du corps les plus touchées.

— C'est splendide, dit Arandjel en s'emparant du dessin. Les articulations, oui, pour empêcher le corps de se déplier. Les pieds bien sûr, les pouces encore plus, pour qu'il ne marche pas, le cou, la bouche, les dents. Le foie, le cœur, l'âme dispersée. Le cœur, siège de vie des *vampiri*, était très souvent sorti du cadavre pour subir un traitement spécial. C'est un anéantissement magnifique, effectué par un homme qui connaît parfaitement la question, conclut Arandjel comme s'il cautionnait un travail de professionnel.

— Dès l'instant où il ne pouvait pas brûler le corps.

— Exactement. Mais ce qu'il a fait revient exactement au même.

— Arandjel, est-il possible que quelqu'un y croie encore assez pour détruire tous les rejetons des Plogojowitz ?

— Comment cela « y croire » ? Mais tout le monde y croit, jeune homme. Tout le monde craint qu'à la nuit une pierre tombale ne se soulève, qu'un souffle froid passe sur son cou. Et personne ne pense que les morts feront de bons compagnons. Croire aux *vampiri*, ce n'est rien d'autre.

— Je ne parle pas de la grande vieille peur, Arandjel. Mais de quelqu'un qui y croirait strictement, pour qui les Plogojowitz seraient d'authentiques *vampiri* à exterminer. Est-ce possible ?

— Sans aucun doute s'il se figure que de là vient précisément son malheur. On cherche une cause extérieure à sa souffrance, et plus dure est la souffrance, plus grande doit être la cause. Ici, la souffrance du tueur est immense. Et la réponse est prodigieuse.

Arandjel se tourna pour parler à Vladislav, glissant le dessin d'Adamsberg dans sa poche. Sortir les chaises dehors, sous le tilleul et devant la boucle du fleuve, profiter du soleil, apporter des verres.

— Pas de rakija, je t'en prie, souffla Adamsberg.

— Pivo ?

— Oui, si cela ne vexe pas Arandjel.

— Aucun risque, il t'aime bien. Il y a peu de gens qui viennent lui parler de ses *vampiri* et tu lui apportes un cas nouveau. Grand amusement pour lui.

Les trois hommes se mirent en cercle sous l'arbre dans la chaleur du soleil et le clapotis du Danube, Arandjel fermant un peu les paupières. La brume s'était levée et Adamsberg regardait, sur l'autre rive, les sommets des Carpates.

— Dépêche-toi avant qu'il ne s'endorme, prévint Vladislav.

— C'est ici que je fais ma sieste, confirma le vieil homme.

— Arandjel, j'ai deux dernières questions.

— Je t'écoute tant que je n'ai pas fini ce verre, dit Arandjel en avalant une toute petite gorgée, le regard amusé.

Adamsberg eut l'impression d'être pris dans un jeu de vive intelligence où il devait réfléchir rapidement pendant que l'alcool s'épuisait, comme s'écoulait le sablier. La fin du verre sonnerait l'arrêt des paroles du savoir. Il évalua son temps disponible à cinq gorgées de rakija.

— Existe-t-il un lien entre Plogojowitz et le vieux cimetière du nord de Londres, Higegatte ?

— Highgate ?

— Oui.

— C'est plus grave qu'un lien, jeune homme. Car bien avant qu'on n'édifie ce cimetière, on dit qu'on apporta sur la colline le corps d'un Turc dans un cercueil. Qu'il reposa là seul pendant longtemps. Les gens mélangent tout, et ce n'était pas un Turc. C'était un Serbe et l'on dit que c'était le maître *vampir*, Plogojowitz lui-même. Fuyant sa terre pour régner depuis Londres. On dit même que c'est sa présence, là-haut sur cette colline, qui généra spontanément la construction du cimetière de Highgate.

— Plogojowitz est le maître de Londres, murmura Adamsberg, presque désarçonné. Alors celui qui dépose les chaussures ne lui fait pas d'offrande. Il le provoque, il le combat. Il lui démontre sa puissance.

— *Ti to veruješ*, dit Vlad en regardant Adamsberg, secouant sa chevelure. Tu y crois. Ne te laisse pas embringuer par Arandjel, c'est ce que me disait toujours Dedo. Il s'amuse comme le renardeau.

Adamsberg laissa à nouveau passer le chœur de leurs rires extrêmes, surveillant le niveau d'alcool dans la main d'Arandjel. Croisant son regard, Arandjel en siffla une nouvelle gorgée. Il ne restait qu'un petit centimètre dans le verre. « Le temps passe, choisis bien ta question. » Voilà exactement ce que semblait dire le sourire d'Arandjel, tel un sphinx mettant le passant à l'épreuve.

— Arandjel, est-ce qu'une personne a été particulièrement visée par Peter Plogojowitz ? Est-ce possible qu'une famille s'estime spécialement victime du pouvoir des Plogojowitz ?

— Inepte, dit Vlad, récupérant le mot de Danglard. Je t'ai déjà répondu sur cela. C'est sa propre famille qui a trinqué.

Arandjel leva une main pour faire taire Vladislav.

— Oui, dit-il. C'est conclu, ajouta-t-il en se versant un peu de rakija. Tu as gagné le temps d'un ultime verre avant ma sieste.

Concession qui semblait très bien arranger le vieil homme. Adamsberg sortit son carnet.

— Non, dit Arandjel fermement. Si tu n'es pas capable de t'en souvenir, c'est que cela ne t'intéresse pas assez. Alors tu n'auras rien perdu.

— J'écoute, dit Adamsberg en rempochant son carnet.

— Une famille au moins fut persécutée par Plogojowitz. Cela s'est passé au village de Medwegya, pas loin d'ici, dans le district de Braničevo. Tu pourras lire cela dans le *Visum et Repertum* que le médecin Flückinger rédigea en 1732 au profit du conseil militaire de Belgrade après clôture de l'enquête.

Le Danglard de la Serbie, se rappela Adamsberg. Il n'avait pas la moindre idée de ce *Visum et Repertum* ni comment le trouver, et le vieil Arandjel le mettait au défi de ne rien noter. Adamsberg frottait ses mains l'une contre l'autre, tendu dans la crainte d'oublier. Le *Visum et Repertum* de Flückinger.

— Le cas fit plus de bruit encore que celui de Plogojowitz, une véritable déflagration dans tout l'Occident, opposant violemment les pour et les contre, votre Voltaire ricanant, l'empereur d'Autriche s'en mêlant, Louis XV commandant de suivre l'enquête, les médecins s'arrachant les cheveux, d'autres priant pour leur salut, les théologiens pris de court. Ce fut un flot immense de littérature et de discussions. Venu d'ici, ajouta Arandjel, en jetant un coup d'œil aux collines alentour.

— J'écoute, répéta Adamsberg.

— Un soldat revint dans son village de Medwegya après plusieurs années de campagne pendant la guerre entre l'Autriche et la Turquie. Il n'était plus le même. Il raconta qu'il avait été victime d'un *vampir* pendant son équipée, qu'il avait combattu durement contre lui, que celui-ci l'avait poursuivi jusqu'en Perse turque et que, finalement, il avait réussi à abattre le monstre et à l'inhumer. Il avait emporté de la terre de sa sépulture et la mangeait régulièrement pour se protéger de ses coups. Signe que le soldat ne se sentait pas à l'abri du mort vivant, même s'il pensait l'avoir vaincu. Ainsi vivait-il à Medwegya en dévorant de la terre, allant par les cimetières, ameutant ses voisins. En 1727, il tomba d'une charrette de foin et se cassa le cou. Dans le mois qui suivit sa mort, il y eut quatre décès à Medwegya, *de la manière dont meurent ceux qui sont molestés de vampires*, et on cria que le soldat était devenu *vampir* à son tour. On s'agita si fort que les autorités acceptèrent son exhumation quarante jours après sa mort, sous leur observation. La suite est connue.

— Dites-la tout de même, demanda Adamsberg, craignant qu'Arandjel n'en finisse ici.

— Le corps était vermeil, le sang frais coulait de tous les orifices, la peau était neuve et tendue, les vieux ongles gisaient au fond de la tombe, et on ne constata aucun signe de décomposition. On planta un pieu dans le corps du soldat, qui fit entendre un hurlement effroyable. On dit aussi qu'il ne hurla pas mais poussa un soupir inhumain. On le décapita et on le brûla.

Le vieux avala une petite gorgée sous le regard vigilant d'Adamsberg. Il ne restait plus qu'un tiers du deuxième verre. Si Adamsberg avait bien écouté les dates, ce soldat était mort deux ans après Plogojowitz.

— Les quatre victimes furent à leur tour sorties de leurs tombeaux et subirent le même traitement. Mais comme on craignait que la contagion du vam-

pire de Medwegya ne s'étende à son voisinage funé-
raire, on décida de pousser l'investigation. Une
enquête officielle fut ouverte en 1731. On procéda à
l'ouverture de quarante tombes proches de celle du
soldat et on y découvrit que dix-sept corps étaient
demeurés gras et vermeils : il y avait là Militza,
Joachim, Ruscha, et son enfant, Rhode, la femme de
Bariactar et son fils, Stanache, Millo, Stanoicka et
d'autres. Tous furent arrachés de leurs sépultures
et brûlés. Et les morts cessèrent.

Il ne restait plus que quelques gouttes dans le verre
d'Arandjel, tout dépendait de la vitesse à laquelle il
déciderait de les boire.

— Si ce soldat s'était battu contre Peter Plogojowitz,
commença rapidement Adamsberg – car c'était bien
Plogojowitz, n'est-ce pas ?

— On le dit.

— En ce cas les membres de sa famille n'étaient
pas des vampires – comment dire – intentionnels,
mais ils pouvaient se considérer comme des victimes
de Plogojowitz, des êtres capturés et asservis. Des
hommes et des femmes vampirisés de force, détruits
par la créature.

— Sans aucun doute. C'est bien ce qu'ils sont.

Arandjel fit tourner la dernière goutte, examinant
l'éclat des facettes du verre sous le soleil.

— Le nom du soldat ? demanda précipitamment
Adamsberg. On le sait encore ?

Arandjel leva la tête vers le ciel blanc, et envoya la
goutte de rakija dans sa bouche sans porter le verre
à ses lèvres.

— Arnold Paole. Il s'appelait Arnold Paole.

— Plog, glissa Vladislav.

— Tâche de t'en souvenir, conclut Arandjel en
s'étendant dans son fauteuil. C'est un nom qui
échappe. Comme si l'aspiration des Plogojowitz
l'avait rendu inconsistant.

XXXIV

Adamsberg écoutait Weill bavarder dans le téléphone, s'enquérir des mets et des vins locaux, avait-il au moins goûté le chou farci ?

Ses pas le menaient tranquillement dans un paysage qui lui semblait à présent familier, presque le sien. Il reconnaissait telle fleur, telle ondulation du terrain, telle vue sur les toits. Il se retrouva à la fourche du chemin forestier, manqua prendre vers l'orée du bois, recula. *Attiré*, tu es *attiré*. Il descendit à angle droit et retrouva le chemin du fleuve, laissant son regard déambuler sur les hauteurs des Carpates.

— Vous m'écoutez, commissaire ?

— Bien sûr.

— C'est tout de même pour vous que je bosse.

— Non, c'est contre les sombres pouvoirs d'en haut.

— Possible, concéda Weill, qui n'aimait pas être pris en flagrant délit de sentiments honorables. J'amorce par le troisième barreau de notre échelle, échelle dont les montants sont, bien entendu, appuyés sur les gueules de l'enfer.

— Oui, dit Adamsberg, distrait par une grande quantité de papillons blancs. Ils jouaient dans la chaleur autour de sa tête, comme s'il était une fleur.

— Le juge du procès de la petite Mordent se nomme Damvillois. Vu, repéré. C'est un sujet médiocre à la carrière stagnante, mais dont le demi-frère est prééminent. Damvillois n'a rien à lui refuser, il compte sur lui pour s'élever. Quatrième barreau, ce demi-frère, Gilles Damvillois, puissant juge d'instruction de Gavernan, carrière en fusée, en position d'arracher la place de procureur général. À la condition que l'actuel procureur soit disposé à favoriser sa candidature. Cinquième barreau, l'actuel procureur, Régis Trémard, aux taquets pour arracher la présidence de la Cour de cassation, rien de moins. À condition que l'actuel président place Trémard devant les autres.

Adamsberg s'était enfoncé dans un sentier inconnu longeant la boucle du Danube, menant à un ancien moulin. Les papillons l'accompagnaient toujours, soit qu'ils se fussent attachés à lui, soit qu'il s'agît d'autres papillons.

— Sixième barreau, le président de la Cour de cassation, Alain Perrenin. Qui ambitionne la vice-présidence du Conseil d'État. À condition que l'actuelle vice-présidente appuie dans son sens. Je crois qu'ici nous commençons à chauffer. Septième barreau, la vice-présidente du Conseil d'État, Emma Carnot. Nous brûlons. Elle a rampé à la force des coudes, qu'elle a pointus, sans jamais perdre un demi-jour de sa vie en galéjades, repos de l'esprit, plaisirs et autres foutaises pour personnes sensibles. Colossale travailleuse, relations et points d'appui en quantité phénoménale.

Adamsberg avait pénétré dans le vieux moulin, levait la tête pour en examiner l'ancienne charpente, qui n'était pas agencée comme dans le vieux moulin de Caldhez. Les papillons l'avaient largué dans cette semi-obscurité. Au sol, il sentait sous ses pieds une couche de crottes d'oiseaux qui formait un tapis souple et agréable.

— Elle vise le ministère de la Justice, dit Adamsberg.

— Et de là plus loin encore. Elle vise tout, c'est une chasseuse effrénée. À ma demande, Danglard a fouillé le bureau de Mordent. Il y a trouvé le numéro personnel d'Emma Carnot, mal dissimulé, stupidement collé sous sa table. Excusable pour un brigadier, mauvais point pour un flic au grade de commandant. Mon avis est sans appel : quand on ne sait pas mémoriser dix numéros de téléphone, ne jamais se lancer dans une quelconque combine. Mon deuxième avis est celui-ci : faire toujours en sorte que personne ne fourre une grenade sous votre lit.

— Bien sûr, dit Adamsberg qui frémit à la pensée de ce Zerk qu'il avait laissé partir.

Une véritable bombe sous son lit, propre à lui faire sauter les entrailles, comme un crapaud. Mais lui seul le savait. Non, Zerk aussi, qui avait bien l'intention de s'en servir. *Je suis venu pour te pourrir la vie.*

— Content ? demanda Weill.

— D'apprendre que la femme forte du Conseil d'État est sur moi ? Pas vraiment, Weill.

— Adamsberg, à nous de savoir pourquoi Emma Carnot ne veut à aucun prix qu'on trouve le tueur de Garches. Collaborateur dangereux ? Fils ? Ancien amant ? On dit qu'elle ne fréquente aujourd'hui que des femmes mais certains susurrent – et j'en ai un dans ma manche qui susurre très fort depuis la cour d'appel de Limoges – qu'il y eut un époux dans le temps. Très vieux temps. Il faut toujours aller fouiner dans les anciens coffres de famille. Troisième avis : dissimuler sa famille et sa sexualité dans une cache inaccessible, si possible tout brûler.

— C'est ce qu'elle essaie sans doute de faire.

— J'ai cherché, Adamsberg. Je ne trouve ni mariage, ni lien avec l'affaire de Garches, ni avec celle de Pressbaum. Ni mariage, j'exagère.

Weill émit un bruit de langue, savoura un petit silence.

— La page qui pourrait correspondre à son nom de jeune fille à la mairie, mairie qui pourrait être la sienne car elle est née à Auxerre, a été proprement découpée. L'employée assure qu'une femme « du Ministère » a exigé d'être seule avec le registre pour un « secret défense ». Je pense que notre Emma Carnot perd les pédales. Nous sentons l'affolement. Une femme aux cheveux noirs, a dit la préposée. Quatrième avis : ne jamais utiliser une perruque, c'est ridicule. Nous sommes donc bien en face d'un mariage qu'on a soustrait à la connaissance du public.

— Le tueur n'a que vingt-neuf ans.

— Fils du mariage. Elle le protège. Ou fait en sorte que la folie de son fils n'entrave pas sa marche.

— Weill, la mère de Zerk s'appelle Gisèle Louvois.

— Je le sais. On peut envisager que Carnot s'est discrètement débarrassée du nouveau-né, réglant son adoption contre un bon paquet de fric.

— OK, Weill. À présent que nous voilà calés sur le septième barreau, comment procède-t-on ?

— On rafle l'ADN de Carnot, on le compare à celui du mouchoir et on y va. Facile comme tout, les poubelles du Conseil d'État sont sorties chaque matin sur la place du Palais-Royal. Aux jours des sessions plénières, on trouve dans ces poubelles les bouteilles d'eau et les gobelets de café ayant désaltéré les membres du Conseil. Parmi les bouteilles, celle de Carnot. Et ils ont une session demain. Désactivez ce portable, commissaire, et ne le remettez en route qu'à sept heures demain matin, sans faute.

— Heure de Paris ?

— Oui, neuf heures pour vous.

— Sans faute, enregistra Adamsberg, brusquement soulagé que la vice-présidente du Conseil d'État ait engendré ce Zerk. Car s'il ne se souvenait aucunement d'avoir fait l'amour avec une Gisèle, il était certain de n'avoir jamais couché avec la vice-présidente.

Il raccrocha et ôta la batterie du portable de Weill. Demain, neuf heures. Il lui faudrait expliquer sa sortie matinale à la patronne de la kruchema. Il se mordit les lèvres. Il avait juré de bonne foi à Zerk qu'il se souvenait toujours des noms et des visages des femmes avec qui il faisait l'amour. Et cette femme ne datait que d'hier. Il s'efforça, passa en revue les mots qu'il avait entendus, « kruchema », « kafa », « danica », « hvala ». Danica, il le tenait. Il s'arrêta devant la porte du moulin, pris d'une inquiétude bien plus grande. Le nom du soldat serbe dont Peter Plogojowitz avait pourri la vie ? Il le savait encore en prenant le chemin du fleuve. Mais l'appel de Weill lui avait ôté du cerveau. Il prit sa tête dans les mains, en pure perte.

Le bruissement vint de derrière, comme un sac qu'on traîne au sol. Adamsberg se retourna, il n'était pas seul au moulin.

— Alors, connard ? dit la voix dans l'ombre.

XXXV

C'est le bruit grinçant d'un rouleau d'adhésif qu'on débite par saccades qui ramena Adamsberg à la conscience. Zerk l'embobinait dans du scotch de déménagement. Ses jambes étaient déjà immobilisées quand il le tira hors du moulin et le hissa dans une voiture à une vingtaine de mètres de là.

Combien de temps l'avait-il laissé ligoté, au sol du vieux moulin ? Jusqu'à la venue de l'obscurité, il devait être maintenant plus de neuf heures du soir. Il bougea ses pieds, mais le reste était pris comme une momie dans ses bandelettes collantes. Ses poignets étaient coincés, sa bouche close. De l'homme, il ne voyait qu'une masse noire. Mais il l'entendait. Le bruit du cuir de son blouson, les souffles de son effort, ses onomatopées sans bon sens. Puis un bref parcours sur le siège arrière de la voiture, sur moins d'un kilomètre, et l'arrêt. Zerk le tirait par ses poignets soudés, comme si ses bras avaient formé l'anse d'un énorme panier. Il peina sur une trentaine de mètres, s'arrêtant cinq fois, tandis que des graviers roulaient sous le torse d'Adamsberg. Il le lâcha d'un coup, soufflant, grommelant toujours, et ouvrit une porte.

Des graviers sous son dos, qui perçaient sa chemise. Où avait-il vu des graviers pointus dans Kisilova ? Des graviers noirs, différents de ceux qu'on voit en France. L'homme avait fait tourner une clef, une grosse et vieille clef d'après le son lourd du métal. Puis il revint vers lui, l'attrapa par l'anse de ses bras, lui fit descendre brutalement quelques marches de pierre et le laissa tomber au sol. De la terre battue. Zerk fendit le scotch aux poignets, lui ôta la veste, la chemise, coupant les habits de plusieurs coups de couteau pour s'en défaire plus vite. Adamsberg tenta de réagir mais il était déjà trop faible, ses jambes étaient prises et froides, et la botte du gars écrasait son thorax. Puis ce scotch à nouveau, qui s'enroula cette fois autour de son torse, plaquant ses bras contre ses flancs, puis autour de ses pieds, figés comme le reste. Quelques pas, et Zerk ferma la porte sans un mot. Le froid intense contrastait avec la nuit tiède, l'obscurité était absolue. Une cave, sans même un soupirail.

— Tu sais où t'es, connard ? Pourquoi tu m'as pas foutu la paix ?

La voix lui parvenait déformée, un peu aiguë et chuchotante, comme d'un poste de radio ancien.

— Je te connais maintenant, flicard, je prends mes précautions. Tu es dedans, je suis dehors. J'ai glissé un émetteur sous la porte, c'est par là que je te parle. Si tu gueules, personne t'entendra, essaie même pas. Personne vient jamais là. La porte a dix centimètres d'épaisseur, les murs sont comme une forteresse. Un vrai bunker.

Zerk fit entendre un rire court et sans mélodie.

— Et tu sais pourquoi ? Parce que t'es dans un tombeau, connard. Dans le tombeau le plus hermétique de tout Kisilova, dont personne ne doit jamais sortir. Je te décris l'endroit, puisque tu vois rien, pour que tu puisses t'imaginer avant de mourir. Quatre cercueils en étagères d'un côté, cinq de l'autre. Neuf morts. Ça te va ? Et le cercueil qui est juste à ta droite, si tu l'ouvrais, je suis pas sûr que tu trouves un squelette. Peut-être un corps tout frais et gonflé de sève. Elle s'appelle Vesna et elle dévore les hommes. Possible que tu lui plaises !

Nouveau rire.

Adamsberg ferma les yeux. Zerk. Où se terrait-il durant ces deux jours ? Dans les bois, dans une des cabanes abandonnées des clairières, peut-être. Et qu'est-ce que ça pouvait bien foutre ? Zerk l'avait suivi, il l'avait trouvé et c'était fini. Incapable de bouger ses membres, Adamsberg sentait déjà ses muscles s'ankyloser, le froid pénétrer son corps. Zerk avait raison, personne ne s'aventurait dans l'ancien cimetière, surtout pas. Grand lieu abandonné depuis l'effroi de 1725, comme l'avait expliqué Arandjel. On ne prenait pas le risque d'y entrer, pas même pour redresser les pierres basculées des ancêtres. Et c'est là qu'il était, à huit cents mètres du village, dans le caveau des neuf victimes de Plogojowitz, édifié loin des autres, et que nul n'aurait approché. Sauf Arandjel. Mais qu'est-ce qu'Arandjel pouvait savoir de la situation ? Rien. Vladislav ? Rien. Seule Danica s'inquiétait peut-être de ne pas le voir revenir à la kruchema. Il avait manqué le dîner, des *kobasice* avait dit la patronne. Mais que pouvait faire Danica ? Aller voir Vlad. Qui irait voir Arandjel. Et ensuite ? Où le chercher ? Au long du Danube par exemple. Mais qui irait penser qu'un Zerk noir l'avait bouclé dans le caveau du vieux cimetière ? Arandjel pourrait l'envisager, en désespoir de cause. Dans une semaine, dans dix jours. D'ici là, il pouvait tenir sans manger et sans boire. Mais Zerk n'était pas un imbécile. Ainsi immobilisé dans le froid, le sang se figeant dans son corps qui fourmillait déjà, il ne tiendrait pas deux jours. Peut-être même pas jusqu'à demain. *N'avance pas dans le monde des* vampiri *sans savoir, jeune homme.* Avec la violence de la peur, il regretta. Le tilleul, les Carpates, les facettes du petit verre de rakija.

— Demain tu seras crevé, connard. Si ça peut te faire plaisir, je suis retourné chez toi. J'ai tué la petite chatte d'un seul coup de botte. Elle a giclé partout. Ça m'énervait que tu m'aies forcé à la sauver. Comme ça tu me dois rien. J'ai aussi pris ton foutu ADN dans ta baraque. Comme ça je ferai la preuve. Et tout le monde saura qu'Adamsberg avait largué son gosse et quel gosse c'était devenu. À cause de toi. Toi. Toi. Et tu seras honni par-delà les générations.

Les pères ont mangé les raisins verts et les dents des enfants en ont été agacées. Adamsberg respirait mal, Zerk avait serré très fort le scotch sur sa poitrine. *Demain tu seras crevé, connard.* Membres immobiles et respiration réduite, manque d'oxygénation du sang, ça n'allait pas traîner. Pourquoi fallait-il que l'image du chaton explosé sous la botte de Zerk lui fasse du mal ? Alors qu'il allait crever dans quelques heures ? Pourquoi fallait-il qu'il pense aux *kobasice*, sans savoir en quoi cela pouvait consister ? *Kobasice* qui l'amenaient à Danica, qui l'amenait à Vlad et ses poils de chat, qui l'amenait à Danglard, Danglard à Tom et à Camille, insouciants en Normandie, qui l'amenaient à Weill, à cette Emma Carnot, avec qui il n'avait jamais couché. Et Gisèle ? Jamais non plus. Pourquoi, en ce moment même, sa tête ne pouvait-elle rester en place, se concentrer sur une seule et tragique pensée ?

— Je reconnais qu'un seul truc, reprit la voix comme à regret. T'as été fort. T'as pigé. Je prends ta tête et je te laisse ton corps. Je te laisse là, connard, comme toi tu m'as laissé.

Zerk tira sur le fil, l'émetteur glissa sous la porte, ce fut le dernier son qu'Adamsberg entendit. Sauf le souffle de son acouphène agonisant qui bruissait dans son oreille, presque disparu réalisa-t-il à cet instant. À moins qu'il ne s'agisse du soupir de la femme vermeille qui dormait sur la couchette du bas, à côté de lui à droite. Adamsberg se prit à souhaiter que la *vampir* Vesna sorte de son cercueil et vienne lui sucer le sang, lui donnant la vie éternelle. Ou simplement de la compagnie. Mais rien à faire. Même dans ce tombeau, il ne croyait à rien. Sans qu'il puisse le contrôler, son corps trembla pendant quelques secondes. Quelques secousses convulsives, le début du déraillage organique sûrement. Sa pensée affolée fila vers l'homme aux doigts d'or puis vers son fusible F3. Le soin du Dr Josselin le ferait-il résister plus longtemps que d'autres ? Avec son fusible et son pariétal réparés ? Un nouveau frisson le glaça sous son bandage de scotch. Non. Aucune chance.

À quoi faut-il penser quand on va mourir ?

Des vers lui traversèrent l'esprit, lui qui n'en avait jamais retenu un seul. C'était comme ce mot *kobasice* dont il se souvenait. S'il avait vécu jusqu'au lendemain, il se serait peut-être éveillé en sachant l'anglais. En se souvenant normalement des choses, comme les autres.

Dans la nuit du tombeau, Toi qui m'as...

C'était un des vers que Danglard marmonnait souvent, entre mille autres. Mais il ne se rappelait pas la fin.

Dans la nuit du tombeau, Toi qui m'as...

Déjà il ne sentait plus le bas de ses jambes. Il mourrait là comme un *vampir,* la bouche scellée et les pieds noués. Ainsi ne peuvent-ils plus jamais ressortir. Mais Peter Plogojowitz l'avait fait, lui. Il était reparti comme la flamme à partir d'une bricole de ses propres décombres. Il s'était emparé de Higegatte, de la femme de ce Dante, et des jeunes lycéennes. Il avait continué à asservir la famille vampirisée de ce soldat serbe. Famille vengeresse dont descendait ce cinglé de Zerk à coup certain, mais il ne pourrait plus adresser des texti à Danglard pour le savoir. Salopard de Weill qui lui avait fait ôter son GPS. Pourquoi ?

Dans la nuit du tombeau, Toi qui m'as consolé[1].

Il avait retrouvé la suite du vers. Il respirait par petites bouffées, plus difficiles que tout à l'heure. Asphyxie plus rapide encore qu'il ne l'avait pensé, Zerk savait y faire.

Tout à l'heure quand ? Cela devait faire une heure que Zerk avait quitté le cimetière. Il n'entendait pas la cloche de l'église pour le guider. Trop loin du village. Ni ne pouvait voir ses montres, pas même capables de lui donner l'heure des pissées de Lucio.

Dans la nuit du tombeau, Toi qui m'as consolé.

Il y avait une suite dans ce poème, quelque chose comme *les soupirs de la sainte et les cris de la fée*. Oui, comme Vesna.

Une respiration, une autre. La sienne.

Arnold Paole. Il avait retrouvé le nom du soldat vaincu par Peter Plogojowitz. Et cela, il ne l'oublierait jamais.

1. Gérard de Nerval, *El Desdichado*.

XXXVI

Danica entra sans frapper dans la chambre de Vladislav, alluma sa lampe de chevet, secoua le jeune homme.

— Il n'est pas rentré. Il est trois heures du matin.

Vlad leva la tête, la laissa retomber sur son oreiller.

— C'est un flic, Danica, bougonna-t-il, sans prendre le temps de réfléchir. Il n'agit pas comme tout le monde.

— C'est un flic ? répéta Danica, choquée. Tu as dit que c'était un ami qui avait eu un choc mental.

— Un choc psychoémotionnel. Désolé, Danica, ça m'a échappé. Mais c'est un flic. Qui a eu un choc psychoémotionnel.

Danica croisa ses bras sur sa poitrine, troublée, offensée, revisitant sa nuit précédente dans les bras d'un policier.

— Qu'est-ce qu'il trafique ici ? Il soupçonne quelqu'un de Kiseljevo ?

— Il cherche la trace d'un Français.

— Qui ?

— Pierre Vaudel.

— Pourquoi ?

— Quelqu'un l'a peut-être connu ici, il y a long-temps. Laisse-moi dormir, Danica.

— Pier Vaudel ? Ça ne me dit rien, dit Danica en se rongeant l'ongle du pouce. Mais je ne me rappelle pas les noms des touristes. Il faudrait regarder dans le registre. C'était quand ? Avant la guerre ?

— Bien avant je crois. Danica, il est trois heures du matin. Qu'est-ce que tu fais dans ma chambre au juste ?

— Je te l'ai dit. Il n'est pas rentré.

— Je t'ai répondu.

— Ce n'est pas normal.

— Rien n'est normal avec un flic, tu sais cela.

— Il n'y a rien à faire ici la nuit, même s'il est policier. On ne dit pas « flic », Vladislav, on dit « policier ». Tu n'es pas devenu un jeune homme très poli. Mais ton dedo ne l'était pas non plus.

— Laisse mon dedo, Danica. Et laisse tes convenances. Tu ne les respectes pas tant que cela.

— Qu'est-ce que tu veux dire ?

Vlad fit un effort et s'assit sur son lit.

— Rien. Tu t'inquiètes à ce point ?

— Oui. Ce qu'il venait faire ici, c'était dangereux ?

— Je n'en sais rien, Danica, je suis fatigué. Je ne connais pas l'affaire, je m'en fous, je suis juste venu pour traduire. Il y a eu un meurtre près de Paris, une chose assez horrible. Et un autre avant en Autriche.

— S'il y a des meurtres, dit Danica en attaquant profondément son ongle, on peut dire qu'il y a du danger.

— Je sais que, dans le train, il pensait qu'il était suivi. Mais tous les flics sont un peu comme ça, non ? Ils ne regardent pas les autres comme nous. Il est peut-être retourné chez Arandjel. Je crois qu'ils avaient des tas d'histoires amusantes à se raconter.

— Tu es un idiot, Vladislav. Comment veux-tu qu'il parle avec Arandjel ? Avec les mains ? Il ne connaît pas un mot d'anglais.

— Comment le sais-tu ?

— Ce sont des choses qu'on sent, répliqua Danica, embarrassée.

— Bien, dit Vlad. Laisse-moi dormir à présent.

— Les policiers, continua Danica en attaquant ses deux pouces à la fois, le meurtrier les tue quand ils s'approchent de la vérité. Hein, Vladislav ?

— Si tu veux mon avis, il s'en éloigne à très grands pas.

— Pourquoi ? demanda Danica, lâchant ses pouces brillants de salive.

— Si tu continues à te manger les ongles, un jour tu te mangeras un doigt tout entier. Et le lendemain, tu le chercheras partout.

Danica secoua la masse de ses cheveux blonds, impatiente, et reprit son rognage.

— Tu es certain qu'il s'éloigne ? Pourquoi ?

Vlad rit doucement et posa ses mains sur les rondes épaules de la patronne.

— Parce qu'il croit que le Français et l'Autrichien assassinés sont des Plogojowitz.

— Et ça te fait rire ? dit Danica en se levant. Ça te fait rire ?

— Mais ça fait rire tout le monde, Danica, même ses flics de Paris.

— Vladislav Moldovan, tu n'as pas plus de cervelle que ton dedo Slavko.

— Alors, tu es comme les autres, hein ? *Ti to verujš ?* Tu ne pénètres pas dans le lieu incertain ? Tu ne vas pas saluer la tombe de ce pauvre vieux Peter ?

Danica lui plaqua la main sur la bouche.

— Tais-toi, au nom du Seigneur. Que cherches-tu à faire ? À l'attirer ? Non seulement tu n'es pas poli, Vladislav, mais tu es sot et présomptueux. Et tu es d'autres choses encore que le vieux Slavko n'était pas. Égoïste, paresseux, lâche. Si Slavko était encore là, il aurait cherché ton ami.

— Maintenant ?

— Tu ne vas pas laisser aller une femme seule dans la nuit ?

— On ne verra rien dans la nuit, Danica. Réveille-moi dans trois heures, ce sera l'aube.

À six heures du matin, Danica avait augmenté le groupe de recherches du cuisinier Boško et de son fils Vukasin.

— Il connaît les chemins, leur expliqua Danica, il allait se promener.

— Peut-être tombé, dit sobrement Boško.

— Vous allez au fleuve, dit Danica, moi et Vladislav vers le bois.

— Et son portable ? demanda Vukasin. Vladislav a le numéro ?

— J'ai essayé, dit Vlad, qui semblait toujours s'amuser, et Danica a insisté de trois heures à cinq heures du matin. Rien. Il est hors réseau ou sans batterie.

— Ou dans l'eau, dit Boško. Il y a un méchant passage près de la grosse pierre, si on ne connaît pas. Les planches branlent, l'endroit est mauvais. Des têtes d'oiseaux, les étrangers.

— Et le lieu incertain ? Personne n'y va ? demanda Vlad.

— Range tes amusements, mon petit, dit Boško.

Et pour une fois, le jeune homme se tut.

Danica était chavirée. Il était dix heures du matin et elle servait le petit déjeuner aux trois hommes. Elle devait admettre qu'ils avaient sans doute raison. On n'avait trouvé aucune trace d'Adamsberg. On n'avait entendu aucun appel, aucune plainte. Mais le sol du vieux moulin avait été piétiné, c'était certain, la couche de fiente d'oiseau était remuée. Puis les traces continuaient dans l'herbe jusqu'à la route, où des marques de pneus étaient bien visibles sur la courte portion en terre.

— Tu peux te tranquilliser, Danica, disait d'une voix douce le très imposant Boško, au crâne chauve équilibré par une grosse barbe grise. C'est un policier, il en a vu d'autres et il sait ce qu'il fait. Il a demandé une voiture et il est parti pour Beograd parler avec les *policajci*. Tu peux en être sûre.

— Sans dire au revoir, comme ça ? Il n'est même pas passé voir Arandjel.

— Les policajci sont ainsi, Danica, assura Vukasin.

— Pas comme nous, résuma Boško.

— Plog, dit Vladislav, qui commençait à éprouver un peu de compassion pour la bonne Danica.

— Il a peut-être eu une urgence. Il aura dû partir tout de suite.

— Je peux appeler Adrianus, proposa Vlad. Si Adamsberg est avec les flics de Beograd, il le saura.

Mais Adrien Danglard n'avait reçu aucune nouvelle d'Adamsberg. Plus inquiétant, Weill avait un rendez-vous téléphonique avec lui à neuf heures ce matin, heure de Belgrade, et le portable ne répondait pas.

— L'appareil ne peut pas être à plat, insista Weill auprès de Danglard. Il ne l'allumait pas, il ne servait que pour nous deux et nous n'avons parlé qu'une seule fois, hier.

— Eh bien il est injoignable et introuvable, dit Danglard.

— Depuis quand ?

— Depuis qu'il a quitté Kisilova pour une balade, vers cinq heures de l'après-midi hier. Trois heures, heure de Paris.

— Seul ?

— Oui. J'ai appelé les flics de Beograd, de Novi Sad, de Banja Luka. Il n'a contacté aucun service de police dans le pays. Ils ont vérifié auprès des taxis locaux, aucune voiture n'a chargé de client à Kisilova.

Quand Danglard raccrocha, sa main tremblait, la sueur se déposait sur son dos. Il avait rassuré Vladislav, il lui avait dit que, chez Adamsberg, une absence inopinée n'était pas alarmante. Mais c'était faux. Adamsberg avait disparu depuis dix-sept heures, dont une nuit entière. Il n'était pas sorti de Kisilova, ou il l'aurait prévenu. Danglard ouvrit le tiroir de son bureau, sortit la bouteille de rouge intacte. Bon vin de Bordeaux, pH haut, très faible acidité. Il fit la moue, reposa la bouteille avec mauvaise humeur, descendit l'escalier en vrille qui conduisait à la cave. Il restait une bouteille de blanc glissée derrière la chaudière, qu'il ouvrit comme un débutant en déchirant le bouchon. Il s'assit sur la caisse familière qui lui servait de banc, avala quelques gorgées. Pourquoi le commissaire avait-il laissé le GPS à Paris, bon sang ? Le signal était fixe, indiquant sa maison. Dans le froid de cette cave qui sentait le moisi et l'égout, il sentit qu'il perdait Adamsberg. Il aurait dû l'accompagner à Kisilova, il le savait, il l'avait dit.

— Qu'est-ce que tu fous ? demanda la voix rauque de Retancourt.

— N'allume pas cette foutue lumière, dit Danglard. Laisse-moi dans le noir.

— Que se passe-t-il ?

— Pas de nouvelles de lui depuis dix-sept heures. Disparu. Et si tu veux mon sentiment, mort. Le *Zerquetscher* l'a descendu à Kiseljevo.

— Qu'est-ce que Kiseljevo ?

— C'est l'entrée du tunnel.

Danglard lui désigna une autre caisse, comme on offre un siège dans un salon.

XXXVII

Son corps avait tout entier disparu dans une nappe de froid et d'insensibilité, sa tête fonctionnait encore partiellement. Des heures avaient dû passer, six peut-être. Il sentait encore l'arrière de son crâne, quand il avait la force de le faire osciller contre le sol. Essayer de garder le cerveau au chaud, continuer à faire marcher les yeux, les ouvrir, les fermer. C'étaient les derniers muscles sur lesquels il pouvait agir. Faire bouger ses lèvres sous le scotch qui s'était un peu décollé avec la salive. Et après ? À quoi bon des yeux encore vivants à côté d'un cadavre ? Ses oreilles entendaient. Il n'y avait rien à entendre, sauf le misérable moustique de son acouphène. Dinh était un gars à savoir faire bouger ses oreilles, mais pas lui. Ses oreilles, sentait-il, seraient sa dernière partie à vivre. Elles voleraient ensemble dans ce tombeau comme un papillon disgracieux, beaucoup moins joli que ceux de la nuée qui l'avait accompagné jusqu'au vieux moulin. Les papillons n'avaient pas voulu y entrer, il aurait dû réfléchir et les imiter. Il faut toujours suivre les papillons. Ses oreilles captèrent un son du côté de la porte. Il ouvrait. Il revenait. Inquiet, venu vérifier si la besogne était achevée. Et sinon, il la finirait à sa façon, hache, scie, pierre. Un nerveux, un anxieux, les mains de Zerk ne cessaient de se croiser et se décroiser.

La porte s'écarta, Adamsberg ferma les yeux pour échapper au choc de la lumière. Zerk rabattit le battant avec de grandes précautions, en prenant son temps, alluma une torche pour l'examiner. Adamsberg sentait le rayon aller et venir sur ses paupières. L'homme s'agenouilla, attrapa le scotch qui scellait la bouche et l'arracha violemment. Puis il palpa le corps, vérifia les bandages tout au long. Il respirait fort maintenant, il fouillait dans son sac. Adamsberg ouvrit les yeux, le regarda.

Ce n'était pas Zerk. Ses cheveux n'étaient pas les cheveux de Zerk. Courts et très épais, semés d'éclats roux qui accrochaient la lumière de la lampe. Adamsberg ne connaissait qu'un seul homme à la chevelure aussi étrange, brune et tachetée de mèches rousses, là où le couteau s'était planté quand il était enfant. Veyrenc, Louis Veyrenc de Bilhc. Et Veyrenc avait quitté la Brigade après le lourd combat qui l'avait opposé à Adamsberg[1]. Il était parti depuis des mois rejoindre son village de Laubazac, il trempait ses pieds dans les rivières du Béarn, il n'avait jamais plus donné de nouvelles.

L'homme avait sorti un couteau et s'attelait à fendre l'armure de scotch qui comprimait sa poitrine. Le couteau coupait mal, avançait lentement, l'homme grondait et jurait. Et ce n'était pas le grondement de Zerk. C'était celui de Veyrenc, assis à califourchon sur lui, s'escrimant sur les bandelettes. Veyrenc essayait de le tirer de là, Veyrenc dans ce caveau, à Kisilova. Dans la tête d'Adamsberg se forma une immense boule de gratitude envers le compagnon d'enfance et l'ennemi d'hier, Veyrenc, *dans la nuit du tombeau, toi qui m'as consolé*, presque une boule de passion, Veyrenc, le versificateur, le gars compact aux lèvres tendres, l'emmer-

---

1. Voir, du même auteur, *Dans les bois éternels* (Éd. Viviane Hamy, 2006 ; Éd. J'ai lu, n° 9004).

deur, l'être unique. Il essaya de bouger les lèvres, de prononcer son nom.

— Ta gueule, dit Veyrenc.

Le Béarnais parvint à ouvrir la carapace de scotch, tira dessus sans ménagement, arrachant les poils de la poitrine et des bras.

— Ne parle pas, ne fais pas de bruit. Si ça te fait mal, tant mieux. C'est que tu sens encore quelque chose. Mais ne crie pas. Tu sens une partie de ton corps ?

— Rien, fit comprendre Adamsberg en secouant à peine la tête.

— Bon sang, tu n'arrives plus à parler ?

— Non, signifia Adamsberg de la même façon.

Veyrenc s'attaqua au bas de la momie, dégagea peu à peu les jambes et les pieds. Puis il jeta rageusement derrière lui l'énorme tas de scotch emmêlé et commença à frapper du plat des mains sur le corps, violemment, comme un batteur lancé dans une improvisation frénétique. Il fit une pause au bout de cinq minutes, tira sur ses bras pour les délasser. Sous sa forme un peu ronde, ses muscles aux contours estompés, Veyrenc possédait une force de brute et Adamsberg entendait sans vraiment le sentir le claquement de ses mains. Puis Veyrenc changea de technique, attrapa les bras, les plia, les déplia, fit de même avec les jambes, frappa de nouveau sur toute la surface, massa le cuir chevelu, repartit aux pieds. Adamsberg faisait bouger ses lèvres insensibles, avec l'impression qu'il pourrait commencer à former des mots.

Veyrenc s'en voulait de ne pas avoir emporté d'alcool, comment aurait-il pu imaginer ? Il fouilla sans espoir les poches du pantalon d'Adamsberg, en sortit deux portables, des foutus tickets de bus inutiles. Il attrapa les lambeaux de veste qui gisaient au sol, passa d'une poche à une autre, clefs, préservatifs, carte d'identité, et ses doigts attrapèrent de minuscules flacons. Adamsberg avait sur lui trois petites bouteilles de cognac.

— Froi – ssy, murmura Adamsberg.

Veyrenc n'eut pas l'air de comprendre car il approcha son oreille de ses lèvres.

— Froi – ssy.

Veyrenc n'avait connu le lieutenant Froissy que peu de temps, mais il capta le message. Brave Froissy, femme formidable, corne d'abondance. Il dévissa la première bouteille, souleva la tête d'Adamsberg et fit couler.

— Tu arrives à avaler ? Tu déglutis ?

— Oui.

Veyrenc termina la bouteille, dévissa la seconde et enfonça le goulot entre les dents, avec l'impression d'être un chimiste versant un produit miracle dans un grand contenant. Il vida les trois bouteilles et observa Adamsberg.

— Tu sens quelque chose ?

— De – dans.

— Parfait.

Veyrenc fouilla à nouveau dans son sac, sortit sa grosse brosse à cheveux – nécessaire car aucun peigne ne pouvait traverser la chevelure dense du Béarnais. Il enroula sa brosse dans un lambeau de chemise et frotta la peau comme on bouchonne un cheval crotté.

— Ça te fait mal ?

— Ça com – mence.

Pendant une demi-heure encore, Veyrenc le pétrit de coups, actionna les membres, le brossa, en même temps qu'il consultait Adamsberg pour savoir quelle partie « revenait ». Les mollets ? Les mains ? Le cou ? Le cognac chauffait sa gorge, la parole revenait.

— On essaie de te mettre debout à présent. On n'aura jamais les pieds autrement.

Se calant contre un cercueil, le solide Veyrenc le releva sans peine et le cala sur ses pieds.

— Non mon – vieux, je ne – sens pas le – sol.

— Reste debout, fais descendre le sang.

— Je – ne crois pas – que ce sont mes – pieds, je crois que – ce sont deux – sabots de – cheval.

Pendant qu'il maintenait Adamsberg, Veyrenc observait pour la première fois les lieux, baladant sa lampe.

— Il y a combien de morts là-dedans ?

— Il y a – les neuf. Et – une qui – n'est pas vraiment – morte. C'est une – vampire, Vesna. Si tu es – ici, tu – es au courant – de ça.

— Je ne suis au courant de rien. Je ne sais même pas qui t'a foutu dans ce caveau.

— Zerk.

— Connais pas. Il y a cinq jours, j'étais à Laubazac. Fais descendre le sang.

— Alors comment es – tu là ? La montagne t'a – vomi jusqu'ici ?

— Oui. Comment vont tes sabots de cheval ?

— Il y en a – un qui s'en va. Je peux – marcher en – boitant.

— Tu as ton arme quelque part ?

— À la – kruchema. Auberge. Et toi ?

— Je n'ai plus d'arme. On ne peut pas sortir d'ici sans protection. Le type est revenu quatre fois pendant la nuit vérifier la porte du tombeau, écouter à travers. J'ai attendu qu'il disparaisse, et attendu encore pour être sûr qu'il ne se pointerait pas.

— On – sort avec – qui ? Avec Vesna ?

— Sous la fente de la porte, il y a un jour d'un demi-centimètre. On capte peut-être du réseau. Reste debout, je te lâche.

— Je n'ai qu'un – pied et je suis un peu – bourré, avec ton co – gnac.

— Tu peux bénir ce cognac.

— Je bénis. Toi aussi, je te – bénis.

— Ne bénis pas si vite, tu peux le regretter.

Veyrenc se coucha à plat ventre, cala son télé-phone contre la porte et l'examina sous sa lampe.

— On a une à deux impulsions, ça peut passer. Tu connais le numéro de quelqu'un dans le village ?

— Vladis – lav. Cherche dans mon por – table. Il parle français.

— Très bien. Comment s'appelle cet endroit ?

— Caveau des neuf vic – times de Plogojo – witz.

— Charmant, commenta Veyrenc en tapant le numéro de Vladislav. Neuf victimes. C'était un meur-trier en série ?

— Un maître vam – pire.

— Ton ami ne répond pas.

— Insiste. Quelle – heure est-il ?

— Presque dix heures.

— Possible qu'il vole en – core. Essaie.

— Tu as confiance en lui ?

La main appuyée sur un cercueil, Adamsberg se tenait sur un pied, comme un oiseau méfiant.

— Oui, finit-il par dire. Je – ne sais pas. Il rit – tout le temps.

XXXVIII

Adamsberg courba la tête à la lumière du jour, s'accrochant à l'épaule de Veyrenc. Danica, Boško, Vukasin et Vlad les regardaient s'extraire du caveau, les trois premiers muets de terreur, ayant croisé leurs doigts pour contrer les exhalaisons mauvaises. Danica fixait Adamsberg, pétrifiée, découvrant des ombres vertes sous ses yeux, des lèvres bleues, des joues de craie, la peau du torse striée de rouge, parfois de lignes de sang, là où la brosse avait passé et repassé.

— Merde, s'énerva Vlad, ce n'est pas parce qu'ils sortent de là qu'ils sont morts. Aidez-les, nom de Dieu !

— Tu n'es pas poli, dit Danica mécaniquement.

À mesure qu'elle identifiait les signes de la vie sur le visage d'Adamsberg, elle reprenait son souffle. Qui était l'inconnu ? Que faisait-il dans le tombeau des maudits ? La chevelure bicolore de Veyrenc semblait plus inquiéter encore que l'aspect moribond d'Adamsberg. Boško s'avança prudemment, attrapa l'autre bras du commissaire.

— La – veste, dit Adamsberg en désignant la porte.

— J'y vais, dit Vladislav.

— Vlad ! tonna Boško. Aucun fils du village n'entre là-dedans. Envoie l'étranger.

C'était un ordre si définitif que Vlad s'interrompit et expliqua la situation à Veyrenc. Veyrenc posa Adamsberg sur Boško et redescendit les marches.

— Il ne reviendra pas, pronostiqua Danica, sous son plus sombre aspect.

— Pourquoi a-t-il les cheveux tachetés de feu comme un jeune marcassin ? demanda Vukasin.

Veyrenc ressortit deux minutes plus tard avec la lampe, les lambeaux de la chemise et de la veste. Puis il repoussa la porte du pied.

— On doit la fermer, dit Vukasin.

— Seul Arandjel a la clef, dit Boško.

Dans le silence, Vlad traduisit l'échange entre le père et le fils.

— La clef ne servira à rien, dit Veyrenc, j'ai faussé la serrure en la crochetant.

— Je reviendrai la bloquer avec des pierres, marmonna Boško. Je ne sais pas comment cet homme a fait pour passer la nuit là-dedans sans que Vesna le dévore.

— Boško se demande si Vesna t'a touché, expliqua Vlad. Certains pensent qu'elle sort de son cercueil, d'autres disent que ce n'est qu'une vile mâcheuse qui soupire la nuit pour affoler les vivants.

— Elle a peut-être sou – piré, Vlad, dit Adamsberg. Les sou-pirs de la sainte et – les cris de – la fée. Elle ne me vou – lait aucun mal.

Danica sortait des bols, apportait des beignets.

— S'il ne retrouve pas son pied, la pourriture va s'y mettre et faudra couper, dit Boško sans ménagement. Allume le feu, Danica, qu'on lui fasse flamber. Fais du café brûlant et apporte le rakija. Et passe-lui une chemise sur le corps, bon sang.

On porta le pied d'Adamsberg près de la flambée, avec le café chaud additionné de rakija. La proximité de la mort donnait à Adamsberg des pensées sans pareilles, qui n'entamaient en rien son affection pour ce village perdu dans les buées du fleuve, au contraire. Quitter le pays, quitter même sa montagne, partir, finir, et finir ici, dans la buée, si

Veyrenc voulait bien rester et si quelques autres voulaient le rejoindre, Danglard, Tom, Camille, Lucio. Retancourt aussi. Le gros chat, transporté à Kisilova sans bouger sur sa photocopieuse. Et Émile, pourquoi pas Émile ? Mais la pensée du *Zerquetscher* le projetait avec violence dans la grande ville de Paris, dans ses tee-shirts barrés de côtes de mort, dans le sang du pavillon de Garches. Danica frottait son pied inerte avec de l'alcool dans lequel elle avait pilé des feuilles, et il se demandait ce qu'elle en espérait au juste. Il souhaitait que ses gestes un peu tendres ne soient pas remarqués.

— Où étiez-vous, crétin ? demanda la voix grinçante de Weill dans son portable particulier, son cynisme amoindri par un soulagement perceptible.

— Enfermé dans un caveau avec huit morts et une morte vivante, Vesna.

— Blessé ?

— Non, comprimé dans du rouleau plastique jusqu'à l'asphyxie.

— Qui ?

— Zerk.

— Ils vous ont trouvé ?

— Veyrenc m'a trouvé. Veyrenc est entré là-dedans.

— Veyrenc ? Le type buté comme une porte en bois ? Celui qui versifiait à tout bout de champ ?

— Le même.

— Je croyais qu'il avait quitté la Brigade.

— Il l'a quittée, mais c'est lui qui est entré dans le caveau. Ne me demandez pas comment, Weill, je ne sais pas.

— Content tout de même de vous retrouver entier, commissaire.

— C'est juste qu'il me manque un pied.

— Bon, dit Weill, embarrassé, incapable de dispenser directement le réconfort. J'ai serré sur la vice-présidente. Il y a bien eu un mariage, il y a vingt-neuf ans.

— Le nom du mari ?

— Je ne l'ai pas, j'ai fait un appel dans la presse. L'un des témoins du mariage, une femme, a été abattue à Nantes il y a huit jours par deux balles dans le crâne. Sa fille a répondu à l'annonce. Je cherche le deuxième.

Nantes. Adamsberg se souvenait d'y avoir pensé. Mais quand ? Et pourquoi ?

— Il y a eu un enfant ?

— Aucune idée. Et si oui, elle l'aura donné.

— Il faut chercher l'enfant, Weill.

Adamsberg raccrocha et désigna son pied.

— Il y a quelque chose qui picote là-dedans, signala-t-il.

— Dieu soit loué, dit Danica en se signant.

— Alors on te laisse, dit Boško, aussitôt suivi par Vukašin. Tu peux te débrouiller pour le repas de midi ?

— Va te reposer, Boško. On va le coucher aussi.

— Pose une bouillotte sur son pied.

Pendant qu'Adamsberg s'endormait sous son édredon bleu, on apprêtait une chambre pour l'inconnu aux cheveux de marcassin, à qui Danica trouvait un sourire délicieux. Sa lèvre remontait joliment d'un côté, enchantant brièvement son visage. Ses cils très longs portaient une petite ombre sur ses joues aux contours fondus. Rien à voir avec le physique nerveux et dansant d'Adamsberg. L'inconnu, lui, n'essayait pas de plaire. Néanmoins il portait les marques du diable dans sa chevelure et l'on sait que le diable peut prendre les traits d'un enchanteur.

XXXIX

Veyrenc accorda deux heures de sommeil au commissaire puis entra dans sa chambre, écarta les rideaux, approcha deux chaises de la cheminée où Danica avait fait un grand feu. La chaleur de la pièce était étouffante, propre à faire suer un mort, ce qui était l'objectif de Danica.

— Comment va ton sabot de cheval ? Deviendras-tu centaure ou vas-tu rester homme ?

Adamsberg agita son pied, testa le mouvement des doigts.

— Homme, dit-il.

— *Il monte dans les cieux, lentement il s'élève,*
Mais il n'était qu'un homme et ce n'était qu'un rêve,
Il restait un mortel ne pouvant que déchoir.
Allons. Oublions là ces songes illusoires.

— Tu voulais perdre cette habitude.

— *Hélas Seigneur,*
Je m'efforçai longtemps, je touchais à l'espoir
Quand les anciens démons me prirent la victoire.

— C'est toujours comme ça. Danglard a décidé d'arrêter le blanc.

— Impossible.

— Il passe au rouge.

Il y eut un silence. Veyrenc savait que la légèreté de ton n'allait pas durer et Adamsberg le pressentait. C'était une simple poignée de main avant une difficile ascension.

— Pose les questions, dit Veyrenc. Et si je ne veux plus de tes questions, je te le dirai.

— Bien. Pourquoi es-tu descendu de la montagne ? Pour rempiler ?

— Ne pose qu'une question à la fois.

— Pour rempiler ?

— Non.

— Pourquoi es-tu descendu de la montagne ?

— Parce que j'ai lu le journal. L'article sur le massacre de Garches.

— Tu t'intéressais à l'enquête ?

— Oui. C'est pourquoi j'ai suivi ton travail.

— Pourquoi n'es-tu pas venu à la Brigade ?

— J'avais plus l'intention de te surveiller que de te saluer.

— Tu as toujours fait tes coups en douce, Veyrenc. Que surveillais-tu ?

— Ton enquête, tes actes, tes rencontres, le chemin que tu prenais.

— Pourquoi ?

Veyrenc fit un geste aérien des doigts, qui signifiait de passer à la question suivante.

— Tu m'as suivi réellement ?

— J'étais ici depuis la veille au soir quand tu es arrivé à Belgrade avec le jeune homme couvert de cheveux.

— Vladislav, le traducteur. Ce ne sont pas des cheveux, ce sont des poils. Il tient ça de sa mère.

— Il l'a dit en effet. Une de mes amies, dans le train, était chargée de vous écouter.

— Élégante, riche, joli corps, mauvais visage. C'est ce qu'a dit Vlad.

— Pas riche du tout. Elle jouait un rôle.

— Alors dis-lui de mieux travailler, je l'ai repérée depuis Paris. À Belgrade, comment savais-tu où j'allais ? Elle n'était pas dans le car.

— J'avais appelé un collègue du service des Missions, qui me signalait tes déplacements. Une heure après que tu as réservé, je connaissais ta destination finale, Kiseljevo.

— On ne peut pas faire confiance aux flics.

— Non, tu sais bien que non.

Adamsberg croisa les bras, baissa la tête. La chemise blanche que lui avait prêtée Danica était brodée au col et aux manches et il examinait le brillant entrelacs des fils rouges et jaunes sur ses poignets. Peut-être comme sur les chaussures de l'oncle Slavko.

— Ce n'est pas plutôt Mordent qui t'a donné ces informations ? Et qui t'a demandé de me suivre ?

— Mordent ? Pourquoi Mordent ?

— Tu ne sais pas ? Il est chez lui avec une dépression.

— Quel rapport ?

— Rapport avec sa fille qui passe en jugement. Rapport avec le monde de là-haut qui n'a pas l'intention qu'on arrête le tueur. Qui a jeté ses filets sur la Brigade. Ils ont eu Mordent, tout homme a un prix.

— À combien m'évalues-tu ?

— Très cher.

— Merci.

— Tandis que Mordent fait son boulot de traître comme un cancre.

— Pas la vocation sans doute.

— Mais cela finit par aboutir. À une brave petite douille placée sous un frigidaire, à de braves pelures de crayon posées sur un tapis.

— Je ne sais pas de quoi tu parles. Je ne connais pas le dossier. C'est pour cela que tu as laissé partir le suspect ? On t'y a obligé ?

— Tu parles d'Émile ?

— Non, l'autre.

— Je n'ai pas laissé filer Zerk, dit Adamsberg fermement.

— Qui est Zerk ?

— L'Écraseur, le *Zerquetscher*. Le tueur de Vaudel et de Plögener.

— Qui est Plögener ?

— Un Autrichien qui a subi le même traitement cinq mois plus tôt. Tu ne sais vraiment rien, finalement. Mais c'est toi qui ouvres le caveau de Kisilova.

Veyrenc sourit.

— Tu ne me feras jamais véritablement confiance, n'est-ce pas ?

— Si je te comprends, j'y arriverai.

— J'ai pris l'avion pour Belgrade, je t'ai précédé en taxi à Kiseljevo.

— Tu aurais été repéré dans le village.

— J'ai dormi dans la cabane de la clairière. Je t'ai vu passer, le premier jour.

— Quand j'ai trouvé Peter Plogojowitz.

— Qui est-ce ?

Et l'ignorance de Veyrenc semblait véritable.

— Veyrenc, dit Adamsberg en se levant, si tu ne connais pas Peter Plogojowitz, tu n'as vraiment rien à faire ici. À moins d'avoir pensé – et dis-moi pourquoi – que j'étais en danger.

— Je ne suis pas venu dans l'idée de te sortir de ce caveau. Je ne suis pas venu dans l'idée de t'aider. Au contraire.

— Voilà, dit Adamsberg. Quand tu parles ainsi, je te comprends mieux.

— Mais je ne t'aurais pas laissé mourir dans le tombeau. Tu le crois ?

— Oui.

— Je pensais que le danger, c'était toi. Je t'ai suivi quand tu es parti vers le moulin, j'ai vu la voiture de location sur la route, immatriculée à Belgrade. La tienne, ai-je pensé. Je ne savais pas où tu comptais aller, je me suis plié dans le coffre. Ça a tourné autrement. J'ai débarqué avec toi dans ce sacré cimetière. Le gars avait une arme et moi rien. J'ai attendu, surveillé. Je te l'ai dit, il revenait sans cesse vérifier son boulot. Je n'ai pu intervenir que tard ce matin. Presque trop tard. Deux heures de plus et tu devenais centaure.

Adamsberg se rassit, examina à nouveau ses broderies. Ne pas regarder le sourire de Veyrenc, ne pas se laisser enrouler par ce type comme dans des bandes de scotch.

— Tu as vu Zerk, donc.

— Oui et non. Je suis sorti du coffre un bout de temps après vous, je me suis planqué assez loin. Je discernais vos silhouettes, sans plus. Son blouson de cuir, ses bottes.

— Oui, dit Adamsberg en crispant les lèvres. Zerk.

— Si par « Zerk » tu entends le tueur de Garches, oui, c'était Zerk. Si par « Zerk » tu entends le type qui est venu chez toi mercredi matin, ce n'était pas Zerk.

— Tu étais là aussi, ce matin-là ?

— Oui.

— Et tu n'es pas intervenu ? C'était le même homme, Veyrenc. Zerk est Zerk.

— Qui n'est pas forcément Zerk.

— Tu n'es pas plus clair qu'avant.

— *As-tu donc tant changé pour aimer la clarté ?*

Adamsberg se leva, attrapa le paquet de Morava sur le manteau de la cheminée, alluma une cigarette aux tisons du feu.

— Tu fumes ?

— La faute de Zerk. Il a laissé un paquet chez moi. Je fumerai jusqu'à ce que je le serre.

— Alors pourquoi l'as-tu laissé partir ?

— Ne m'emmerde pas, Veyrenc. Il avait les armes, je n'ai rien pu faire.

— Non ? Pas même appeler des renforts après son départ ? Pas même boucler le quartier ? Pourquoi ?

— Ça ne te regarde pas.

— Tu l'as laissé filer parce que tu n'étais pas certain qu'il était le tueur de Garches.

— J'en suis absolument certain. Tu ne connais pas un mot de l'enquête. Sache que Zerk a laissé son ADN à Garches, dans un mouchoir. Sache que c'est le même ADN qui est entré chez moi sur ses deux jambes mercredi, avec l'intention claire de m'abattre, ce matin-là ou un autre. Sache que le gars est mauvais comme la gale. Sache qu'il n'a pas nié une seule fois le meurtre.

— Non ?

— Au contraire, il en était fier. Sache qu'il est revenu écraser un chaton sous sa botte. Sache qu'il porte un tee-shirt couvert de côtes, de vertèbres et de gouttes de sang.

— Je sais, je l'ai vu partir.

Veyrenc sortit une cigarette du paquet, l'alluma, marcha dans la pièce. Adamsberg suivait ses allées et venues, observait son expression de marcassin buté qui effaçait toute douceur de ses traits. Veyrenc protégeait Zerk. Donc Veyrenc marchait main dans la main avec Emma Carnot. Veyrenc poussait avec les autres pour l'envoyer au trou. En ce cas, pourquoi l'avoir sorti du caveau ? Pour l'envoyer au trou légalement ?

— Sache, Adamsberg, qu'il y a trente ans, une certaine Gisèle Louvois s'est fait engrosser près du petit pont de la Jaussène. Tu connais l'endroit. Sache qu'elle a caché sa grossesse à Pau et qu'elle a accouché là-bas d'un fils, Armel Louvois.

— Zerk. Je sais cela, Veyrenc.

— Parce qu'il t'en a parlé.

— Non.

— Bien sûr que si. Il s'est mis dans la tête que c'est toi qui as mis sa mère enceinte. Il t'en a forcément parlé. Il ne pense qu'à ça depuis quelques mois.

— Très bien, il en a parlé. D'accord, il s'est mis ça dans le crâne. Ou plutôt, sa mère lui a mis ça dans le crâne.

— À juste titre.

Veyrenc revint vers la cheminée, jeta sa cigarette dans le feu, s'agenouilla pour tisonner. Adamsberg ne ressentait plus la moindre boule de gratitude pour son ancien adjoint. Il avait certes arraché le scotch, mais il tentait maintenant de le serrer dans la nasse.

— Vide ton sac, Veyrenc.

— Zerk a raison. Sa mère a raison. Le jeune homme du pont de la Jaussène était Jean-Baptiste Adamsberg. Incontestablement.

Veyrenc se releva, un peu de sueur au front.

— Ce qui fait de toi le père de Zerk, ou d'Armel, comme tu préfères.

Adamsberg serra les dents.

— Comment saurais-tu, Veyrenc, ce que j'ignore moi-même ?

— Ça se produit souvent, dans la vie.

— Il ne m'est arrivé qu'une seule fois d'agir sans m'en souvenir, et c'était au Québec et j'avais bu comme une outre[1]. Il y a trente ans, je ne buvais pas une goutte. Que suggères-tu ? Que, pris d'amnésie, saisi d'ubiquité, j'ai fait l'amour avec une fille que je n'ai jamais connue ? De ma vie, je n'ai jamais couché ni même parlé avec une seule Gisèle.

— Je te crois.

— Je préfère.

— Elle haïssait son prénom et en donnait un autre aux garçons. Tu n'as pas couché avec une Gisèle, tu as couché avec une Marie-Ange. Près du petit pont de la Jaussène.

Adamsberg se sentit dévaler une pente trop raide. La peau lui cuisait, le crâne martelait. Veyrenc sortit de la pièce, Adamsberg enfonça ses doigts dans ses cheveux. Bien entendu qu'il avait couché avec une Marie-Ange, ses cheveux à la garçonne, ses dents un

---

1. Voir, du même auteur, *Sous les vents de Neptune* (Éd. Viviane Hamy, 2004 ; Éd. J'ai lu, n° 8175).

peu en avant, le petit pont de la Jaussène, la pluie légère et l'herbe humide qui avaient manqué tout faire échouer. Bien entendu que la lettre reçue plus tard, alambiquée et incompréhensible, était signée d'elle. Bien entendu que Zerk lui ressemblait. Alors c'était cela, l'enfer. Se prendre d'un coup un fils de vingt-neuf ans sur le dos, et ce dos qui se brise sous le poids d'une enclume. Être le père du type qui avait débité Vaudel en lamelles, de celui qui l'avait bouclé dans le caveau. *Tu sais où t'es, connard ?* Non, il ne savait plus du tout où il était, connard, sauf dans cette peau qui suait et cuisait, avec sa tête qui tombait sur ses genoux comme une pierre, des larmes qui piquaient ses yeux.

Veyrenc était revenu sans un mot avec un plateau chargé d'une bouteille, de fromage et de pain. Il le déposa par terre, reprit sa place sans regarder Adamsberg, remplit les verres, étala le fromage sur le pain – du *kajmak*, reconnut Adamsberg. Il le regardait faire, la tête toujours enfoncée dans ses mains. Faire des tartines de kajmak, pourquoi pas ? Au point où il en était ?

— Je suis désolé, dit Veyrenc en lui tendant un verre.

Il appuya plusieurs fois le verre contre la main d'Adamsberg, comme on force un enfant à desserrer les doigts, à sortir de sa colère ou de sa détresse. Adamsberg bougea un bras, saisit le verre.

— Mais c'est un beau garçon, ajouta Veyrenc assez vainement, comme pour mettre en valeur une goutte d'espoir dans un océan de calamité.

Adamsberg vida le verre d'un coup, un cul sec matinal qui le fit tousser, ce qui lui apporta un réconfort. Tant qu'on sent son corps, on peut encore faire quelque chose. Ce qui n'était pas le cas cette nuit.

— Comment sais-tu que j'ai couché avec Marie-Ange ?

— Parce que c'est ma sœur.

Nom de Dieu. Adamsberg tendit muettement son verre vers Veyrenc, qui le remplit.

— Mange du pain avec.

— Je ne peux pas manger.

— Mange quand même, oblige-toi. Je n'ai presque rien avalé non plus depuis que j'ai vu sa photo dans le journal. Tu es peut-être le père de Zerk, mais moi, je suis son oncle. Ce n'est pas tellement mieux.

— Pourquoi ta sœur s'appelle-t-elle Louvois et non pas Veyrenc ?

— C'est ma demi-sœur, la fille du premier mariage de ma mère. Tu ne te souviens pas du père Louvois ? Le livreur de charbon qui est parti avec une Américaine ?

— Non. Pourquoi ne me l'as-tu jamais dit quand tu étais à la Brigade ?

— Ma sœur et le petit ne voulaient pas entendre parler de toi. On ne t'aimait pas.

— Et pourquoi n'as-tu rien avalé depuis que tu as vu le journal ? Tu dis que Zerk n'a pas tué le vieux. Tu n'en es pas sûr en fait ?

— Non. Pas du tout.

Veyrenc posa une tartine dans la main d'Adamsberg et tous deux, consciencieusement et tristement, avalèrent lentement leur pain pendant que le feu s'affaissait.

XL

Armé cette fois, Adamsberg refit le chemin du fleuve, puis celui de la forêt, évitant les lieux incertains. Danica ne voulait pas le laisser aller mais la nécessité de marcher était plus impérieuse que les terreurs de la patronne.

— Il faut que je revive, Danica. Il faut que je comprenne.

Adamsberg avait donc accepté une escorte et Boško et Vukasin le suivaient de loin. De temps à autre, il leur adressait un petit signe de la main sans se retourner. C'est à Kisilova qu'il devrait rester, là où le feu de la guerre n'était pas tombé, avec ces gens attentifs et bienfaisants, ne pas revenir dans la ville, fuir tous ceux de là-haut, leur glisser entre les doigts, fuir ce fils tombé de l'enfer. À chacun de ses pas, ses idées montaient et descendaient en vrac, comme il en avait l'habitude, poissons plongeant dans l'eau, remontant en surface, qu'il n'essayait pas d'attraper. Il avait toujours fait ainsi avec les poissons qui flottaient dans son crâne, il les avait toujours laissés libres de nager à leur guise, d'effectuer leur danse rythmée par le choc de ses pas. Adamsberg avait promis à Veyrenc de le retrouver à la kruchema pour un déjeuner tardif et, après une demi-heure de marche, de regards posés sur les collines, les vignes et les arbres, il s'y sentait mieux prêt. Il fit volte-face, sourit à Boško et Vukasin, leur adressa deux signes qui signifiaient « merci » et « on rentre ».

— Il n'y a plus qu'à réfléchir, dit Veyrenc en dépliant sa serviette.

— Oui.

— Ou nous restons ici jusqu'à la fin de nos jours.

— Attends, dit Adamsberg en se levant.

Vlad était assis à une table, et Adamsberg lui expliqua qu'il devait parler seul avec Veyrenc.

— Tu as eu peur ? demanda Vlad, qui semblait encore impressionné d'avoir vu Adamsberg émerger de la terre, en gris et rouge, ce qu'il appelait « La Sortie du caveau », comme dans une grande histoire de son dedo.

— Oui. J'ai eu peur et j'ai eu mal.

— Tu as cru mourir ?

— Oui.

— Tu avais de l'espoir ?

— Non.

— Alors dis-moi quelles ont été tes idées, à quoi tu as pensé.

— À des *kobasice*.

— S'il te plaît, insista Vladislav. À quoi ?

— Je jure sur ta tête que j'ai pensé à des *kobasice*.

— C'est ridicule.

— Je m'en doute. Qu'est-ce que c'est ?

— Des saucisses. Et à quoi d'autre as-tu pensé ?

— À respirer goutte après goutte. À un vers aussi, *Dans la nuit du tombeau, Toi qui m'as consolé*.

— Est-ce que quelque chose t'a consolé ? Le ciel ?

— Aucun ciel.

— Quelqu'un ?

— Rien, Vlad. J'étais seul.

— Si tu n'avais songé à rien ni à personne, dit Vladislav, la voix un peu coléreuse, tu n'aurais pas pensé à ce vers. Quoi, qui t'a consolé ?

— Je n'ai pas de réponse. Qu'est-ce qui t'énerve ?

303

Le jeune homme à l'heureux caractère baissa la tête, détruisant son repas de la pointe de sa fourchette.

— Qu'on t'ait cherché. Qu'on ne t'ait pas trouvé.

— Tu ne pouvais pas deviner.

— Je n'y croyais pas, je m'en foutais. C'est Danica qui m'a forcé. J'aurais dû t'accompagner quand tu es sorti hier.

— Je ne voulais pas être accompagné, Vlad.

— Arandjel m'avait ordonné de le faire, souffla-t-il. Arandjel m'avait dit de ne pas te quitter d'un pas. Parce que tu étais entré dans le *lieu incertain*.

— Et ça t'a fait rire.

— Bien sûr. Je ne me suis pas posé de questions. Je n'y crois pas.

— Moi non plus.

Le jeune homme hocha la tête.

— Plog, dit-il.

Danica servit les deux policiers, troublée, son sourire allant d'Adamsberg à Veyrenc. Adamsberg y devina une hésitation, due à la présence du nouvel inconnu. Ce qui ne l'offensa pas, n'ayant plus l'intention de coucher avec quiconque durant le restant de son existence.

— Tu as pensé en marchant ? demanda Veyrenc.

Adamsberg le regarda d'un air surpris, comme si Veyrenc ne le connaissait plus, comme s'il attendait de lui une prouesse impossible.

— Pardon, dit Veyrenc, en faisant signe qu'il retirait sa phrase. Je veux dire : pourrais-tu exprimer quelque chose ?

— Oui. Dès que tu as reconnu Zerk sur le journal, tu m'as guetté pas à pas pour que je ne mette pas la main dessus. Seulement parce que c'était ton neveu. Je suppose donc que tu y es attaché, que tu le connais bien.

— Oui.

— Quand tu l'as entendu parler devant le caveau, était-ce sa voix ?

— J'étais trop loin. Toi, quand il t'a enfermé, était-ce sa voix ?

— Il n'a parlé qu'une fois la porte close. Et cette porte était trop épaisse pour qu'on s'entende, même s'il avait crié, ce qu'il ne voulait pas faire. Il avait glissé un petit émetteur sous la porte. Ça déformait son timbre. Mais sa manière de parler était bien la même. *Tu sais où t'es, connard ?*

— Je ne crois pas qu'il ait dit ça, réagit Veyrenc.

— Il l'a parfaitement dit et tu ferais mieux d'y croire.

— Si quelqu'un connaît bien Armel, il pourrait l'imiter.

— Oui, on peut l'imiter. On dirait parfois qu'il s'imite lui-même.

— Tu vois.

— Veyrenc, as-tu seulement un élément qui va dans ton sens ?

— Je me méfie quand un meurtrier abandonne son ADN sur les lieux du crime.

— Moi aussi, dit Adamsberg en visualisant la brave petite douille sous le frigidaire. Tu parles du brave petit mouchoir posé dans le jardin ?

— Oui.

— Tu as quelque chose d'autre ?

— Pourquoi Armel ne t'aurait-il parlé qu'une fois enfermé dans le caveau ?

— Pour ne pas être entendu.

— Ou pour que tu n'entendes pas sa voix, une voix que tu n'aurais pas reconnue.

— Veyrenc, le gosse n'a pas nié le meurtre. Avec quoi voudrais-tu le sauver ?

— Avec ce qu'il est. Moi, je le connais. Ma sœur est restée à Pau après sa naissance. Impossible de revenir au village avec un enfant sans père. J'étais au lycée, j'ai quitté l'internat pour aller vivre chez elle, pendant sept ans. Puis j'ai fait mes études là-bas, je suis devenu professeur, je ne les ai jamais quittés. Je connais Armel comme la paume de ma main.

— Et tu vas m'expliquer que c'est un gentil petit gars. Un brave gosse qui n'écrasait pas un crapaud quand il était petit.

— Pourquoi pas ? De son enfance jusqu'à présent, je l'ai rarement vu sortir de ses gonds. La colère ne fait pas partie de son attirail, ni l'assaut ni l'insulte. Il est insaisissable, indiscipliné, paresseux, et même indifférent. Mais on ne réussit pas à énerver Armel. Or on peut dire sans se tromper que l'homme qui a écrabouillé Vaudel était énervé.

— Cela se cache.

— Adamsberg, le tréfonds de ce tueur est destruction. Armel ne songe pas à détruire car il ne pense même pas à construire. Tu sais de quoi il vit, hein ? Il fabrique des bijoux et il les distribue chez des revendeurs. Sans plus d'ambition. Il vagabonde, il n'attache pas d'importance à grand-chose. Alors dis-moi, comment un type comme ça aurait assez de désir et d'énergie pour passer des heures à dépecer Plögener et Vaudel ?

— Ce n'est pas un jeune homme placide que j'ai vu chez moi. J'ai vu l'inverse de ton neveu. J'ai vu un mec particulièrement énervé, une brute, insultant, mordant, et gavé de haine, venu pour me *pourrir la vie*. Et pourtant, c'est bien lui que tu as vu sortir de chez moi ? Ton Armel ?

— Oui, dit Veyrenc, troublé, ne voyant même pas Danica changer les assiettes, apporter le dessert.

— Zavitek, dit-elle.

— Hvala, Danica. Accepte ça, Veyrenc. Il y a un Zerk sous ton Armel.

— Ou bien il y a un Zerk *sur* mon Armel.

— Que veux-tu dire ?

— Je veux dire : un rôle.

— Une seconde, dit Adamsberg, posant sa main sur le bras de Veyrenc pour l'interrompre. Un rôle. Oui, c'est possible.

— Parce que ?

— D'abord parce qu'il gouaillait en parlant et qu'il gouaillait trop. Ensuite parce que son tee-shirt était neuf. Tu l'as déjà vu habillé en gothique ?

— Jamais. Il s'habille sans choisir, comme les habits lui tombent. Sans saveur sans odeur sans valeur. C'est à peu près l'idée qu'il se fait de lui-même.

— Comment réagissait-il quand on parlait de son père ?

— Enfant il avait honte, plus grand il baissait la tête.

— Il y a peut-être un élément, Veyrenc. Mieux que ce mouchoir tombé du ciel, mieux que ton brave neveu, mieux que son tee-shirt neuf. Mais tout dépend de ton savoir.

Veyrenc regarda Adamsberg intensément. Quels que fussent sa rancune et ses soupçons d'alors, il avait admiré ce type, il avait espéré quelque chose de ses sursauts tranquilles, au moment même où l'on croyait son intelligence noyée, même s'il fallait trier des barils de boue pour trouver un gramme d'or.

— Existe-t-il dans la famille de ta mère, parmi vos ancêtres proches ou lointains, un homme, une femme, dont le nom t'évoquerait Arnold Paole ?

Veyrenc se sentit déçu. Ce n'était rien qu'un autre baril de boue.

— Paole, dit Adamsberg en détachant les lettres. Même déformé en Paolet, ou francisé sous la forme de Paul, Paulus, comme tu veux. Au moins un patronyme qui commence par P et A.

— Paole. C'est un nom quoi ?

— Serbe. Comme Plogojowitz, qui fut déformé, dissimulé, sous les patronymes de Plogerstein,

Plögener, Plog, Plogodrescu. Laisse tomber Plogoff, qui est en Bretagne et qui n'a rien à voir.

— Tu m'as déjà parlé de ce Plogojowitz.

— Ne prononce pas ce nom trop fort ici, dit Adamsberg en jetant un regard dans la salle.

— Pourquoi ?

— Je te l'ai déjà dit. Peter Plogojowitz est un vampire et il est le premier d'entre eux. Il vit ici.

Adamsberg exposait le fait avec naturel, comme accoutumé à la croyance de Kisilova. Le visage soucieux de Veyrenc le surprit.

— Quoi ? lui dit-il. Tu ne comprends pas qu'il faut parler bas ?

— Je ne comprends pas ce que tu fais. Tu traques un vampire ?

— Pas tout à fait. Je traque le descendant d'un vampire victime d'un vampire, sur toute sa lignée depuis 1727.

Veyrenc secoua lentement la tête.

— Je sais ce que je fais, Veyrenc. Demande à Arandjel.

— Celui qui a la clef.

— Oui. Celui qui empêche Plogojowitz de sortir de sa tombe. Elle est au fond de la clairière, à l'orée du bois, pas très loin de la cabane où tu as dormi. Tu l'as peut-être vue.

— Non, dit fermement Veyrenc, comme s'il refusait l'existence même de cette tombe.

— Oublie Plogojowitz, dit Adamsberg en chassant l'équivoque de sa main. Contente-toi de chercher le nom de tes ancêtres maternels, donc de ceux de Zerk. Tu les connais au moins ?

— Très bien. J'ai pratiqué la généalogie jusqu'à la lassitude.

— Parfait. Écris-les sur la nappe. Jusqu'à quand peux-tu remonter ?

— Jusqu'à 1766, avec vingt-sept noms de famille.

— Ça ira.

— Ce n'est pas compliqué à établir, tous les ancêtres se sont mariés avec ceux du village voisin. Des audacieux ont poussé jusqu'à six kilomètres. Je suppose qu'ils faisaient l'amour près du petit pont de la Jaussène.

— C'est la tradition semble-t-il.

Adamsberg déchira la nappe quand Veyrenc eut achevé sa liste, qui ne contenait pas la moindre trace d'un Paole.

— Suis-moi bien, Veyrenc. Le tueur de Pierre Vaudel-Plog et de Conrad Plögener appartient à la lignée d'Arnold Paole, décédé en 1727 à Medwegya, pas loin d'ici. Zerk ne descend d'aucun Paole. Il nous reste donc deux solutions pour ton neveu.

— Cesse de l'appeler « mon neveu ». C'est aussi ton fils.

— Je n'ai pas envie de dire « mon fils ». Je préfère dire « ton neveu ».

— J'avais compris.

— Soit ton neveu a commis les crimes, manipulé par un Paole. Soit c'est un Paole qui les a commis, et a déposé le brave petit mouchoir de ton neveu. Dans les deux cas, il faut trouver le descendant d'Arnold Paole.

Danica posait deux petits verres sur la table.

— Fais attention, dit Adamsberg. C'est du rakija.

— Et alors ?

— Essaie. Je ne serais jamais mort dans le caveau si j'avais eu du rakija.

— Froissy, dit Veyrenc avec un peu de nostalgie, revoyant les trois petites fioles de cognac. Et comment va-t-on trouver un descendant de Paole ?

— On sait une chose de lui. C'est un Paole qui a de l'ascendant sur ton neveu et qui le connaît assez pour pouvoir l'imiter. Cherche quelqu'un dans son entourage, une figure paternelle de substitution, qu'il voit souvent, qu'il admire, qu'il craint.

— Il a vingt-neuf ans, je ne sais pas grand-chose de sa vie depuis qu'il est à Paris.

— Et sa mère ?

— Sa mère s'est mariée il y a quatre ans, elle vit en Pologne.

— Tu ne vois personne qui corresponde ?

— Non. Et ça n'explique pas, s'il n'a pas commis le meurtre, qu'il s'en soit vanté auprès de toi.

— Si, dit Adamsberg en renversant les rôles. Transformation d'Armel en Zerk, c'est une aubaine pour lui. Il passe du bon au méchant, du faible au puissant. Si un Paole l'a manipulé, il comptait là-dessus. « Le fils écrase le père. » C'est ce qu'il m'a dit. Armel est alerté par Mordent, il obéit et s'enfuit, puis il découvre le journal. Tu es d'accord ?

— Oui.

— Son visage est à la une, il est devenu brusquement un personnage éminent, un monstre impressionnant, et il est opposé au commissaire Adamsberg. Sur le coup, c'est la stupeur. Mais ensuite, c'est l'occasion. Quel pouvoir tout neuf vient de tomber entre ses mains ! Quelle formidable opportunité pour se venger de son père ! Que risque-t-il à jouer le rôle pour un jour ? Rien. Qu'y gagne-t-il ? Beaucoup : laminer ce père, lui montrer sa faute, lui faire ressentir la honte et la culpabilité. Se pose-t-il seulement la question du mouchoir ? De la présence de son ADN sur les lieux ? Même pas. Simple erreur d'analyse selon lui, qui sera rectifiée sous peu. Preuve en est qu'on lui a demandé de fuir, en attendant un retour à la normale. Il n'a pas beaucoup de temps, c'est une chance, un coup du destin, il veut en profiter. Se pointer chez le père, vêtu comme l'exige le personnage. Parler comme un tueur, devenir Zerk, insulter, démolir ce salopard d'Adamsberg. Regarde, Adamsberg, regarde, ton fils est un meurtrier, ton fils te domine et t'écrase, la faute est tienne, va souffrir comme j'ai souffert.

Regrette, hurle, c'est trop tard. Puis s'en aller, la farce est jouée, le remords et l'angoisse ont pénétré dans la tête d'Adamsberg, le père est immobilisé, vengeance est faite. Ton neveu n'est pas si doux que cela.

— Avec toi.

— Oui. Le voilà satisfait, purgé. Mais aucun démenti n'est publié sur cet ADN. Il est toujours le tueur de Garches. La farce s'inverse. Il aurait besoin du père mais il a tout avoué, tout reconnu. Terrifié, Armel se terre, condamné à la fuite. Une issue que n'importe quel homme un peu habile et manipulateur pouvait prévoir. Qui ? Un type qui le connaît depuis très longtemps, un type qui a barre sur lui.

— Le chef de chœur, dit Veyrenc en cognant son verre sur la table. Germain. Il a barre sur lui. Je ne l'ai jamais aimé, ma sœur non plus, mais Armel encaisse tout.

— Explique.

— Armel est ténor, il chantait dans le chœur de Notre-Dame de La Croix-Faubin depuis ses douze ans. Je l'ai souvent accompagné, j'ai assisté aux répétitions. Le chef de chœur l'a plié. C'est le genre du type.

— L'a plié comment ?

— En soufflant le chaud et le froid, en alternant compliments et humiliations. Armel est devenu comme de la pâte entre ses mains. Il n'était pas sa seule proie. Germain en tenait une bonne quinzaine sous sa coupe. Puis il est parti exercer à Paris et, enfin, cela s'est arrêté. Plus de Notre-Dame de La Croix-Faubin. Mais quand Armel est venu travailler à Paris, tout a recommencé. Il a chanté la partie solo dans une messe de Rossini et il a décroché un bon petit succès. Ça l'a ravi. À vingt-six ans, il s'est à nouveau transformé en cire à bougie. Il y a deux ans, Germain a écopé d'un procès pour harcèlement et le chœur a été dissous. Ce crétin d'Armel était désolé.

— Il continuait à le voir ?

— Il assure que non mais je pense qu'il me ment. Possible que le type l'invite, il aime entendre Armel chanter pour lui seul. Ça flattait l'enfant, ça flatte encore l'adulte. Armel se sent important pour le père, alors que c'est le père qui le possède.

— Le père ?

— Au sens religieux. Le père Germain.

— Tu connais son vrai nom ?

— Non. On ne l'appelait pas autrement.

Danglard avait quitté la Brigade, ôté son costume, et gisait devant sa télévision éteinte en maillot de corps, avalant des pastilles pour la toux les unes après les autres pour s'occuper les mâchoires. Il tenait son portable d'une main, ses lunettes de l'autre, vérifiait toutes les cinq minutes qu'on ne l'appelait pas. Quinze heures cinq, appel de l'étranger, le 00 381. Il passa son mouchoir sur ses joues, déchiffra le texto : *Sorti du tombeau. Chercher sur père Germain, chœur N.-D. Croix-Faubin.*

Quel tombeau, bon sang ? Les mains moites, Danglard tapa rapidement sur le clavier, la gorge serrée de colère, les muscles affaissés par le soulagement : *Pourquoi pas prévenu avant ?*

— *Pas de réseau, décalage horaire,* répondit Adamsberg. *Alors ai dormi.*

Vrai, se dit Danglard avec remords. Il ne s'était extrait de la cave que vers midi et demi, tracté par Retancourt.

— *Quel tombeau ?* tapa Danglard.

— *Caveau des 9 de Plogojowitz. Très froid. Ai récupéré les 2 pieds.*

— *Du cousin de mon oncle ?*

— *Mes pieds. Rentre demain.*

XLI

Adamsberg n'était pas un homme émotif, effleurant les sentiments avec prudence, comme les martinets touchent les fenêtres ouvertes d'une caresse de l'aile, évitant de s'y engouffrer, tant le chemin pour sortir est ensuite difficile. Il avait souvent trouvé des oiseaux morts dans les maisons du village, imprudents et curieux visiteurs incapables de retrouver l'ouverture par laquelle ils étaient entrés. Adamsberg estimait que, en matière d'amour, l'homme n'est pas plus futé qu'un oiseau. Et qu'en toute autre matière, les oiseaux l'étaient beaucoup plus. Comme les papillons qui n'entraient pas au moulin.

Mais le passage au caveau l'avait sans doute affaibli, agitant son monde affectif, et quitter Kisilova lui serrerait le cœur. Le seul lieu où il avait réussi à mémoriser des mots nouveaux et imprononçables, ce qui n'était pas un mince événement pour lui.

Danica avait lavé et repassé la belle chemise blanche brodée pour qu'il l'emporte à Paris. Ils étaient là, tous alignés devant la kruchema, raides et souriants, Danica, Arandjel, la femme à la carriole et ses enfants, les habitués de l'auberge, Vukasin, Boško et son épouse, qui ne l'avaient pas lâché d'un pouce depuis la veille, d'autres visages inconnus. Vlad restait quelques jours de plus. Il avait soigneusement coiffé et noué ses cheveux noirs. Ordinairement peu capable d'effusions, Adamsberg les serra chacun dans ses bras, disant qu'il reviendrait – *vratiću se –*, qu'ils étaient des amis – *prijatelji*. La tristesse de Danica était atténuée du fait qu'elle ne savait qui de l'un ou de l'autre homme elle regrettait le plus, du danseur ou de l'enchanteur. Vlad prononça un dernier « plog » et Adamsberg et Veyrenc descendirent vers le car qui les emmenait à Belgrade. De là le vol pour Paris, ils y seraient dans l'après-midi. Vladislav leur avait noté sur une feuille les phrases nécessaires pour se débrouiller à l'aéroport. Veyrenc murmurait en descendant le chemin, portant un sac de toile où Danica avait préparé leur boire et leur manger, de quoi tenir aisément deux jours.

— *Il faut quitter ce lieu enrobé de langueur,*
   Il s'en va en pleurant maudissant le destin
   Qui lui confie un fils éloigné de son cœur.

— Mercadet dit que tu fais un mauvais usage des « e » muets et que tes rimes sont souvent fausses.

— Il a raison.

— Il y a quelque chose qui ne colle pas, Veyrenc.

— Nécessairement. Le vers s'en trouve déséquilibré.

— Je parle des poils de chien. Ton neveu avait un chien, qui est mort quelques semaines avant le meurtre de Garches.

— Tournesol, une chienne qu'il avait recueillie. C'est son quatrième animal. C'est un truc des gosses abandonnés, ils recueillent des chiens. Quel est le problème avec ces poils ?

— On les a comparés avec ceux laissés par Tournesol dans l'appartement. Ce sont les mêmes.

— Les mêmes poils que quels poils ?

Le car se mettait en route.

— Dans la pièce du meurtre Vaudel, le tueur s'est assis sur un fauteuil en velours. Un fauteuil Louis-XIII.

— Pourquoi précises-tu « Louis-XIII » ?

— Parce que Mordent y tient, quoi qu'il soit devenu aujourd'hui. Le tueur s'asseyait là.

— Histoire de souffler un peu, je suppose.

— Oui. Il y avait du crottin sous ses bottes, il en a déposé quelques boulettes ici et là.

— Combien de boulettes ?

— Quatre.

— Tu vois. Armel n'aime pas les chevaux. Il est tombé quand il était petit. Ce n'est pas un va-t-en-guerre.

— Il va parfois à la campagne ?

— Il descend au village presque tous les deux mois, pour voir ses grands-parents.

— Tu sais qu'il y a du crottin dans certains chemins du village, dit Adamsberg avec une grimace. Il a des bottes ?

— Oui.

— Il les met pour se promener ?

— Oui.

Les deux hommes regardèrent par la fenêtre, un moment silencieux.

— Tu parlais des poils.

— Le tueur en a laissé sur le fauteuil. Ça accroche beaucoup sur du velours. Il en portait donc sur les fesses de son pantalon, droit venus de chez lui. Si on suppose que le brave mouchoir a été pris à Zerk par le meurtrier, on suppose de même pour les poils de chien.

— Je vois, dit Veyrenc d'une voix terne.

— Il n'est déjà pas facile de voler le mouchoir de quelqu'un, mais comment s'y prend-on pour prélever les poils de son chien ? En les ramassant un à un sur son tapis, sous l'œil de Zerk ?

— En entrant chez lui en son absence.

— On a contrôlé cela. Il y a un code puis un interphone. Cela implique que l'homme serait assez intime avec Zerk pour connaître son code. Admettons. Mais il faut crocheter la seconde porte. Puis celle de

Zerk. Aucune des serrures n'a été forcée. Pire : notre ami Weill et la voisine d'en face assurent que Zerk ne recevait personne. Il n'a pas d'amie ?

— Pas depuis un an. Tu parles du Weill du Quai ?

— Oui.

— Pourquoi est-il dans le coup ?

— Parce qu'il habite le même immeuble que ton neveu. Ils s'entendaient bien. À croire que cela amusait Zerk de frôler les flics.

— Non. C'est moi, par l'entremise de Weill, qui lui ai trouvé ce logement quand il est venu vivre à Paris. Je ne savais pas qu'ils se voyaient.

— Si. Et Weill s'y est attaché. Il le défend.

— C'est lui qui t'a appelé hier matin quand on chauffait ton sabot de cheval ? Sur ton second téléphone ?

— Oui. Il s'est impliqué dès le début. Il traque le monde de là-haut. C'est lui aussi qui m'a donné ce téléphone. Et qui a ôté le GPS du mien avant mon départ, ajouta Adamsberg après un moment.

— Regrettable initiative.

— Plog, murmura Adamsberg.

— Qu'entends-tu par « plog » ?

— C'est un mot de Vladislav, dont le sens varie selon le contexte. Qui peut signifier « certes », « exactement », « d'accord », « compris », « trouvé », ou éventuellement « foutaises ». C'est comme une goutte de vérité qui tombe.

En raison de son abondance, le déjeuner de Danica fut déballé sur une double table de l'aéroport de Belgrade, accompagné de bières et de cafés. Adamsberg mâchait sa tartine de kajmak, il répugnait à poursuivre sa pensée.

— Il faut admettre, dit prudemment Veyrenc, que l'intrusion de Weill dans le circuit réglerait la question de la porte à interphone. Il habite l'immeuble, il en a les clefs. Il connaît Armel. L'homme est intelligent, raffiné et indiscutablement tyrannique, propre à prendre de l'ascendant sur un jeune homme comme Armel.

— La serrure de Zerk n'a pas été forcée.

— Weill est flic, Weill possède un passe. C'est une serrure facile ?

— Oui.

— Il allait voir Armel ?

— Non, mais on n'a que la parole de Weill. En revanche, il arrivait souvent à Zerk de se joindre à la table ouverte du mercredi soir.

— Ce qui facilite d'autant la récupération d'un mouchoir sale et de poils du chien. Mais pas des bottes au crottin.

— Si. La gardienne cire l'escalier de bois, elle ne veut pas qu'on y monte avec des chaussures crottées. Les bottes ou autres chaussures de randonnée sont déposées au rez-de-chaussée, dans un petit placard sous l'escalier, dont chaque occupant a la clef. Merde, Veyrenc, Weill est au Quai depuis plus de vingt ans.

— Weill se fout de la police, il n'aime que la provocation, la cuisine et l'art – et pas les formes classiques de l'art. Tu es déjà allé chez lui ?

— Plusieurs fois.

— Tu connais donc ce splendide et affolant capharnaüm. On ne peut pas l'oublier quand on l'a vu une fois. Tu te souviens de la statue de l'homme en haut-de-forme et en érection, qui jongle avec des bouteilles ? De la momie d'ibis ? Des autoportraits ? Du canapé d'Emmanuel Kant ?

— Du valet de chambre d'Emmanuel Kant.

— Oui, du valet Lampe. Du siège où est mort un évêque ? De la cravate en plastique jaune venue de New York ? Au sein de ce grand bazar esthétique, l'écrasement des Plogojowitz par un vieux Paole du XVIIIe siècle doit revêtir une valeur artistique.

Comme Weill le revendique lui-même, l'art est un sale boulot mais il faut bien que quelqu'un le fasse.

Adamsberg secoua la tête.

— C'est lui qui a monté l'échelle qui mène là-haut jusqu'au septième barreau, à Emma Carnot.

— La vice-présidente du Conseil ?

— Elle-même.

— Qu'est-ce qu'il lui veut ?

— Carnot a acheté le président de la Cour de cassation qui a acheté le procureur qui a acheté le juge qui a acheté un autre juge qui a acheté Mordent. Sa fille passe au tribunal dans quelques jours, elle risque gros.

— Merde. Qu'est-ce que Carnot a demandé à Mordent ?

— Qu'il lui obéisse. C'est Mordent qui a fait fuiter les informations dans la presse pour couvrir la fuite de Zerk. Dès le matin de la découverte du meurtre, il a accumulé les bourdes pour massacrer l'enquête et il a finalement déposé chez le fils Vaudel de quoi me faire mettre au trou à la place du tueur.

— Les braves pelures de crayon ?

— C'est cela. Emma Carnot est liée au meurtrier d'une manière ou d'une autre. La page du registre où figure son mariage a été arrachée. Il faut croire que si ce mariage s'apprend, sa carrière explose. Un des témoins a déjà été abattu. On cherche le second. Carnot écraserait n'importe qui sous sa botte pour sauver ses intérêts.

Cette phrase fit passer sous les yeux d'Adamsberg l'image de la petite chatte sous la botte de Zerk et il frissonna.

— Elle n'est pas la seule.

— C'est bien pourquoi sa machine de guerre va rouler sans accroc, chacun y trouvera son compte. Sauf les prochaines victimes de Paole, sauf Émile et sauf moi, qui vais sauter dans trois jours. Comme un crapaud fumeur.

— Tu parles des crapauds auxquels on collait une cigarette dans le bec ?

— Oui, c'est cela.

— Ils ont analysé les pelures de crayon ?

— Un ami a différé leur arrivée au labo. Il a eu une fièvre.

— Ça te donne quoi ? Trois jours de plus ?

— À peine.

L'avion décollait, les deux hommes bouclèrent leur ceinture, remontèrent les tablettes. Veyrenc reprit la parole longtemps après que l'avion se fut stabilisé.

— Mordent a commencé à manœuvrer dès le dimanche matin, dès la découverte de Garches. Tu es sûr de cela ?

— Oui. Il s'obstinait à ferrer le jardinier, ayant pris ses ordres du juge d'instruction.

— Alors cela suppose que Carnot savait déjà qui avait massacré Vaudel. Dès le dimanche matin. Que Mordent et elle étaient déjà en contact. Sinon, comment aurait-elle eu le temps d'avoir lancé sa machine ? D'avoir déjà atteint Mordent ? Il faut au moins deux jours de préparation. Elle était au courant dès le vendredi.

— Les chaussures, dit soudain Adamsberg en pianotant sur le hublot. Ce n'est pas le meurtrier de Garches qui a d'abord inquiété Carnot, c'est celui qui a découpé les pieds de Londres. Et bon sang, Veyrenc, parmi ces pieds, plusieurs paires sont bien trop vieilles pour Zerk.

— Je ne connais pas le dossier, répéta Veyrenc.

— Je te parle de dix-sept vieux pieds coupés à la cheville qui ont été déposés dans leurs chaussures devant le cimetière de Higegatte, à Londres, il y a dix jours.

— Qui te l'a dit ?

— Personne. J'y étais, avec Danglard. Higegatte appartient à Peter Plogojowitz. Son corps fut transporté sur cette colline avant la construction du cimetière, pour échapper aux fureurs des habitants de Kisilova.

L'hôtesse revenait sans cesse vers eux, clairement fascinée par la chevelure bigarrée de Veyrenc. La veilleuse au-dessus de sa tête y allumait chacune de ses mèches rousses. Elle apportait tout en double, le champagne, les chocolats et les essuie-mains.

— Un gros homme à cigare se tenait derrière le lord déchaussé, dit Adamsberg, après avoir exposé à Veyrenc l'histoire de Highgate aussi nettement qu'il le pouvait. Le Cubain était Paole, sans doute. Qui venait de déposer sa collection, comme un défi lancé sur la terre de Plogojowitz. Qui se servait de lord Clyde-Fox pour nous amener au dépôt.

— Quel intérêt ?

— Faire le lien. Paole doit associer sa collection à la destruction des Plogojowitz. Il a profité de l'arrivée des flics français pour croiser notre route, sachant que son crime de Garches allait tomber sur la Brigade. Il ne pouvait pas deviner que Danglard reconnaîtrait un pied kisilovarien dans l'amas, peut-être le pied de son oncle, ou de son voisin, l'oncle par alliance de Danglard étant le dedo de Vladislav, son grand-père.

Veyrenc posa sa coupe de champagne, ferma un peu les yeux en battant des cils, selon ce léger réflexe de recul qu'il avait souvent.

— Laissons tomber, dit-il. Dis-moi simplement en quoi cela apporte un nouvel élément pour Armel.

— Il y a des paires de pieds qui ont été coupées quand Zerk était encore enfant, voire nourrisson. Quoi que je pense de lui, je ne crois pas que ton neveu tranchait des pieds à cinq ans dans les arrière-chambres des magasins de pompes funèbres.

— Non, sans doute non.

— Et je pense que ce que connaissait Emma Carnot, c'était une chaussure, ajouta Adamsberg, suivant une autre pensée, attrapant un nouveau poisson qui bondissait dans ses eaux. Une chaussure qu'elle a vue il y a très longtemps, avec un pied dedans, et qu'elle a reliée à la découverte de Higegatte, puis à Garches. Et qui se rattache à elle. Car cela, Veyrenc, nous avons totalement oublié d'y penser.

— À quoi ? dit Veyrenc en rouvrant les yeux.

— À celui qui manque. Au dix-huitième pied.

XLII

Depuis l'aéroport, Adamsberg avait convoqué un colloque à la Brigade, obligation exceptionnelle en ce dimanche soir. Trois heures plus tard, chacun avait plus ou moins assimilé les derniers événements de l'enquête, dans le désordre et dans la confusion des paroles, accrus par la fatigue du commissaire. Certains disaient à la pause qu'il était patent que le commissaire avait passé une nuit momifié dans un caveau gelé au bord de l'asphyxie. Que son nez busqué en était resté pincé et que ses yeux s'étaient enfoncés plus encore dans les lointains. On saluait Veyrenc, on lui frappait dans le dos, on le félicitait. Estalère était surtout préoccupé par cette Vesna, cette morte vermeille de presque trois siècles auprès de qui Adamsberg avait passé la nuit. Lui seul connaissait l'histoire d'Elizabeth Siddal et il avait retenu chaque détail du récit du commandant Danglard. Restait un point qu'il n'avait pas résolu : Dante avait-il fait ouvrir le cercueil de sa femme par amour ou pour reprendre ses poèmes ? Selon les jours et son état d'esprit, sa réponse variait.

Il y avait des zones tout à fait opaques dans l'exposé du commissaire, et sur lesquelles il ne paraissait pas disposé à s'expliquer. Ainsi de la présence incompréhensible de Veyrenc à Kisilova. Adamsberg n'avait nulle intention d'apprendre à son équipe qu'il avait abandonné un fils nommé Zerk, que ce fils avait fraîchement débarqué de l'enfer et qu'il était l'auteur probable des pataugières de Garches et de Pressbaum. Il n'avait pas dit mot non plus des questions ambiguës que suscitait le cas de Weill. Et hormis Danglard, l'équipe n'était pas au courant du danger représenté par Emma Carnot. Fait qui aurait obligé Adamsberg à exposer la trahison de Mordent, ce qu'il n'était pas prêt à faire. La jeune fille – Élaine, si c'était bien son prénom – passait en jugement dans quatre jours. Dinh avait réussi à retenir l'échantillon durant trois jours entiers sans même encourir un blâme. Grâce peut-être à l'amusement de sa lévitation, réelle ou rêvée, qui lui valait l'indulgence de ses collègues.

Adamsberg avait en revanche exposé en détail l'affrontement des familles Paole et Plogojowitz. C'est-à-dire, si l'on résumait brutalement les choses, avait dit Retancourt, une guerre sans merci entre deux lignées de vampires s'anéantissant l'une l'autre, l'événement déclencheur étant advenu il y a trois siècles. Or, puisque les vampires n'existaient pas, que devait-on faire et où allait l'enquête ?

Ici ressurgit à pleine puissance l'antagonisme qui divisait les membres de la Brigade entre les positivistes matérialistes que les errances d'Adamsberg indisposaient gravement, parfois jusqu'à la révolte, et ceux plus conciliants qui ne voyaient pas le mal à pelleter des nuages de temps à autre.

Retancourt, tout d'abord florissante du plaisir de revoir Adamsberg vivant, s'était repliée sur une pose farouche à la première mention des *vampiri* et du *lieu incertain*. Force lui était d'admettre, signala Adamsberg, qu'il y avait beaucoup de Plog dans les noms des victimes et de leur entourage. D'admettre que le vieux Vaudel, authentique petit-fils d'un Andras Plog, avait écrit à Frau Abster, née Plogerstein, pour la mettre en garde et lui rappeler de *garder*

Kisilova hors de toute atteinte – ni plus ni moins de protéger la famille Plogojowitz. Qu'il avait bel et bien été bouclé dans le caveau des neuf victimes de Peter. Que les pieds coupés de Londres – aux fins d'empêcher les morts de revenir – avaient été déposés sur le fief londonien de Plogojowitz, à Highgate. Qu'une paire de ces pieds appartenait à un Mihai Plogodrescu. Que le massacre de Pierre Vaudel-Plog et de Conrad Plögener correspondait strictement à l'abolition d'une créature vampirique : ainsi qu'on l'avait déjà dit, ils n'avaient pas seulement été tués, ils avaient été anéantis, à commencer par les pièces principales qu'étaient les pouces des pieds et les dents. Qu'on avait opéré une destruction minutieuse de l'appareil fonctionnel, de l'appareil spirituel, et de l'appareil de manducation. Que tout indiquait que cette triple destruction avait pour objectif d'empêcher la reconstitution du corps à partir d'un seul de ses fragments, la recomposition de l'homogénéité démoniaque. Ainsi que le prouvait la dispersion des fragments, de même qu'on déposait la tête du vampire entre ses pieds. Qu'Arandjel – le Danglard de la Serbie, avait expliqué Adamsberg pour affermir son propos – assurait que la famille du soldat Arnold Paole avait été la proie tragique et certaine de Peter Plogojowitz.

Les positivistes étaient navrés, les conciliants acquiesçaient et prenaient des notes. Estalère, lui, suivait avec passion l'exposé du commissaire. Il n'avait jamais mis en doute une seule de ses paroles, qu'elle soit pragmatique ou irrationnelle. Mais en ces moments d'affrontement intellectuel entre le commissaire et Retancourt, son affection fétichiste pour la grosse femme déchirait son esprit en deux moitiés inconciliables.

— Nous ne sommes pas en train, Retancourt, de chercher un *vampir*, dit Adamsberg avec fermeté. Nous ne sommes pas en train de chercher sur les routes un gars qui fut percé d'un pieu dans le cœur au début du XVIIIe siècle. Est-ce clair pour vous, lieutenant ?

— Pas tant que ça.

— Nous sommes en train de chercher un descendant déséquilibré de la lignée d'Arnold Paole, qui connaît parfaitement son aïeul et son histoire. Qui a identifié un être extérieur comme source de sa souffrance. Qui a désigné l'antique ennemi Plogojowitz. Qui en détruit tous les surgeons pour échapper à son propre sort. Si un homme massacrait des chats noirs parce qu'il est convaincu qu'ils lui portent malheur, vous ne jugeriez pas cela insensé, lieutenant ? Pas impossible ? Pas incompréhensible ?

— Non, convint Retancourt, épaulée par les grognements de quelques positivistes.

— Eh bien c'est la même chose. Mais en plus grand. En gigantesque.

Après la seconde pause, Adamsberg exposa ses consignes. Remonter la filière Plogojowitz, repérer les membres possibles de la famille et les placer sous protection. Prévenir le commissaire Thalberg pour mettre Frau Abster à l'abri.

— Trop tard, dit la voix fluette de Justin, empreinte de regret.

— Comme les deux autres ? demanda Adamsberg après un silence.

— Même chose. Thalberg nous a appelés ce matin.

— Œuvre d'Arnold Paole, dit Adamsberg en regardant Retancourt de manière prolongée. Protégez les autres, dit-il. Travaillez avec Thalberg pour repérer les membres de la famille.

— Zerk ? demanda Lamarre. On augmente les moyens ? La diffusion de la photo n'a encore rien donné.

— Ce salopard est introuvable, dit Voisenet. Sûrement en train de revenir de Köln mais pour aller où ? Pour aller démembrer qui ?

— Il est possible, dit Adamsberg en hésitant, que ce salopard ne soit que l'exécutant de Paole. Il n'y a aucun Paole dans son ascendance maternelle.

— Peut-être, dit Noël, mais on ne connaît que sa mère. Les Paole sont peut-être dans sa branche paternelle.

— Possible, murmura Adamsberg.

La photo de Zerk avait été diffusée dans tous les commissariats, les gendarmeries, les gares, les aéroports, les lieux publics, et de même en Autriche. L'Allemagne, secouée par le massacre de la vieille femme de Köln, prenait à présent le relais. Adamsberg ne voyait pas comment le jeune homme allait pouvoir échapper au maillage.

— Il nous faut une enquête rapide et serrée sur ce chef de chœur, le père Germain. Maurel, Mercadet, mettez-vous dessus.

— Et Pierre fils ?

— Toujours libre, dit Maurel, et défendu par un avocat bruyant.

— Que dit Avignon ?

— Ces abrutis ont réussi l'exploit de perdre l'échantillon, dit Noël.

— Lequel ? demanda doucement Adamsberg.

— Les résidus de crayon laissés par le salaud qui est venu mettre la douille sous le frigo.

— Perdu définitivement ?

— Non, ils ont fini par le récupérer dans la poche d'un lieutenant. Ce n'est pas un commissariat chez eux, c'est un foutoir. Le truc a fini par partir hier au labo. Trois jours de perdus, sec.

— Sec, confirma Adamsberg, tandis qu'il entendait simultanément le plog de Vladislav. Émile ?

— Le Dr Lavoisier nous a fait passer un billet, comme un conspirateur. Émile est en rééducation, il a demandé des bigorneaux – qu'il n'a pas eus –, il sort dans quelques jours. Pas avant que sa sécurité soit assurée, a dit Lavoisier. Le docteur attend les consignes.

— Pas avant qu'on ait trouvé Paole.

— Pourquoi Émile serait-il un danger pour Paole ? demanda Mercadet.

— Parce qu'il était le seul à qui parlait Vaudel-Plogojowitz.

Un danger pour Paole et pour Emma Carnot, pensa Adamsberg. Les balles maladroites tirées à Châteaudun sentaient l'opération d'un homme au service de là-haut.

— On ne l'appelle plus Zerk ? demanda à voix basse Estalère à son voisin Mercadet. On l'appelle Paole ?

— C'est le même, Estalère.

— Ah bien.

— Ou bien ce n'est pas le même.

— Je comprends.

XLIII

Danglard, Adamsberg et Veyrenc se retrouvèrent discrètement pour dîner dans un restaurant éloigné de la Brigade, comme trois membres furtifs assemblés pour un complot. Veyrenc avait informé Danglard des ombres portant sur le cas Weill. Le commandant passait ses doigts sur ses joues molles, et Veyrenc le trouvait modifié. L'effet d'Abstract, l'avait prévenu Adamsberg. Il y avait de la vigueur dans ses yeux pâles, un peu de largeur sur ses épaules, qui occupaient mieux la coupe de son costume. Nul ne savait que, dans l'angoisse de la mort d'Adamsberg, Danglard avait décommandé la venue d'Abstract.

— On appelle Weill ? demanda Veyrenc.

Adamsberg avait commandé un chou farci, souvenir si atténué de Kisilova qu'il le regrettait.

— Risqué, dit-il.

— Le premier arrivé au moulin moud son grain le premier, objecta Danglard.

Les trois têtes acquiescèrent ensemble et Adamsberg composa le numéro, leur faisant signe de la boucler.

— L'échantillon est parti au labo hier, dit Adamsberg. On n'a plus que deux jours. Où en sommes-nous, Weill ?

— Donnez-moi une seconde, je sauve un carré d'agneau.

Adamsberg posa sa main sur le téléphone.

— Il sauve un carré d'agneau.

Veyrenc et Danglard hochèrent la tête, compréhensifs. Adamsberg enclencha le haut-parleur.

— Je répugne à interrompre une cuisson, dit Weill en reprenant la ligne. On ne sait jamais comment ça va tourner ensuite.

— Weill, Emma Carnot connaît l'identité du tueur de Garches. Mais par rebond. Celui qu'elle connaît avant tout, c'est l'homme qui déposa les dix-sept pieds coupés au cimetière de Higegatte.

— Highgate.

— On a négligé le dix-huitième, le pied qui manque. Je pense que c'est celui qu'elle a vu.

— Si je ne puis rien vous apprendre, Adamsberg, je retourne à mon carré d'agneau.

— Dites.

— J'ai fait effectuer une plongée au commissariat d'Auxerre, où fut découpé le registre des mariages. Il y a eu une amusante déposition, il y a douze ans. Une femme choquée par une découverte macabre, un pied chaussé traînant sur un chemin de forêt. Rien de moins. Ce pied était décomposé, piqueté par les oiseaux et les carnivores. Cette femme, d'après les souvenirs du brigadier, venait d'expulser son ancien mari de sa maison de campagne. Elle se rendait sur les lieux tout juste déménagés pour en changer les serrures. Elle a découvert le vestige à quinze mètres de la porte, dans le sentier d'accès.

— À l'époque, Carnot n'a pas soupçonné le mari.

— Non, ou elle n'aurait jamais alerté la police. Elle avait pourtant beaucoup d'éléments pour le suspecter. Le sentier était privé, personne ne l'empruntait. Le mari venait seul à la maison forestière pendant les week-ends, depuis plus de quinze ans. Il chassait. Et cet époux fantasque et solitaire, d'après les habitants du hameau, entreposait son gibier dans un congélateur cadenassé. Il a refusé toute aide des voisins lorsque Emma Carnot l'a finalement contraint à déménager. Vous vous doutez de ce que contenait le congélateur. Un pied aura été perdu pendant son chargement précipité dans le camion. Emma Carnot aurait pu comprendre qu'il était impensable que le pied soit tombé des poches d'un inconnu ou du bec d'un oiseau. Mais elle ne voulait surtout pas comprendre. L'idée lui en est sans doute venue plus tard, et elle s'est tue. L'enquête n'avait pas abouti – on avait conclu à un charognard – et tout était oublié.

— Jusqu'à la découverte de Higegatte. Elle a compris.

— C'est évident. Dix-sept pieds devant un cimetière, et elle connaissait le dix-huitième. Si l'on apprenait qu'elle avait épousé un homme qui avait découpé les pieds de neuf cadavres, elle était bonne pour la casse. Par mauvaise chance, vous étiez sur les lieux à Londres. Elle n'avait plus qu'à vous démolir corps et biens. En moins d'un jour, elle a repéré la faille de Mordent et s'est annexé l'homme. Quand la machine Carnot se met en marche, rien ne peut la surpasser en promptitude, surtout pas vous, commissaire. L'affaire de Garches a éclaté le dimanche, elle a fait le lien avec Highgate avant vous. Comment, je ne sais pas. Peut-être ce découpage. Elle a saboté l'enquête, elle a fait tirer sur Émile, exigé de Mordent qu'il provoque la fuite du suspect et qu'il place la douille et les pelures chez Vaudel. Pour sauver le vrai coupable, pour vous saborder et qu'on n'entende plus jamais votre voix.

— Quel est le nom de son mari, Weill ? demanda Adamsberg avec lenteur.

— Aucune idée. La maison bourguignonne est au nom de la mère, elle est dans la famille Carnot depuis quatre générations. Et dans ce hameau comme dans tous les hameaux, on a donné au mari le nom de la maisonnée. On l'appelait M. Carnot, ou

« l'époux de Mme Carnot ». Il n'y venait que pour la chasse.

— Mais elle, bon sang ? On a son nom de femme mariée ? Dans la déposition ?

— Elle était divorcée depuis longtemps quand elle a déposé. Quand elle a commencé dans la carrière à vingt-sept ans, elle s'appelait à nouveau Carnot. Cela fait donc au moins vingt-cinq ans qu'elle a repris son nom de jeune fille. Ce mariage a été une rapide affaire de jeunesse.

— Il nous faut cette déposition, Weill. C'est notre seul élément contre elle.

Weill ricana, et demanda quelques minutes pour aller tourner son carré d'agneau.

— On dirait, Adamsberg, que l'absolu pouvoir de ces gens vous échappe encore. Il n'y a plus de déposition. C'est uniquement la mémoire du brigadier d'Auxerre qui m'a restitué l'histoire. Il ne reste aucune trace paperassière. Ils font parfaitement les choses.

— Weill, il nous reste un témoin du mariage.

— Aucun écho pour le moment. Mais il y a la mère d'Emma Carnot. Elle a dû connaître le jeune mari, ne serait-ce que quelques jours. Marie-Josée Carnot, rue des Ventilles, 17, à Bâle, Suisse. Il serait avisé de la protéger.

— C'est sa mère, bon sang.

— Et elle, c'est Emma Carnot. Le témoin qui a été abattu à Nantes était sa propre cousine. Prévenez votre collègue Nolet. S'il ose poursuivre.

— Quel est le message, Weill ?

— Protégez la mère.

— Comment Carnot a-t-elle pu savoir où allait Émile ?

— Elle l'a attrapé quand bon lui semblait, et pour en faire ce qu'elle voulait.

— Les flics de Garches eux-mêmes l'ont manqué.

— Adamsberg, vous n'êtes vraiment pas fait pour travailler là-haut. Les flics de Garches n'ont jamais perdu la trace d'Émile, et ils l'avaient bien en main quand il s'est réfugié à l'hôpital. Mais un ordre tombé de là-haut leur a ordonné de le laisser courir, de le suivre, de signaler son point de chute puis de disparaître. Ce qu'ils ont fait. C'est comme cela que ça obéit, en bas.

Adamsberg raccrocha, fit tourner l'appareil éteint sur la table. Il avait donné le cœur en mousse à Danica.

— Danglard, je vous confie la mère. Protection Retancourt.

— Pas sa mère, souffla Veyrenc.

— Il y a bien des gars qui mangent une armoire, Veyrenc.

Danglard s'éloigna pour appeler Retancourt. Démarrage immédiat pour la Suisse. Dès l'instant où ils la surent prête à prendre la route, les trois hommes respirèrent et Danglard commanda de l'armagnac.

— Je préférerais un rakija après mon kafa, comme à la kruchema.

— Comment se fait-il, commissaire, que vous ayez mémorisé des mots serbes quand vous n'êtes pas foutu de vous rappeler le simple nom de Radstock ?

— J'ai mémorisé des mots kiseljeviens, nuança Adamsberg. Sûrement parce que c'est un lieu incertain, Danglard, où adviennent des choses hors du commun. « Hvala », « dobro veče », « kajmak ». Dans le caveau, j'ai aussi songé aux « kobasice ». N'espérez rien de grand, ce ne sont que des saucisses.

— Pimentées, précisa Veyrenc.

Et Adamsberg ne s'étonna pas que Veyrenc en sût déjà plus que lui.

— Weill semble correct, dit Danglard.

— Oui, dit Veyrenc. Ça ne veut rien dire. Weill est toujours au summum de l'art. Policier et autre.

— Pourquoi donnerait-il Carnot ?

— Pour la bousiller. Elle fait des erreurs, elle est dangereuse.

— Weill n'est pas Arnold Paole. Il n'est pas l'ancien époux.

— Pourquoi pas ? proposa Veyrenc sans conviction. Quel rapport entre le jeune homme d'il y a vingt-neuf ans et l'homme d'aujourd'hui, sophistiqué, ventru et barbe blanche ?

— Je ne peux pas mettre un officiel en garde près du domicile de Weill, dit Adamsberg. Veyrenc ?

— Entendu.

— Passez prendre une arme chez Danglard. Et couvrez vos cheveux.

XLIV

Un point de lumière brillait sous l'appentis. Lucio donnait à manger à la mère chat. Adamsberg le rejoignit, s'assit au sol jambes croisées.

— Toi, dit Lucio sans lever la tête, tu reviens de loin.

— Plus loin que tu ne crois, Lucio.

— Aussi loin que je le crois, hombre. La muerte.

— Si.

Adamsberg n'osait pas demander comment allait la petite, Charme. Il jetait des coups d'œil de droite, de gauche, incapable de la reconnaître parmi les chatons qui vadrouillaient dans l'ombre. *J'ai tué la petite chatte d'un seul coup de botte. Elle a giclé partout.*

— Pas d'ennui ? questionna-t-il malaisément.

— Si.

— Dis toujours.

— Maria a trouvé la cache à bière sous le buisson. Faut qu'on déniche un autre endroit.

Un chaton s'avança maladroitement, se cogna à la jambe d'Adamsberg. Il le souleva d'une main, croisa ses yeux à peine ouverts.

— Charme, dit-il. C'est elle ?

— Tu la reconnais pas ? C'est toi qui l'as mise au monde quand même.

— Oui. Bien sûr.

— Des fois, tu vaux rien, dit Lucio en secouant la tête.

— C'est que je m'inquiétais pour elle. J'ai fait un rêve.

— Raconte, hombre.

— Non.

— Ça se passe dans le noir, hein ?

— Oui.

Adamsberg passa les deux jours suivants à disparaître. Il venait à la Brigade pour quelques instants, téléphonait, prenait ses messages, repartait, inaccessible. Il prit le temps de sonner chez Josselin pour faire vérifier ses acouphènes. Le médecin avait enfoncé ses doigts dans ses oreilles, satisfait, puis diagnostiqué un choc à casser un homme en miettes, stress de mort, n'est-ce pas ? Mais déjà presque cicatrisé, avait-il ajouté, surpris.

L'homme aux doigts d'or avait emporté ses acouphènes dans ses mains et Adamsberg prit le temps de retrouver les bruits de la rue sans le parasitisme de sa ligne à haute tension. Puis il reprit sa course, serrant les traces d'Arnold Paole. L'enquête avançait mal sur le père Germain, qui refusait de livrer quoi que ce soit sur sa généalogie, comme c'était son droit. Et son nom véritable, Henri Charles Lefèvre, était si répandu que Danglard dérapait dès les premiers efforts pour remonter son ascendance. Danglard avait confirmé le sentiment de Veyrenc : le père Germain, déroutant, autoritaire, doté d'une force physique peu agréable et peut-être séduisante, n'avait rien pour susciter la sympathie des hommes et tout pour fasciner des freluquets chanteurs. Adamsberg avait écouté son rapport d'un air distrait, et froissé une fois de plus la susceptibilité de Danglard.

Retancourt assurait la Suisse avec Kernorkian, Veyrenc habitait l'ancienne chambre de Zerk. De là, il ne lâchait pas Weill. Il avait fait disparaître ses mèches rousses sous une teinture brune, mais dès que le soleil frappait il les voyait réapparaître, insubmersibles et provocantes. *N'essaie pas de cacher ici-bas ton essence. La lumière dira quelle était ton enfance.* Weill passait son temps – court – au Quai, puis à faire le tour de ses fournisseurs en victuailles et produits rares, y compris en savon du Liban à la rose de couleur pourpre. Weill avait aussitôt invité son nouveau voisin à partager une table ouverte et Veyrenc avait décliné de loin, à peine aimable. On s'amusait encore chez Weill à trois heures du matin sonnées et Veyrenc aurait volontiers jeté le masque, n'était sa crainte intense pour son neveu.

Adamsberg s'endormait à présent avec ses armes. Au soir du mercredi, il appela à nouveau le commissariat de Nantes, ses précédents messages étant restés sans réponse. L'agent de garde, le brigadier Pons, refusa comme ses collègues de lui confier le numéro privé du commissaire Nolet.

— Brigadier Pons, dit Adamsberg, je vous parle de la femme abattue il y a onze jours à Nantes, Françoise Chevron. Vous avez un innocent en taule et moi, j'ai votre tueur en liberté.

Un lieutenant s'approchait du brigadier, l'air interrogatif.

— Jean-Baptiste Adamsberg, l'informa le brigadier en couvrant le téléphone. Pour le cas Chevron.

D'un geste de la main tournant près de sa tête, le lieutenant fit comprendre tout le bien qu'il pensait d'Adamsberg. Puis, saisi d'inquiétude, il prit l'appareil.

— Lieutenant Drémard.

— Le numéro privé de Nolet, lieutenant.

— Commissaire, on a bouclé l'affaire Chevron, elle est sur le bureau du juge. Son mari la battait régulièrement, elle avait un amant. C'est du cousu main.

On ne peut pas déranger le commissaire Nolet, il déteste cela.

— Il détestera avoir une victime de plus. Son numéro, Drémard, hâtez-vous.

Drémard repassa dans sa tête les appréciations multiples et contradictoires entendues sur Adamsberg, génie ou catastrophe, redoutant la bourde, dans un sens ou un autre, puis opta pour la prudence.

— Vous avez de quoi noter, commissaire ?

Deux minutes plus tard, Adamsberg avait l'amusant Nolet en ligne. Il recevait des amis, le fond de musique et de paroles excitées couvrait un peu sa voix.

— Désolé de vous interrompre, Nolet.

— Au contraire, Adamsberg, dit Nolet d'un ton enjoué. Vous êtes dans les parages ? Vous nous rejoignez ?

— C'est à propos de votre cas Chevron.

— Ah mais parfait !

Nolet dut demander d'une main qu'on baisse le son, Adamsberg l'entendit mieux.

— Elle a été le témoin d'un mariage à Auxerre, il y a vingt-neuf ans. Et l'ex-épouse ne veut à aucun prix qu'on s'en souvienne.

— Preuve ?

— La page du registre a été arrachée.

— Elle aurait été jusqu'à tuer le témoin ?

— Sans aucun doute.

— Je suis preneur, Adamsberg.

— On a interrogé la mère à Genève, elle dément tout mariage de sa fille. Elle a peur et elle est cadrée.

— On aurait donc l'autre témoin à protéger ?

— Précisément, mais on ne le connaît toujours pas. L'appel dans la presse ne donne rien. À vous d'interroger l'entourage de Françoise Chevron. Visez un homme. Les témoins sont presque toujours choisis masculin et féminin.

— Le nom de l'ex-épouse, Adamsberg ?

— Emma Carnot.

Adamsberg entendit Nolet sortir de la pièce, fermer une porte.

— OK, Adamsberg. Je suis seul. Vous me parlez bien de Carnot ? Emma Carnot ?

— Elle-même.

— Vous êtes en train de me demander de m'attaquer au serpent qui rôde ?

— Quel serpent ?

— Là-haut, merde. L'énorme serpent qui tourne dans leurs arrière-chambres. Vous m'appelez de votre portable ordinaire ?

— Non, Nolet. Il est bouffé par les écoutes comme une poutre par les vers.

— Très bien. Vous me demandez de m'attaquer à l'une des têtes du système ? Une tête collée à la tête princeps de l'État ? Vous savez que chaque écaille de ce serpent est collée à la suivante en une armure inviolable ? Savez-vous ce qu'il me restera à faire, après ? Si encore on me laisse faire ?

— Je serai avec vous.

— Que voulez-vous que ça me foute, Adamsberg ? cria Nolet. On sera où ?

— Je ne sais pas. Peut-être à Kisilova. Ou autre lieu incertain dans les buées.

— Merde, Adamsberg, vous savez que je vous ai toujours suivi. Mais je ne marche pas. On voit que vous n'avez pas de gosses.

— J'en ai deux.

— Ah bon, dit Nolet. C'est nouveau.

— Oui. Alors ?

— Alors non. Je ne suis pas saint Georges.

— Connais pas.

— Le gars qui tua le dragon.

— Oui, se reprit Adamsberg. Je le connais aussi.

— Tant mieux. Alors vous me comprenez. Je n'affronte pas le serpent qui rôde.

— Bien, Nolet. Alors transférez-moi le dossier Chevron. Je n'ai pas envie qu'un type meure parce qu'il a été témoin il y a vingt-neuf ans du mariage d'une ordure. Que cette ordure soit devenue une écaille du serpent ou pas.

— Une dent du serpent serait plus juste. Un crochet.

— Comme vous voudrez. Laissez un peu tomber ce serpent, transférez-moi ce dossier et oubliez tout.

— C'est bon comme ça, dit Nolet en soufflant. Je vais au bureau.

— Vous me l'envoyez quand ?

— Je ne vous l'envoie pas, merde. Je le reprends.

— En vérité ? Ou vous vous asseyez dessus ?

— Faites-moi au moins crédit, Adamsberg, ou je fous tout dans la Loire. J'en suis à deux doigts.

Plog, se dit Adamsberg en raccrochant. Nolet était lancé sur Emma Carnot et Nolet était assez bon. S'il ne prenait pas peur du serpent en route. Adamsberg ne savait pas ce que signifiait le mot « princeps » mais il avait saisi. Les gens employaient un nombre considérable de mots complexes, et il se demandait quand, où et comment ils avaient pu les enregistrer avec une telle aisance. Lui du moins se souvenait de kruchema, ce qui n'était pas donné à tous.

Il se doucha, posa son arme et ses deux portables au bas de son lit, s'allongea encore humide sous l'édredon rouge, avec un regret pour le bleu passé de la kruchema. Il entendit la porte du voisin s'ouvrir et Lucio marcher dans le jardin. Il devait donc être entre minuit et demi et deux heures du matin. À moins que Lucio ne sorte pas pour pisser mais pour aménager une nouvelle planque à bière. Que sa fille Maria feindrait de découvrir dans deux mois, marquant une nouvelle étape dans leur jeu infini. Penser à Lucio, à Charme, à l'édredon bleu, tout sauf voir apparaître le visage de Zerk. C'est-à-dire sa tête de brute, ses discours hâbleurs, sa colère sans concession ni réflexion. Un gentil gars, une voix d'ange, disait

Veyrenc, et ce n'était pas le sentiment d'Adamsberg. Plusieurs éléments parlaient pourtant en faveur de Zerk, le mouchoir sale, les pieds de Highgate trop anciens, les bottes à disposition sous l'escalier. Mais les poils du chien se hérissaient encore en un sacré obstacle. Et Zerk ferait un parfait tueur en cire de bougie modelée dans les mains d'un Paole. Se partageant la tâche, l'un chez Vaudel, l'autre à Highgate. Un couple maladif associant le pathologique et puissant Arnold Paole et le jeune homme désaxé et amputé de père. Fils de rien, fils de peu, fils d'Adamsberg. Fils ou pas fils, Adamsberg ne se sentait aucune envie de lever un doigt pour Zerk.

XLV

Un grillon énervé lança un bref cri de détresse au sol. Adamsberg identifia le vibreur de son portable – celui qui était pourri de vers – et le ramassa, consultant ses montres. Entre deux heures quarante-cinq et quatre heures quinze du matin. Il passa la main sur son visage pour en ôter le voile de sommeil, consulta la machine qui lui livrait deux messages. Il passa de l'un à l'autre, adressés par la même personne à trois minutes d'écart. Le premier affichait *Por*, le second *Qos*. Adamsberg appela aussitôt Froissy. Froissy ne râlait jamais quand on la réveillait la nuit. Adamsberg pensait qu'elle en profitait pour manger un brin.

— Deux messages que je ne comprends pas, lui dit-il, je crois qu'ils sont désagréables. Vous avez besoin de combien de temps pour identifier le propriétaire du portable ?

— Pour un numéro inconnu ? Un quart d'heure. Dix minutes en marchant bien. En ajoutant trente minutes pour arriver à la Brigade, car je n'ai que deux microbécanes ici. Quarante minutes. Dictez-le-moi.

Adamsberg annonça le numéro, gêné par une sensation d'urgence. Quarante minutes, c'était trop long.

— Celui-ci, je vous le donne tout de suite, dit Froissy. J'ai fini par l'identifier en fin d'après-midi. Armel Louvois.

— Merde.

— J'ai tout juste commencé à lister ses appels – il ne téléphone pas beaucoup. Rien depuis neuf jours, il a éteint l'appareil depuis le matin de sa fuite. Pourquoi rallume-t-il l'engin ? Qu'est-ce qui lui prend de se signaler ? Il vous a laissé un message ?

— Il m'a envoyé deux textos incompréhensibles.

— *Texti*, corrigea machinalement Froissy, ayant assimilé comme les autres les tics savants de Danglard.

— Vous pouvez me le localiser ?

— S'il n'a pas à nouveau débranché, oui.

— Vous pouvez le faire depuis chez vous ?

— Plus ardu, mais je peux tenter de connecter.

— Tentez et faites vite.

Elle avait déjà raccroché. Il était inutile de dire à Froissy d'aller vite, elle expédiait ses tâches avec la rapidité de la mouche.

Il enfila ses vêtements, ramassa le holster et les deux portables. Il se rendit compte dans l'escalier qu'il avait enfilé son tee-shirt devant derrière, l'étiquette lui grattait le cou. Il arrangerait cela plus tard. Froissy le rappela alors qu'il enfilait sa veste.

— Pavillon de Garches, annonça Froissy. Un autre appareil émet du même endroit. Inconnu. J'essaie d'identifier ?

— Allez-y.

— Pour cela, je dois aller au bureau. Réponse dans une heure.

Adamsberg alerta deux équipes, calcula. Il faudrait au bas mot trente minutes avant que la première troupe soit regroupée à la Brigade. Plus le trajet jusqu'à Garches. S'il partait dès maintenant, il serait sur les lieux dans vingt minutes. Il hésitait, tout lui disait d'attendre. Piège. Que foutait Zerk dans le pavillon du vieux Vaudel ? Avec un autre portable ? Ou avec l'autre ? Arnold Paole ? Et en ce cas, que cherchait Zerk ? Piège. Mort certaine. Adamsberg monta dans sa voiture, posa les avant-bras sur le volant. Ils l'avaient raté dans le caveau, ils recommençaient ici, c'était une évidence. Ne pas bouger était la sagesse même. Il relut les deux messages. *Por, Qos.* Il tourna la clef de contact, puis l'arrêta. C'était l'évidence, le déroulement cohérent et normal. Les doigts sur la clef, il tentait de comprendre pourquoi une autre certitude lui commandait de filer à Garches, une certitude dénuée de motif qui captivait sa pensée. Il alluma les phares et démarra.

À mi-chemin, après le tunnel de Saint-Cloud, il stoppa sur la bande d'arrêt d'urgence. *Por, Qos.* Il venait de penser – s'il pouvait appeler cela penser – à l'usage par Froissy du terme ridicule de *texti*. Texti qui l'avait amené à *por* en un saut de poisson. Il était presque sûr de lui. Il avait souvent vu ce *por* sur l'écran de son portable. Et c'était quand il tapait des *texti*, quand il tapait le mot « sms ». Il sortit son téléphone, composa les trois lettres « s », « m », « s ». Il obtint d'abord *Pop*, puis il fit défiler les combinaisons : *Por, Pos, Qos, Sos,* et enfin *Sms*.

Sos. SOS.

SOS que Zerk n'avait pas réussi à envoyer correctement. Il avait tenté le coup une seconde fois, activant le défilement de l'appareil à l'aveuglette, se trompant encore. Adamsberg plaqua le gyrophare sur son toit et reprit la route. Si Zerk avait tendu un piège, il aurait tapé des mots compréhensibles. Si Zerk avait raté son SOS, c'est qu'il n'était pas en mesure de voir l'écran. Il avait donc tapé dans le noir. Ou bien la main dans sa poche, à tâtons, pour ne pas se faire repérer. Ce n'était pas un piège, c'était un appel au secours. Zerk était avec Paole, et cela faisait plus de trente minutes qu'il avait envoyé ses messages.

— Danglard ? appela Adamsberg tout en conduisant. J'ai un SOS de Zerk tapé sans qu'il voie son écran. Le meurtrier l'a ramené sur les lieux du crime où il va le suicider proprement. Fin de l'histoire.

— Le père Germain ?

— Pas lui, Danglard. Comment voulez-vous que Germain sache que c'était une femelle ? C'est tout de même ce qu'il a dit. Ne cernez pas le pavillon, n'entrez pas par la porte. Il le flinguerait sur-le-champ. Dirigez-vous vers Garches, je vous rappelle.

Tenant toujours son volant d'une main, il réveilla le Dr Lavoisier.

— Il me faut le numéro de la chambre d'Émile, docteur. En urgence.

— C'est Adamsberg ?

— Oui.

— Et qu'est-ce qui me le prouve ? demanda Lavoisier, en parfait nouveau conspirateur qu'il était devenu.

— Merde, docteur, on n'a pas le temps.

— Pas question, dit Lavoisier.

Adamsberg sentit que le blocage était sérieux, Lavoisier prenait sa mission à cœur. Adamsberg lui avait ordonné « aucun contact », et il suivait la consigne scientifiquement.

— Si je vous dis la fin de ce qu'a marmonné Retancourt en sortant du coma, ça vous ira ? Vous avez encore le truc en tête ?

— Parfaitement. Je vous écoute.

— *Et mourir de plaisir*[1].

— OK, mon vieux. Je vous transfère l'appel car l'hôpital refusera de vous brancher sur Émile sans mon intercession.

— Dépêchez-vous, docteur.

Des craquements, des sonneries, des ultrasons, puis la voix d'Émile.

---

1. Voir, du même auteur, *Dans les bois éternels* (Éd. Viviane Hamy, 2006 ; Éd. J'ai lu, n° 9004).

— C'est pour Cupidon ? demanda Émile d'un ton alarmé.

— Il est en pleine forme. Émile, dis-moi comment on entre dans le pavillon de Vaudel autrement que par la porte principale.

— Par la porte arrière.

— Je te parle d'un autre chemin. Discret, sans éveiller l'attention.

— Y en a pas.

— Si, Émile, il y en a un. Tu l'as utilisé. Quand tu revenais fouiner la nuit pour barboter du fric.

— J'ai jamais fait ça.

— Bon sang, on a tes empreintes sur les tiroirs du secrétaire. Et on s'en fout. Écoute-moi bien. Le gars qui a massacré Vaudel va en flinguer un autre ce soir, dans le pavillon. Je dois me faufiler là-dedans en douceur. Tu saisis ?

— Non.

La voiture entrait dans Garches, Adamsberg ôta le gyrophare.

— Émile, dit Adamsberg en serrant les dents, si tu ne me le dis pas, je flingue le clebs.

— Tu ferais pas ça.

— Sans hésitation. Ensuite, je l'écrase sous ma botte. Vu, Émile ?

— Espèce de salaud de flic.

— Oui. Parle, bon Dieu.

— Le pavillon voisin, celui de la mère Bourlant.

— Oui ?

— Les caves se rejoignent. Avant, les deux baraques appartenaient à un seul gars, il logeait sa femme dans l'une et sa maîtresse dans l'autre. Il avait fait creuser entre les deux caves pour la commodité. Quand ça a été vendu, on a séparé les maisons et la porte souterraine a été condamnée. Mais la mère Bourlant l'a rouverte, et elle avait pas le droit. Vaudel n'en savait rien, il ne descendait jamais à la cave. Moi, j'avais trouvé l'astuce, mais j'avais promis à la voisine de ne rien dire. En échange, elle me laissait utiliser le passage. On s'entendait bien tous les deux.

Adamsberg se gara à cinquante mètres du pavillon, sortit, ferma sans bruit la portière.

— Pourquoi a-t-elle fait rouvrir ?

— Elle a une peur pas normale du feu. C'est sa voie de secours. C'est idiot, elle a une ligne de chance magnifique.

— Elle vit seule ?

— Oui.

— Je te remercie.

— Tu déconnes pas avec mon chien, hein ?

Adamsberg informa les deux équipes. L'une était en route, l'autre démarrait. On ne voyait aucune lumière dans le pavillon de Vaudel, les volets et les rideaux étaient fermés. Il frappa plusieurs fois à la porte de Mme Bourlant. Le pavillon était identique mais beaucoup plus délabré. Ça n'allait pas être facile de décider une femme seule à ouvrir sa porte en pleine nuit sur la simple injonction du mot « police », qui ne rassurait personne. Soit qu'on croie que ce n'était pas la police, soit qu'on pense que ça l'était vraiment, ce qui était pire encore.

— Madame Bourlant, je viens de la part d'Émile. Il est à l'hôpital, il a un message pour vous.

— Et pourquoi vous venez la nuit ?

— Il ne veut pas qu'on me voie. C'est à propos du passage. Il dit que si cela se sait, vous auriez des embêtements.

La porte s'ouvrit de dix centimètres, retenue par une chaîne. Une femme très frêle, la soixantaine, le dévisagea en ajustant ses lunettes.

— Et comment je sais que vous êtes un ami d'Émile ?

— Il dit que vous avez une ligne de chance magnifique.

La porte s'ouvrit puis la femme la cadenassa derrière lui.

— Je suis un ami d'Émile et je suis commissaire, dit Adamsberg en lui montrant sa carte.

— Ça se peut pas.

— Ça se peut. Ouvrez-moi le passage, c'est tout ce que je vous demande. Je dois rejoindre le pavillon de Vaudel. Deux équipes de police vont suivre par la même voie. Vous les laisserez passer.

— Il n'y a pas de passage.

— Je peux débloquer l'accès sans vous, madame Bourlant. Ne me faites pas d'ennuis ou tout le voisinage sera au courant pour la porte.

— Et après ? C'est pas un crime ?

— On dira peut-être que vous alliez voler le vieux Vaudel.

La petite femme se hâta d'aller chercher la clef, bougonnant contre la police. Adamsberg la suivit à la cave, puis dans le couloir qui la prolongeait.

— Ça remue beaucoup, la police, dit-elle en déverrouillant la porte, mais pour les âneries, ça se pose là. M'accuser de voler. Embêter Émile, et puis ce jeune homme après.

— La police a le mouchoir du jeune homme.

— Des âneries. Déjà qu'on laisse pas son mouchoir chez les gens, alors pourquoi on le ferait chez quelqu'un qu'on tue ?

— Ne me suivez pas, madame Bourlant, dit Adamsberg en repoussant la petite femme qui trottinait derrière lui. C'est dangereux.

— Le meurtrier ?

— Oui. Rentrez chez vous, attendez les renforts, ne bougez pas.

La femme trottina rapidement en sens inverse. Adamsberg remonta en silence les marches encombrées de la cave de Vaudel, s'éclairant pour ne pas heurter un cageot, une bouteille. La porte de communication avec la cuisine était ordinaire, la serrure ne lui demanda qu'une minute. Il longea le couloir, se dirigea directement vers la pièce au piano. Si Paole suicidait Zerk, c'est là qu'il le ferait, sur le lieu de son remords.

Porte fermée, pas de visibilité. Les tentures qui couvraient les murs étouffaient les voix. Adamsberg entra dans la salle de bains contiguë, monta sur le coffre à linge. De là, il atteignait la grille d'aération.

Paole était debout, de dos, le bras négligemment tendu, pointant son arme équipée d'un silencieux. Face à lui, Zerk pleurait sur le fauteuil Louis-XIII, n'ayant plus rien d'un gothique arrogant. Paole l'avait proprement cloué au siège. Un couteau traversait sa main gauche, fiché dans le bois de l'accoudoir. Beaucoup de sang avait déjà coulé, cela faisait un moment que le jeune homme était épinglé sur ce fauteuil, suant de douleur.

— À qui ? répétait Paole en agitant un portable sous les yeux de Zerk.

Zerk avait dû tenter de lancer à nouveau son appel mais, cette fois, Paole l'avait intercepté. L'homme fit claquer la lame d'un couteau, attrapa la main droite de Zerk et la raya d'estafilades, opérant sans hâte comme s'il découpait un poisson, ne semblant pas entendre les cris du jeune homme.

— Cela t'ôtera l'idée de recommencer. À qui ?

— À Adamsberg, gémit Zerk.

— Lamentable, dit Paole. Le fils n'écrase plus le père, n'est-ce pas ? Il l'appelle au secours à la première égratignure ? *Por, Qos.* Qu'essayais-tu de lui dire ?

— SOS. Je n'ai pas réussi à le taper, il ne comprendra pas. Laissez-moi, je trahirai pas, je dirai rien, je sais rien.

— Mais c'est que j'ai besoin de toi, mon garçon. Comprends bien que la flicaille a été beaucoup trop loin. Je vais te laisser ici, crucifié sur ton fauteuil, automutilé, mort sur les lieux de ton crime et on n'en parle plus. J'ai beaucoup de choses à faire et j'ai besoin de paix.

— Moi aussi, haleta Zerk.

— Toi ? dit Paole en éteignant le portable de Zerk. Mais qu'as-tu à faire, toi ? Fabriquer tes babioles ? Chanter ? Manger ? Mais tout le monde s'en moque, mon pauvre garçon. Toi, tu ne sers à rien ni à personne. Ta mère est partie et ton père ne veut pas de toi. Au moins auras-tu fait quelque chose de ta mort. Tu seras célèbre.

— Je dirai rien. Je m'en irai loin. Adamsberg ne comprendra pas.

Paole haussa les épaules.

— Bien entendu qu'il ne comprendra pas. Tête de noix pas plus grosse que la tienne, brasseur de vent, tel père tel fils. De toute façon, c'est un peu tard pour l'appeler. Il est mort.

— C'est pas vrai, dit Zerk en donnant un coup de reins.

Paole appuya sur le manche du couteau planté, fit osciller la lame à travers la blessure.

— Calme-toi. Il est tout ce qu'il y a de plus mort. Emmuré dans le caveau des victimes de Plogojowitz à Kiseljevo, en Serbie. Tu vois qu'il n'est pas près de revenir, n'est-ce pas ?

Paole parla ensuite à voix basse, pour lui-même, tandis que le dernier espoir s'en allait du visage de Zerk.

— Mais tu m'obliges à précipiter les choses. S'ils ont fini par trouver son corps, ils ont son portable. En ce cas, ils viennent de capter ton appel, ils t'identifient, et ils te localisent. Donc nous localisent. Nous avons peut-être moins de temps que prévu, prépare-toi, mon garçon, fais tes au revoir.

Paole s'était éloigné du fauteuil, mais il était encore trop près de Zerk. Le temps qu'Adamsberg ouvre la porte et le mette en joue, Paole aurait quatre secondes d'avance pour tirer sur Zerk. Quatre secondes à trouver pour détourner son attention. Adamsberg sortit son carnet, laissant s'échapper tous les papiers qu'il y glissait en désordre. La feuille qu'il cherchait était reconnaissable, chiffonnée et sale, sur laquelle il avait copié le texte de la stèle de Plogojowitz. Il attrapa son portable, composa le message en hâte. *Dobro veče, Proklet – Salut, Maudit.* Signé : *Plogojowitz.* Ce n'était pas fameux, il était incapable de faire mieux. De quoi intriguer l'homme un instant, le temps d'entrer pour se placer entre Zerk et lui.

La sonnerie résonna dans la poche de Paole. L'homme consulta son écran, fronça les sourcils, la porte fut poussée violemment. Adamsberg lui faisait face, couvrant le jeune homme. Paole eut un léger mouvement de tête, comme si l'intrusion du commissaire avait quelque chose de simplement burlesque.

— C'est vous qui vous amusez à cela, commissaire ? dit Paole en désignant l'écran. On ne dit pas *Dobro veče* à cette heure de la nuit. On dit *Laku noć.*

L'insouciance méprisante de Paole déstabilisait Adamsberg. Ni surpris ni inquiet, alors qu'il le pensait mort dans le caveau, l'homme n'accordait aucun intérêt à sa présence. Comme s'il n'était pas plus perturbant qu'une touffe d'herbe sur sa route. Pointant Paole, Adamsberg tendit son bras en arrière, arracha le couteau de l'accoudoir.

— Tire-toi, Zerk ! Maintenant !

Zerk s'élança, la porte claqua derrière lui et les pas de sa course résonnèrent dans le couloir.

— Touchant, dit Paole. Et maintenant, Adamsberg ? Nous voilà tous deux debout, tous deux armés. Vous viserez aux jambes et moi au cœur. Si vous me touchez le premier, je tire tout de même, n'est-ce pas ? Vous n'avez pas une chance. La sensibilité de mes doigts est extrême et mon sang-froid total. Dans une situation si strictement technique, votre porte sur l'inconscient ne vous est d'aucune utilité. Au contraire, elle vous retarde. Vous persistez dans votre erreur de Kiseljevo ? Vous vous promenez seul ? Au vieux moulin comme ici ? Je sais, ajouta-t-il en levant sa grosse main. Votre escorte suit.

L'homme consulta sa montre puis s'assit.

— Nous avons quelques minutes. Je rattraperai aisément le jeune homme. Quelques minutes pour que je sache ce qui vous a mené à moi. Je ne parle pas de ce soir et du message de cet imbécile d'Armel. Car vous savez que votre fils est un imbécile, n'est-ce pas ? Je parle de votre visite avant-hier à mon cabinet, pour vos acouphènes. Vous saviez déjà, j'en suis certain, car votre crâne n'offrait à mes mains que des résistances, des oppositions. Vous n'étiez plus avec moi mais contre moi. Comment avez-vous su ?

— Au caveau.

— Eh bien ?

Adamsberg parlait avec difficulté. L'évocation du caveau le fragilisait encore, le souvenir de la nuit passée avec Vesna. Il tira ses pensées vers Veyrenc, quand la porte s'était ouverte, quand il avalait le cognac de Froissy.

— La petite chatte, reprit-il. Celle que vous vouliez écraser.

— Oui. J'ai manqué de temps. Ce sera fait, Adamsberg, je tiens toujours parole.

— « J'ai tué la petite chatte d'un seul coup de botte. Ça m'énervait que tu m'aies forcé à la sauver. » C'est ce que vous avez dit.

— C'est exact.

— Zerk avait sorti le chaton de sous un tas de cageots. Mais comment pouvait-il savoir que c'était une femelle ? Sur un chaton d'une semaine ? Impossible. Lucio le savait. Je le savais. Et vous, docteur, quand vous l'avez soignée. Vous, et vous seul.

— Oui, dit Paole, je vois l'erreur. Quand avez-vous trouvé cela ? Sitôt après que je l'ai dit ?

— Non. Quand j'ai revu la chatte en rentrant chez moi.

— Toujours lent, Adamsberg.

Paole se leva, la détonation explosa. Stupéfait, Adamsberg vit le corps du médecin s'écrouler. Touché au ventre, flanc gauche.

— J'ai voulu viser les jambes, dit la voix embarrassée de Mme Bourlant. Je tire très mal, mon Dieu.

La petite femme trotta vers l'homme qui haletait au sol tandis qu'Adamsberg ramassait son arme et appelait les secours.

— Il ne va pas mourir au moins ? demanda-t-elle en se penchant un peu vers lui.

— Je ne crois pas. La balle s'est logée dans l'intestin.

— Ce n'est que du .32, précisa Mme Bourlant avec naturel, comme elle aurait décrit la taille d'un petit vêtement.

Les yeux de Paole appelaient le commissaire.

— L'ambulance arrive, Paole.

— Ne m'appelez pas *Paole*, ordonna le médecin d'une voix hachée. Il n'y a plus de Paole depuis que le pouvoir des maudits s'est éteint. Les Paole sont sauvés. Ils s'en vont. Vous comprenez, Adamsberg ? Ils s'en vont libres. Enfin.

— Vous les avez tous tués ? Les Plogojowitz ?

— Je ne les ai pas tués. Anéantir les créatures, ce n'est pas tuer. Ce ne sont pas des hommes. J'aide le monde, commissaire, je suis médecin.

— Alors vous non plus, Josselin, vous n'êtes pas un homme.

— Pas tout à fait. Mais maintenant oui.

— Vous les avez tous anéantis ?

— Les cinq grands. Il demeure deux mâcheuses. Elles ne peuvent rien reconstituer.

— Je n'en ai que trois : Pierre Vaudel-Plog, Conrad Plögener et Frau Abster-Plogenstein. Et les pieds de Plogodrescu, mais c'est du travail ancien.

— On sonne, dit timidement Mme Bourlant.

— Ce sont les secours, allez ouvrir.

— Et si ce ne sont pas les secours ?

— Ce sont les secours. Allez-y bon sang.

La petite femme obéit, marmonnant de nouveau contre la police.

— Qui est-ce ? demanda Josselin.

— La voisine.

— Par où a-t-elle tiré ?

— Je n'en sais rien.

— *Loša sreća.*

— Les deux autres, docteur ? Les deux autres hommes que vous avez tués ?

— Je n'ai tué aucun homme.

— Les deux autres créatures ?

— Le très grand, Plogan, et sa fille. Terribles. J'ai commencé par eux.

— Où ?

Les infirmiers entraient, posaient la civière, sortaient le matériel. Adamsberg leur demanda d'un signe de leur laisser quelques minutes. Mme Bourlant écoutait la conversation, tremblante et concentrée.

— Où ?

— À Savolinna.

— Où est-ce ?

— Finlande.

— Quand ? Avant Pressbaum ?

— Oui.

— Plogan ? C'est leur nom actuel ?

— Oui. Veïko et Leena Plogan. Pires créatures. Il ne règne plus.

— Qui ?

— Je ne prononce jamais son nom.

— Peter Plogojowitz.

Josselin fit un signe affirmatif.

— À Highgate. Fini. Son sang s'est éteint. Allez voir, l'arbre va mourir sur la colline de Hampstead. Et les souches de Kiseljevo pourriront autour de sa tombe.

— Et le fils de Pierre Vaudel ? C'est un Plogojowitz, non ? Pourquoi l'avez-vous laissé vivre ?

— Parce que ce n'est qu'un homme, il n'est pas né dentu. Le sang maudit n'irrigue pas tous les rameaux.

Adamsberg se redressait, le médecin l'attrapa par la manche et le tira vers lui.

— Allez voir, Adamsberg, pria-t-il. Vous, vous savez. Vous, vous comprenez. Je dois être certain.

— Voir quoi ?

— L'arbre de Hampstead Hill. Il est au côté sud de la chapelle, c'est le grand chêne qui fut planté à sa naissance, en 1663.

Aller voir *l'arbre* ? Obéir à la démence de Paole ? L'idée de Plogojowitz dans l'arbre comme celle de l'oncle dans l'ours ?

— Josselin, vous avez coupé les pieds de neuf morts, vous avez massacré cinq créatures, vous m'avez emmuré dans ce caveau de l'enfer, vous avez utilisé mon fils et vous alliez le tuer.

— Oui je sais. Mais allez voir l'arbre.

Adamsberg secoua la tête avec répulsion ou lassitude, se releva et fit signe aux infirmiers qu'ils pouvaient l'emporter.

— De quoi parle-t-il ? demanda Mme Bourlant. Des ennuis de famille, non ?

— Exactement. Par où avez-vous tiré ?

— Par le trou.

Mme Bourlant le conduisit à petits pas dans le couloir. Derrière une gravure, le mur mince était traversé par un orifice de trois centimètres de diamètre, donnant sur la pièce au piano, à la limite entre deux tentures.

— C'était l'observatoire d'Émile. Comme M. Vaudel laissait les lumières allumées, on ne pouvait jamais être sûr qu'il était couché. Par le trou, Émile pouvait savoir s'il avait quitté son bureau. Émile avait tendance à barboter des billets de banque. Vaudel était si riche, ma foi.

— Comment étiez-vous au courant ?

— On s'entendait, avec Émile. J'étais bien la seule du quartier à ne pas lui battre froid. On se confiait des petites choses.

— Comme le revolver ?

— Non, c'est celui de mon mari. C'est embêtant, mon Dieu, ce que j'ai fait. Tirer sur un homme, ce n'est pas anodin. Je visais en bas, mais le canon est remonté tout seul. Je ne voulais pas tirer, je voulais voir. Après, ma foi, comme vos gens n'arrivaient pas, il m'a semblé que vous étiez cuit et que je devais faire quelque chose.

Adamsberg acquiesça. Tout à fait cuit. Il ne s'était pas écoulé vingt minutes depuis qu'il était entré dans la salle de bains. Une faim brutale faisait gronder son ventre.

— Si vous cherchez le jeune homme, ajouta la petite femme en trottant vers la cave, il est dans mon salon. Il se soigne les mains.

XLVI

L'équipe de Danglard suivait l'ambulance, celle de Voisenet conduisait l'investigation dans le pavillon. Adamsberg avait trouvé Zerk assis dans le salon de la voisine, pas plus rassuré que devant Paole, cerné par quatre policiers armes sorties. Ses mains étaient embobinées dans de gros chiffons que Mme Bourlant avait fixés avec des épingles de nourrice.

— Lui, avait dit Adamsberg en soulevant Zerk par un bras, je m'en charge. Un antalgique, madame Bourlant, vous avez cela ?

Il lui avait fait avaler deux cachets, il l'avait poussé devant lui jusqu'à la voiture.

— Mets ta ceinture.

— Je peux pas, dit Zerk en montrant ses mains bandées.

Adamsberg hocha la tête, tira la ceinture, l'accrocha. Zerk se laissait faire, muet, éprouvé, comme stupide. Adamsberg conduisait en silence, il était près de cinq heures du matin, le jour allait se lever. Il hésitait. S'en tenir à l'affaire, techniquement, ou aborder les choses de plein fouet. Une troisième solution, celle que lui soufflait toujours Danglard, était d'accoster en finesse et avec élégance. À l'anglaise finalement. Mais il n'était pas équipé pour pratiquer ce type d'accostage. Vaguement découragé, un peu rompu, il laissait filer la voiture. Quelle importance, de parler ou de ne pas parler ? À quoi bon et pour quoi faire ? Il pouvait laisser Zerk repartir vers sa vie sans ciller. Il pouvait conduire jusqu'au bout du monde sans dire un mot. Il pouvait le laisser là. Maladroitement, avec ses mains bandées, Zerk avait sorti une cigarette. À présent, il était incapable de l'allumer. Adamsberg soupira, enfonça l'allume-cigare et le lui tendit. D'une main, il attrapa son second portable. Weill l'appelait.

— Je vous réveille, commissaire ?

— Je ne me suis pas couché.

— Moi non plus. Nolet a trouvé le témoin, un camarade de classe de Françoise Chevron et d'Emma. Il a serré Carnot il y a une demi-heure. Armée, elle se rendait elle-même à l'appartement du camarade.

— Il y a des nuits comme ça, Weill, où les hommes ont faim. Arnold Paole a été arrêté il y a une heure. Le Dr Paul de Josselin. Il allumait Zerk dans le pavillon de Garches.

— Du dégât ?

— Zerk a les mains lacérées. Josselin est à l'hôpital de Garches, une balle dans le ventre, non mortelle.

— C'est vous qui avez tiré ?

— La voisine. Soixante ans, un mètre cinquante, quarante kilos, et un .32.

— Où est le jeune homme ?

— Avec moi.

— Vous le ramenez chez lui ?

— En quelque sorte. Il ne peut pas se servir de ses mains, il n'est pas encore autonome. Dites à Nolet de bloquer le domicile de Françoise Chevron, ils vont tenter par tous les moyens de sortir Emma Carnot du marécage et d'y enfoncer le mari de Chevron. Dites-lui aussi de garder Carnot au secret quarante-huit heures. Pas une déclaration, pas une ligne. La fille passe en jugement après-demain. Je ne voudrais pas que Mordent se soit fait bouffer pour rien.

— Évidemment.

Zerk lui tendit son mégot d'un air interrogateur et Adamsberg l'éteignit dans le cendrier. De profil, dans la lumière du matin qui montait, semblant suivre sans volonté des idées imprécises, Zerk lui ressemblait, avec son nez busqué et son menton faible, à se demander comment Weill ne l'avait jamais remarqué. Josselin avait assuré que c'était un imbécile.

— J'ai fumé toutes tes cigarettes à Kiseljevo, dit Adamsberg. Celles que tu avais laissées chez moi. Toutes sauf une.

— Josselin a parlé de Kiseljevo.

— C'est là où Peter Plogojowitz est mort en 1725. Là où fut construit le caveau de ses neuf victimes et où Josselin m'a enfermé.

Adamsberg sentit une traînée de froid lui glacer le dos.

— C'était vrai, dit Zerk.

— Oui. J'avais froid. Et chaque fois que j'y pense, le froid revient.

Adamsberg roula deux kilomètres sans parler.

— Il a fermé la porte du caveau et il a parlé. Il t'a très bien imité. *Tu sais où t'es, connard ?*

— Ça me ressemblait ?

— Beaucoup. *Et tout le monde saura qu'Adamsberg avait abandonné son gosse et quel gosse c'était. À cause de toi. Toi. Toi.* C'était convaincant.

— T'as pensé que c'était moi ?

— Évidemment. Comme la véritable ordure que tu étais quand tu es venu chez moi. Pour me pourrir la vie. Ce n'est pas ce que tu avais promis ?

— Qu'est-ce que tu as fait dans le caveau ?

— Je me suis asphyxié là-dedans jusqu'au matin.

— Qui t'a trouvé ?

— Veyrenc. Il me collait aux basques pour m'empêcher de te prendre. Tu le savais ?

Zerk regardait par la vitre, le jour était tout à fait levé.

— Non, dit-il. On va où ? À ta foutue Brigade ?

— Tu ne t'aperçois pas qu'on tourne le dos à Paris ?

— On va où alors ?

— Là où il n'y a plus de route. Dans la mer.

— Ah bon, dit Zerk en fermant les yeux. Pour quoi faire ?

— Manger. Chauffer au soleil. Voir l'eau.

— J'ai mal. Ce fumier m'a fait mal.

— Je ne peux pas te donner d'autres cachets avant deux heures. Essaie de dormir.

Adamsberg arrêta la voiture face à la mer, quand la route se fit sableuse. Ses montres et la hauteur du soleil indiquaient à peu près sept heures trente. Plage lisse, étendue déserte, occupée par des groupes d'oiseaux blancs et silencieux.

Il s'échappa sans bruit de la voiture. La mer plate et le bleu intact du ciel lui semblaient très provocants, mal adaptés à ces dix jours de chaos féroce. Pas adaptés non plus à l'état des choses avec Zerk, turbulence, hébétude, poussant comme des brins d'herbe étourdis sur un tas de décombres. Il aurait fallu une sauvage tempête sur l'océan et puis, ce matin, un ciel brouillé où la ligne d'horizon ne se distingue pas. Mais la nature se décide seule et si elle imposait cette perfection immobile, il était prêt à l'absorber pour une heure. D'ailleurs, l'engourdissement l'avait quitté, il se sentait tout à fait réveillé. Il s'allongea sur le sable encore frais, posé sur un coude. À cette heure, Vlad était encore à la kruchema. Voletant peut-être au plafond de ses rêves. Il composa son numéro.

— Dobro jutro, Vlad.

— Dobro jutro, Adamsberg.

— Où est ton téléphone ? Je t'entends mal.

— Posé sur mon oreiller.

— Mets-le contre ton oreille.

— C'est fait.

— Hvala. Tu iras dire à Arandjel que la course d'Arnold Paole s'est achevée cette nuit. Je le crois néanmoins content, car il a massacré les cinq grands Plogojowitz. Plögener, Vaudel-Plog, Plogerstein, et deux Plogan père et fille en Finlande. Et les pieds de Plogodrescu. La malédiction des Paole prend fin et, selon ses mots, ils s'en vont. Libres. Sur la colline de Higegatte, l'arbre meurt.

— Plog.

— Il demeure néanmoins deux mâcheurs.

— Les mâcheurs ne font pas d'ennuis. Arandjel te dira qu'il suffit de les retourner sur le ventre et ils s'enfonceront comme une goutte de mercure jusqu'au cœur de la terre.

— Je n'ai pas l'intention de m'en charger.

— Formidable, dit Vlad sans aucun à-propos.

— Dis-le à Arandjel sans faute. Tu restes à Kisilova pour l'éternité ?

— On m'attend après-demain à une conférence à Munich. Je rentre dans le droit chemin qui, comme tu le sais, n'existe pas et qui par ailleurs n'est pas droit.

— Plog. Que veut dire « Loša sreća », Vlad ? Paole l'a dit quand il est tombé.

— Cela signifie : « Pas de chance. »

Zerk s'était assis à quelques mètres de lui, le regardant patiemment.

— On passe au dispensaire pour tes mains, dit Adamsberg. Puis on ira prendre le café.

— Qu'est-ce que cela veut dire, « plog » ?

— C'est comme une goutte de vérité qui tombe, expliqua Adamsberg en mimant l'action, levant la main, puis descendant lentement en ligne droite. Et qui tombe juste au bon endroit, ajouta-t-il en enfonçant le bout de son index dans le sable.

— D'accord, dit Zerk, en observant le petit trou laissé par l'index. Et si elle tombe là ou là ? demanda-t-il en enfonçant son index plusieurs fois au hasard. Ça ne fait pas un vrai plog ?

— Je suppose que non.

XLVII

Adamsberg avait enfoncé une paille dans le bol de Zerk et beurré son pain.

— Parle-moi de Josselin, Zerk.

— Je ne m'appelle pas Zerk.

— C'est le nom de baptême que je t'ai donné. Pour moi, considère que tu n'as que huit jours. Soit un nouveau-né vagissant et rien de plus.

— Toi aussi tu n'as que huit jours, tu vaux pas mieux.

— Et comment tu m'appelles ?

— Je t'appelle pas.

Zerk siffla du café à travers sa paille et sourit sans façon, un peu à la manière inattendue de Vlad, soit de sa réplique, soit du bruit qu'avait produit la paille. Sa mère était ainsi, prête à la distraction au moment où cela convenait le moins. Ce qui expliquait d'ailleurs qu'il ait pu faire l'amour avec elle près du vieux pont de la Jaussène alors qu'il pleuvait. Zerk était issu de la distraction.

— Je ne veux pas t'interroger à la Brigade.

— Mais tu m'interroges tout de même ?

— Oui.

— Alors je te réponds comme à un flic, car pour moi, depuis vingt-neuf ans, c'est tout ce que tu es. Un flic.

— C'est ce que je suis, et c'est ce que je veux : que tu me répondes comme à un flic.

— Josselin, je l'aimais fort. Je l'ai connu à Paris il y a quatre ans, quand il m'a remis la tête en place. Il y a six mois, les choses ont commencé à changer.

— Comment ?

— Il s'est mis à m'expliquer que tant que je n'avais pas tué mon père, je ne deviendrais rien. Attention, c'était une image.

— Je comprends, Zerk.

— Avant, je n'en avais pas grand-chose à faire de mon père. Ça arrivait que j'y pense mais, fils de flic, je préférais oublier. J'avais de tes nouvelles des fois par les journaux, ma mère était fière, pas moi. C'est tout. Mais, tout d'un coup, Josselin s'en mêle. Il dit que c'est toi la cause de tous mes malheurs, de tous mes échecs, il voit ça dans ma tête.

— Quels échecs ?

— Je sais pas, dit Zerk en pompant à nouveau sur sa paille. Je ne m'intéresse pas trop. Peut-être comme toi et l'ampoule de ta maison.

— Alors que dit Josselin ?

— Il dit que je dois t'affronter, te détruire. « Purger », il appelle ça, comme si j'abritais un tas de détritus au fond de moi et que ce tas, c'était toi. Ça ne me plaisait pas trop, cette idée.

— Pourquoi ?

— Je sais pas. J'avais pas le courage, toute cette purge me semblait un trop gros boulot. Surtout, je ne sentais pas le tas de détritus, je ne savais pas où il était. Josselin affirmait que, oui, il existait, et qu'il était énorme. Que si je ne l'enlevais pas, il allait me pourrir l'intérieur. À force, j'ai arrêté de le contredire, ça l'énervait, et Josselin était plus intelligent que moi. Je l'écoutais. Séance après séance, je commençais à le croire. Et à la fin, je le croyais vraiment.

— Et que décides-tu de faire ?

— Jeter les détritus, mais je ne sais pas comment on fait. Josselin ne m'a pas encore expliqué. Il dit qu'il va m'aider. Que je vais me cogner contre toi d'une manière ou d'une autre. Et ça s'est produit, il avait raison.

— Mais forcément, Zerk, puisqu'il avait tout planifié.

— C'est vrai, reconnut Zerk après un moment.

Un gars pas rapide, se dit Adamsberg, en s'en voulant de donner partiellement raison à Josselin. Car si Zerk n'était pas un esprit vif, à qui la faute ? Ses gestes aussi étaient lents. Zerk n'avait bu que la moitié de son café, mais Adamsberg en était au même point.

— Quand t'es-tu cogné contre moi ?

— Il y a d'abord eu ce coup de téléphone dans la nuit de lundi à mardi, après le meurtre de Garches. Un type inconnu qui m'a dit que ma photo serait dans le journal du matin, que je serais accusé du meurtre, qu'il fallait que je me tire en vitesse et que je ne donne pas signe de vie. Que les choses s'arrangeraient plus tard, qu'il me préviendrait.

— Mordent. Un de mes commandants.

— Alors il ne mentait pas. Il m'a dit : « Je suis un ami de ton père, fais ce que je te dis nom d'un chien. » Parce que moi, je pensais aller voir les flics pour leur dire qu'il y avait une erreur. Mais Louis m'a toujours dit d'éviter les flics tant que c'était possible.

— Qui est Louis ?

Zerk leva vers Adamsberg un regard étonné.

— Louis. Louis Veyrenc.

— D'accord, dit Adamsberg. Veyrenc.

— Il est bien placé pour savoir. Alors je me suis tiré et j'ai été me planquer chez Josselin. Chez qui d'autre ? Ma mère est en Pologne et Louis est à Laubazac. Josselin avait toujours dit que sa porte était ouverte si j'avais besoin. C'est à ce moment qu'il m'a donné le coup de grâce. Mais j'étais mûr, c'est sûr.

— Comment a-t-il présenté les choses ?

— Comme l'occasion ou jamais. Il m'a dit de profiter du malentendu, que c'était le destin. « Le destin ne passe qu'une minute en gare, saute dans le train, seuls les crétins demeurent à quai. »

— Bonne phrase.

— Oui, j'ai trouvé aussi.

— Mais fausse. Ensuite ? Il t'a fait répéter la scène ?

— Non, mais il m'a dit comment me conduire en général, comment t'obliger à voir que j'existais, à comprendre que j'étais plus fort que toi. Il a dit surtout que ça enclencherait ta culpabilité, que c'était obligé d'en passer par là. « C'est ton jour, Armel. Après tu seras neuf. Fonce, n'hésite pas à forcer la dose. » Ça m'a plu. « Fonce, purge, existe, c'est ton jour. » Je n'avais jamais entendu cela. J'ai beaucoup aimé ces trois mots : « Fonce, purge, existe. »

— Où as-tu eu le tee-shirt ?

— Il est allé me l'acheter, il a dit que je ne serais pas crédible avec ma vieille chemise. J'ai passé la nuit chez lui mais j'étais trop énervé pour dormir, je préparais les choses dans ma tête. Il m'avait donné des médicaments.

— Des excitants ?

— Je sais pas, j'ai pas demandé. Un comprimé le soir, et deux le matin avant d'aller te voir. Neuf, je le devenais déjà. Et le tas de détritus, je le voyais comme en plein jour. Plus les heures passaient, plus ça montait. J'aurais pu te tuer. Et toi aussi, ajouta-t-il sur un ton soudain presque identique à celui du Zerk gothique.

Le regard du jeune homme s'échappa. Il prit une cigarette et Adamsberg la lui alluma.

— Tu m'aurais vraiment gazé avec ta saloperie de fiole ?

— À quoi ressemblait-elle, selon toi ?

— À un foutu poison.

— De l'acide nitro-citraminique.

— Ouais.

— Mais à part cela, à quoi ressemblait-elle ?

Zerk cracha la fumée.

— Je sais pas. À un petit échantillon de parfum.

— C'est ce que c'était.

— Je le crois pas, siffla Zerk. Tu dis ça parce que aujourd'hui, t'as honte. T'étais dans le bureau. Je pense pas que tu gardes du parfum dans ton bureau.

— Tu m'as enfermé en oubliant que les flics ont un passe. J'ai été chercher l'échantillon dans la salle de bains. L'acide nitro-citraminique n'existe pas. Tu pourras vérifier.

— Merde, dit Zerk en aspirant du café.

— Ce qui est vrai, en revanche, c'est qu'il ne faut pas enfoncer un flingue aussi profond dans son pantalon.

— Je comprends ça.

— Tu as la gale, la tuberculose, un seul rein ?

— Non. J'ai eu la teigne, une fois.

— Continue.

— Le chat sous les cageots m'a diverti. Ou bien c'est le vieux avec son histoire de bras. Je suis retombé d'un coup, comme si j'avais débourré. J'en avais un peu assez de brailler. Mais je voulais tout de même brailler. Je voulais brailler jusqu'à ce que tu tombes à genoux, jusqu'à ce que tu me supplies. Josselin m'avait dit que si je ne braillais pas, j'étais cuit. Que si je ne te mettais pas par terre, j'étais cuit. Avec mon tas de détritus qui me resterait dans le corps pour la vie. Et c'est vrai que j'étais bien, après, je ne regrettais pas.

— Mais tu t'es retrouvé coincé.

— Ouais, merde, comme le chat sous le cageot. J'ai attendu un démenti pour l'ADN. Ou un coup de fil du type inconnu. Mais rien n'est venu.

— Tu as pensé à un piège de Josselin ?

— Non. C'est lui qui me cachait, quand même. J'étais dans une piaule au bout de son appartement avec ordre de ne pas bouger, à cause des patients.

— Après m'avoir quitté, si tu étais sorti de cette chambre entre neuf heures et midi, tu m'aurais trouvé chez lui. J'étais venu lui parler. Je suppose que Josselin a apprécié la situation. Tous les deux chez lui, tous les deux manipulés par lui. Mais il m'a vraiment remis debout et extirpé mes acouphènes. Il va nous manquer, Zerk, il a des doigts d'or.

— Non, il ne va pas me manquer.

— Ensuite ? Ce jour-là ?

— Il est venu me chercher à l'heure du déjeuner, il m'a fait tout raconter, il voulait tous les détails, les phrases que j'avais dites, il s'amusait beaucoup, il avait l'air heureux pour moi. Il m'a fait ôter le tee-shirt et il a cuisiné un bon repas pour fêter le truc. Pour l'ADN, il a dit que c'était une faute d'analyse et qu'il fallait le temps que les flics percutent. Mais après, j'y croyais de moins en moins. J'avais envie d'appeler Louis, mais impossible d'utiliser mon portable. Il y avait bien le fixe de Josselin. Mais si les flics savaient que c'était mon oncle, ils pouvaient le surveiller. J'ai commencé à me dire que quelqu'un me pourrissait la vie. C'est lui qui a piqué le mouchoir, hein ?

— Facilement. Les poils de ton chien aussi. Tournesol. On les a retrouvés sur le fauteuil de Garches. Le fauteuil où il t'a épinglé hier. Je me suis demandé comment on avait pu récupérer ces poils. Il était venu chez toi ?

— Jamais.

— Quand il te soignait, tu ôtais tes habits ?

— Je laissais juste mes chaussures dans la salle d'attente.

— Rien d'autre ? Réfléchis.

— Non. Si. Deux fois il m'a demandé d'ôter le pantalon pour vérifier mes genoux.

— Récemment ?

— Environ deux mois.

— C'est là qu'il a pris le mouchoir et les poils du chien. Tu n'y as pas repensé ?

— Non. Cela faisait quatre ans que Josselin m'aidait. Pourquoi j'aurais pensé du mal de lui ? Il était de mon côté, lui et ses foutues mains en or. Il m'a fait croire qu'il m'aimait bien mais la vraie chose, c'est qu'il trouvait que j'étais un crétin. Tout le monde s'en fout que tu vives ou que tu meures, c'est ce qu'il m'a dit hier soir.

— Loša sreća, Zerk, il a endossé le destin d'Arnold Paole.

— Il ne l'a pas endossé, c'est vrai aussi. Il est bien un descendant de ce Paole. Il me l'a dit dans la voiture quand il m'emmenait au pavillon. Et il ne rigolait pas.

— Je sais. Il est un Paole authentique en ligne paternelle directe. Je veux dire qu'il est devenu aussi malade que son aïeul, celui qui bouffait de la terre de cimetière pour se protéger de Peter Plogojowitz. Qu'est-ce qu'il t'a dit d'autre ?

— Que j'allais mourir, mais qu'en mourant je contribuais à son œuvre d'éradication des maudits, et que c'était une bonne mort pour un type comme moi qui ne servait à rien. Il a expliqué qu'une famille immonde infectait la sienne depuis trois cents ans et qu'il devait y mettre fin. Il disait qu'il était né avec deux dents, que c'était la preuve du mal qui était en lui, par la faute des autres. Mais à des moments, on ne pouvait plus le comprendre. Il parlait trop vite, j'avais peur que la voiture quitte la route.

Zerk s'interrompit pour finir son café froid.

— Il a parlé de sa mère. Elle l'a abandonné parce que c'était un Paole, et elle l'a vu parce que ses dents étaient déjà sorties à la naissance. Elle a crié que c'était un « dentu » et elle a laissé le bébé là, à l'hôpital, « comme on se débarrasse d'un être abject ». Et là, il a pleuré, pleuré en vrai. Je le voyais dans le rétroviseur. Il ne reprochait rien à sa mère. Il a dit : « Que veux-tu qu'une mère fasse d'une créature ? Une créature n'est pas un enfant. » J'ai pensé alors qu'il faiblissait, qu'il allait me relâcher, je l'ai supplié. Mais il s'est remis à crier et la voiture a fait des écarts. Bon sang j'avais peur. Et il a continué à raconter son calvaire de créature.

— Il a été adopté par les Josselin ?

— Oui. Et à neuf ans, il a ouvert le tiroir du bureau de son père. Il a trouvé tout un dossier sur lui. Il a appris qu'il était adopté, il a appris l'abandon de sa mère et pourquoi elle l'avait fait. Il était un Paole, de la lignée des vampires damnés. C'est ce qu'il dit. Un an plus tard, les parents ont été dépassés par le truc. Il cassait tout, il tapissait les murs avec sa merde. Il me l'a raconté comme ça, sans gêne, comme une des preuves de sa damnation. Un jour de novembre, ses parents l'ont amené dans un établissement pour le faire examiner. Ils ont dit qu'ils revenaient et ils ne sont pas revenus.

— Deuxième abandon, vie foutue, dit Adamsberg.

— Une sorte de plog, non ?

— Si tu veux.

— Puis il s'est marié avec « une femme laide mais très solide », et il a commencé à couper les pieds de ceux qui le menaçaient. Des gens qui étaient nés avec une dent. Un peu en tâtonnant au début, il l'a reconnu lui-même. « Je débutais, j'ai sans doute coupé des pieds d'êtres inoffensifs, qu'ils me pardonnent. Je ne leur ai pas fait de mal, ils étaient déjà morts. » Et sa femme est partie très vite. Un être sans cœur, finalement détestable, a-t-il dit.

— C'est vrai aussi.

— À partir de là, on était dans le pavillon, il n'avait plus besoin de surveiller la route. Il avait empiré, il ne parlait plus très normalement. Des fois il chuchotait et je n'entendais rien, des fois il rugissait. Il m'a planté le couteau dans la main. Il a raconté l'arbre généalogique des Plogojavic – c'est comme cela qu'ils s'appellent ?

— Plogojowitz.

Zerk n'aurait pas plus de facilité que lui à retenir les mots. En ce très court moment, Adamsberg eut la sensation de le connaître à fond.

— D'accord, dit Zerk, baissant la barre de ses sourcils, tout à fait identique à celle du père surveillant la cuisson de la garbure. Il a parlé de la « souffrance inhumaine », il a dit qu'il n'avait jamais tué parce que ces êtres n'étaient pas des humains mais des créatures de la terre profonde qui détruisaient la vie des hommes. Je n'écoutais pas tout, j'avais mal, j'avais peur. Il a dit que c'était son travail de grand médecin de guérir les plaies, de débarrasser le monde de la « menace immonde ».

Adamsberg tira une cigarette du paquet de Zerk.

— Comment as-tu eu mon numéro ?

— Je l'ai volé dans le portable d'oncle Louis, à l'époque où il a travaillé avec toi.

— Tu comptais t'en servir ?

— Non. Mais je trouvais pas normal que Louis l'ait et pas moi.

— Comment as-tu pu le composer ? Dans ta poche ?

— Je ne l'ai pas composé. Je l'avais enregistré sous le chiffre 9. Le dernier des derniers.

— C'est déjà un début, dit Adamsberg.

XLVIII

Émile entra à la Brigade en s'appuyant sur une béquille. Il s'affrontait à l'accueil avec le brigadier Gardon qui ne comprenait pas ce que voulait cet homme à propos de son chien. Danglard s'avança en traînant les pieds, vêtu d'un costume clair, fait inédit qui suscitait des commentaires, mais beaucoup moins que l'arrestation de Paul de Josselin, descendant d'Arnold Paole, à la vie broyée par les *vampiri* Plogojowitz.

Retancourt, se maintenant à la tête du mouvement rationnel positiviste, débattait depuis le matin avec les conciliants et les pelleteux de nuages qui lui reprochaient de s'être obstinée depuis dimanche à maintenir l'enquête sur une route étriquée sans avoir accepté les *vampiri*. Alors qu'il y a de tout dans la tête de l'homme, avait dit Mercadet. Et même des armoires dans leur ventre, avait songé Danglard. Kernorkian et Froissy étaient aux limites du basculement, prêts à croire à l'existence des *vampiri*, ce qui aggravait la situation. Cela en raison de la conservation des cadavres, fait dûment observé, historiquement consigné, et qui pouvait l'expliquer ? À une petite échelle, le débat qui avait enflammé l'Occident dans la deuxième décennie du XVIIIe siècle reprenait aussi ardemment dans les locaux de la Brigade de Paris, sans avancée notable depuis trois siècles.

C'était ce point en vérité qui déstabilisait les agents de la Brigade, l'effroi que suscitaient ces corps « intacts, vermeils », pissant le sang par leurs orifices et couverts d'une peau neuve et tendue tandis que la vieille mue et les ongles usés traînaient au fond de la tombe. Ici, le savoir de Danglard reprit le dessus. Il détenait la réponse, il savait le pourquoi et le comment de la conservation des corps, somme toute assez fréquente, et même l'explication du cri du *vampir* que l'on perce et des *soupirs* des mâcheurs. On avait fait cercle autour de lui, on attendait ses mots, on arrivait à un tournant du débat où la Science allait faire reculer l'obscurantisme, pour un temps encore. Danglard commença à exposer la question des *gaz* qui parfois, et selon la composition chimique de la terre, au lieu de sortir du corps, le gonflaient comme un ballon, tendant la peau, et fut interrompu par le fracas d'une écuelle renversée, là-haut, tandis que Cupidon dévalait l'escalier, fonçant vers l'accueil sans se préoccuper des obstacles. Sans interrompre sa course, le chien poussa un jappement particulier en passant devant la photocopieuse où La Boule était étalée, les deux pattes avant pendant dans le vide.

— Ici, commenta Danglard en regardant passer l'animal presque affolé par la joie, ni savoir ni fantasme. Seulement un amour pur sans frein ni question. Très rare chez l'homme, très dangereux aussi. Néanmoins Cupidon a du savoir-vivre, il a dit au revoir au chat, avec une pointe d'admiration et de regret.

Le chien avait grimpé le long d'Émile et se tenait contre sa poitrine, haletant, léchant, griffant sa chemise. Émile avait dû s'asseoir, appuyant sa tête de cogneur sur le dos du chien.

— Son crottin, lui dit Danglard, était le même que celui de ta camionnette.

— Et le billet d'amour du vieux Vaudel ? Ça l'a aidé, le commissaire ?

— Beaucoup. Ça l'a conduit à la mort dans un caveau putride.

— Et le passage à travers la cave de la mère Bourlant, ça l'a aidé ?

— Beaucoup aussi. Ça l'a conduit jusqu'au Dr Josselin.

— J'ai jamais aimé ce poseur. Où il est, le chef ?

— Tu veux le voir ?

— Oui, je veux pas qu'il me fasse de complications, on pourrait arranger le coup à l'amiable. Avec le coup de pouce que je lui ai donné, j'ai de la monnaie d'échange.

— Arranger quel coup ?

— Je le dis qu'au chef.

Danglard composa le numéro d'Adamsberg.

— Commissaire, Cupidon est présentement collé à Émile qui, lui, souhaite vous parler pour arranger le coup.

— Le coup de quoi ?

— Aucune idée. Il ne veut parler qu'à vous.

— Personnellement, insista Émile, important.

— Comment va-t-il ?

— Apparemment bien, il porte une veste neuve et une broche bleue à la boutonnière. Quand venez-vous ?

— Je suis sur une plage de Normandie, Danglard, je rentre.

— Qu'est-ce que vous faites là-bas ?

— Il fallait que je parle à mon fils. Nous ne sommes pas brillants l'un et l'autre mais on parvient à communiquer.

Forcément, pensa Danglard. Tom n'avait pas un an, il ne savait pas parler.

— Je vous ai dit et redit qu'ils sont en Bretagne, pas en Normandie.

— Je parle de mon autre fils, Danglard.

— Quel ? demanda Danglard, incapable de finir sa phrase. Quel autre ?

Une rage instantanée monta en lui contre Adamsberg. Ce salopard avait dû enfanter ailleurs, à sa manière inconsidérée, alors que Tom était à peine né.

— Quel âge a-t-il, cet autre ? demanda-t-il âprement.

— Huit jours.

— Salaud, siffla Danglard.

— C'est comme ça, commandant. Je n'étais pas au courant.

— Merde, vous n'êtes jamais au courant !

— Et vous ne me laissez jamais finir, Danglard. Il a huit jours pour moi et vingt-neuf ans pour les autres. Il est à côté de moi et il fume. Il a les deux mains bandées. Paole l'avait cloué cette nuit sur le fauteuil Louis-XIII.

— Le *Zerquetscher*, dit faiblement Danglard.

— Tout juste, commandant. Zerk. Armel Louvois.

Danglard posa un regard aveugle sur Émile et son chien, le temps d'analyser les données de la situation.

— C'est une image, n'est-ce pas ? reprit-il. Vous l'avez adopté ou une foutaise de ce genre ?

— Pas du tout, Danglard, c'est mon fils. Et c'est pourquoi Josselin s'est d'autant plus amusé à le choisir comme bouc émissaire.

— Je ne le crois pas.

— Vous avez confiance en Veyrenc ? Eh bien questionnez-le. C'est son neveu, et il vous en dira beaucoup de bien.

Adamsberg était à moitié allongé sur le sable et y dessinait des motifs épais du bout de son index. Zerk, les bras sur le ventre, les mains soulagées par l'anesthésique local, se laissait chauffer par le soleil, le corps mou, tel le chat sur la photocopieuse. Danglard voyait défiler toutes les photos de Zerk parues dans les journaux, réalisait combien ce visage lui avait été familier. C'était la vérité, choquante.

— Rien d'affolant, commandant. Passez-moi Émile.

Sans un mot, Danglard tendit le téléphone à Émile, qui s'éloigna vers la porte.

— Il est idiot, ton collègue, dit Émile. C'est pas une broche bleue, c'est mon épingle à bigorneaux. J'ai été la prendre dans le pavillon.

— Parce que tu étais nostalgique ?

— Ouais.

— Quel coup veux-tu arranger ? demanda Adamsberg en se redressant.

— J'ai tenu mes comptes. Ça se monte à neuf cent trente-sept euros. Alors maintenant que je suis riche, je peux les rembourser et tu passes l'éponge. En échange du mot d'amour et de la porte de la cave. Ça marche ?

— Sur quoi je passe l'éponge ?

— Sur les billets, nom de Dieu. Un par-ci, un par-là, ça finit par faire neuf cent trente-sept. J'ai tenu mes comptes.

— J'y suis, Émile. D'une part je n'ai rien à faire de tes billets, je te l'ai déjà dit. D'autre part c'est trop tard. Je ne pense pas que Pierre fils, à qui tu rafles la moitié de sa fortune, soit très heureux d'apprendre que tu pillais son père et de te voir lui rendre neuf cent trente-sept euros.

— Ouais, dit Émile, pensif.

— Donc tu les gardes et tu la boucles.

— Pigé, dit Émile, et Adamsberg pensa qu'il avait dû attraper ce tic d'André, l'infirmier de l'hôpital de Châteaudun.

— Tu as un autre fils ? demanda Zerk en remontant en voiture.

— Tout petit, dit Adamsberg en écartant les paumes, comme si son âge pouvait minimiser le fait. Ça te contrarie ?

— Non.

Zerk était un type accommodant, aucun doute là-dessus.

XLIX

Le Palais de Justice était sous les nuages, ce qui, pour le coup, convenait très bien au lieu. Adamsberg et Danglard, posés à la terrasse du café d'en face, attendaient la sortie du procès de la fille Mordent. Il était onze heures moins dix à la montre de Danglard. Adamsberg regardait les ors du Palais soigneusement repeints.

— On gratte les ors et que trouve-t-on dessous, Danglard ?

— Les écailles du gros serpent, dirait Nolet.

— Collées à la Sainte-Chapelle. Ça ne va pas bien ensemble.

— Pas si mal. Il y a deux chapelles superposées et bien séparées. La chapelle basse était réservée aux gens du commun, la chapelle haute au roi et à son entourage. On en revient toujours là.

— Le gros serpent passait déjà là-haut au XIVe siècle, dit Adamsberg en levant les yeux vers la pointe de la flèche gothique.

— Au XIIIe siècle, corrigea Danglard. Pierre de Montreuil la fit construire entre 1242 et 1248.

— Vous avez pu joindre Nolet ?

— Oui. Le camarade d'école a bien été témoin du mariage d'Emma Carnot et d'un jeune homme de vingt-quatre ans, Paul de Josselin Cressent, à la mairie d'Auxerre il y a vingt-neuf ans. Emma en était folle, sa mère était flattée par la particule mais elle affirmait que Paul était une fin de race désaxée. Le mariage n'a pas tenu trois ans. Il n'y a pas eu d'enfants.

— Tant mieux. Josselin n'aurait pas fait un bon père.

Danglard ne releva pas. Il préférait attendre de faire la connaissance de Zerk.

— Et il y aurait eu un nouveau petit Paole dans la nature, poursuivit Adamsberg, et Dieu sait ce qu'il se serait figuré. Mais non. Les Paole s'en vont, le docteur l'a dit.

— Je vais aller aider Radstock à ranger les pieds. Puis je prends huit jours de congé.

— Vous irez pêcher dans le lac ?

— Non, dit évasivement Danglard. Je pense plutôt rester à Londres.

— Un programme un peu abstrait, en somme.

— Oui.

— Quand Mordent aura récupéré sa fille, c'est-à-dire ce soir, on laissera rouler la coulée de boue de l'affaire Emma Carnot. Qui va dévaler depuis le Conseil d'État jusqu'à la Cour de cassation, puis jusqu'au procureur, puis jusqu'au tribunal de Gavernan, et qui s'arrêtera là. Sans atteindre les bas étages du petit juge et de Mordent, qui n'intéressent personne, sauf nous.

— Ça va faire une foutue explosion.

— Bien sûr. Les gens seront scandalisés, on proposera de réformer la justice, et puis on les fera oublier en exhumant une affaire quelconque. Et vous savez ce qui se passera ensuite.

— Le serpent blessé sur trois écailles, victime de quelques convulsions, les aura reconstituées dans deux mois.

— Ou moins. Nous, nous mettrons en marche la contre-offensive, technique Weill. On ne dénoncera pas nommément le juge de Gavernan. On se le gardera comme grenade de réserve pour nous protéger, protéger Nolet et Mordent. Technique Weill aussi pour acheminer depuis Avignon jusqu'au Quai les pelures de crayon et la brave petite douille. Qui vont aller s'enliser quelque part.

— Pourquoi protège-t-on cette ordure de Mordent ?

— Parce que le droit chemin n'est pas droit. Mordent ne fait pas partie du serpent, il a été gobé tout cru. Il est dans son ventre, comme Jonas.

— Comme l'oncle dans l'ours.

— Ah, dit Adamsberg. Je savais qu'un jour cette histoire vous intéresserait.

— Mais que reste-t-il de l'idée de Mordent dans le serpent là-haut ?

— Une épine déplaisante et le souvenir d'un échec. C'est déjà cela.

— Que va-t-on faire de Mordent ?

— Ce qu'il fera de lui-même. S'il le souhaite, il réintègre. Un homme abîmé en vaut dix. Seuls vous et moi savons. Les autres pensent qu'il a fait une sale dépression, donc des gaffes. Ils savent aussi qu'il a récupéré ses testicules intacts et là s'arrête leur connaissance. Personne n'est au courant de sa visite chez Pierre Vaudel.

— Pierre Vaudel, pourquoi n'avait-il pas parlé des chevaux de course, du crottin ?

— Sa femme ne veut pas qu'il joue.

— Et qui a payé le gardien de l'immeuble, Francisco Delfino, pour fournir un faux alibi à Josselin ? Josselin lui-même ou Emma Carnot ?

— Personne. Josselin a simplement envoyé Francisco en congé. Pendant les quelques jours qui ont suivi Garches, Francisco, c'était Josselin. Il a pris sa place, attendant la visite inévitable des flics. Quand je l'ai vu, la loge était sombre, il était enfoui sous une couverture, mains comprises. Ensuite, il a rejoint son appartement par l'escalier de service et s'est changé pour m'accueillir.

— Raffiné.

— Oui. Sauf pour son ancienne épouse. Dès qu'Emma a su que Josselin était le médecin de Vaudel, elle a compris bien avant nous. Tout de suite.

— Il sort, coupa Danglard. La justice vient de tomber.

Mordent avançait seul sous le nuage. Les enfants ont mangé des raisins verts et les dents des pères en ont été agacées. Sa fille, libre, partait pour Fresnes signer les paperasseries et reprendre son paquetage. Elle dînerait à la maison ce soir, il avait déjà fait les courses.

Adamsberg attrapa Mordent sous un bras, Danglard se posta sur son autre flanc. Le commandant les regarda tour à tour comme un grand vieux héron piégé par la police des polices. Comme un grand vieux héron ayant perdu son prestige et ses plumes, condamné à la pêche honteuse et solitaire.

— Nous sommes venus fêter ce succès de la justice, Mordent, dit Adamsberg. Fêter aussi l'arrestation de Josselin et la libération des Paole, qui s'en retournent à leur simple destin de mortels, fêter la naissance de mon fils aîné. Beaucoup de choses à fêter. Nous avons laissé nos bières à la terrasse.

La poigne d'Adamsberg était ferme, son visage de travers et souriant. La lumière courait sous sa peau, son regard s'était allumé, et Mordent savait que quand les yeux troubles d'Adamsberg se transformaient en billes luisantes, c'était qu'il s'approchait d'un gibier ou d'une vérité. Le commissaire l'entraînait à marche forcée vers le café.

— Fêter ? dit Mordent d'une voix neutre, à défaut de trouver quoi que ce soit à dire.

— Fêter. Fêter aussi l'aimable disparition des pelures de crayon et de la petite douille sous le frigidaire. Fêter ma liberté, Mordent.

Le bras du commandant s'agita à peine sous les doigts d'Adamsberg. Un vieux héron totalement à bout de forces. Adamsberg l'assit entre eux deux comme on lâche un ballot. Fusible F3 sauté, pensa-t-il, choc psy-choémotionnel de qualité supérieure, inhibition de l'action. Et pas de Dr Josselin en vue pour le réparer. Avec le départ du descendant d'Arnold Paole, la méde-cine perdait un de ses grands.

— C'est foutu, hein ? marmonna Mordent. Normal, ajouta-t-il en relevant ses mèches grises, tirant son cou hors de sa chemise, avec ce mouve-ment d'échassier que lui seul savait faire.

— Foutu. Mais une digue astucieusement conçue bloquera la coulée de boue aux portes du tribunal de Gavernan. Au-delà, on ne verra plus rien des trahi-sons, rien que des terres innocentes. Personne n'est informé à la Brigade, la place est vacante. À vous de voir. En revanche, Emma Carnot va exploser. Vous preniez directement vos ordres d'Emma ?

Mordent acquiesça.

— Sur un portable particulier ?

— Oui.

— Où est-il ?

— Détruit hier soir.

— Parfait. N'essayez pas de voler à son secours pour vous protéger, Mordent. Elle a abattu une femme, elle a fait tirer sur Émile, puis tenté de l'empoisonner. Elle s'apprêtait à descendre le der-nier témoin de son mariage.

Toujours vigilant, Danglard avait commandé une autre bière qu'il posait sous le nez de Mordent. Avec un geste aussi autoritaire que la poigne d'Adamsberg et qui signifiait : « Bois. »

— Ne pensez pas à vous tuer non plus, ajouta Adamsberg. Ce serait inepte, dirait Danglard, au moment où Élaine a besoin de vous.

Adamsberg se leva. La Seine coulait à quelques mètres, filant vers la mer, qui filait vers l'Amérique, qui filait vers le Pacifique, puis revenait ici.

— Vratiću se, dit-il, je vais marcher.

— Qu'est-ce qu'il dit ? demanda Mordent, surpris, pour un instant revenu à la normale, ce qui sembla bon signe à Danglard.

— C'est un petit bout des *vampiri* de Kisilova qui lui est resté dans le corps. Ça finira par partir. Ou pas. On ne sait pas, avec lui.

Adamsberg revenait vers eux, préoccupé.

— Danglard, vous me l'avez déjà dit mais je ne sais plus. D'où vient la Seine ?

— Du plateau de Langres.

— Pas du mont Gerbier-de-Jonc ?

— Non, c'est la Loire.

— Hvala, Danglard.

— Je vous en prie.

Ce qui signifiait « merci », expliqua Danglard à Mordent. Adamsberg repartit vers le fleuve de sa démarche balancée, tenant d'un doigt sa veste jetée sur l'épaule. Mordent leva maladroitement son verre, comme un homme ne sachant s'il en a encore le droit, le dirigea en hésitant vers Adamsberg au loin, et vers Danglard au près.

— Hvala, dit-il.

L

Adamsberg marcha plus d'une heure sur le quai côté soleil, écoutant les mouettes crier en français, portable en main, attendant l'appel de Londres, qu'il reçut à quatorze heures quinze comme Stock le lui avait promis. L'entretien fut très court, Adamsberg n'ayant posé qu'une seule question au surintendant Radstock, à laquelle il lui suffisait de répondre par « oui » ou par « non ».

« Yes », lui dit Radstock, et Adamsberg remercia et raccrocha. Puis il hésita un moment et choisit le numéro d'Estalère. Le brigadier serait le seul à ne lui opposer ni commentaire ni critique.

— Estalère, allez voir Josselin à l'hôpital, j'ai un message pour lui.

— Oui, commissaire. Je note.

— Dites-lui que l'arbre de Hampstead Hill est mort.

— Hampstead Hill, la colline de Highgate ?

— C'est cela.

— Rien d'autre ?

— Non.

— Ce sera fait, commissaire.

Adamsberg remonta lentement le boulevard, imaginant les souches de Kiseljevo pourrissant autour de la tombe.

Où repousseront-elles, Peter ?

9392

Composition
NORD COMPO

*Achevé d'imprimer en Espagne
par CPI
le 17 avril 2018.*

Dépôt légal : mars 2013.
EAN 9782290023501
L21EPNN000159G009

ÉDITIONS J'AI LU
87, quai Panhard-et-Levassor, 75013 Paris

Diffusion France et étranger : Flammarion